文学通化论

La Mutabilité des littératures

栾栋 著

商务印书馆
创于1897 The Commercial Press

2017年·北京

图书在版编目（CIP）数据

文学通化论 / 栾栋著. — 北京：商务印书馆，2017
ISBN 978－7－100－13004－2

Ⅰ.①文… Ⅱ.①栾… Ⅲ.①中国文学－文学评论
Ⅳ.①I206

中国版本图书馆CIP数据核字（2017）第042280号

本书获广东外语外贸大学

外国文学文化研究中心立项经费资助

文学通化论

栾 栋 著

商 务 印 书 馆 出 版
（北京王府井大街36号 邮政编码 100710）
商 务 印 书 馆 发 行
三河市尚艺印装有限公司印刷
ISBN 978－7－100－13004－2

2017年7月第1版 开本 710×1000 1/16
2017年7月第1次印刷 印张 24 1/2

定价：68.00元

栾栋学术简介

栾栋，字顺生，1953年出生于陕北子长的一个中医世家。受其祖父栾嘉荣、父亲栾耀华在中医理论方面的熏陶甚深。先后在栾家坪初小、栾家坪高小、子长中学读书，并在国内外7所大学经历了外语、中文、历史、哲学等四大一级学科的科班学习，获法国索邦第一大学哲学系人文科学国家博士学位。曾任广东外语外贸大学外国文学文化研究中心主任。现为广东外语外贸大学"云山资深教授"，享受国务院政府特殊津贴，广东省师德先进个人，全国模范教师。在中国古代文学、法语语言文学、比较文化、哲学、美学等领域指导硕博士研究生。多年来沉潜于契合性的创新研究，学兼中西，术修多科，在《中国社会科学》、《国外社会科学》、《哲学研究》、《文学评论》、《世界哲学》、《学术研究》、《外国文学研究》、《中国文化研究》、《复旦学报（哲学社会科学版）》、《陕西师范大学学报（哲学社会科学版）》、《光明日报》，法国《内在和谐》、《普罗米修斯》、《新美学》等报刊杂志发表论文100多篇，出版专著《美学的钥匙》、《感性学发微》，译著有《黑格尔与黑格尔主义》、《美学》、《阿多诺：艺术、意识形态与美学理论》、《濒危的文学》，主编"人文学丛书"3辑，共35种；主编主笔《人文学概论》一部。先后主持国内外课题17项，获省部级奖励10余项。

谨将此书作为一瓣心香，

献给我敬爱的导师寇效信先生。

序

何天杰

我与栾栋先生交往已有十七个年头。前不久他告诉我，《文学通化论》最终脱稿，已联系好出版社。我是他的同行同事，而且也是其书稿每个章节的第一读者，可谓这部著作撰写过程名副其实的见证者。听到这部书稿即将付梓的信息，深感高兴。这是一项融通人文群科的成果，也是一部创制文学理论话语的力作，称之为沉潜涵养的思想精华和戛戛独造的学术佳篇，诚非虚言。这部书稿的出版是我多年的期盼，也可说是学界的福音。

栾栋先生出生于陕北的一个中医世家，幼聆庭训而浸淫于古籍。改革开放后师从研究《文心雕龙》的著名专家寇效信先生，攻读文学艺术理论，侧重中国古代文学批评史。研究生毕业，旋即考取法国政府奖学金，留学巴黎索邦第一大学哲学系，得恣意吸取西学精华，获法国人文科学国家博士学位。这种学兼中西的知识结构和用志不分的学术修养，在当代中国并不多见。作为经历过国内外七所高校文史哲科班培训，并在五所大学有过执教经历的学者，他在中西哲学、中法语言文学、文艺学、比较文学、文明发展史等领域都是专家，而且在中法两国高教系统中都有教授资格。1999 年华南师范大学引进栾栋先生之时，我是积极促成者之一。他虽到中国古代文学学科部，实际上其知识结构和治学领域远远超出了这个学科，让华南师范大学文史哲教艺等人文各科都深受其益。能够引进栾栋先生是我这一生中最为快意的事情之一。在中文系由系改院之时，我拒绝继续担任院、系领导，而愿意与栾栋先生一起担负中国古代文学学科部的教研及管理工作，给栾先生做助手。

栾栋先生为人正派、谦和，他有刚直劲挺的一面，那是当他遇到歪风邪气之时。他也有温文尔雅的一面，那是在他与广大师生相濡以沫之际。他是一个潜心向学的人，文山会海极少见到他的身影。他是书痴，购书，藏书，读书，教书，写书，可以说他的生活与书密不可分。他治学严谨，文不苟且，不达创意不停笔，语不惊人死不休。读他的著述，恒感新意迭出，文辞精美，说是一种益人神智的享受，一点也不夸张。

《文学通化论》由六个部分组成，约三十万字，另有几个篇章被删除，旨在“熔铸学理，浓缩篇幅，节省成本，包括读者的时间”。其良苦用心，令人肃然起敬。这本书是他30年的心血铸成。理念设计可追溯到1986年。旷日持久的酝酿与撰写过程，成就了今日的规模。仅就其基本内容与方法而言，可用博大精深、体宏虑周概括，非我区区小序能阐发所有奥妙。这里只谈几点见解，或可为读者“导夫先路”。

如题目所示，这本书的大旨是论述文学通化问题。诚如栾栋先生所言，自古以来，中外学术研究都崇尚一个圆字。“圆通”（《周易》）、“圜道”（《吕览》）、“圆观”（《文心雕龙》），是学人所好。章学诚生前非常想写一本《圆通论》，但是最终未能命笔，可谓抱憾而终。西方的学统亦然，理念“洞喻”（柏拉图）、“螺旋”思辨（黑格尔）、“永恒轮回”（尼采），可以说逻各斯的追慕者也都仰仗这个圆一。栾栋先生讲“通化”并在《文学通化论》汲取了尚圆论贯通文学义理的优长，但是其中有一个非常明确的主导思想在字里行间随处可见，那就是突破圆一论的封闭性局限。他认为，尚圆贯一，循环往复，不失为人类思想史和学术研究的一个方法，但是其保守的中心牵制思维，遮蔽了文学天宇的无垠，忽略了场合启蔽的大气，辖制了解疆化域的功夫。因而《文学通化论》六部，最突出的一个精神要点就是通化性的人文自然与原道性的自然人文，其文学思想令人过目而振聋发聩，反思则荡气回肠。

《文学通化论》不仅讲文学之化，而且讲怎么化。用栾栋先生的话说，文学之化，或者说世界文学的通化，是这个特殊时代的召唤，是人文天宇的亮点，是文学德性的修为，也是学科建设的必然。文学通化，通于文史哲互根，化于天地人和合。作为文学及其理论变革的学术创制，《文学通化论》悬置了学界某些常见的理念、命题、术语，乃至思路，提出了一系列独特的思想和理论表述，诸如，文学非文学，文史哲互根，文学的辟思，他动，场论，归念；还如，解疆化域，化感通变，通和致化，人文檃栝，等等。毋庸讳言，《文学通化论》带给我们的是一种崭新的学术话语。值得敬佩的是他的学说不仅海纳百川，大气磅礴，而且惠风和畅，不损伤学界任何业内名人及其著述。其通和致化的品质，体现出了和而不流，新而不怪，创而不伤的学术气象。学品、文品与人品，于此浑然一体。

"文学非文学"是文学通化思想的核心命题。其中包含了文学是文学和非文学的悖论融合。文学是文学，吸纳了迄今为止关于文学性理论的大量优点。文学非文学，揭示了非文学元素的丰沛储存。由此展开了该命题的前提、基础、内涵、外延，揭示了一系列阐幽发微的透视点，诸如，兼他、兼在、是已、非已、逊进、逊退、他动、他化、檃栝、归潜、归藏、归化等许多长期被遮蔽的深层肌理。"文学非文学"是一个悖论。悖论是推动西方逻辑辩证发展的核心机制。栾栋先生没有循西方逻辑演进，也没有按《周易》的元一论循环，他提出了"辟思"的学理。"辟思"是中国思想史中潜藏的学术瑰宝。中国古神话非系统的散点透视，中国甲骨文的蘖生性根芽，上古天地人神时与战国木火土金水的从"灵"到"行"的变化，孔子诗论关于兴观群怨孝忠识的多边辟合，庄子三言的契阔性换位，《周礼》、《说文解字》的六书擘画，凡此种种，无不蕴含着中国辟思的活性特点，即天女散花式的神思，众品交摄的檃栝，六书造字的孳乳，唯道集虚的大气。至于辟思的自责、忏悔、反思、批评、秩序、开放、任命、罢免、趋通、辟谣等众多义项，都已经深深地渗透在中国各类文化的血脉之中。还有，辟思在解析外国文学方面，也有其建设性的助推作用，如沉溺于理论疲软的法国副文学思潮，由此从辟文、辟思、辟学中找到了破解僵局的出路。栾栋先生培养的马利红博士，就是运用栾氏辟思理论，完成了其研究法国副文学流派的博士学位论文。（马利红博士的著作《法国副文学学派研究》，暨南大学出版社 2011 年版。）

关于文学的定义问题，《文学通化论》有多元的解读，并有其独特的见地。引述其中几个定义是很有兴味的事情。比如，“文学是多面神，是九头怪，是互根草，是忧愤气，是星云曲”。这里的神、怪、草、气、曲，不仅是文学的多面之喻，而且是文学的多元之解，五个比喻解析了文学的异质同构与正负耦合。还如，“真正的文学是辟思的舒卷”。这个定义使文学的诸相得到了相应的观照。又如，“文学是自然的精神树，是人类的智慧花，可她也是社会的神经病，是历史的小疮疤。乐观一点说，文学是人类的救助站，是社会的养护所，是历史的康复园”。这几个看点，再次揭示了文学的多元性特质。还如，“好文学是归潜的反激”，“精到的文学是归藏的深呼吸”。这两个定义，将归潜归藏归化与文学非文学的本真，清晰地投射在理论的荧光屏上。另有，“文学作品是天地之气象，是人文之隐秀，是各种人文价值和思想情绪的凝聚”。诸如此类的文学定义，已经超出了司空见惯的文学理论，给学界提供了新的理解方式。就“文学是多面神，是九头怪，是互根草，是忧愤气，是星云曲”而言，如是定义开掘的不仅有文学诸相，而且还有关于文学本质及其多种特征的解析。《文学通化论》不仅提出了新的文学定义，而且深化了这些定义的内涵和外延，比如，在论述文学他化的篇章中提出了文学“三性”说（“性底性之根性，性连性之复性，性非性之他性”），在《文学天地》、《文学经纬》部分揭示了文学时空和文学谱系，在《文学启蔽》部分论述了中国文学与世界文学的关系，评介了托多罗夫的文学思想变数，探讨了推动比较研究向高端冲刺的方略。这些篇章都涉及文学本质的展示过程，与整部著作的通化主题协奏共鸣。

《解本主》是《文学通化论》对现当代文学核心理念的解析。在栾栋先生看来，用他化方略解决文学性的自闭和被闭只是一个方面，现代性给予文学性的成败利钝，必须经由对现代性的化感通变予以解决。《文学归化论》就是这本著作给国内外学界的又一个贡献。其中《辨圆通》部分用辟解的方式理清了圆一思维这份人文遗产，《解本主》是对本体问题和主体问题的深刻的思索。古今中外汗牛充栋的创作和思想学说，都在追求核心地位和权力话语，“都想本这个体和主这个本”，文学疆域明碉暗堡块垒森严，背后无非掩蔽这个秘密。而吸纳“本主”沿革中的积极成分，扬弃文学“山寨”中的排他陋习，则是《释有无》章节的重点所在。毋庸讳言，仅此三点（《辨圆通》、《解本主》和《释有无》），作者的笔触已经洞穿思想文化中的几个暗点和盲点，也揭示了中外文论吃紧处的相关局限和弊端。其眼光之犀利，理论之宏通，表述之独特，都让人过目难忘。

《文学通化论》对唯我论的批判入骨三分：“人类社会深受‘我’主义的荼毒，在经历过两千多年的‘本主’演义和二百多年的‘主本’狂潮之后，建构‘我非我’的谦和文化成了人文归化的大课题。”其鞭辟入里的分析一如警钟长鸣：“近代以降，在逻辑和实际的结合处，重‘本’贵‘主’属现当代的常态。在思想与人性的纠葛中，爱‘有’佞‘在’乃中西学的通病。本体、本位、主体、主导、本质、本领、存在、存有……，权力及其话语是这套思想的有得性主线，私欲连同霸权是这种符码的无意识底蕴。”正因为如此，栾栋先生对重玄思维的倡导尤其发人深思。为实现无我执、无他执和无无执，他非常用心地汲取重玄的思维精髓：“玄，我自黑。玄，我处静。重玄，无处成光热。重玄，静中孕翕动。重玄，是将自己的能量经归潜而给予这个待净化的世界。重玄，是以自己的虚怀实现归藏乃至归化的无我境界。重玄，是归藏之‘无凝’而聚合为玄变之化。无无，不执之至也。无无归化，即以自己的归潜、归藏、归化完成超乎自己、也超乎他者的世界变数，是以唯道集虚的重玄契合思想与现实的交互改造。”换个说法，重玄就是心物、人己、生死等大千世界的互根性交织，是隐秀、启蔽、明夷等人事物理的他化性出没，是时空、宇宙、成毁的错综性投掷，是彼此、是非、善恶涤除玄鉴的现实性节点。三归是其经由重玄思想的一次次无无化。

众所周知，举凡进入无无化思想的理论建设，往往有一个重大的难题，即容易与现实脱节。但在《文学通化论》中，栾栋先生对古来文学的现实关怀非常体已，对我国革命文艺的历史性肯定让人信服，对西方否定社会主义文艺包括苏联文艺的话语，持一种有保留的观瞻和通和致化的剖判，对国内外文学艺术的当下状况也十分上心。为了压缩篇幅，他把自己关于中外文学作家作品的评论删减了五万多字。在理论创新的大端，他充满了现实精神。在文思情志的细处，他绽放着正气价值。在倡导归潜归藏归化的文根文品之时，仍然处处让人看到他对作家、作品、读者的深情厚爱。在慎终追远的思想过程中，他时刻不忘其理论的可读可解问题。作为文学科班出身者，其行文充满情采；然而炼字瘦句的功夫一如中医家学的用药处方，辨证施治，不扬枝蔓。也因其所受严格的哲学培训，他的文思难免高蹈，但是细心的读者会看到，其苦心孤诣，不仅力求把每个观点阐发明白，而且对每个创新“思想丛”都不失时机地增加个案篇章。关于中国古歌，庄学研究，辟文辟学辟思，法国文学他化，中外文学交流，《文学通化论》均有理论思索与个案言说相结合的展示。一本理论著作，让人开卷而爱不释手，当与作者的知识结构、思想深度和替读者着想的写作态度息息相关。

《文学通化论》提出了文学的他动问题。自古以来的文学理论，在思想深处无不是“我中心”压轴，在骨子里原本为“我主体”促动。西方20世纪的有些学者意识到了这个问题，如勒维纳斯提出了“他者”观念和“尊重他者”的呼吁，但是“他者”是谁？宗教的上帝？抑或言说者所面对的任何一个人？勒维纳斯陷入了一个怪圈，要想赋予他者无限的或巨大的权力，既不完全可能，也不十分可取，因为“他者”权利的无限放大，“他者”也会作祟；如果将“他者”自由推到极点，他者也会狂妄。有鉴于此，《文学通化论》接着勒氏的“他者”，提出他动的节点，落实他化的生机。“他动，尊重他者现实之在，是‘主体’留白；他化，约束他者可能之过，是文德去戾。众所周知，行动比宣言更具真实性。他动，动起来，他是什么品格，就会逐渐显露出来。他化，化过去，他的此刻权威，便也很快淡为平凡。”因而，他动是辟文学的换位思考。他化是通化性的文学解放。这样的一种运动，开放的是真正的文学之场，消解的是文学自身的任性之弊。

早在几年前，《文学通化论》已经完稿成型，我以为不久即可出版。栾栋先生却说不急，他还要做通俗化的加工，即调整用语，补充导言，尽量简易化，目的是为了强化可读性。他拖延出版的种种原因当中，包括有一位专家的意见——“我读不懂栾栋写的东西”。这个批评引起了栾栋先生高度注意。记得有一年他在申报国家课题时，在提请“回避”专家一栏中，清楚地注明：“如有可能，请‘读不懂’本人著述的某某专家做盲审评委。”我为之震惊，这是自己往枪口上撞啊！“是的”，栾栋先生的回答说，“一种创新的学术著述，还是多被挤压几次为好”。与他相处多年，曾在他的带领下多次申报国家项目。他的前期成果都很扎实，但是所申报课题却一次次被淘汰。更荒诞的是他自拟题目的申报书被淘汰，其选题却于次年出现在国家、省部级课题申报指南上，并被别人拿走。这种事情出现过 4 次。最有趣的是他连续几年不断推荐的一个重大选题上了国家项目指南，于是以 2 部书稿、29 篇在国内外权威和核心刊物上发表的切题论文为基础去申报，而他这位“课题之父”终了又被边缘化。

我就此事而深感愤慨。他却为之开心，说了一段让我非常难忘的话：“作为一所大学研究机构的带头人，我必须像篮球运动员一样，做规定的投篮动作，即带头申报项目。课题申报能否获批，则不必太介意。我能为国家科研提供某些指南选题，让别人做也是好事。而今申报和完成课题成了一片闹哄哄的台上角逐和台下过招，怎么能宁静致远和戛戛独造呢？学者不能热闹，热闹了大概也就快完了。我坚信这一点。”上古以至民国学者没有高科技传媒，潜心治学是常态。而今学界有许多动辄扬声朝野的工具，与会、见报、登台、出镜，话语权的诱惑无所不在。学术与文化活动不同。文化活动需要权力运作和运作权力，学术则要甘于寂寞，静水流深，至少应有一点矜持。康德一生没有走出过他住的那个小镇，成就了三大批判的宏构伟制。当今之世，古人的写经精神消失了，但是作为一个学者，对自己约束一点，对学术有一点敬畏，还是应该的。他说得有道理。古今优秀的学术成果，有多少是做项目做出来的？我曾经问他，概而言之，国内有多少学者与你一样？他说比自己强的学者多得是。他一口气举出一大串。

孟子说研究一个作品，要“知人论世”。我为《文学通化论》作序，自信是“知人论世”之举。

栾栋先生有自己的座右铭：“静悄悄，沉甸甸，乐陶陶。”这九个字是典型的夫子自道，披露出他治学的坚定信念和无限乐趣。

《文学通化论》只是其作品之一，他在国内外多年的学术积累，让我有更多的期待。据我所知，栾栋先生尚有7部积压在箱底而不愿很快出版的书稿，涉及人文学、美学、文艺学、比较文学、比较哲学、伦理学等学科。说实在的，我们经常听到关于学术腐败的议论，但是类似栾栋先生这样沉潜涵养的学者毕竟不是绝无仅有。石在，火是不会绝的。写序过程我有这样的感受，我们这个国家的学术界还是大有希望的。

2016年4月19日谷雨节候

于广州天河高教新村

前　言

就人文演变的契机而论：当今人类置身千载难逢的历史大变局，全球浓缩为一个村落；学理濒临分久必合的学术新转折，群科汇集如百川归海；文学介入亘古仅见的人文总枢纽，太空入怀似六合洞开。文论期盼不负时代的思想大方略，一多难题在通和致化。拙作《文学通化论》就是在这样的背景下应运而出。

从20世纪中叶起，国际学术界就有不少思想家已经在做着全球化的思索。他们对文学的跨学科钻仰，正是自觉不自觉地为文学通化思想的腾飞而积聚着突破性的能量。然而，洞察纤细且包举环宇的文学理论仍然付之阙如。在这样一个前无古人后待来者的绝佳时刻，中国学界应该做点什么不言自明。《文学通化论》的宗旨，就是尝试因应这样一种历史使命。

作为文学原理的创新研究，《文学通化论》要回答的是如下挑战：如何继承和更新华夏的文论传统？如何走出比较研究汗漫类比却比而不洽的局面？如何调谐现代性和后现代性的裂隙？如何熔铸西方近百年来的后现代思想资源？如何贯通中外人文学术？文学的通化求索是化解这些问题的深度尝试。

通俗地讲，文学通化探讨是对文学向史学、哲学、语言学、人类学、教育学和宗教神学等相关领域化感通变的创新性开拓，是文学研究突破自身局限，回答交叉研究召唤和应对“他化性”趋势的积极举措。作为辟思性解读，文学通化研究是对“文学非文学”问题的缘域性剖析。“文学非文学”

的命题揭示了文学的重大变数。它概括了文学由来已久的“文学性”，诸如人性的诗意表达，审美的集中体现，语言的艺术展示，个性的自由吟唱，等等。它也包含着文学潜移默化的多种因缘，如天地人三才的契合，人文学群科的互根，文学归本的道化，文学他化的迷思。“文学非文学”的命题，是一个提挈了文学是与非的多元性学术透视，举凡古代文学、世界文学、国别文学、分体文学、女性文学、诗学等已入文学谱系的基本观点，悉数囊括其中，对于副文学、亚文学、次文学、泛文学、反文学以及各种超乎文学传统属性的他性异类也做了多面观照。当文学的旧概念在文学变局面前捉襟见肘之时，“文学非文学”不啻提纲挈领的把握，而文学通化思想就是对“文学非文学”命题的通透性解答。它解析了文学多面神的风采，九头怪的狰狞，互根草的潜质，忧愤气的激发，星云曲的深邃。它论证了文学性底性之根性、性连性之复性、性非性之他性的博浩。一种新的文学理论在逐渐地生根、开花、结果。

文学旧业，其命维新。文学通化，化境通神。通化属通和，尊学科且化其科；神思触通化，含通变而深乎变。通化含通变，因此能够汲古无闷，盈科而进，原道知反；通化深乎化，故而可以启蔽场合，通和致化，吉祥止止。通于和，和实生物，月异日新；化于科，举一反三，触类旁通。文学的本原在他，“他缘”、“他适”、“他辞”，三他乐天知命，其关键在于他动；文学的本根在界，“临界”、“零界”、“领界”，三界各有风致，在根本要能化界。他动，促使“他者”的独尊得以自律、矜持、自重；化界，能叫“我执”的心态进入虚己、破一、场合。文学的本能在归，“归藏”、“归潜”、“归化”，三归逆旅以还家；文学的本色在辟，“辟创”、“辟合”、“辟化”，三辟开合而相兼；文学的本命在化，“化他”、“化物”、“化己”，三化与道会通。根本性的寻绎和创造性的求索，是本书孜孜不倦的用心。

这部书稿共十九章，约三十万字。通化是贯穿整个文本的基本思想。质言之，本书对文学本根、本真、本色有深入浅出的解析，对文学过去、现在、未来有原始要终的思索，对文学命运、原理、方法有穷通变久的辟解，对文学是己、非己、超己有与道俱化的体悟。《周易》讲“通转”，刘勰讲“通变”，章学诚讲“通义”，我讲“通化”。“通化”与“通转”、“通变”、“通义”的不同之处在于三个变数：一是文学是非的“源头化解”；二是文学境界的“舍得看点”；三是文学精神的“通体开放”。文学“通化”者，“文学非文学”化感通变之谓也。古希腊人讲逻各斯，近现代欧美泛逻辑，后现代思潮反逻辑，我们讲通化，倡导的是一种“场合”。“场合”与逻各斯、泛逻辑、反逻辑的最大区别在于三辟通和：一是辟文的缘域启蔽；二是辟学的唯道集虚；三是辟思的化感场合。文学“场合”说，是“文学非文学”通和致化之别解。辟乃合，学术有聚焦以门户开放；通其化，文学无町畦而变数横生。辟解性思想与逻各斯理念，在文学命运、文学是非和文学造化问题上展开博弈。通化性心态和集虚性场合，于中外比较、人文创新和全球祥和诸方面投石问路。场合有气象，博弈无套路。有象以化感，无路则辟创。通和致化的视脚正在于化感通变之中。化感通变的本意蕴含着抛砖引玉的深衷。

以人文做根基，势必沉潜涵养，钩深致远；以学术为职志，自须不畏艰苦，上下求索。在人类文明的转折点上，我辈自当逆势把脉，继往开来，领悟文学造化，檃栝文论寰宇，重整审美时空，别开学术生面。从学术话语和言说风旨来讲，《文学通化论》是在尝试华夏文论的大尺度熔裁，是展开人文思想的高难度冲刺。其中有浓郁的中国元素，华夏文化的精气神，在字里行间有所涵括。其中有活泼的外来因子，异国他乡的教科文，经改造制作而推陈出新。拙著尽力包蕴中国的人文原色，丰富的传统思想在其中启蔽归藏。笔者绝不排斥西方的学术成果，大量的巨型话语经熔铸而别出心裁。在笼罩群言和截断众流的方面，笔者坚持兼收并蓄，即便对有争议的观点，也避免偏取偏择，力求会通彼此，旨在有情有义。在学兼群科和融会贯通的焦点，拙著行文不取福柯所说的“权力话语”，对于不得不做的非常性表态，均出自逊进逊退的本心，恪守不中不西，哪怕不新不旧。如果说比较研究的天秤倾向了中西学的某一边，那是因为行文处于那样的义理节点，持中守正的衡量应须念兹在兹。如果说拙作不乏创见且思想风发，那是因为主题为天道人道所召唤，文笔被情理事理所驱使，舍此不能无粘无滞，无挂无碍。学界友人读过部分文稿者，或赞美观点新颖，戛戛独造；或诧异立论罕见，行文奇谲；也有“读不懂”，“怪文章”的批评指点。创辟不易，出新实难。苟利人文，何患其他。知我，罪我，褒贬皆耳顺，功过安足论。

如果说全球“一体化”迫使每一个体和每个民族都经受着凤凰涅槃般的考验，那么笔者在这个重大的历史关头，交出的是文学通化的思想答卷，而化境则是凤凰涅槃精神的另一种表达。这本书稿的撰写持续近三十年，自2004年进入整合阶段，笔者独守书房，出行止于学堂，几与学术集会隔绝。在这个信息和欲望席卷天地的时代，虚静成了不可多得的奢侈行为。足不出户而知天下，是命运之神对当今文化人的恩赐，也是淡化名利者坐井观天却又可得天独厚的补偿。书稿付梓，算是给社会的一点报答。不求“文果载心”，也不求“余心有寄”，至于其高下精粗，一任读者品评。历史自会给每个文本做出不留情面的裁决。

目　录

第一部　文学天地

文学有天地，这是人们都肯定的看法。然而文学天地从来就是悖论丛生，是需要从多方面进行反思的理想化场合。悖论之一，文学是学界乃至文明发展史给定了地位的领域，但是这个领域一直受到各个方面牵制、分割和不断重构。33年前，笔者在《美学的钥匙》一书中思考过文学的自律与他律的问题。文学自律，维护的是文学的天地；文学他律，揭示的是文学与其他社会存在的关系。这一悖论至今仍是二律背反。悖论之二，捍卫文学天地的人无不从文学作为正价值、正能量和正文化的角度反复陈述，然而三正之外的文学存在要么被遮蔽，要么被剔除，要么被所谓辩证处理，文学中的泛文学、副文学、亚文学、次文学乃至非文学并没有得到很得体的审视和论述。这一悖论，现在依然是疑窦丛生。悖论之三，创新往往带来创伤。迄今所见的不少巨型文学理论，陈陈相因者，按惯性运作而缺乏创新，间或有颠覆性很强的巨型文学话语，又存在一个创新即创伤的双刃切割问题。这一悖论始终是吊诡性的佯谬真痛。

如何在这两种倾向的夹缝间踽踽独行，既勇于有为，又逊进逊退，这是笔者努力追求的一个境界。本部分三章：其一是《文学疆域论》；其二是《文学根器解》；其三是《文学视脚说》。《文学疆域论》是对文学问题历时与顺时的综合性考察，审视的是文学的领域。《文学根器解》是在根器方面梳理，旨在探求一种与众多巨型文学理论话语兼善共美的磨合点。《文学视脚说》是从中国古代文学研究的立场与方法的合题中，解析文学话语的深层意蕴。

文学不是天下净土，文学理论亦然。从古到今，文学中不乏以笔行凶，杀生害命如踩草芥的现象。文学理论界也有占山为王撒字成兵的做派。文学天地或成江湖，有多少文化人对这个江湖恋恋不舍，又有多少痴心汉对这个江湖梦寐以求，执意有所作为。“永忆江湖归白发，欲回天地入扁舟。”笔者期望文学成为升清降浊的天地，而不要沦为武林仇雠的江湖。在人文发展史上践履持中守正而熔铸出新的文学人，大都具有开放的气度和博雅的旨趣，既勇于创新，也逊进逊退，创不失和，创而不伤。时至今日，这依然是需要认真对待的文学志向和学术守则。换言之，这也是当今文坛所需要的文学祥和之梦。

第一章　文学疆域论

文学有无疆域？这似乎是一个不必提出的问题，因为其反诘则是文学无疆域还算文学吗？西方从文艺复兴以降，中国从19世纪末叶西式文学观念东渐，文学“自有领域”已成定论。但是仔细推敲这个不言而喻的判断，不难发现文学的疆域化看法其实是一个很值得解析的传统成见。

20世纪百年辛劳，我们不遗余力地吸收西式文学观念。成果固然可观，但是局限亦然。在某种意义上讲：每得一条贴近权利话语的文学定义，同时也多了一线自我遮蔽；每编一套与世推移的文学类教材，相应地也增加一种门户之见。有一些文学研究的专家很在乎自己的领域：小则抱残守缺，画地为牢；大则结帮组派，壁垒森严，文学疆域日见其窄。

有一些块垒是以学派为号召的。学派不是宗派，其存在无可厚非。但是学派囿于门户之见则流于小家子气，倘若坚守文学疆域不知通变，难免失之于狭隘。至少与只开风气不为师的先贤相比，少了一点广大教化的胸襟和海纳百川的气概。

在这里，笔者从三个方面探求文学的疆域问题：一是以中国古代文学为例，体察文学疆域之所以成为疆域的是中之非，于无疑处质疑，或称文学疆域之为题；二是从西方文学之所以被设定为文学的思想渊源，查看文学被疆域化的思维机制，笔者称之为文学疆域之议题，或谓借他山之石以攻玉；三是以庄子及其所孕生之庄学发凡，领会无待的文思，阐发文学无疆的理念，我们将之称作庄学化境管窥。质疑之为题，封疆之议题，化境之无题，三题合观，权作文学疆域问题的差异性比较和通透性解读。

一、文学疆域之为题——以古代文学为例

这里以文学疆域为题，是指包含着文学疆域问题之话题。文学如何成为疆域？疆域文学如何成为人们司空见惯的现象？疆域式文学在历史上是否有过并非如此的存在？大家熟视无睹的疆域式文学弊端有无变通的可能？这些都是涉及文学本质的原理性问题，是关乎文学可否“进乎技矣”的升华性问题，是一个入乎文学之内，而又出乎文学之外的通变性问题。说到底，牵系到文学原理是否需要改造更新的问题。

此处，我们先从国人最熟悉的古代文学现象入手，看一看文学疆域历史沿革的来龙去脉，探一探文学化感通变的另类可能。

（一）疆域化文学透视

文学疆域的形成是一个复杂而漫长的过程。从现象上看，它既是文学史家和文学人偏就之辉煌，也是文学“围城”中人人自保而又各个自缚的现象，而更深层的原因则是人类肇自远古的无可奈何——分工与私有。分工与私有是同一事物的两个方面，即人类文明的连体机制。文学的疆域化既是该机制痛苦的成果，也是其逼仄出的产物，同时还是其自身僵化和堕落（尼采语）的象征。

一般而言，社会权力为文学自立门户而满意，因为文学独立一向被看作社会的成就，但是也为文学僭越出格而惊惧，因为文学始终是防不胜防的贰臣逆子。归根结底，最热心文学疆域化的是权利话语，疆域化是分而治之的不二法门，只有将文学与万物的亲缘性割裂而且将文学逼入一个向度，才可以使其就范，也只有将文学的生存境地划入一个园地，才能使其极尽宠荣而枯萎。

从终极处透视，文学是一种非疆域的人文现象，它不是急功近利的反光

镜，也不是玲珑剔透的象牙塔，更不是歌喉百转的鹦鹉鸟，而是与天地气息通感的人类文化原生态，是人类超越自身局限的化解性的精气神，是与社会正负价值切磋磨合的非自我中心话语。这几种本根性的文学禀性注定了它与疆域论者的重大差异。

疆域论者为文学的金城汤池争雄，为文学的本体主体辩护，为文学的自由自觉放歌，为文学这样或那样的方法而斤斤计较。毫无疑问，这些说法和做法都有论证自身合目的性的一定道理，但是与文学终极性的存在根据相比，正切合古人关于“独照隅隙，鲜观衢路”的批评。文学的生命是非疆域的虚拟，与其说它需要本体主体的地盘和自由自主的权利，不如说它更需要圆观宏照的视野和直切本真的化境。在某种意义上讲，天下皆知文学疆域之为文学疆域，文学已经成为僵化的存在。

（二）文学非疆域疏证

华夏文学与西方疆域化的路数不尽相同，它不是像西方文学那样从远古的混一走向近现代的分门别类，而是坚守人文原生态的本真，却又能挥发出后世文学分久必合的先声。

华夏先民文质浑然自不待言。今所知三代创制，文在典章礼仪之葳蕤，章表道理条贯之英华，道术文章未为天下裂。“文学”一词始见于春秋时代典籍，习用于战国士人。《论语》讲文学凸显“文章”与“博学”之原意，传《诗经》强调言志、尚用、兴观群怨的宏旨。老庄通自然楬櫫天地大美之默然，屈宋歌楚辞杂糅巫风南俗无孔不入之灵气。去古未远，文学与华夏诸族秉性气质息息相通，抗争道术为天下裂的基本思想是远古至秦汉华夏文化的本色。

20世纪的学人津津乐道魏晋南北朝“文学自觉”的话题。然而很少有人关注其间非文学自觉的事实。该时段出现了重视文章才情的倾向，出现了言志与缘情并提、文笔以韵律分别的趋势，可是人们忘记了那个时代没有一个专职诗人，忘记了那时所有的文人都以诗文为一艺，忘记了即便最能体现文学自觉的代表性见解，也无不以文学内在区隔的宽泛和外在藩篱的开阔而披露出非疆域化的大端。《昭明文选》所列37类文体和洋洋洒洒的题材子目，《文心雕龙》融通天地神人的宏构和包孕亘古各类文章的伟制，都让世人始终悠游于有疆无疆之间，看得出在疆非疆的独特景观。

隋唐风流，以诗文取士。宋人契阔，视诗文为小道。反而观之，隋唐两宋均属诗文盛世，对诗文抑扬取舍有别，但是将诗文纳入思想文化的大格局中琢磨则非常近似。辽夏金元的统治者马背上称雄，于汉文化有用即拿来，文章似草野逐鹿，漫无际涯。近古明清两朝在文化和学术统绪上勤于梳理，明季《永乐大典》和清代《四库全书》，规模过于唐代的《艺文类聚》和宋代的《册府元龟》、《太平御览》、《太平广记》及《文苑英华》。经史子集的分类再次对各类文化典籍进行条块互渗，充盈其间的文学见士人性灵，见民生疾苦，见气脉相互生发，但是疆域则隐而不显。

在中国古代思想文化的汪洋大海中，《诗经》、《楚辞》[①]等纯文学文本和《文赋》、《诗品》之类的纯文学品论不胜枚举，它们确实可以前后勾连，形成与西方文学观念吻合的“类别”或“领域”，可是更多的则是文类混编，解法众多，作者、读者和采编者常常对此类著作广泛连类且多元取舍，有些著作甚至根本无法找到作者。元明清时代出现过一批以戏曲和小说创作为生的文人，他们的贡献并未改变文学与三教九流连带的特点。文学疆域的模糊固然有封建专制贬抑文学的原因在内，但也不能排除中国古代文学本身的跨文化因素，不能排除华夏文化与西方文化在思维方法以及开发品类上的种种差异。

（三）文学解疆域变通

文学一旦作为“类”而自成一体，于是便要自由，要领地，要版权，一言以蔽之——要疆域，这不能说是坏事。从反对封建专制的角度来说，文

① “楚辞”，屈原、宋玉等人用楚声、楚调所作诗歌。汉武帝时已有人研究。西汉末年，刘向将此类作品辑而成书，名为《楚辞》。屈原及其作品是《楚辞》的灵魂。在此意义上，屈骚与《楚辞》可互训。《诗经》是诗之经，《楚辞》乃诗之魂。

学的疆域化有其一定时代的进步作用。从社会普遍资本化和高度私有化的意义上讲，疆域化也是分工的产物同时又被工具理性驯服。正因为看到了文学疆域化的长处，西方文艺复兴的巨子和启蒙运动的伟人都曾经不遗余力地推动过这项事业。同样因为看到了文学疆域化的弊端，20世纪西方的有识之士甘冒天下之大不韪，将文学的解疆化域问题提上了议事日程。

事实上，文艺复兴和启蒙运动的巨擘大都是领袖风骚的多面手。19—20世纪的文学封闭、学科独立、作家专业化和作品商品化，则是上述仁人智者所不愿看到的人文变迁。西方20世纪在文学领地解疆化域的思想家也都是复合型的文化高手，他们倡导的解放文学的行动，实际上是文学从分工和私有制夹缝中的逃亡，是文学挣脱逻各斯中心主义和权利话语的有益的尝试，当然也是文学在高科技时代所遇到的另一种化裁机遇。历史就是这样滑稽而又严肃，文学互根一文学独立一文学解域，用西方哲人的话说，是悲喜剧的交替，用中国智者的话讲，是合久必分，分久必合。当然这种交替和分合不是重复，而是化解性的新变。

从19世纪末叶以来，我国的古代文学研究急速地转入了西方式的疆域化，其长处是快捷地培养出大批量的文学专业人才，其弱点则是使文学的境域越来越狭窄。就文学的体制和格局而言，其中包含了双重的遮蔽：文学失去了本根的化境，从此不再是行云流水无所不在；从此也脱去无为有为而转向急功近利的量化生存。当今的学科制，把中国古代文学与天地精神往来的原生态，扭曲成了“生活的反映”；将其消磨社会戾气的非自我中心话语，转变成自我“领域”的“独语”；将其超越人类自身局限的化解性禀性，改造成了“只此一家”的古代文学专业主义。

古代文学领域常常有人惊呼：“搞语言学的参入了！”“搞哲学的插手了！”“搞美学的僭越了！”“搞现当代文学的闯进来了！”“搞比较文学的混进来了！”甚至有人认为古代文学批评也属多余。为了突出古代文学纯正的原教旨主义，还有人不惜放弃起码的学术良知，竟然将古代文学之外的其他学科说成“肤浅的学问”。狭窄的视野加上狭窄的心胸，只能造就武大郎的店铺。狭窄的见识加上狭窄的立意，只能局限于单一的方法。古代文学研究者为什么不去叩击其他学科的大门呢？是无胆抑或无能？

在文史哲的融会贯通方面，中国的传统文化蕴含着得天独厚的遗产资源，这也是当代西方不少学者看好华夏文化并从中汲取解疆化域思想的原因之一。事实上即便在20世纪学科条块化的大势下，中国学人中也不乏洞察西化利弊的先知先觉者。有不少人自觉不自觉地在学科壁垒中寻觅生机，或盈科而进，别开生面，或左冲右突，另辟蹊径，相关努力，应说成果不菲，与古代文学专业主义者不可同日而语。他们成功的经验恰恰是有焦点而无边际，在文史哲融会贯通中厚积薄发。

疆域如规，学科似范，教学与研究难免要适应社会分工去尊重规范，但这只是工匠类的低层次要求。天马行空，大象无栏，选择英才还须晓得“深山大泽实生龙蛇”，“好骡马不结队行”。前者过于文而拘于器，后者失于野而难于行。扬长避短言之，则需要第三条途径，那就是有规矩而化方圆。此乃孔子所说的有养有教而“文质彬彬”、“兴”、“游”、“成”、“立”而“君子不器”。解疆近道，越界通化，有疆界而又能出神入化，这是学科建设最终的学术指归，也是人才成长应该追求的化境。

《易传》有云：“形而上者谓之道，形而下者谓之器，化而裁之谓之变，推而衍之谓之通，举而措之天下之民，谓之事业。”我们讲文学疆域化裁，发扬的就是一种化感通变的原道精神。古代文学研究可在“科”中涵，不可在“科”中固；可在“科”中化，不可在“科”中器；可在“科”中解，不可在“科”中霸。简言之，文学疆域可做学术起步的摇篮，不可做自我封闭的牢笼。这是中国古代文学的本根精神使然，也是“毋意毋必毋固毋我”的人文深旨所在。

始于无，终于有，学科形成之路；始于有，终于无，人才出息之道。理想的极致是起点与终点兼顾，目的与方法合一，有疆无疆，在科非科，追求出神入化和道器不二的境界。在此意义上，古代文学学科自有其存在的社会实用价值，而解疆化域则是化解该学科工具理性局限的重要方略。

二、文学疆域之议题——他山之石举隅

文学疆域问题是一道难解的习题。难就难在文学疆域在不断生成，而且变化层出不穷。近 40 年来，随着国家经济实力的发展，文化方面的“建设性工程”也与日俱增，反思 20 世纪中国文学学科生发过程的意识渐成风气。学界同仁更多地是从西式文学观念和西式文学学科东渐中，寻找中国文学学科僵化的弊病。这样做自然有一定道理，但是仅有这个视角犹未圆赅深透，还应该把眼光放到西式文学观念本身曾有和应有而未有的诸多方面参杂观照，才不致顾及此境而忘记别有天地，沿波观澜却忽略异体互根。

此处关于文学疆域之议题，就是经由西方文论圭臬生成之应然与已然，考察文学功用的或然与必然，思索文学疆域原本还可以是什么样的现象。西方文论两千多年来考量居多的在于文学是什么方面，很少探讨文学不是什么，以至于文学原本还可以是什么的问题则完全被遮蔽。这就是我们所谓议题的意旨所在。简单地说，议题解析那些未被社会强大力量规范的前文学生态，透视那些已被现实权力话语整合的文学现状，寻求那些正在努力抗争文学疆域束缚的非疆域存在。文学议题之众说纷纭，无非是觅取未发之野田籽实，以补充既成之文苑植造，借鉴被遗弃之他山砾石，以敲击封闭之疆域门户。投石以问路，借错以攻玉。合无成已成以纠偏，会此疆彼界以通和。

西方的文学议题现象，可分述为三个阶段：其一是前议题时代，即文学尚无阡陌的前文学阶段；其二是在议题时代，即文学逐渐秀出的初成町畦阶段；其三是后议题时代，即近代以降文学学科成型的过程。

前议题时代，希腊古典文化之前的“两希”文化——希伯来神祇文化和希腊史诗文化可划归这个场域。公元前 4000 年至基督降生的时代，希伯来的宗教文史富于“神韵”（aura），但尚未裂变。公元前 11 世纪至前 8 世纪的古希腊史诗文化也不乏“神话”。“神韵”与“神话”如天风海雨漫无际涯，文学的种子在其中萌芽，然而还没有疆域之限。继之而来的希腊古典时期，可称议题时代。这个时代是一个矛盾的文化状态，后来的马其顿时代和

罗马早期文化，甚至基督教初期，与渐行渐远的泛希腊化相伴始终的是前文史状态，文学起根发苗但却没有分家辟苑。思想家们涉及了文学的一些重要类型，然而在文学的立意命名、分工设位等方面尚未定于一尊。议题阶段，意为在切磋、在商榷，等于说文学事业本身尚可存疑。本文所谓后议题时代，指称的是文学的学科演变阶段。其过程始于近代，绵延至现当代，或者说从文艺复兴运动直至当今。这是文学被文学的状态，即前文学原生态被后起的文学概念机制所打磨。文学被社会切割分配，同时也奋力挣扎，实现貌似自立的现实门户。这里说的挣扎通常被描述为秘索斯（Mythos），贯穿于从古代神话到现当代文学中自由想象的一个侧面。中外学术界对秘索斯讲了很多好话。其实秘索斯不仅神话一端，还包括了自然人文与人文自然由来已久的纠缠。而且与逻各斯对垒的不仅是秘索斯，还有西方思想史中逻各斯圈套与脱套的复杂理论演变。关于前者，各种论述不胜枚举，笔者无意踵事增华。此处仅就逻各斯作为学科建构的话语机制略陈己见。

本章用议题及其前后划分西方文学的演变，是要在文学生发现象中揭示出一个深层问题——逻各斯（Logos）对文学的擘划。逻各斯是何方神圣？它是西方文化的塑型魔方，也是西方思想的网络机制。它虽然隐而不显，但实际上是西方思想文化成为现今形态的看不见的推手。西方的语言之为语言，宗教之为宗教，文学之为文学，史学之为史学，哲学之为哲学，都能从逻各斯中找出原因。由于它是西方语言之为语言的前提和核心，各系语言的语法和修辞都能从它那里找出规矩。由于它是西方宗教神学体系化的圭臬，一些神教的深层机制从它那里定型。由于它是西方文史哲分门别类的思想根据，所以它像一个理念漏斗下方的多头管道，给文类群科定性而且定位。由于它是逻辑思维的茧形母胎，西方的历代哲学家无不凭借它而成蛹、破壳、变蛾，而且一代又一代思想家都根据它来剥茧抽丝，组织辞令，编制体系。

逻各斯如何生成？这要从它的来龙去脉观察。逻各斯是地中海文化从公元前 4000 年到公元纪年开始之间的产物。东西欧、近中东的文化在这里汇集。温暖的气候，天然的良港，丰富的物产，繁荣的商贸，加上多元的智慧和犬牙交错的战争，促成了那样一种思想环境和文化土壤，即需要而且也产生了整合人文理念的思维机制。这种思维机制不可能在古印度梵文化的释空道无中产生，也不可能在两河流域神政混一体制中崛起，更不可能在东欧、中欧地区的部落文明中胜出，而地中海这个物华天宝、思成大器的天时地利人和之境域，便是其生成的摇篮。周遭的古文化给了它以滋养，整合的急迫性和可能性给了它以生机，史诗氛围和商战文化给了它以催动，特别是意气风发的流派纷争局面，更是这种逻各斯文化的思想作坊。

给思想找到决定性的原点是逻各斯思维的重要特征。以泰勒斯（Thales，约公元前624年—公元前546年，被称为“科学和哲学之祖”）为创始人的米利都学派，以毕达哥拉斯（Pythagoras，公元前580年—公元前500年）为代表的理性神学组织即数理派，以赫拉克利特（Heraclitus，约公元前535年—公元前475年）为代表的爱菲斯学派，是逻各斯机制得以产生的奠基性思想群体。探索世界本源，研究宇宙奥秘和追求永恒原因的不同路径，使物、数、火、神等看点，都向思想网罗的逻各斯归结。给思维套上“一”和悖谬思考逆证的笼头，是逻各斯机制的核心所在。以巴门尼德（Parmenides，约公元前515年—公元前5世纪中叶）为首的爱利亚思辨派，以芝诺（Zeno，约公元前490年—公元前430年）、普罗泰戈拉（Protagoras，约公元前490年—公元前420年）为代表的智者派，以高尔吉亚（Gorgias，约公元前483年—公元前375年）为代表的谬辩派，在“一”与多、正与反的思辨方面打造了“真理的漏斗”，过滤掉了所有与逻各斯相左的成分。以留基伯（Leucippus，约公元前500年—公元前440年）、德谟克利特（Demokritos，约公元前460年—公元前370年）和伊壁鸠鲁（Epicurus，公元前341年—公元前270年）为代表的原子派，在这方面也给了很大的推动。而以苏格拉底（Socrates，公元前469年—公元前399年）、柏拉图（Plato，约公元前427年—公元前347年）、亚里士多德（Aristotle，公元前384年—公元前322年）为代表的爱知派，则是运用逻各斯思维机制的高手，前两者的理念至上论和后者的思辨神圣说，都是逻各斯思想的现身说法。古希腊哲学家们在一些具体观点上或有差异甚至对立，但是在成就和运作逻各斯方面却异曲同工，众派归一。可以说，他们共同促成并且操作了这样一种思维创制。逻各斯生成其来有自，而这种机制的能量则远远超出人们的想象。

逻各斯为什么有这么大的能量？这个问题要从其基本特征去解答：一是思维的一统性。追求元一，工于整合，语不臻一死不休，这是逻各斯的基本特征。二是思辨性与实体性的同一。古希腊的所有思想家无不推崇“思辨的神性”，思想被视为实体，是当时主导性的观念，逻各斯恰恰成为这两方面合二为一的理据。三是其直奔对象核心的抽象思索特点，由之产生了西方的本源性思维大端，即父本型思维方法——早期辩证法。[①] 四是集四面八方文化之长，而又可超脱于各种文化之上，由此具备了思想压缩器功能，一旦形成规模，即便生成期的载体不在，也可在他时异地的民族文化中生根开花。五是隐身效应。按说如此强有力的根本性西式思维机制，应该是实体实用的物化性存在，然而事实恰恰相反。它使语言言语自思而不落言筌，使宗教成为神学而自身销声匿迹，使文史哲成为门类而理路隐然其内，使思想成为思想然而其机括却不留痕迹。这就是为什么古希腊思想家都是用智慧乃至血肉之躯铸造了逻各斯，可是在他们的字里行间或言谈举止中，却很难找到逻各斯的裸露之处。这也是为什么西方和世界各国都有过“言必称希腊”的现象，然而言者只取其一隅，论者只高攀史诗、悲剧或哲学，却忽略了对这种文化样式后面的隐形机制做必要的透视。

逻各斯是实体性的隐性思维，但是它从不吃素，也从不就虚。它像上帝一样，自身不露真容，却让人相信一切从它那里批发。它不让你建造巴别塔，于是让每一种语言分门别类。它给各种学科以理念的图谱和思想的格局，各类疆域从此生分，并且逐渐深沟高垒。前文学以及人们津津乐道的广义的秘索斯，作为一片人文错杂的思想丛林，也逃不过逻各斯的法掌。在古希腊的逻各斯生成之前，文学文史浑然而不成学，人们在两河流域的史前文

---

① 参见拙作《易辩法界说——人文学方法论》，《哲学研究》2003年第8期。

化中或可辨认出今之所谓文学的那些文学远流，但是在古希腊文化的古典时期到泛希腊化过程中，语言文字逐渐向语法修辞集结，才情想象逐渐向史诗悲剧靠拢，相关理论逐渐向审美诗学聚焦。文学之为文学的格局在酝酿中，文学之为文学的理论在形成中。用今之文学概念所理解的文学，在那个时期已经生根开花。逻各斯让爱智者着迷，哲人、修辞学家、伦理学家动用了思辨的工具在文苑徘徊，究竟是按逻各斯修剪，抑或保留诗情文化的原生本态？犹疑与争执展示了议题阶段的模棱两可。

在这个阶段的早期，人们对何为文学和如何文学等问题有各种争议，但是不论争议变化多端，终究可以契合，此即议题性的争而互补，议而未决。譬如，苏格拉底、柏拉图对文学及其社会价值的分说，就是多头争议，既尊崇理念神奇，看得出逻各斯的裁断，又胶着于灵感式的魂魄性追忆，暴露出非逻各斯的前议题余绪。类似的多种文思，在德谟克利特、亚里士多德等人那里都有不同程度的表露，他们对文学生成及其人文作用的审度，也是既现实又直观，或务实或洗练。不难看出，逻各斯“思轧轧而欲抽”，哲人智者与文人才子的商量培养，促使文学脉络逐渐呈现。逻各斯教人在概念推理中绕圈子，非逻各斯的文史混合状态又揪住神话天放和诗情直观不放。这就是为什么苏格拉底和柏拉图的文学思想紧紧依靠理念论而不敢松气。他们一方面用逻各斯造就的理念作为整个世界的总模式，将文学各体看作是模仿的模仿；另一方面又割舍不下过去灵魂附体的通神气质，抹不去对前世美好精神的回忆，有些篇章甚至裹挟着对宇宙混沌的惊赞和无尽时空的追踪。可以看出，逻各斯思维在总体上左右着他们的对话活动，制导着他们对审美书写的剪裁，与之同时，文学的前议题余绪仍然不绝如缕地散见于它们的字里行间。

在议题阶段的后期，《新约全书》对造神文本的美化，神秘而教条。基督教、天主教无不把逻各斯运抵天启神正的最大限度。中世纪是议题阶段的单向延伸过程，既见出逻各斯在神学文化方面的体现，同时也披露出非议题文学思想的生发，即神秘文学现象的隐喻性表达。一方面，教化性的单行道，压抑才情欲望，束缚了人类想象的翅膀；另一方面，宗教划定了天堂地狱的版图，为文学留下了隐深潜厚的思考和有待式的回旋。希腊化时期的议题文学理论，因逻各斯神学化和神学的逻各斯化而画上了句号。中世纪的后议题文学思想是在宗教神学的逻各斯化过程中，借上帝的光辉而生长和展开。

回顾希腊化的议题时代，学科问题尚未形成规模。后世所谓人文各科仍然处于将科却又未科的境况中。文学亦然，可谓渐显阡陌，而未成町畦。论其疆域尚早，只见野田小径，随人文植被延伸。艺人智者是在没有路的地方行走，慢慢地踩出了纵横交错的文类分野。议题阶段，既是文学成为文学的时期，也是文学多种存在可能的交叉路口。文学被逻各斯席卷，也被非逻各斯的力量纠缠，大如史诗，美如悲剧，泛如散文，杂如对话体裁，文史哲混合的现象错综复杂，文学非文学与文学准文学交相成趣。当时之人，虽说辨而有隔，但也思而不滞，尚不失为逻各斯一体化之下人文学术的多彩风范。称那个时代为议题阶段盖缘于此。

西方的近代是文学疆域凸显的重要时段。我们将之称为文学生成的后议题过程。人们常说是社会进步促成了文学发展，诸如资本、科技、民主、自由浇灌了文学之花，造成了文学的被文学，完成了文学领域或曰学科的被疆域和被生成。至如生产方式与生产关系、经济基础与上层建筑、社会存在与意识形态，文艺的本体起源与异体起源、文艺的审美独特性……，这些理论都有道理，且从不同角度解说了文学成为文学的某个方面。但是少了一个很重要的聚焦点，即从逻各斯及其变种当中，寻找到罗织文学创作和划定文学疆域的思想轨迹。换句话说，文学分门别类还有另一个原因，那就是西方人由来已久的思维模式。如果对近代以来的文学范畴做振叶寻根式地考察，就可以看到逻各斯的变相作用。

此时的逻各斯有了新的发展。它由上古的思维方法，变成了近代的思维工具，也由中古的隐型思想，演变为哲学的显性机制。他的近代变种就是逻辑，即形式逻辑和辩证逻辑。它们深刻地作用于学理分隔和学术剥离，给近代的学域擘画奠定了格局，也给现代的学科划分理出了统绪。哲学逻辑化，有逻辑才能勘定真理。史学也向逻辑趋同，历史与逻辑的统一，为编史定出了规矩。文学或被逻辑同化，或向着逻辑顺化。所谓学科化，实际是思想逻辑的框定和工具理性的强制。于是现实性和实用性无处不在，科学性和学科性比比皆是，疆域性和领域性随处可见。

在现代社会政治经济的需求和分工严格科技化的推动之下，文类群科专业化和细致化达到了于今为烈的程度。这种程度无不是逻辑的化身。逻辑有如古希腊神话中的“普罗克鲁斯特斯之床”，短者被拉长，长者被截短。人们间或理解甚至许可文学多元生存的特征，允许文学作为想象王国的乌托邦现象，挣脱和抗拒逻各斯的独特意义，但是最终无不申述政治、经济、科技等现实板块的决定性作用。这种解说不是没有道理。强调文学的社会历史本质自当从现实中找原因，但是忽视文学与逻各斯的纠葛和较量，就很难看清文学疆域形成的思维机制。给文学刻意加上历史与逻辑相统一的编排，甚至将文学逐段切割，分体拍卖，实在是屠宰场的作为。文学的生发与现实、与历史固然有牵连，但是逻辑化的处理，一如流水线压制出的标准化产品，那是巧克力奶糖，是投向市场的玩具，已经不是活生生的文学本身。历史与逻辑统一论必须以历史与逻辑不统一的事实为前提，才可以为统一论找到某些有限的基点。夸大这些基点，势必扭曲甚至强暴文学生存的真实状态。西方当代著名学者德勒兹嘲讽逻辑化的编史者是“鸡奸犯”，讲的就是这个道理。至于理论界和出版界动辄以传统理念和既成信条压抑非逻各斯文化的行为，浅则是为逻各斯张目，深则是代逻各斯行刑。

文学议题向我们展示的是文学生发过程中的理论构设。这种构设实际上就是文学诉诸理论的学术经脉，是文学疆域逐渐呈现的思想文化现象。从前议题到议题再到后议题，文学及其理论传导给我们的不仅是逻各斯的片面制作，还有非逻各斯和抗争逻各斯的诸多因素。即便逻各斯变其戏法，以逻辑的近现代面孔登场，那么多的文学体裁，数不胜数的文学杰作，远非逻辑所能吞并，更不可被历史与逻辑相统一的车床任意切割。文学与大千世界的关系固然可以用习见的各种学说或主义所解读，但是其丰富多彩的生态是超出任何一种主义的。前议题最切近文学源头的生机。议题最反感理论一律的霸气。后议题最让文学难堪，也最让真正的文学思想沮丧。

在通脱的意义上讲，我们在逻各斯的恢恢天网间谈论文学，实在是一种无可奈何。运用文学这个字眼都是不得已。与之相连的文学本体论观念也未摆脱逻辑思维的羁绊。与逻各斯争锋，受逻各斯束缚。推而广之，与现实社会争地盘，也不是文学艺术的无待境界。文不成学，艺不受体，生于现实而非现实，处于社会而出社会，在思维机制中而逸出思维机制，这才是文学抑或艺术的真精神。笔者拈出议题这个字眼，至少说明，西方文论两千多年来林林总总的信条，原本是可圈可点的逻各斯的派生现象。既然是议题，完全可以复议、再议，甚至可以推倒重来。

三、文学疆域之“无题”——庄学化境管窥

最贴近文学源头的前议题文学或曰前文学，莫过于《荷马史诗》。最让文学议题众语喧哗的是希腊古典思想家。最把历史文学化的跨历史文学是司马迁的《史记》。最凸显文学多元化的书写当推《庄子》。[①] 在这种意义上，研究《庄子》无异于体悟文学非文学的“无待”，审视庄学也等于领略文学化境的“无题”。

若以解疆化域的标准衡量，《庄子》是无与伦比的杰作，是任何学科都无法牢笼的自然人文，是任何文体都无法套接的文学变数，是任何理论都无法切割的行云流水。用议题性的文学思想来勘对，《庄子》是“无题”的极品，是思想的灵台，是学术的化境，是遁逸议题的神游。

本书不打算凿混沌，逐鲲鹏，齐万物，掬秋水；也不准备解蜗战，析妙

① 参见本书第五章《文学他化论》，关于庄骚部分；亦可参见本书第六章《文学他化说》的相关内容。

语，探寓言，穷文体，区区用心，一如本节小标题所示，通过观照庄学长河的博大气象，领悟文学疆域之无题深旨。换言之，品味庄学研究之精粗，管窥庄文庄思之化境，顺流达观，逆势折冲，方内方外，或可不滞而化感，神思神游，体悟通天下一气。

庄周学高行远，独与天地精神往来，史书有载。一部《庄子》，优渥华夏灵气，荟萃天地神采，凝聚人文奇观，堪称三才合一之生机渊薮。作为一种罕见的巨型叙述，其通梼机，涵哲理，孕诗思，博大精深，几近可学而不可治之境界。故学庄者大都沾其灵气，治庄者往往迷于阡陌。

虽然治庄不易得手，但是学庄仍不可怠慢。庄周后学勤于补苴，外篇杂篇赓续；魏晋哲人长于遐想，玄言玄诗衍生。唐人悟庄以畅神，宋人解庄以得理，元人凭庄以持教，明人依庄以化性，清人叩庄以通灵，近人治庄以类比，今人整庄以成科。然长于玄者匮于神，得于神者乏于理，精于理者昧于艺，持于教者忽于性，化于性者略于理，通于灵者困于学，强于比者固于类，执于科者迷于界。可以说，治庄学者代有其人，且不乏大家，但是能入庄、出庄、通庄、彻庄、化庄、超庄者，古来寥寥。

庄思绵渺，庄学浩瀚，如何学庄思而从庄游，笔者非常看好"与《庄》俱化"的研究方法。"与《庄》俱化"，概括起来讲，就是以庄解庄以入庄，疏庄离庄以定庄，在庄非庄以化庄。

以庄解庄是期望近庄入庄，这是读《庄子》者起码的功夫。庄周的高足尚可依庄解庄乃至写庄。至少外、杂篇章与庄旨相通。东汉中晚期以至魏晋南北朝，真儒失落，谶纬公行，世积乱离，生死无常，学子忧命运，士人患人格，于是庄学勃兴，以庄解庄，蔚然成风。注庄者对世道及自身的况味也在其中。后世学庄，解风旨有唐人，释风神有宋士，调风情有明学，摘辞句有清儒。概而论之，唐近南北朝，宋明接魏晋，清人师法汉学。从学理上看，宋人以庄解庄明其理，明人以庄解庄通其艺，清人以庄解庄考其据。我们说的以庄解庄，是就庄子以解其精髓，即缘文本庄子求神思，从文艺庄子入文心，就文道庄子破有待。这是对东汉以来解庄优点的继承。换言之，此举不仅是对庄子文本的亲读深读，而且是对庄学文献的反观逆览，对庄学堆积的透视剖析，其目的是为了向庄子回归，与庄文翕动，随庄思腾飞。常人食果，啖肉弃核，以庄解庄则肉核兼取。破“核”品“心”，由“内”而“杂”，食“肉”得“核”，剖“杂”入“内”。从庄学局限而论，前人以庄解庄，拘泥辞藻章句者，大多胶着于文献考据；迷恋理路巧艺者，往往沉溺于空灵虚妄。今人参照物丰富，往往买椟还珠，似近庄而实远。笔者爱《庄》，不期精粗。以庄解庄地解读庄旨，振叶寻根地剔抉文献，逆流而上地回归“庄点”。举凡精当的《庄子》版本、大家小家注释、相关著作和论文，都得竭尽全力搜罗，逐字逐句推敲，对《庄子》微言大义反复咀嚼，对各家注释和评论仔细甄别，力求在庄学的河谷中披沙拣金，沿波讨源。而解读之余，积压渐轻，擘肌入里，反释重负，破核品心，或得真如。以庄解庄，与庄子亲近且亲切。

疏庄离庄是对历史《庄子》的造访，疏离似远而实近。疏庄离庄，是对《庄子》历史的反照，是对庄学史上定格庄子的松绑释缚。历史《庄子》是原典文本的自在，《庄子》历史是后来庄学的演绎。历史《庄子》需要稀释澄明，这就是“疏庄”。“疏庄”是对《庄子》历史的疏证散观，是对历史与逻辑相统一网罟的破解逃逸。《庄子》历史有待去伪，更需要揭蔽，这就是“离庄”。“离庄”是对《庄子》历史的离今复原，是对“主客观逻辑相统一”之类教条的自然化。疏离的过程，必然见出庄子之为庄子的生态环境、历史背景以及庄学变数，有如考古学家从层叠的历史堆积中发现彼时彼地此物成为“这一个”的原因。表面上看，这是庄子研究在重新洗牌，其实是化解庄子后学固化庄子的生态反还。对庄子其人其思而言，一如远行归来之回返，对庄学庄论来说，则如棋史迷局之别解。这个向度，应说是国内外庄学研究的广阔天地。疏庄离庄，有助于探求《庄子》与“巫”、“祝”、“史”、“宗”的牵连，逼近《庄子》思想的原生诸态；有助于分解《庄子》与“圣”、“经”、“道”、“气”的关系，寻绎《庄子》的思想张力；有助于揭示《庄子》与“虚”、“待”、“美”、“丑”的盘桓，阐发《庄子》

的独特价值。可以说，疏庄离庄是为了把《庄子》从学科史中解放出来，让庄学在学术天地中重新放飞。

在庄非庄以化庄，是研究《庄子》的要津。只有在庄，方可与庄共生；只有非庄，庶几排解庄蔽；只有在庄非庄，才能进入化境。《庄子》问世后的两千多年里，人们欣欣于“逍遥”之游，蒙蒙于“大块”之巨，津津于“汪洋”之叹，常常得之于心旷，或乏神会。两千多年来，人们谆谆于“言意之辨”，恂恂于“言思之合”，汲汲于“言象之通”，大都精于学庄，而未透于学庄。两千多年来，人们源源于“自然而然”，隐隐于“自然其然”，惚惚于“自然不然”，往往随于顺庄，而未逆庄。透视“死生”者多，分说“文体”者众，玩味“三言”者伙，精到的理解和深刻的表述异彩纷呈。此所谓“在庄”者。“入庄”尚待“出庄”，“在庄”还须“非庄”。非庄不是批庄灭庄，而是得其精神，遗其形具，于技艺超脱时冥会道气，从言意双遣中暗合庄心，在庄语的潜隐处覆发“他指”。对于一个不朽的经典文本如《庄子》，入之不易，出之更难，研习既久，常常为其所笼罩，难免是其所是，非其所非。而“非庄”则是与庄俱化的出庄，这是更高层次的要求，也是《庄子》对后人最大的启迪。对于庄学，踏入了“在庄”的第一步，还应迈出“非庄”的第二步，舍此不能进入“化庄”的更高境界。

一部《庄子》，三个字——“然”、“静”、“化”——与天地人生密切相关。从庄学研究的角度讲，“然”、“静”、“化”是《庄子》一书的户牖，也是内、外、杂篇的通衢。《庄子》有意孕育、催生、培养矛盾，不断开启，又不断闭合，而且旋开旋合，甚至开合双兼，此即笔者所说的启蔽，也即后面要论述的辟思。启蔽双管齐下，成毁逃却死生，坐忘一举两得，心斋神游化境，瞬间永恒，目击道存，从而保持其本真所是之生态、静态、动态，化解其思想被网罟的可言、难言、无言。其伟大，就在于既透明，又模糊，既开放，又不易得手的始源混沌与原发生态。其原生态自然和非文明思维与同一律和矛盾律的思想圆凿方枘，与古希腊的逻各斯旨趣迥异，与西式辩证逻辑大相径庭，对于化解逻各斯和辩证法的戾气大有裨益，对于人类走向未来的思想造化也是得天独厚的资源。“然”是大道之基础和母胎，是自然去“否”和文明去“戾”之前提；“静”是亲“然”入道之内涵外养，是心斋坐忘之修炼功夫；“化”是道气运行之方法和过程，是庄思与庄行之最高境界。深入“然”、“静”、“化”的研讨，的确是很有意义的话题。

一部《庄子》，俨然一部“天论”。《庄子》混沌之翕动和非文明之自然，形成了非文明和非逻辑的天运智慧，与权利话语的抗衡构成了庄思与所有体系化、固态化思想的相反相对。这是原始意义上的“和而不流”，“流而不派”。人们常讲庄子提倡天人合一，见“齐物”而想“一致”，望“道气”而骛“整体”，实际上庄子的思想极致，恰恰在“天论”之“合一”不一，“齐物”不齐，“整体”不整。其“天论”端在“天倪”，几在“天钧”，化在“天府”。笼统讲其天人浑然一体当然可以，但不是所谓“一致百虑”，也有别于“以他平他”。《庄子》“天论”，既非同一性，也非差异性，而是超乎“通天下一气”的更高追求，也是天地精神的进一步升华。《庄子》“天论”为神话开户，也为道教奠基；替诗学张目，也给哲理门径；既给人文提挈，也向科技留白。只有开放性的圆观宏照和全方位的权衡斟酌，才有望体察其高下精粗，把握其成败利钝。文字学、文献学、文艺学以及哲学等方面的“在庄”，还有待“文史哲学”之“非庄”，也期盼群科变通之“化庄”。

再回到习见的文学思想和文学规范中来吧！《庄子》究竟是什么学科的著述？文乎？诗乎？史乎？哲乎？仿佛皆是，但似乎又都不是。笔者的管窥，自然是行色匆匆，挂一漏万。然而面对如此光明俊伟之大块文章，如此天马行空之无待挥洒，怎能不让人叹为观止：庄周已周，后来者安得重为天籁之文？

第二章　文学根器解

古代文学“是”（“什么”）的论证比比皆是。古代文学“不是”（“什么”）的反证也不胜枚举。该领域的“是”与“非”作为见仁见智的诠释，是永待质疑和商榷的悖论，作为对立统一的对象，是辩证法棋盘上难解难分的楚河汉界。本文以中国易学的原道方法为津渡，力求跳脱相对主义的思维陋习，突破辩证方法的工具主义死角[①]，在古代文学的根器处立论，于研究方法的众法中化法，体道入道，化感通变，探索古代文学学科生命的他种可能。

根器者，命器也。古代文学的根器，即古代文学的命器。分而言之，是古代文学的命门和体式；合而观之，是古代文学的生机与气脉。提出古代文学的根器问题，目的在于剖析古代文学的本根，把握古代文学的体性，化解古代文学的疆域，琢磨古代文学的方法。解析古代文学的根器，实际上是寻求辟合古代文学“是非”的他种途径。

一、古代文学本根论

人们习惯于这样的命题：“古代文学是古代人类社会生活的反映”，“是

---

① 参见拙作《试论人文精神探讨的思维方法问题》，《陕西师范大学学报（哲学社会科学版）》1996年第3期。其中包括本人对中西方两种根本思维方法的比较和对辩证法的反思。

古代人性情的表征”，“是古代受制并反作用于一定经济基础的意识形态”，“是文学作者、作品与读者的解释学的循环”，“是历史主体对象化的历史”，“是创作与鉴赏的历时性的记录”……类似的提法还可以举出许多。毋庸讳言，这些论点的前提是偏狭的，借以自持的定语支点是分裂的，所涵盖的范围是有限的，因而顾其一忽略其二，知其然不知其所以然。

显而易见，要想切中肯綮地把握古代文学实属不易。所立的命题越细，遗漏的内容就越多；提出的定义越大，与其既成的特点便越是相左。有关的论断越是人为，其潜存的异质便愈益物感；人们越是想给它圈定范围，它的品质越是别有所在，诸如此类的现象说明一个道理，古代文学的真谛在其内亦在其外，任何一种出神入化的研究都将本学科的大端推向了本根问题。

（一）本根与本性

笔者在《易辩法界说——人文学方法论》一文中，曾提出过“本根在界”的命题。[①] 该命题对论证中国古代文学的本根问题同样有提纲挈领的作用。“本根在界”就是“本根跨界”或曰“本根通界”，本根在边缘处的起承转合，则进入了“本根领界”。这也是做学问为什么要“游走于学术边缘”的原因之一。中国古代文学的本根在哪里？在天人合一与辟一的大场合。这个大场合是中华民族“跨界”、“领界”思想的高度概括。“跨界”、“领界”于“零界”，意味着对“合一”观或“圆一”观“执一”思想“灯下黑”的防范。“执一”易僵，故需“辟思”，即“辟创、辟解、辟化”。[②] 在人类思想文化史上，天人合一只是一种独创性的大境界。然而此境界还须辟出大场合。天人合一与辟一的大场合，才是中华民族和合天地万物的根本思想。此思想为华夏众多历史活动所向往，尤其为古代文学所独钟。其原因就在于古代文学与天人辟合的特殊关系。其他活动因胶着于功利性的驱使和迫于道术

---

① 参见拙作《易辩法界说——人文学方法论》，《哲学研究》2003 年第 8 期。

② 参见本书第三部《文学辟思》。

为天下裂的大势，对此境界可望而不可即，欲近而常相远，但是古代文学活动则根于天人辟文的大场合，成于天人辟学的大场合，化于天人辟思的大场合，本身就是这一大场合的集中体现。人类的其他活动都自觉不自觉地伤天害理，唯独古代文学以其人文、非人文、亚人文和超人文的特点，化解着人类文化的戾气和煞气，创造着圆融与祥和，为天人辟合信守灵魂的纯正，为“原始要终”坚持精神的超脱。我们讲“唯独古代文学”而不讲整个文学，是因为今天所说的古代文学已经属于历史长河净化和提纯的根性文化，是天人合一与辟一大场合中陶冶出来的金相玉式作品，与现当代过于功利性、应时性并且被西方文学观系统化了的东西不尽相同。关于古代文学与天人大场合的深层联系，我们在后面各章还要展开讨论，此处暂不详细叙述。

如果说天人大场合的开显可以洞明“本根在界”的要义，那么天人合德的通化足以揭示中国古代文学“本性在兹”的特点。“本根在界”，在边在缘；“本性在兹”，在此在体。中国古代文学的本性，正在于它是与中华民族破天荒而来参造化而在的成文之体。从民族气质和地缘特征上来讲，中国的古代文学是中华民族精气神的凝练，是九州山河色香味的结晶。天地磨合，大道开显，人情风土，焕然成章。神话中包含着乾行坤载的奥秘，古歌里披露出天人互动的底蕴，《诗经》、楚辞是华夏民族的风骚，先秦文史是炎黄子孙的杰作，汉唐宏构，宋明伟制，清代遗韵，都可以追溯到斯天斯地斯民斯德的独特风貌。这样一种“肇自太极”的“人文之元”，是世所罕见的大文学范畴。其熔天地鬼神为一炉，集古今往来于一气的人文创制，与西方长期将文学看作派生之尤物的思想观点大相径庭。① 其天人合一的基质和天人合德的特性经久不绝，即便在西学东渐的大潮中也保留了纯正的根器。

---

① 西方文化是“审美情结”较为浓重的文化，对文学艺术的审美取向遮蔽了文艺活动的其他方面，如审丑、审势、审中介，而且文艺的特点不只是个“审视”问题。将文艺作为审美“尤物”和将之作为政治经济的“工具”，都是西方审美文化偏颇的表现。笔者从文道关系的层面探讨文艺的本真问题，深感人类文化需要认真地反思天人合一、进退悖论、主客融会等事关原道的大课题。有兴趣的读者可参见拙作《感性学发微——美学与丑学的合题》，商务印书馆 1999 年版。

（二）本真与本体

上述关于本根和本性的疏证，触及中国古代文学的本真问题。西方思想家对历代文学的规范都在两个极端上摆动：源自逻各斯的理论框架和出于认知论的真理观念。要么将文学的真实归之于理念的绝对性，要么把文学的真实还原于生活或经济基础之类的实体。于是，西方的理念逻辑和实在观念便成了诠释文学真谛的对立性的依据，对立统一的辩证法以其“符合论”罗织各种文学的真实问题。中国古代文学的“本根在界”揭示出差异的真实，“本性在兹”透显出禀赋的虔诚。天人辟合不是指天人的一致，而是乾坤交泰，人神咸集，共同组合成一个圆融而又开放的多元世界，即笔者所说的“人文学场合”。“天人合德”也不是指一个孤立的文学生成论，而是一个与天地鬼神共在的异质奇构。这里的神既是神话之神，也是神妙之神。这里的鬼既是对生命异状的想象，也是对死后世界的臆测。文学借鬼神而得灵气，鬼神因入文学而去迷信。文通鬼神，即人化鬼神，其通化既是对彼岸的敬畏，也是对终极的追求；既是对现实的超越，也是对未知的留白。在各种信仰抗衡及主义对垒的僵局中，鬼神是派别的，虚幻的，而在天地神人化感通变的圆观宏照之中，鬼神是耦合的，是人文精神的“他在”。文学的本真没有禁区，黄泉碧落有舟楫，鬼狐神仙非异类。

如果说中国古代文学的本真是关联本根的文之体性，那么她的本体则是运化本真的物之诗化。文之体性和物之诗化，点出了中国古代文学自成一体的独特格调。这里说的本体是指中国古代文学体已成物的特殊存在。她是开放的，天地与我同春，万物自有风采。她也是封闭的，古风不泯，童趣未灭，有一个抵抗文明腐化的文化生态场域。她是阴阳和合的，天地鬼神与人同构生死意境。她是中性的，既关心，又及物，心物共襄虚实相生的世界。她是化感性的，超越而不超验，回归而不倒退，形之上下和状之清浊，都为天地间的一团灵气所裹挟。文学是诗化的天地，诗化是文学的品性。中国古代文学的本相，就是这样一种扬清退浊的大道诗化的场合。在此层面上，老子首揭“大音希声”的真谛，孔子倡导“思无邪”的大端，庄子悟出“天地有大美而不言”的深意，刘勰体会到涵泳于文海诗界的要旨——“诗者，持也，持人情性”①，而且明了一个更为深邃的思想，那就是“道心惟微，神理设教”②。将古代文学的体性追溯到大道诗化的本真方面，与之相比，西方文学本体论的种种现成观点都显出了偏狭与局限。

（三）本源与本色

西方由来已久的理念论将文学本质纳入了形而上的架构。审美本体说解决的只是文学魅力的现象。对象化的思想始终在主客格局中徘徊。生活源泉论关注的是文学与生活的形而下联系。精神分析学揭开的只是文学的潜意识层面。接受美学、解释学的循环说只是在补充文学主体论的漏洞。类似的学说都未摆脱逻各斯的框架和认知论的理路。只能在既成而执一的角度挖掘文学的本源问题。文源于道，是中国古代思想家对文学本源问题最深切的理解。道是缘域化境的启蔽，是阴阳差异的通变，是形上形下的冥合，是本真灵气的诗化。因而，道不是逻各斯，也不是认知论的主客观，所谓“形而上者谓之道，形而下者谓之器”乃是战国学者对道的分解。道器互化，可备一说，但是分道于上下，离道已远。观于古易，这一层不难理解。老子和孔子深谙化感通变的缘域消息。《淮南鸿烈》、《文心雕龙》等古代元典对此恪守不渝。纪昀盛赞刘勰“原道”即“明道”，实在是一个真知灼见。原道与源道，名异而实通。原道是正本清源，源道是源头起解。两个提法殊途同归于道之根本处。“明道”而不“载道”，暗含一种批评，即“载道”说将道与运道者都工具化；“明道”则是体道、悟道而且与道俱化的行为。以“明道”释“原道”，是把原点与终点、来龙与去脉、目的与手段，小处予以圆融，大处通和致化。“文原于道，明其本然，识其本乃不逐其末。”③面对20世纪花样翻新的文学本源论，所需防范的正是舍本逐末的皮相之谈。

---

① （南朝·梁）刘勰著，周振甫注：《文心雕龙注释》，人民文学出版社1981年版，第48页。

② 同上书，第2页。

③ 《纪晓岚评〈文心雕龙〉》，扬州广陵古籍刻印社1997年版，第21—22页。

“本源说”梳理的是中国古代文学与大道本真的原生关系。“流变论”解决的是古代文学与社会历史的交叉问题。刘勰关于“文变染乎世情，兴废系乎时序”[①]的论述讲的就是这个道理。“本源论”文关本根，质在本性，透露的是古代文学根器何以纯正的道化出处，回应的是古代文学与天地鬼神默契和鸣的始源母题。“流变论”事涉世态，情系生活，揭示的是古代文学形态何以驳杂的物化纽结，凸显的是古代文学与社会历史互动的变体机制。前者掩藏着古代文学的本根起源，可以发挥出文学自律的思想，后者推动着古代文学的异体磨合，由之引申出古代文学的他律理论；前者包含着古代文学经久不衰的古风童心，后者演绎着“时运交移”的新陈代谢；前者默守道文一体的千古秘响，后者幻化文苑众相的波诡云谲；前者永葆文源于道的根器本色，后者渲染世情文变的复调音乐。这是两条盘根错节的学术经纬，交织着绚丽多彩的古代文学大观。

不学邯郸步，应做原道行。在古代文学研究舍本逐末流而不返的浩荡趋势中，重提本根问题无疑具有返本寻源的意义。本根论可以让我们看清古代文学的象外之象，将就事论事的研究推向文道关系的深层。

二、古代文学方圆观

本根论从文道一体处阐幽发微，论述的是根本问题，谈大端多，讲关键少。本根论的延伸，就会遇到古代文学根器的另一个层面，即器化于道的问题。文明的轨迹是道被器化，这一点无须多言。中国古代文化中特别是古代文学中始终存在着另一种活力——道动于反。从克服事物既成性的非器化方面来讲，道动于反也是器化于道的问题。器化于道或非器化，是《易经》象数义理所述的生态变化，是老子所说的反本守道，是孔子为使“君子不器”的“志于道，居于德，依于仁，游于艺”，是庄子所说的适道之物物化。

① （南朝·梁）刘勰著，周振甫注：《文心雕龙注释》，人民文学出版社 1981 年版，第 479 页。

用今天的话来说，器化于道是对劳动分工片面性和社会功利化难以逆转的还原性补正。

不少学者在论述道器关系时喜欢引用黑格尔和马克思的物化论与异化观，实际上中国古代的道器思想与黑格尔以及马克思的观点貌合神离。中国古代的道器思想包含着强烈的原道意识，但是既无主客之分，也无心物之别，古朴浑厚的本道论从始源处笼罩群言，在歧异中吸纳众流。黑格尔、马克思的物化和异化思想各有心物执一的偏颇和主客二分的局限。他们的观点不乏逻各斯的精妙构制，但是缺乏大道生发时的空谷足音，缺乏“人文化成”有异于逻各斯的通变灵枢。我们提出方圆观，一方面是为了梳理中国古代文学由根到器的脉络，另一方面是尽力寻找器化中的非器化可能。

（一）规矩与“不器”

规矩是方法，是工具，没有规矩不成方圆。规矩也是器械，是始器者，有了规矩则限定方圆。如何做到有方圆而化方圆，这是中国古代文学最精彩但又最被忽略的一个关键问题。古代文学的萌发期无方无圆，上古神话朴茂地展示大道浑然的本真境界。先秦两汉的诗文辞赋有了大体，但是同时也释放着可逆转的潜力，不仅各种文类通心连体，而且道气思想激荡弥漫，构成了创作与批评中的非器化动因。魏晋南北朝一向以“文学自觉”著称，其实所谓的“文学自觉”同时也是“文学的反自觉”，文学的分体自流与返本合源都是该时期的重要特点。唐宋诗文法度井然，堪称器化的楷模，可是唐人气度和宋人风流恰好为非器化别开生面。元明清的戏曲小说是古代文学的种类更新，然而体裁在变化，语言在通俗，传播在扩大，这些因素又将规范的程式化解开来。民国以来的文学体制西方化，对中国古代文学的本根作了逻各斯式的扭曲，将中国古代文学的器化——非器化的回流性道化运动转变为非道化的认知论模式。文艺与政治经济生活的互动机制理论，遮蔽了我国源远流长的文学根器本色。

文学的器化是中国古代文学在大道潜移中的文德自显，即道隐而德彰，而文学的非器化则是文学向大道本根的“游牧”性回归。① 器化—非器化刚柔相济，实际上是中国古代文学道气运化的基本特点。在中国文化的演变过程中，文学的器化—非器化也是道器张力的翕动和文学本根的蔓延。从易学的化解性思想而言，器化—非器化是规矩方圆的变通，规而不固，矩而不僵，方而不板，圆而不封。器化—非器化，开显的是文学作为人文缘域运动中异质奇构的那么一种场合。器化是先秦以来“道术为天下裂”的必然，是社会分工的必然，而非器化则是原道体道明道，堪称不折不扣的华夏神思，地地道道的中国特色。数千年来中国古代文学文笔纷呈，体式繁多，但是其基本的脉动就是道由器显和器化于道。因此，文源于道始终是一个最吃紧的观念。明了文本于道，才谈得上“根情，苗言，华声，实义”。民国以来国人用西方文学观对我国古代文学的改造，忽略的恰恰是华夏传统思想中“文本于道”的精神气脉。这种文道关系的不绝如缕，很大程度上得益于中国文化的两栖机制。② 此当另文陈述。

（二）分流与还原

从思想方式上来看，西方的文学理论模式始终摆脱不了逻各斯思维的操控。在实在性方面分析，西方文学及其批评套路无非是社会分工的产物。文学对抗分工的恶果——人性异化，但是这种对抗是以分工对抗分工的两极分化机制，其源于逻各斯深处的分化与整合的底盘，在文学学科化和文学史膨胀的过程中看得更加明显。③ 在某种意义上，西方文学在抗争，但是在

---

① 法国当代思想家吉尔·德勒兹以“思想游牧”抗争逻各斯的世界。中国古代诗化的道境是真正的“思想游牧”。德勒兹的“思想游牧”说也有游谈无根之弊，因而重提诗化的道境很有必要。诗化的道境关乎中国古代文学的本根，对德氏的“思想游牧”说是一种有益的补充。笔者借用德勒兹的“思想游牧”说，并将之纳入大道的化境。

② 参见拙作《略论中国文化的两栖机制》，《陕西师范大学学报（哲学社会科学版）》1994 年第 4 期。

③ 戴燕：《文科教学与“中国文学史”》，《文学遗产》2000 年第 2 期。戴文提出了一个发人深思的问题：“作为一门文科教育课程的‘中国文学史’，在 20 世纪的大学，如何成为一般中文系最重要科目、又如何在教学中被一统化的过程。”戴文指出：“它的成功在于与意识形态、学术体制特别是教育制度的配合，而其缺陷也正在于此。”本人完全赞同戴说。拙作主要论述中国古代文学的根器及其与西方文学观的磨合，其中也涉及古代文学学科畸形发展的问题。

思维机制上看，其抗争难逃逻各斯给定的框架。不论他们愿意与否，文思受制于逻各斯，是一个不言而喻的事实。形形色色的西方文论，程度不等地落入逻各斯彀中。这一点对我国高校古代文学教学研究产生了巨大的影响。用西式分类法剪裁出的中国古代文学史，完全成了与道气脱节的器具化产品。一方面，人们对中国古代文学拼命地分化或曰分流，通史、断代史、分体史、作家史、鉴赏史、女性史、接受史、传播史、比较史……不一而足；另一方面，中国古代文学成为任何思潮都能染指的对象，任何思潮都能改写或曰整合从史到论的所有材料。这种众语喧哗固然有趣，问题在于此类分流与整合都是出于逻各斯机制化的“主义”文学，与中国古代文学的本真相去甚远，以至于一“学”得手，任何人都可以剪裁出几块文学史的衣料来。

中国古代文学的根本变数不在于用西式文学观对中国文史的分划与整合。它的器化应该是根器化而不是器具化和机械化，是“君子不器”的适道而变化，是根于大道的与时俱化，是会通适要的大节不亏。在漫长的历史长河中，所谓中国古代文学实际上是文史哲贯通的学问，经史子集浑然一体，人们只能适其大要地略事区分，明于文质，划于文笔，别于韵杂，味于意象，归纳性的统绪也是“艺文志”之类的要略性区别。因此，古人所谓文学实际上是雅训体道之学，是华夏民族精气神的体现，它与经学、史学等大文化范畴的基本区别在于明道通道方式之不同。经史重在贯道载道，文学重在体道明道。贯与载是推广，体与明是还原。这就是为什么中国古代文学理论家一再“原道”的奥妙所在。

（三）学科与学问

西式逻各斯工具理性切割出的是一系列的学科，而且不管人文理工，一旦分立学科，一律称为科学。就社会科学和自然科学而论，分科细微可以把科研的洞察力推向极致，把人类的手脚伸展到匪夷所思的程度，其改造和征服自然的能量自有独特的价值。但是人文的东西并非理工医农之类的科学。

它们具有软化科技所含工具理性副作用的功能，具有促使天人融合的重要方面，但是现代化进程对一切学问的科技化归类切断了它们与大道真源的联系。人文瀚海有思想性的学问而无工具理性化的科学，在这种意义上讲，中国古代经史子集的要略性变通不啻睿智的处理。西方人对文学的工具理性分科，严重地影响了文学对逻各斯的软化及其对人文群科的场域化功能。这种弊端一直到 20 世纪初叶才真正引起西方有识之士的注意。以文学挑战形而上哲学、以文学应对科技独行，成了社会的普遍话题，如何克服人文分科过细、提倡宽基础的人文通识问题，也提上了科教文改革的议事日程。

近代以来，我们全方位地引进了西方的科学分类法，在自然科学领域受益匪浅，但是在人文学科方面弊端丛生。中国古代文学是一种特殊的学问，它可以按西方学科名目来称谓，但是不宜用西式逻辑来规范。但是近一百多年来，人们过分倚重西式分类而忽略了它的特殊禀赋。编史的“反复”和评论的“堆积”，给人造成了“百花齐放”和“众语喧哗”的印象。但是这种学科虚胀的后面潜伏着将古代文学操作化的危机。与道俱化的创作和原道归真的研究都为工具理性的技术机制所取代。学术界只关心中国古代文学的分化和“自觉”，却遗忘了文道通化的根器，遮蔽了离形遁器的通和。时至今日，西方人已开始纠正科学式学科分类的工具主义流弊，我们是否应反思中国古代文学的本真问题。西式学科分类可以沿用，但中国古人执着于本根的学问精神，也是值得大力提倡的文学遗产。

中国古代文学的方圆观留意于这样一种智慧通衢：“超以象外，得其环中。”根器化的根中有道，器化而不失其本；非器化的器在开物，根伸而不堕其节。方圆观不执于方，也不囿于圆，而是圆观宏照，化于方外。长期以来，我们一直按西方的文学机制编织中国古代文学的历史，今天以根器化的思想重新研究史与论的种种资料，呈现在面前的将是另外一种景观：在体制化的后面潜含着一种非机制化的文学气脉，它是与西式“文学自觉”所不同的“非自觉”，或者说是与西式“自觉”反向的回归本根的“自觉”。

三、古代文学融会说

中国古代文学的方圆观揭示了一个超出百年学科建设机制的华夏气象：中国古代文学作为华夏民族的祥和体性，有与人为善，与物同春，随遇而安的一面；作为大道自文的根性气脉，又有不可被任意摆布的独特之处。一言以蔽之，中国古代文学的精气神最擅长方圆游艺：不在方，不在圆，无方枘圆凿之弊；入得方，入得圆，有西法中用之便。20 世纪的文学思想家引用西方的观点，建起了众所周知的中国古代文学巨型话语体系。我们今天申述华夏特色的根器，就是要阐明被西方文学模式遮蔽了的中国古代文学的底蕴。

中国古代文学的可通约性已经被理论界推到了极致。中国古代文学已经被完全纳入了西方文学发展观的认知论模式之中。中国古代文学的教学和研究也完全采用了西方 19 世纪的套路。当我们意识到，这种系统下的中国古代文学自有其根器纯正的独特性之时，西方文学模式便遇到可逆性的“他者”。如果我们把不循规蹈矩的方圆观，运用到古代文学的文运与学术两个方面之时，一种非常有意义的文学德行，即中国古代文学的融会特征，就成为亟待梳理的重要问题。

（一）文运与文学

中国古代文学的道化根性在华夏的时空中演化，其精气神的溪流在阴错阳差的河床上涨落。从宏观上讲，道文关系远非西方的各种因果决定论所说的那样立竿见影，而是如风云聚散，可待而不可待，像河汉星群，若即却又若离。因为其中掺杂着太多的成分，自然、社会、作家、读者、灵感、机遇、身世、文化、个性、爱好、传承、创制……，这些因素都可能成为道文关系中的一团星云。[①] 凝成星座满天的大道文化灵枢，即文之德行。文之德，

---

① 德国哲学家阿多诺将文学艺术和尚未僵化的思想比作“星丛”，其实文学艺术等活的思想更像“星云”，一如《易传》所言：“云行雨施，品物流形。”

即其“得”体之品，其行，即其“践”履之动。从文的角度来看，德行与时推移，文变和若天籁。诗词歌赋戏曲小说，都是以异状而通和，因变态而致化。文人骚客脚夫牧女，诗歌互答，莫不以一己之灵气，夺天工之几神。作者才性不同，文体雅俗异趣，格调参差不齐，盛衰难得同时，但是程度不等都在激扬华夏精气神的风貌，都在“原道心以敷章，沿神理而设教”[①]。这种纳百川，汇众流的人文互动，就是中国古代文学道器化感的融会德行。

从中国古代文学的学术层面来讲，融会精神也是治学之要津。刘勰称之为“会通适变”：“规略文统，宜宏大体，先博览以精阅，总纲纪而摄契……凭情以会通，负气以适变。”[②]这既是为作者指陈创作的要略，也是为文运勾勒践履的宏旨。《原道》与《通变》合读，中国古代文学的融会德行神采宛然。于融会处见道见合，于通变处得新得变，文统大体，非西式文学史的体例可同日而语。当今学界常见的魏晋“文学自觉说”，从德行论的角度看实在是对魏晋文学乃至整个中国古代文学的偏解。中国古代文论中偶有类似西方认知论文学观的个别言论，但是基本的思路主要是在探索文与道的关系，基本的观念始终是在会通文道、文心、文德、文质、文采等方面的隐秀思想。谁如果只从中看到可资西式文学史论观使用的好材料，那一定放大了中国古代文学的随和性，从而遮蔽了其原道明道且化感通变的根本追求。中国的古文论家大都醉心于文学的还原，而不是像西方认知论思想家那样执着于文学的派生。

（二）散点与适要

文学的还原向何处去？前面已论及：“文原于道。”然而文道关系若即若离，朦胧隐蔽，偶然性居多居大似星云变幻，必然性时隐时现如藕断丝连，也许用神龙见首不见尾来比喻更为合适，并不像西方辩证法所说的那样同

---

① （南朝·梁）刘勰著，周振甫注：《文心雕龙注释》，人民文学出版社 1981 年版，第 2 页。

② 同上书，第 331 页。

一，那样因果了然。偶然性、或然性、差异性是文道关系的要点，既成性、必然性、统一性只是文道关系的环节。古代的文学创作所追求或所焕发的无非是这种自发性，“文章本天成，妙手偶得之”。古代文论所重视或所推崇的也是与之相对应的散点透视。先秦文论的超迈古简，魏晋南北朝文论的钟灵毓秀，唐宋文论的出神入化，元明清文论的情趣凝练，很少有西式逻辑体系的构造。20世纪的百年西化，思想界和文学理论界的浩叹之一，就是屡屡感慨华夏民族逻辑思维的疲软。在一面倒的辩证法学潮中，中国传统思维的积极因素被遗弃被忽略。关于中西思维的比较问题，笔者在《试论人文精神探讨的思维方法问题》①一文中有过论述，此处不予展开。应该指出的是，就古代文学创作和文学理论而言，星云风发的散点透视不仅切合文学研究的本真本色，而且具有弥补辩证逻辑机制局限的东方文化优点。

辩证法的统一是整合，易学的和合在融会。整合是以逻各斯为基座、以征服对象为目的的焦点思维，体系化是其必然结果。融会是以大道氤氲为根本，以化感通变为指归的散点透视，会意性是其基本特点。散点透视的“散”不是了无灵气的如鸟兽散或一盘散沙，而是会通适要的与道俱化。在中国的文化史上，文学与其他社会门类之间，长期处于似分而又合的微妙状态，即便在所谓“文学自觉”的魏晋时代，钻仰文心的思想家们仍然诸体兼顾，无文不谈。因此，当我们按西方文学概念在中国的文化史中梳理文学的类特性之时，一定不可忘记：在文心钻仰的高手们一刻也没有忽略大文与大道的根器通化，与诸文在同气连理处的契合。诗词歌赋等艺文之间相互渗透，艺文与非艺文也是盘根错节。诗歌在田间，在庙堂，在三教九流，在墙头马上，甚至粘贴在家家户户的门框窗棂上。如果说西方人长期关注对文学进行焦点式的透视，一直到20世纪才意识到文学的会通性问题，那么，中国的文学，至少古代文学，始终没有中断与大道相连的根器，在“沿波以观

① 参见拙作《试论人文精神探讨的思维方法问题》，《陕西师范大学学报（哲学社会科学版）》1996年第3期。

澜”的同时，也执着地“振叶以寻根”。一滴水蕴含大千世界，滔天巨浪呼唤着山穷水尽处的本源。要讲“自觉”，这种双向互体、循环通化的有意识活动，才是不可淡忘的“文之为德”。

（三）缘域与启蔽

融会的佳境在缘域。缘域亦可称偶缘。缘域是事物本真“意义”之所出，因而占尽始源、边缘、偶发之先机。人类文化的出现是“意义”所能企及的最大的偶缘。《易经》直逼天人通衢，透“几”入“神”，堪称探索偶缘的宏构伟制。道儒法禅兵农医艺，中国古代思想文化的通合之处都能见得出缘域的“几神”。海德格尔从《道德经》中悟到了缘构的天机，以此解释存在的真谛。他对“Ereignis”、“Physis”、“Logos”、“Aletheia”等词汇的新解都切入了偶缘的境域——天地神人的交响。海德格尔对天地神人的合解堪称高论，但是他对鬼之一维讳莫如深，又可以看出这位大思想家的天主教门户之见。从人文的角度讲，鬼神都不过是人与天地精神往还中的灵与肉的折光。人们当然可以对文学乃至文化最高境界作天地神人交响的简括，但是至少应该将鬼之一环纳入交响的合奏。中国古代文学作为中华精气神的集中体现，是缘域的精妙所在，是天人合一的造化，是阴阳意识的错杂，是心物不二的契机，是情景交融的意境，即便在人心不古的铜臭时代也有不绝如缕的传承。诗篇、辞章、散文、戏剧、小说，它们与世俗社会根本的不同就在于创造出了那样一种境界，即神用象通的场域，人文渊博的场合。鉴赏、考证、评论、诠释、解构，这些和文学创作互动的阐发工夫，其实也是缘域化生的组成部分。在边缘，有其缘分，解或然，得其真如。缘域之化境大矣！

缘域的化境，与创作和品评休戚相关，与社会历史的磨合不可分割。从另一个角度看，这份几缘则是个启蔽问题。偶缘的境域是天地神鬼人际性的同造共化。如上所述，中国古代文学之偶缘，是阴阳虚实互动的场域。这里的神也是涵摄天地人三才灵气的概称，既是神话之神，也是神妙之神；既是对彼岸的敬畏，也是对终极的追求；既是对现实的超越，也是对未知的留白。在各种信仰抗衡及主义对垒的僵局中，神是派别的象征，而在天地人神鬼化感通变的圆观宏照之中，神也是耦合的别称。明了这一点，才有望领会本真启蔽的化境。启蔽既是开启遮蔽，又是开始遮蔽。“一阖一辟谓之变，往来不穷谓之通。”古人用阴阳、天命、时中、心斋、缘性、神韵等词汇沟通的无过于这样一种灵境。古代文学家灿若群星，诗文盛如云锦，说轻松点，是旷达，是游艺；说严肃点，是体道，是明道。无论轻松抑或严肃，缘域的启蔽是必由之路。在大道辟阖的缘构层面，启蔽就是天人的通和致化。在华夏精气神生发的任何一个境遇，通变则是文道相养。古代文学的历史证明，文之道就在启蔽，贯通之际，“笔落惊风雨，诗成泣鬼神”；文之学就是通变，融会伊始，“造化钟神秀，阴阳割昏晓”。会通之真如，于此可见一斑。

在综合的意义上，可以这样解释中国古代文学的底蕴，大道乃文之渊薮，缘域是文之几神，启蔽即文之户牖，会通是文之场合。大道，缘域，启蔽，会通，实际上说的是一个道理：中国古代文学大在圆观宏照，细于化感通变，二者的和合在于融会贯通。就方法论，她比西方认知论文学观要圆融，比解释学的循环说要深沉，比科学的实证法要开阔，比叙事学的结构要多元。从本真看，中国古代文学是天地鬼神与人相感的通关锁钥，而中国古代文学研究则是沟通阴阳隔阂和融解学术块垒的通和致化场合。

第三章　文学视脚说

人们往往将文学研究的立场和方法笼统地称为辩证统一的关系，进而将二者与现实是非或政治态度画上等号。这样做实际上把文学研究的立场和方法问题简单化。文学研究的立场和方法从根本上讲是一个究天人、通古今的原道话题，事关穷缘域、释命运的人文深旨。它虽然与当今社会有一种应该“服务现实”的关系，但是这种“为”是终极关怀之“为”，这种“用”是化感通变之“用”，与急功近利的对号入座不是同一层面的学术问题。

常见的立场与观点统一论，往往局限于视角观之中。讲视角忽略了视脚，重视角轻慢了境遇，抓视角遮蔽了缘起。在这里，我们尝试对于文学视脚的解蔽性投光。从本质上来讲，文学研究是在体悟文学根基与脉络的互动，也是探索文学生发与境遇的关系。这种互动关系，即本文所关注的“视脚”问题。[①]

笔者的文学“视脚”说，是一种关于文学研究的解蔽性体悟。研究文学

---

① 法国著名思想家勒维纳斯倡导“他者”的“面容”说。大而言之，该“面容”是迫近性的彼岸之“圣显”。小而言之，该“面容”是亲和性的此在之“目睹”。质言之，“他者”的“面容”，一如领圣即和善。我赞赏他在根源处维护视之善，但也主张在现实中坚持脚之正。在20个世纪80年代中期，我曾聆听过勒维纳斯的系列讲座。其中一次我曾就“视”的问题向他请教。他说：“视角是一个伦理现象。行为有其暴烈。伦理是一个视角，文学亦然。面容之视是被感召，是升华。”我指出：“如此之视，不论是大如神圣之显，抑或小如此在之容，都应诉诸和善之动，也就是说本善之行。视与脚不可分开。”勒维纳斯认为，这个说法也有道理。本文倡导文学视脚论，思理起点概源于此。勒氏的文学伦理观，与我国学者聂珍钊先生的文学伦理学批评殊途同归。（参见聂珍钊所著《文学伦理学批评导论》，北京大学出版社2014年版）文学是审美活动，不能只局限于看。文学也是伦理活动，不能一视了之。视脚论是面容心容行为之容的共容。

应该投入其中，注入其间，还要入乎其内，出乎其外。这个投注，落脚伊始就有一个立场与观点的差异以及矛盾关系问题。如何才能不为视角而挂一漏万？如何才能不因脚下盲点而自我遮蔽？其中有一个视以带脚，抑或脚以通视的深层学术关捩。换言之，提倡文学视脚说，旨在解析文学研究中立场与方法的通和致化问题。这里说的通和致化不是辩证统一，而是探求文学研究“视”与“脚”化感通变之变数。

一、文学研究的立场与方法之关系

（一）被遮蔽的立场和被独化的方法

长期以来，文学研究丧失了惊天地泣鬼神的文道交响，恪守的只是存在决定意识、经济基础决定上层建筑以及它们之间辩证关系的信条，在场的是被科学主义“真理”格式化了的以实用管理为主轴的社会学文学观，或以人本主义为前提的人性论文学观。再深一点讲，在场的是心物偏一的物化文学观，遮蔽的是能化解各种主义的出神入化的文学思想。真正的文学立场和方法是各种思想张力场的翕动，然而 20 世纪弘扬的则是实用的现成性，在某种意义上，可以说笼罩学界的是工具主义的立场和方法。于是，讲立场的地方遮蔽了立场，如急功近利的效用立场，遮蔽了文学的本真立场。讲方法的地方钳制了方法，如西方的辩证法垄断和窒息了一切方法。讲立场和方法关系的地方误导了关系，如拿来主义，该主义仍然沉浸在欲望的欲望中，并没有达到涵摄而又超越目的论的高度。对立场、方法以及二者关系的简单化处理，导致了反思、提炼、改造、升华过程的付之阙如。

（二）立场的缺席和方法的盲点

文学立场即出神入化的翕动性的张力场。而现实功利的研究视角恰恰是反其道而行之。于是，真正的文学立场始而被遮蔽，继而被遗忘，在场的只剩下现成性的机制论前提，久而久之，真立场的缺席逐渐变成畏提立场，变成了视角之外无立场的百年一个小场。与之相关，立场与方法一概被视为对立统一的关系，立场方法一元论，即一种视角论独占鳌头。在此大背景下，人们畏提母体性方法的变革，即便各种小方法的变通，抑或子方法的调整，也是在有限的意义上被提上议事日程。也是由于这个原因，20世纪末叶的几次关于方法论的热议，始终未能超出一元三观（独物之一元论统摄下的科学主义文学观、社会学文学观和人性论文学观）的范畴。各种文学史、文论史以及许多成龙配套的课题研究，大都是现成的一元三观论的略加变换的视角游戏。现实性、操作性、功利性、管理性和人本性过分地放大了自己的辐射圈，或然性、空灵性、超越性、原道性和缘域性则过多地失去了应有的生长点。重新厘定两方面的关系，要求我们深层次地追问原道与缘域的和合本根。没有本根处的圆观宏照，只能在文学与政治、文学与人性、个性话语与共性话语、中国话语与西方话语等问题上争高论低。海纳百川，方能不失细流，融汇众流。与道俱化，自可笼罩群言，涵养歧言。在文学研究的方法论问题上，需要海量胸襟和寰宇气象，需要关涉但又超越了小道理的大道理。

（三）立场方法的追问和人文命运的亲和

我们追问文学研究的立场方法，须在文学的本根处着眼，即从文学与大道同启蔽、与命运相错杂的契合点上追索。长期以来，学界所用“文学研究立场”一词，基本上是一个被名词化了的字眼。名词化就是概念化，因为规定即否定，命名即遮蔽，概念即限制。动词名化实际上遗漏掉了许多内容，失去了文学与大道同呼吸、与命运相磨合的根本特点，泯灭了立场与方法合而为和的动化风范。从文学与古道根源相通而言，“立场”一词的本质就是诗学的，即缘域启蔽和化感通变的。古代人更看重的是立字的动感，如“兴于诗，立于礼”，“三十而立”，一个立字包含了立场的真谛——安身立命，包含了立场和方法的天然耦合，包含了时间与空间的阴阳交错，也包含了目的与过程的动静消息，说到底，其中披露出的是人文命运的亲和特征。西文的立场也有定格定位的由动入静的过程，Position（立场，处境）源于 poser（设定）、se poser（自我设定）和 être posé 或 posée（被设定）。西方的有识之士无不关心由静返动和以动化静的环节，马克思的存在与意识的关系论、海德格尔的被抛入在场说，萨特的存在先于本质观，伽达默尔的解释学的循环，都是克服静态防范僵化以把握人文命运的立意。不难看出，立场乃是人文命运的现身说法，是人文命运与掌握人文命运（即立场与方法）的一身二任。文学作为与大道同生共长的一种特殊存在，自然而然要求一种亲和人文命运的立场。这是 20 世纪下半叶不少著名思想家的共识。

二、文学研究的立场与方法的复合

我们追求立场与方法的复合，实际上是在磨合文道关系。此处只讲以下三点。

（一）原道

道是什么？从自然过程来说，是阴阳差异的幻变；从个体存在来看，是命运无常的棋局；从学术研究而论，是形上形下的冥合；从视脚通化出发，是缘域的启蔽动静。如果说文学研究的立场方法名词化，实际上是思想的物化和概念化，那么，思想溪流就趋于干涸，趋于枯竭。如果说立场方法的名词化也是时间的单向化，那么，时间的瞬间永恒从此不在。如果说立场与方法的间隔既是时空的错位，也是时空的格式化，那么，原道才是追求“直造先天未画时”的本真工夫。“文源于道”是中国古代思想家对文学本真问题最深切的理解。“天地有正气，杂然赋流形”，阴阳多奇谲，才人变常情。文人走笔之时，未必意识到自己在替天行道，也未必一定是以天下为己任。然而出乎自然也好，源于性情也罢，实际上是在以己之独，作道之鸣，由己之气，即道之动，从己之情，通道之缘。虽然诗词文章及其作者无不是有限性的存在，但是笔触所及，无非道机。哲学家喜欢把道解释为规律，其实道更像是自然不然，道法自然而反然。道在人间世更多地表征为有限、有待、有累，这些个“有”，折射出了道的“无”，披露出了命运的无常。文到深处，道至反然。情于真时，诗成天籁。道学家所谓“文以载道”，维护的是政治化、宗教化或伦理化了的“道”。此“道”与本真之道已经隔了一层。这也是为什么战国以降，古人反复“原道”的原因所在。因为道在社会，处处反然，道在人生，时时不然，于是人们终于悟出“道法自然”而务必“反权近道”。诗文才情绽露其然，诗学文论原其所然，诗文之为诗文的所以然，正是对自然反然的质实的舒展。从春秋以来，“文原于道”往往被浓缩为道就是一。不论是审美的文道合一抑或哲思的天人合一，无不长于元一，也蔽于圆一。笔者更愿讲“本根在界”的命题。“本根在界”，就是缘域启蔽，其间的前提、环境、氛围和种源，都体现于缘起时的造化。虽然说“本根在界”仍然有个“界”之局限，但捕捉到了通界“几神”，酝酿着化界的留白。“本根在界”其实就是我们说的“视脚”通化。这样的视脚，无论因缘偶成，还是无奈开显，其复杂因素落实于文道关系中，就是文学“本性在兹”的特点，就是文学在诸界交汇处的有无相生。换个说法，“本根在界”指陈差异的质实，即真假诸在的交感；“本性在兹”昭显通变禀赋的虔诚，即善恶多元的交错；启蔽动静的冥会暗合，错杂出命运的复杂形态，即妍媸诸相的交织。原道中的时间空间为天地六合启蔽，原道的立场方法为古往今来辟合。古今所谓元一论，抑或圆一说，在原道中都不应是封闭的别称，而应成为化感通变的异质同构。关于这一点，我们在后面各章还会进一步展开论述。

（二）道化

文明的特点是大道为天下裂，文明的轨迹是大道被器制化。中国古代文化特别是中国古代文学中存在着另一种活力——道动于反。从克服事物既成性的非器化方面来讲，道动于反也是器化于道的问题。文学研究需要理解一种道化性的方圆观，即一方面梳理中国文学由根到器的脉络；另一方面求索器化中的非器化可能，包括化解圆一的张力。“规矩与不器”就是有规矩而化方圆。这应该说是中国文学中最精彩但又最被忽略的一个问题。文学的器化是大道潜移中文德的自显，即道隐而德彰；而文学的非器化则是文学游牧向大道本根的回归。器化与非器化刚柔相济，实际上是中国古代文学道气运化的基本特点。在中国文化的演变过程中，文学的器化与非器化，是道气张力的翕动和文学本根的蔓延。从易学的化解性思想而言，器化与非器化是规矩方圆的变通，规而不固，矩而不僵，方而不板，圆而不封。“君子不器”，适道而变化，根于大道，与时俱化。这种思想引申到文学史的编纂领域，将会触发重大的学术变革。中国古代文学的方圆观留意于这样一种智慧通衢：“超以象外，得其环中。”学术研究很在乎环中怎么去超，象外何以得中。我们所说的根器化，就是想突破这个悖论。根器化即道化。根中有道，器化而不失其本；非器化的器在开物，根深而益舒其节。根器化的运动，化解了内与外的界限，至少悬置了得与超的佯谬。

（三）会通

在漫长的岁月里，中国古代文学实际上是文史哲贯通的学问，经史子集浑然一体，人们只能适其大要地略事区分，明于文质，划于文笔，别于韵杂，味于意象，归纳性的统绪是艺文志之类的要略性区别。中国文学的精气神最擅长方圆游艺：不在方，不在圆，无方枘圆凿之弊；入得方，入得圆，有西法中用之便。从文运角度看，文道演化，如风云聚散，其纳百川汇众流的人与文互动，就是中国古代文学的融会德性。我们过多地依据西式逻辑突出必然性，事实上文与道、文与人关系的要点恰恰在于偶然性。强调必然性者，以为一句必然与偶然的统一就臻于面面俱到，其实散点和合处的灵机触发，才是中国文学的妙道所在。笔者曾在多篇文章中指出，辩证法的统一是整合，易学的和合在融会。整合是以逻各斯为基座、以征服对象为目的的焦点思维，体系化是其必然结果。融会是以大道氤氲为根本、以化感通变为指归的散点透视，会意性是其基本特点。散点透视的散不是了无灵气的如鸟兽散或一盘散沙，而是“会通适要”的与道俱化，是唯道集虚的空谷有声。[①]在中国文化史上，文学与其他社会门类之间，长期处于似分而又合的状态，即便在所谓“文学自觉”的魏晋时代，钻仰文心的思想家们仍然诸体兼顾，无文不谈。因此，当我们按西方文学概念在中国的文化史中梳理文学的类特性时，不可忘记通化的立场与方法，既要知体类的规范制式，又要明白通脱大气的与时俱化。拘泥于“文章各有体，本不可相犯”（刘祁语），只是其一；还要做“改造文章的祖师”（鲁迅语），方可通化。

三、文学研究的立场—方法与思者

立场方法的落脚点是思的人物，即通常所说的作者、读者和研究人员。如果说我们在本章的前两部分讲的是“道通天地有形外”，那么此处应该讲一讲“思入风云变态中”。

（一）“文”学之我

这里的“文”学之我重在文，加引号的“文”字，是为了凸显其重要。从整体上看，中国传统文化中的我，更多地是群体关系中的一个环扣，是一个网络中的节点；近代西方传导给我们的是主客二分中裂变的个性，是一种撕破面皮的生活。这里，笔者不准备从政治、经济、伦理、道德诸方面综合评价二者的优劣高下，只是紧扣文学的特殊性谈谈思者与立场—方法的关系。作家和读者是借文学的化感通变功能，有意无意地克服立场—方法二分的弊病与整合的强制。他们实际上在营造融会贯通的佳境——缘域。缘域既非宗教所指的天堂，也不是我们憧憬的美好社会，而是瞬间永恒的启蔽，是豁然开朗的灵感，是天人之际的星云，是宇宙时空的变奏，简言

① 参见拙文《试论人文精神探讨中的思维方法问题》，《陕西师范大学学报（哲学社会科学版）》1996年第3期；亦可参见拙文《人文精神与学科建设》，《华中师范大学学报（人文社会科学版）》1996年第6期；还可参见拙作《感性学发微》，商务印书馆1999年版。

之，是命运之神的交响曲。从或然性上讲，我是被抛入的；从存在先于本质而言，我是自为的；从他人是生活的重托来说，我是负责的；在灵感的缘域中，我是与天地人鬼神和鸣的；在共在与此在的异质同构中，我是有我而又无我的。正因为如此，我的喜怒哀乐和利钝成毁均可促使缘域境界的通化。

（二）文“学”之我

上一个文学之我重在文，作家和读者是文中之我。此处的文学之我重在学，作家和读者是学中之我。文中之我，妙于灵感和启悟，落足点在创新；学中之我，要在冥会暗合，聚焦点在贯通。前者主要想说明文学创作是作家与读者在缘域层面向心的呼应；后者旨在阐明文学研究乃是启蔽性的开显。在根本上讲，作者、读者、研究者是同一缘域的成就者，然而在各自的角度来看，又各有千秋。研究者可以不是作家，但是不可没有诗性。诗性是文学的本性，少了祂，研究者只能算是某种主义的工具或人云亦云的冬烘先生。研究者可以不是史学家，但是不可缺乏史学的经纬，没有史学的太空服，便无法穿越时空隧道，往往会局限于此时此刻的现象评说。研究者可以不是哲学家，但是不可忽略究天人之际的哲思，舍此无法摆脱低层次的描述和一般性鉴赏的重复。换句话说，文学的学中之我，既是滴水或可涌泉相报的自我之我，也是可以涵泳于文史哲海洋中的非我之我。

（三）文学之“我”

此处之我是指游走于文学化境之中的我。这个我不是第一种共性领衔之我，也不是第二种由文史哲折射之我，而是文学三本——本根、本真和本命中的小我。就本根而言，这个小我在原道，原反那样一种破天荒而来参造化而在的肇自太极的人文之根，原反那样一种我未在场也不可能在场，但是大道自文在缘域辟合中已给我留有的一席之地。就本真而言，这个小我在体性，体会乾坤交泰人神咸集多元融会的“文之为德”，体会天工开物我夺天工与道俱化的震古烁今的境界；就本命而言，这个小我在通变，通于聆听天命亲顺自然涵摄未来的文学之缘。这个小我是渺小的，不文不名于生存的焦虑烦闷之内，微乎其微于文学的星云河汉之间；这个小我也是伟大的，前呼后应于目击道存的人文巨流之中，龙飞凤舞于时空织就的线形秩序之外；这个小我是化感的，游目骋怀于主客框架解构之时，设身处地于主义对垒的和合之际。我是谁？是道，是文，是命，道文一体，物我交感，时运缘构，金石为开。

回头看，本文完成了对“视脚”投光性的开掘和通化性的拓展。解决文学之为文学的根据，反思文学人之为文学人的原道。“视脚”不是“视角”，视角难免有其以偏概全的弊端。“视脚”涵摄诸种“视角”，“视脚”有助于克服挂一漏万的局限。“视角”是看问题的角度，“视脚”则是文学及其文学人安身立命的根基。“视角”局限于视线之侧面，“视脚”反观视野的缘域。在视野的缘域，“脚”在乎其所以立，“视”审度其可能蔽。“视脚”可为“视角”通关解蔽，“视角”或在其中举一反三。我们主张的投光，也非赌场投注，而是偶缘介入，因果根生，如春雨润物无声，似秋实颗粒归仓。“视脚”投入文苑，涉足艺林，吞吐太荒，拥抱大千，投注者，无攫取之贪念，有舍得之情怀，文学及其理论的通化根性，不正在这里吗？

综上所述，我们对立场与方法间关系的追问，揭示了文学研究中立场与方法中的遮蔽与局限，剖析了立场与方法的本根有道且与人文与命运息息相关的深层意蕴。“立场与方法的复合”阐发了补偏救弊的三个基本环节，原道—道化—会通。“立场—方法与思想”的关系聚精会神于化感通变中的那个我，即思想者或曰研究者。本根、本真、本命与思想之我的化感通变关系，本身就是立场—方法的命运交响曲。一言以蔽之，笔者的努力只有一个目的，即突破20世纪社会学文学观、科学主义文学观和人性论文学观的笼罩，化解主客二分、心物对立的认知论构架，在大道启蔽、缘域隐秀、命运诙诡的变奏中，释读争辉日月的文学场域，探索古今通化的学术境界。

第二部　文学经纬

文学有经纬。就文学本身讲，此经纬是文学的事理和道理，也是文学的条理和秩序。从文学界外看，此经纬是社会对文学的要求，也是文学与历史、与现实的博弈。本部分摄取了文学的几个要点，从中或可一瞥文学多面神的风采。

第四章《古歌三章》，通过将甲骨文的《四方风》和《今日雨》，与《周易》的《大地之歌》(还可称《坤歌》)联缀成篇，由此展开对文学天地时空的洞察式透视，揭示了神性诗学的年轮和人性诗学的嬗变。古歌之几神与诗脉之情志，都是中国古代世界的文学经纬。几神与情志的交变，掩映着文学亘古的脉动，展示出文学渊深的情采。从中亦可窥见，早在文学的源头和上游，就包含着地球人与天问答间的敬畏，在礼赞大地中的虔诚的感恩。文学的经纬是有形的，也是无形的，是有声的，也是无声的。上古的风雨在诉说，《易经》的坤歌在吟唱。创造这些古歌的人是谁？他们没有留下姓名。然而无名诗作是那样的匪夷所思，祂们神圣，祂们生动，开辟了上古天地人神时的棋局，留下了当今诗学我你他的反思。世界一如舞台，人生困于格局，诗歌不拘场合，执意的存在往往需要倾空存在，无我的诗学时时经历反复陶冶。诗歌的经纬当然有兴观群怨义理的介入，但是也少不了寓言、重言、卮言的突围。文学经纬的表里虚实由此给出多条琴弦，演奏什么诗歌？全在天时地利人和。

第五章《诗学缘域》探讨诗学的构造，涉及既成的诗学、待构诗学、神化诗学、诗学缘域以及灵感、神思、场合等问题。诗性缘域的维度是原始要终的，进入这个层面意味着品鉴诗化的神思。神化的缘场是对诗性缘域之超越，即对诗学领域的解域。其所指已超出境界，因为境界仍然在领域中，境有待提升，界需要突破。神化缘场意味开放那么一种体悟通和致化的场合，该场合是宇林宙丛的聚焦点，也是人类诗性升华的必由之路。文学是筑梦的场合。文学最需要想象，需要摆脱俗谛，需要像神话那样，把人类的思想引向比天地更广阔的宇宙精神。神化智慧的场合便给我们展示了一个开放性的时空，在那里，合则唯道集虚，开而与场俱化。在那里，不是像海德格尔所说，“只有一个上帝能够解救我们”，而是人性与神性在交相提升中的虚己成化。虚己聚焦人道，虚己追仰天道，虚己是天道和人道的缘场。缘场不是人们常说的天人合一，而是突破了圆一的宇宙场合。

第六章《文艺学系谱》，思考的是被文明分化扭曲了的诗性。在上古诗学中人类诗性以出神入化见长，而在高古、中古和近古以至所谓现代性的时下，文艺的文明分化，学类、学科、学分紧紧地束缚或曰驱赶着诗神。为文艺学系谱，实际上是解析文艺如何从高古以来，一步步走向学科诗学。诗歌无疑应该包含与时俱进，包含为真为善为美为民鼓呼的义务与激情，诗歌当然应有不声不张不买不卖的自由与守望，诗歌自然应有归思归潜归藏归化的本真与本根。既然文艺学已经是成建制的“学科规范”与“学理法则”，学术界和高教领域有必要对其硬性的制度做一些软性的补充。

我国古代有一个很富于创见的术语，即艺文志。作为学术用语，这个词始见于班固的《艺文志》。在表面上看，《艺文志》仅仅是班固对上古至东汉早期存见书目的辑录。而从中国思想文化的深层透视，则可以说它是班氏对此前学术思想典要性的总结。将之与近代和现代世界的文教体制相比较，还可以看到《艺文志》中所蕴含的班固等中国古代学者对学科分类问题的通变式处理。这里无意全面评述《艺文志》的历史价值，只是想紧扣“艺文志”术语的学术内涵，对文艺学学科做一点系谱、正义和循名责实的反思。

第四章　古歌三章

人们乐于用已知来囊括未知，结果往往使当然遮蔽了不然；人们总是从近身去衡量远物，于是习见便成了衡量存在的尺度；人们常常以此行纠正彼谬，后来发现此行与彼谬都缺乏远见卓识。已知与未知有待叩两用中的取舍，近身与远物需要原始要终的把握，此行与彼谬期冀穿透历史烟尘的洞察。

在诗学研究方面，已知、近身和此行如同不透气的屏风，诗式、诗论和诗学成了深文周纳的罗网，诗性濒临窒息的危局。如何感受诗歌的深呼吸，如何激活诗性的创造力，如何突破诗学的小天下，本文尝试原始要终的把握，或曰取原诗以举隅的上古采风。此处起用叩两用中的洞察，那便是观诗性于年轮的时效检测。笔者变通此行与彼谬的整诠，旨在聆听古歌反响以振动诗学回声。

一、"原诗"举隅：上古采风

请看我国三千多年前的殷商甲骨文《四方风》或曰《四方风神》（标题为笔者所加）：

> 东方曰析，凤曰劦。（凤即风。引者注。）
>
> 南方曰因，凤曰微。（微，有作恺。今从。引者注。）

西方曰彝，凤曰夷。

北方曰伏，凤曰役。

（见《甲骨文合集》，14294。）

类似甲骨文有两片。除上引《甲骨文合集》14294号文本，尚有编号14295的大骨。后者记载的是同样的文句，只是次序略有差异，起首变为“北方”，次序为北、南、东、西。两片甲骨个别字略有不同。

从其语言和节奏的凝练性、跳荡性和音乐性来看，说这是上古诗歌，应该没有疑义。从其内容的性质而言，称之为方位神和风神的神话诗，也应该没有争议。笔者将之看作七言诗的先声，似可聊备一说，因为此甲骨原本没有断句，去掉当代人加给每句中间的逗点，完全读得通，而且是文通语顺的七言诗。当心，我们称之为古歌已经相当大胆，呼之为七言诗更会触犯“熟知”的常识，那些个执着于文学文体自觉说的专家们，对这个提法会格外敏感。

为慎重起见，我们将这个文本看作是一首古歌，是一首真正的神性诗歌。这个定义至少有以下几种根据：1. 出自占卜活动，有宗教意味；2. 充满神话精神，四方神和四方风神济济一堂；3.《四方风神》的神性内容被《山海经》所旁证；4. 其神性的人化倾向在《尚书·尧典》中披露得相当明显。在《山海经》中四方位和四方风犹且称“神”，而在《尚书·尧典》中，所有的神，一概换成“厥民”。

我们要看的第二首殷商古歌是《今日雨》(标题为引者所加)：

其自西来雨?

其自东来雨?

其自北来雨?

其自南来雨?

（见《甲骨文合集》，12870甲；12870乙。拓片影像12870）

从文本的语气看，这片甲骨记载的是占雨之祈求，相对的应该有卜得之贞辞。至少在开放的悬念中囊括了如下答案：

有雨其来西，
有雨其来东，
有雨其来北，
有雨其来南。

笔者对贞卜文本的反向性（即以意逆志的）复原是有根据的。商代不仅每事要卜，而且有些事常是二卜三卜……，可简称为一事多卜。一般情况往往是正反对卜。有时正反对卜的疑与果甚至记在同一片甲骨上。向哪些神祇卜雨呢？高且（高祖）夒（náo）："往于夒，有从雨。"（见《甲骨文合集》，33337）另一高祖王亥也司雨："王亥□雨。"（见《甲骨文合集》，32064）向河求雨："壬午卜，于河求雨，燎。"（见《甲骨文合集》，12853）山岳也司雨："岳止雨。"（《屯南》，644、2105）又："岳崇雨。"（《甲骨文合集》12864）上述祖神和山岳神有制雨功力，但是最高的令雨者则是上帝。上帝是最高的主宰，在殷商有16个异体字。说明帝字在演变中。帝字像花蒂、女阴、燎形……，解说者纷纭，至今莫衷一是。但帝是风雨的最高主宰则毫无疑义："今一月帝令雨。"（《甲骨文合集》14132）类似卜辞非常多。

我同样称这个文本是神性古歌。理由如下：1. 天意可问，神气十足；2. 句式整齐，结构精美；3. 首字押韵，一气呵成；4. 五言雏形，于斯为早；5. 启蔽种子，隐秀极品。这首古歌很有特点，问中隐答，答中孕问；神中有人，人中有神；作为沉埋了三千多年的甲骨文献，可谓睡足千秋，叩醒百代；风中带雨，雨里挟风。

现在让我们来看第三首古歌——《坤歌》，或曰《后土颂》（标题为笔者所加）。这首歌摘自《周易·坤卦》：

履霜，
坚冰。
直方，
含章。
括囊，
黄裳。
龙战于野，
其血玄黄。

两千多年来，儒门经生对这段文字的解释一向保守。现当代的学者对这首歌的理解也受到了儒家传统的影响。我们举一种习见的译文说明这一点。国内有学者将之翻译为如下白话诗，命名为《大地之歌》：

踏着秋霜，
来到冰封的北方。
大地平直方正，
充满冰雪的白光。
肩挎紧扎的行囊，
身穿黄色的衣裳。
龙蛇在原野上撕咬，
它们的鲜血流淌。[①]

将这首古歌命名为《大地之歌》，堪称画龙点睛之笔。但译者对这首古

① 黄玉顺：《易经古歌考释》，巴蜀书社1995年版，第16页。黄先生这部书是迄今为止收录《易经》古歌最多的著述，资料丰富，引证详赅，其中许多古歌今译相当精彩。他将《坤》卦中的这首古歌名之为《大地之歌》，是非常有见地的判识。但是对其精神实质的理解过于拘谨，白话译文也欠周详。笔者的重译和解析，是在黄先生《易经古歌考释》基础上的新尝试。

歌的解读则可圈可点。他认为这是:“行役之歌,类似后世游子之吟……是所谓‘南国之风’。”该诗作讲述了行役人的去向,“从深秋的南方向冰冻三尺的北方进发。接着描绘了一幅北国风光:空阔、广袤、千里冰封、万里雪飘。突然笔锋一转,又回到了主人公身上,写他的行装,写他的衣着。……最后又出人意料地展示出一幅血淋淋的画面,更进一步展示了命运的残酷性”[①]。

这样一番从南到北的“行役”阐发,与《坤卦》的藏风聚气基调并不相称;这样一种残酷的自相杀伐,与《坤卦》的厚德载物精神背道而驰;这样一幅凄凉且血腥的悲惨景象,与《坤卦》的阴柔慈祥意境相去甚远。《坤卦》是华夏民族的母亲卦,是炎黄一脉的根器卦。相传伏羲用《连山》,黄帝用《归藏》,夏复《连山》,商回《归藏》。《坤卦》在《连山》特别是《归藏》中的地位绝不会比《周易》给定的次序低。商代是母性备受尊崇的时代,象征母仪的《坤卦》绝不是杀气腾腾的铁血卦,也不会是冷酷阴毒的凶险卦。即便在男权张扬的《周易》当中,《坤卦》也处于直与《乾卦》比肩的纲要卦位置。让我们看看古易(《易经》)中《坤卦》的要义解说:“坤:元亨,利牝马之贞。君子有攸往,先迷后得,主利:西南得朋,东北丧朋。安吉贞。”这则附在《坤卦》名下的题解,再好不过地说明了该卦元亨利贞的大旨。毋庸置疑,这是我们理解《坤卦》及其《坤歌》的一把钥匙。

可以毫不夸张地说,《周易》中的《坤歌》,实际上就是《后土颂》。在生养慈卫的怀柔意义上,《坤歌》也是今天我们赞美的《母亲之歌》。有鉴于此,笔者也对《坤卦》中的《坤歌》作了如下移译:

临南土以秋霜,
覆北溟以坚冰[②]。

---

① 黄玉顺:《易经古歌考释》,巴蜀书社 1995 年版,第 16 页。
② 古音为biǎng,陕北、关中等地区至今有此音。

大块平正方直，
孕含绚丽的华章。
让天空撑开行囊，
让大地一片金黄。
龙蛇在莽原驰骋，
其血脉溢彩流光。

如果思想再解放一点，还可以将这首《后土颂》翻译得更有神圣的意蕴。首先要问，谁“踏着”，而且“来到”？我认为是催眠且唤醒大地母亲的“时令之神”，即那个能呼风唤雨而且与大地母亲息息相关的“时令之神”。在交通不便的远古、上古，即便真有“一个人从南方到北方”，也很难体验到如此博大的气象。而从这首古歌的口吻和气魄来看，确实有转斗移星的格局和整顿六合的力量。你看，起句横空出世，“履霜，坚冰”，使日月推移，叫山川换装。次句铺天盖地，“直方，含章”，道尽了大地在四季的精彩。继而颂歌突来，“括囊，黄裳”，将天地大德和盘托出。最后，“龙战于野，其血玄黄”，将静的写动，动的写静，山舞龙蛇，河流苍茫，山水皆成龙脉，把大地的活力推向了热火朝天的高潮。短短几句，字字乾坤重量，使大地“厚德载物”的无量品性跃然纸上。诚所谓，大块噫气，有神天降。时空磨合，四季换装。龙蛇驰骋，天地玄黄。热浪迸涌，浩浩荡荡。东西南北，无际无疆。我歌其《坤》，万千气象。

《坤卦》曾经在远古到上古的漫长岁月中做过领衔卦，即便在《周易》中也是仅次于《乾卦》的吃紧卦。如果将这首回肠荡气的母亲颂翻译成一个“行役人”从南方到北方所看到的险恶景色，那就既不符合卦象卦义，也有悖于物理诗情，任何狭隘的解释，只会把命运与造化启迪华夏民族的阴阳消息，变成普通旅行者的一己“惆怅”。

二、诗性年轮：时效常在

熟悉西方诗歌的朋友一定会联想到荷尔德林写风的名篇《回忆》。限于篇幅，我们将其《回忆》的脉络抽绎如下："吹来了东北风……那就去吧……想来还记忆犹新……可院子里种了棵无花果树……快给我拿来……朋友今安在？可财富毕竟起源于……可如今……劫走……而诗人……创建那永存的。"（引者摘要）[①] 著名哲学家海德格尔对荷尔德林《回忆》一诗，也写了一篇名为《回忆》的论文。其中说："《回忆》是一支按自身结构组织起来的独一无二的神游曲；它命名那个奥秘的词，而作为纯粹地起源的东西，那个奥秘的词就在本源之中。写诗就是回忆。回忆就是建基。诗人奠基式的卜居，标出土地并使土地神圣化，这片土地将成为大地之子诗意安居的基础。一种可留存的东西前来留驻。有回忆。也有东北风在吹。"[②] 回忆—卜居—奠基，如果要评说诗性的神圣，有什么文本能像上述三章古歌更具有回忆—卜居—奠基的意味呢？《四方风》吹来了神话的玄风，《今日雨》撒下了神秘的甘霖，《后土颂》唱响了神圣的坤歌，这样的回忆—卜居—奠基，才真正地称得上人类的福音。从诗学的角度而言，古歌三章以凝聚和焕发华夏先民的精气神著称，而不是以皮相的形式为诗，其所蕴含的诗歌的本性，与我们习见的说法迥然不同。其所体现的诗性的"基本特征"远远超出了时下各种文学概论对诗歌的规范，如所谓"凝练性、跳跃性、音乐性"[③] 的定义。其结构和内容也远远突破了"反映生活和表达思想感情的文学体裁"[④]。以上陈述，至少有两个大类很值得我们关注：其一，祂是神性的灵光

① 〔德〕海德格尔著，孟明译：《回忆》，参见刘小枫、陈少明主编：《荷尔德林的新神话》，华夏出版社2004年版，第68页。

② 同上。

③ 童庆炳主编：《文学理论教程》，高等教育出版社1999年版，第170页。

④ 同上。从高校教材的角度讲，这是一种相当规范的解说。从学理的概括性方面看，这也是一种颇有见地的释读。应该说这是目前所知最有代表性而且最实用的诗歌定义之一。其美中不足之处是过于拘谨，过于程式和过于实际。

在偶然与必然的暗影里闪烁；其二，祂是人性的才情在有限与无限的张力中交响。这种灵光可以不朽，这种才情可以永存。这两大类诗歌的不朽与永存，就是笔者所说的诗性的时效。此处就用诗性的年轮来衡量这两种诗歌的时效特征。

先让我们看看神性诗歌的年轮。古歌三章披露出 3000 年前的风雨大地，古歌的酝酿和产生要比 3000 年前的存在还要更早。就其神话、神祇和神秘的意味而论，将祂们的前身追溯到黄帝以及更早的伏羲时代也不过分。从原语即原诗的哲理诗性角度讲，三章透露给我们的是远古洪荒时代的神性气息。神话和传说中的伏羲、黄帝、炎帝、蚩尤都是呼风唤雨的高手，风雨大地在那些个时代已经“卜居”和“奠基”，已经成为中华民族永恒的“记忆”。至少从那时起，神性，包括风雨大地在内的神性，是贯穿诗歌史的基本线索之一。伏羲画卦（传为《连山》）可以说是神性诗所由出的第一纪年轮。崇尚大地和母爱的《归藏》则是神性诗的第二纪年轮。作为南方神巫文化代表的楚歌——庄韵屈骚，则是中国神性诗歌的所能显见的最后一次以巨型话语现身，即第三纪年轮。

再让我们看看人性诗歌的年轮。庄子曾经用“小年不及大年”的时段视野，引导人们思索以“五百岁为春，五百岁为秋”的长远，鼓励人们展望以“八百岁为春，八百岁为秋”的大度，慨叹众人以彭祖为久特的可悲。我们佩服庄周，他在刀光剑影的战国时代，生死以朝夕计，竟然能用天地时空的眼光观察事物。而我们今天的文学史断代是那么的小气，那么的纤细。创造性萎缩毋庸讳言。对于诗学，对于以神性和人性而论的诗学，尤其对于以原五行三才论审美的诗学来讲，应该用大年纪年。

华夏的人性诗歌也可以追溯到很古老的年代，尧舜时代的《击壤歌》、《卿云歌》大家都熟悉。早在四方风神魅力十足之时，人性诗歌也开始了意气风发的张扬。从《尚书·尧典》中看得到，四方之“神”已经变成四方之“民”，诗歌之“神”变成了诗言之“志”。人性诗歌也有自己的岁月遗痕，笔者将之也称作年轮。尧舜时代的人性诗歌是其第一个回环，周孔时段的人性诗歌是其第二个轴心，近代以来我国以西式诗歌理念建构的人性诗歌统绪，可以看作第三个回合。

神性诗歌年轮与人性诗歌年轮互为表里，明夷交错。神性诗歌为主调之时，人性诗歌处于“谐音”；而当人性诗歌独占鳌头之际，神性诗歌变为“潜龙”。从远古到西周，“三易”是神性诗歌的主旋律。从《诗经》到当今，情志是人性诗歌的高格调。在神性诗歌笼罩大地之时，神出而人和。在人性诗歌兴寄飞扬之际，人秀而神藏。《诗经》之前，神显而人附，人神商量培养，贞卜叩响，天地人神交相辉映。《诗经》之后，人进而神退，神民分道扬镳，兴观群怨，仁义理智相得益彰。在两种诗性年轮强力的交相滚动圈——从商周经春秋到秦汉，二者互相包含，互相砥砺，互相补充，都有精彩的篇章。诸如，从《尚书·尧典》到《诗经》以及《孔子诗论》，人性诗歌渐臻佳境，神性诗风犹有天籁若《庄子》，独语似《天问》，秘响如《诗纬》，潜发像《搜神》。在两种诗性年轮扩大了的辐射圈——从东汉经唐宋到明清，二者的地位恰恰与三代（夏商周）逆向“退演”之盛衰适成反比。三代退前神性诗歌越前越强，人性诗歌为之裹挟。东汉以降神性诗歌渐弱，人性诗歌如日中天。从二者的运作动静看，可以说神性诗歌是天启笼罩，敬畏擘画于六合内外，人性诗歌是以仁义礼教，兴发传唱在四方上下。

不论是在两种年轮的极盛极衰期，抑或二者的相亲相远处，两种诗性的相互影响还是有案可稽，二者的内在联系也有迹可寻。从诗歌文理发展的顺逆、纵横、深浅、表里、虚实、动静、正反、阴阳、浮沉、隐秀、吉凶、利钝、归潜、游守、聚散、启蔽、离合等化感通变的思想方法来钻仰，两种诗歌的年轮展现给我们的是全新的诗学景观。诗歌之双轮，要求我们突破《诗经》以来的老传统，同时超越“五四”以来的洋套路，以一种融古今于一体，集神人而两兼的时效观念研究诗歌的存在特点。神性诗歌和人性诗歌的相反相成、相离相兼、相生相克、相通相远、相合相变、相隐相秀……，此类复杂现象，共同组成了诗歌所以不朽的天籁人和。至少，神性诗歌和人性诗歌激发了我们多学科、多向度、多时空、多文化、多语境之诗学的交互涵养。

笔者的这种阐述，已经勾勒出了中国诗歌和中国诗学的基本脉络，但是对于诗歌和诗学，最重要的是倾听，是从中听到那么一种意味深长的交响，甚至是那么一种不同凡响的感召。就古歌三章而言，聆听到如下几个要点也许非常重要：其一是三首古歌中呼唤出的神性诗的精神。不论从文本的背景、语境和诗性倾向来看，还是从文本的虔诚、肃穆与神圣气质而言，称上述三首古歌为神性精神之诗，应该说是言而有据。其二是三首古歌提醒人们重审华夏诗学的张力结构，即人性诗与神性诗盘根错节的互动格局。其三是三首古歌揭示了诗式的渊源和远缘——与神学相表里，把二言诗、五言诗乃至七言诗的潜在的种苗生发追溯到上古时代——商周两朝。其四是三首古歌披露出“三古”（古文字、古代史、古代文学）的三位一体的祖形，这种三古一体的原生态关系对于中国古代文学特别是诗学建设举足轻重。其五是古代文学研究的开放性整诠需要加强，“三古”合体与国外相关文学的比较，如与西方、中东、古印度三古体的比较期待开发。时代赋予我们的使命是化感通变的研究，需要突破支离分散的缀合与补苴，擘画囊括细碎的归化性求索，即倡导一种融通古今中外，和合天地神人的归化性思想。上述五个要点，实际上提出了一个以诗性探究为主线的诗学建构要求，即调动全方位交织的复合智慧，开放学科，开放时空，开放文本，开放媒介，开放神志，营造一种走向未来的归化性诗学。不论人们愿意与否，全息开放的通化性诗学的脉冲已经叩击大家的心扉。一个全新的诗学时代向我们走来。

三、古歌回声：诗学反响

上述三首古歌，蕴天地之灵气，发诗性之真谛，激发了我们对诗学建设的某些反思。反思是无语之境的静声，反思也是有心之器的回响。让我们先思考以下几个有必要明了的观念。

在谈神色变的当今时代，申述一下神性诗学的意义还是很有必要的。今天讲神圣的诗性，不是宣传有神论，不是论证神的有无，而是领悟造化，因为人类的时空是已知与未知的命运共同体，是人类已知、能知和不可知相博弈的平台。今天讲古诗的神性，不是张扬某种信仰，不是推崇某种宗教，而是申述一种原语，因为原语是诗歌之母，原语是真正的诗，原语的偶发性和神圣性是一切民族的“天宝”和“家珍”。今天讲神性诗学，不是鼓吹神秘性，不是提倡封建迷信，而是追思一种灵感，一种悟性，一种领略，一种感恩，一种祥和的创造，真正的诗人和诗歌，即便是人性诗人与人性诗歌，有这份精神则活，无这份精神则僵。只有在上述意义上，我们才能理解“语言是存在的家园”，才能理解“诗意地栖居在大地上”，才能想象“道通天地有形外，思入风云变态中”。对于历史上曾经有过的神性文本及神性现象，重要的不是强制性地去否认，而应该正视其存在，探索其原委，剔除迷信，扬清去浊，取精华于顽石，化腐朽为神奇。

在人类过于自负，以至人性膨胀，甚至唯人类中心主义泛滥成灾的态势下，反思人性诗学也是诗学乃至人文群科建设的重要方面。至少人性诗学的如下方面亟待学界关注：其一，诗殇待吊。人性诗歌是对人类才气、志气、霸气、傲气、娇气、戾气的宣泄和释放，其优点人们早就说过了，那么缺点呢？好花伤根，好叶伤茎，好诗伤心，好歌伤气，诗人个体如此，对诗歌长河亦然，好诗尚且如此，那么歪诗、劣诗甚至坏诗呢？诗歌中的这些不足，人类并没有充分警觉，更没有认真地加以深究。其二，华靡待矫。人性的诗歌是人类文化中的精华，但是此精华与神性诗歌中的精华一样，都是人类以巨大的代价所成就，人性中奢华的德性亟待当今诗学界反省和检讨。其三，我心待超。人性诗作中突出的强光是人类中心主义，所谓“天地之精华，万物之灵长”，倘若把人性的这一面推向了极致，其恶果不言自明。虽然人类也有过“师法自然”的良好愿望，但是对于超越自我的努力而言，仅有天人合一于自然还是不够的。诗学在这方面也有许多工作要做。其四，大年待估。庄子曰：“小知不及大知，小年不及大年。朝菌不知晦朔，蟪蛄不知春秋，此小年也。楚之南有冥灵者，以五百岁为春，五百岁为秋；上古有大椿者，以八百岁为春，八百岁为秋。而彭祖乃今以久特闻，众人匹之，不亦悲乎！”庄子用神话和寓言的方式，向我们提出了一个方法论上的启示：要以大年论诗。当今各类人性诗学都是以那么一点当下性的情志谈诗论学，现在到了拓宽视野的时候了。

打开文艺学、文学史、文献学、诗学教科书，诗歌是很受推崇而又备受束缚的一个艺文品种。长久以来，人们大都从人性张扬来说诗，应该说没有大错，但是如此框定，则让诗歌过于狭隘，甚至流于平庸，因为诗性为之限制，说到底，诗歌的精气神最终又在反映论中定格。这也是近百年来诗歌一直处于有性无神状态的原因之一。如果一味追求扩张人性于极致的诗学，诗歌就会堕入人性的膨胀或诗性的形式化，即今之所谓生活的审美反映，或各种艺术性的感性表达。如此论诗，有了人性的独奏，少了神圣的隐喻。擎起了人本的旗帜，遮蔽了超越的津梁。多了此岸的计较，少了彼岸的畅想。由此形成的近代诗学主潮，不仅遮蔽了神性诗学中有待提炼的神性，而且泯灭了人性诗学中本应具有的人文之神圣。人们片面地发掘西方自文艺复兴以来的人本主义文学支撑，一厢情愿地翻检中国先秦而下的言志抒情篇章。当人文反思进入重审自然和重审神圣的时刻，神性的诗歌成了人们不可忽略的一个重要话题。

应该编写一部完整的诗歌发展史。回顾人类诗歌的发展过程，仅提人性诗歌是不够的。神性诗歌的存在是一个历史事实。众所周知，人性的诗歌只是诗歌的一个方面，神性的诗歌是诗歌的另一方面。她们在诗歌长河中都占有不可或缺的比重。打个比方，人性诗歌立足于生活，有如诗学的双脚；神性的诗歌牵挂于彼岸，恰似诗学的翅膀。有双脚的诗歌是文学的骄傲，有双翅的诗歌是人类的向往，有双脚的诗歌是生活的吟咏，有双翅的诗歌是灵魂的翱翔。而当今世界之诗学，拘人性，逐神圣，断双翅，锁双脚，诗歌有人性而无神性，诗歌魂飞魄散，为诗歌招魂，此其时也。

有必要突破关于神圣诗学的禁忌。人们畏谈神圣，因为神性诗歌和神性诗学都被视为有“前科”的前身：神话，过于稚嫩；神巫，失于荒诞；神谶，陷于迷信；神祇，有悖科学；神道，流于宗教；神学，界于唯心……

这一系列的神情神语均被人本论者视为畏途，被科学论者看作大敌，神性诗歌殆也！于是人们编诗学则对神性诗歌讳莫如深，写文学史则将神性诗歌纳入人性的或科学性的有色眼镜以过滤处理，轻则将之看成“人性魔幻”、“人性异化”之类的人性变态，重则将之贬为“有背科学”的异端邪说。

诗歌不是宗教的婢女，诗学不是信仰的符号；然而诗歌也不是生活的影像，更不是科技的韵文。从诗歌研究的角度来讲，神性诗学可以是神性人性物性的合奏，人性诗学也能与哲学文学史学交响。今天讲神性诗学不是要迫使读者皈依某种宗教，也不是为宗教重拾故土，而是要强调说明一个诗学道理：诗性是某种造化，某种命运、某种感召、某种几数、某种际遇、某种精神、某种灵感、某种情志、某种才气、某种责任、某种博大、某种巧合……，这些方面才是诗之为诗的灵魂，那些个包装性的东西，不论音律韵脚骈散，抑或奇偶兼独离合，充其量只是些人尽可用的皮囊，用了这些皮囊也许像诗，不用这些皮囊可能更是好诗。从人文思想奇正、虚实、阴阳、隐秀的通变精神方面来理解，丢掉神性的诗性是丧魂落魄的欲望狂欢，忽略人性的诗性是彼岸投光的空头支票。只讲某一方面的诗学是片面的诗学，不敢正视神性缺失的诗学是记忆缺失的诗学，是俗过其实且畏论超越的诗学。历史上那些与宗教神学联系密切的神性诗歌以及神性诗话，虽然有非人化或非科学的方面，但是其中也包含诗性的成分，从中提炼诗学的因素应是不可或缺的举措。刘勰曾说纬书“无益经典而有助文章”①。神性诗歌和神性诗学留给人类的精神遗产，不仅有助文章，而且可以反证和矫正人性的缺憾。

诗歌是宇宙给予人类的片羽吉光，是人类回馈自然的情丝心香；她也是命运敲打灵魂的雷电火石，是天才直面造化的低吟高唱。其中除不去神性，因为必然偶然不会穷竭。其中也少不了人性，由于情志意志源远流长。神性是诗歌的彼岸的隐喻，人性是诗歌此在的温床。诗性是天地人神真切的虚构，诗学是古往今来自由的战场。诗人的成败在天赋与人为中磨合，诗歌的

---

① （南朝·梁）刘勰著，周振甫注：《文心雕龙注释》，人民文学出版社1981年版，第29页。

缪斯经造化与命运而亮相，诗性的年轮向大年与光年里投影，诗学的通化于人性合神性后和畅。在人类不断超越的意义上，诗性不啻人性通向神性的心灵攀登；在宇宙永无止境的运动中，诗学可谓思想提炼诗歌的理性上扬。诗性的年轮是创新与回返的双转车，其人性与神性的起落消长，无非是其时效的宇宙乐章。

古歌三章给学术提供了穿透时空的漏斗，天地人神的博弈跃然纸上。古歌三章为诗学化解了阻遏乾坤的块垒，古今中外的谦虚尽收眼底。其出生入死的偶缘谱写出五行神采，其起承转合的过程浓缩为三才亮点，其阴错阳差的通合聚集为双色年轮，其沉潜涵养的历史贯穿着混声合唱。在这些意义上，我们可以说古歌三章的回声，就是诗学的反响，古歌三章的启示，就是诗性的时效指向。神性诗歌和人性诗歌必将继续在粗俗性中经磨历劫，在神圣性中提炼升华。神性诗学与人性诗学还会在小年轮中涵摄通化，在大年轮中启蔽归藏。

第五章 诗学缘域

不论是自然现象，还是人文景观，无不是造化、命运、机缘的集合体。它们一如多元契合的神奇结构，人们很难揭开其中蕴含的所有奥秘，更不用说做出某种巧夺天工的创制。但是我们毕竟能够拆开卯榫的部件，拔出吃紧处的楔子，洞察某些缘构的妙道。进而言之，在突破机制性构建的同时，多少可以领略天人之际的悬念，或可聆听天命，品味造化。

既成的诗学建构是弥足珍贵的，研究这个层次等于探求实在的诗学积累，此举需要思辨性的审度。诗性缘域的维度是原始要终的，进入这个层面意味着品鉴诗化的神思。神化的缘场则是对诗性缘域之超越，即对诗学领域的解域。其所指已超出境界，因为境界仍然在领域中，境有待提升，界需要突破。神化缘场意味开放那么一种体悟通和致化的场合，此场合是宇林宙丛的聚焦点，也是人类诗性升华的必由之路。

一、领界缘域处之建构

在诗学诸类相摩相荡的当下现实中，显山露水的往往不是诗性缘域之神思，也不是神化缘域之解域，而是诗性缘构之情志，领袖风骚的也都是体系性的建构与学科性的叙述，或者说，是一些已成气候的诗学话语。通俗地讲，诗学缘构是一个领界缘域之建构。领界者，有为者的地界，成功者的府库。此类建树在诗学史上星罗棋布，在诗学教科书坊连篇累牍。平实而论，其中成果不可忽视，因而越之有妄，却之不恭，而从中汲取精华，还是必要的研究。

（一）诗学缘构之实构。在人性诗学的角度看，诗歌是人类文学才情的集中体现，此在诗学是人类诗性才情的理论诉求。因而从缘构方面论诗学，是关于诗学实在性的钻研，大致分为两个方面：一是诗学缘构之实构向度，侧重诗歌及其理论作为历史事实的生发；另一是诗学缘构之灵构角度，关注诗歌及其思想作为人文精神的擘画。此处我们先来讨论诗学缘构之实构。主要从几种经典性诗学的内在理路把握它们的结构脉络。

诗学嫩芽的萌生。从人性诗学视野审视，人们把过去近百万年中的感性积淀和灵机萌动以及诗意、诗情、诗歌乃至散诗评都看作是自然状态的衍生和发展。至少以有歌谣文字那天起，诗学的种芽便随之萌生。人们在为文为歌之余，禁不住会反思，我为什么要写作和唱歌。这就是诗学问题。随着诗文的发展，目的性的追问接踵而来，其中还有诗歌好坏的思想，诸如高下精粗美善等评价，类似思考，实际上切入了诗歌艺术性和价值性判断。再深一层，历史上的思想家们关于如何作出好诗，如何确定好诗的评价标准以及诗歌发展规律等方面的求索，已经是在建构这样那样的诗学体系。

诗学缘构的认基（Epistème）。诗学体系建设没有一定的模式，然而生成的认基大致可寻。Épistème 是认知论（Épistèmologie）的词根，米歇尔·福柯用这个词指称某种观念的内核和智基。此处借 Epistème，说明诗学缘构有其根基或认基。认基有累积型的生成，如《易经》的诗思，《连山》、《归藏》、《周易》迭出；有散点式生成，如以老庄为代表的道家诗学，像散金碎玉，闪烁于各种文本；有焦点性聚集，如孔子诗论；有抽象性产生，如柏拉图和亚里士多德诗学；有信仰中派生，如荷尔德林诗学、海德格尔诗学和马利坦的诗学；有诗论合成，如贺拉斯的《诗艺》，陆机的《文赋》，刘勰的《文心雕龙》和布瓦洛的《诗的艺术》；有诗人的夫子自道，如杜甫论诗的诗作，司空图的《二十四诗品》。从历史的角度看，不论一种诗学体系的建设是否周密，只要其种源有独特性且结构有创造性，必然自备一说或自成一家，大都在历史上有发展壮大的潜能。

诗学缘构的情结。诗学缘构是指诗学产生之际原初的要素，如产生背景，诗学种源，因著述者的体系和基本观点不同而不同。每一种诗学的结构都有自己的缘构。诗学缘构是诗学结构的成因，是诗学结构的童贞，诗学的独特风格由此生成。如果说诗学结构是诗学体系形成的基本元素，那么诗学缘构便是诗学体系的发祥地，是诗学体系的守护神。人们对诗学缘构的终生眷恋和难以割舍，便是一种诗学缘构情结。

从总体上来看，诗学缘构是一种天造地设加人为的多元性现象。正因为如此，诗学缘构也是一种自然与不然、偶然与必然、应然与非然、了然与未然的竟然与果然的诗性存在。在天造地设的意义上，也可以说诗学缘构是一种盲构性的活动。但是这个盲构是冥冥之中预留了期待视野或曰可迎候不期而遇者地位的真构。其真实性就在于那样一种造化和那样一种缘分所构成的那样一种命运，即诗学之为诗学的所以然。

诗学缘构之既构。为什么要探讨诗学结构的既构问题？既构者，既成事实之构设，也就是我们常说的已成之结构。并非所有的缘构都能成为结构。成为结构者一定有构成结构之情结。情结是个体诗学产生的种因，是群体诗学集结的内核。没有缘构，结构无从谈起。没有情结，缘构会稍纵即逝。有了缘构和情结，还要有结构，因为结构才能使缘和构最终落到实处。那么，何为诗学结构？诗学结构就是缘构之构和情结之结在诗性时空中能动的有机契合。

结构主义者们看到了结构的典型性，而没有看到结构的缘起性；看到了结构的骨骼性，而没有看到结构的脉络性；看到了结构的静态性，没有看到结构的动态性；看到了结构的有常性，没有看到结构的变态性；看到了结构的情结性，没有看到结构的开放性。诗学结构之构遂被构架之架所遮蔽，与之同时，结构大端的总衢路，也往往被各种各样的小缝隙所掩映。

（二）诗学结构的大端梳理。理解了诗学的缘构，才能够理解诗学的结构。看清了诗学大端的总衢路，方能明了诗学主干上的小枝杈，因此对诗学结构的大端梳理非常必要。综观人类的诗学积储，有三种形态值得我们留意，那便是认知结构、本体结构与契合结构。

认知结构诗学是一种以人为认知主体的诗学建构。其基本特征是以主客分合为组织构架，以物我关系为审美填料，以心里攸同为取信佐证，以科技思想为实证支持，概而言之，西方近代的认知理论是此类诗学的哲学基础。近600年来，认知诗学理论由西向东逐渐扩展，形成了一股强大的学术思潮。几乎各国都有认知诗学的回声。该诗学结构在主客、物我、对象之间当然会有亲疏远近甚至敌对壁垒，所产生的情感效果也有深浅高下以及正负之别，但是关于对象化（Objectivation）、异化（Aliénation）和一体化（Integration）的组建，则是认知诗学的常见的套路。雨果、歌德、黑格尔、马克思、别林斯基、车尔尼雪夫斯基、杜勃罗留波夫、列宁、毛泽东等人所坚持的诗学思想均属于这个范畴。

本体结构诗学是一种以存在理论为框架的诗学建构。所谓本体论，就是指统摄了所有存在意义和存在理念的理论大成。其根本特点在于格外强调存在（Être）的整全性、独一性和实体性，非常坚持“在”的意义和“是”的价值以及“有”的地位。具体而言，这里说的存在不是认知意义上的存在，而是一个以这种存在为出发点和归宿点的完整的意义实在，同时也是一个自给自足的诗学实体。不论这个实体是宗教的、哲学的、审美的、文学的抑或精神现象的，独立自足和以“我”统在是唯一的，也就是说，不同的本体观尽管各不相同，但是都以为只有自己关于存在的观点是唯一正确的，自持本体的实在性理念充斥着这个本体存在的理论世界。同样，这样的本体常把他者或他种本体学说视为虚假的存在或非存在。

契合结构诗学是一种很富于旷达精神的文学审美境界。该结构的特点一如其名称所昭显，在以下几个方面值得关注：一是开放性，兼容并包，通脱达观；二是建设性，吸纳各方，异质同构；三是普世性，屈己成人，志在美善。中国古典诗学中不乏这样的典范。老子的诗学是契合性的，无为有为，正反相兼。孔子的是诗学是契合性的，毋固毋我，足以相善。墨子诗学是契合性的，兼爱非攻，诗心斐然。孙子的军事诗学是契合性的，不战屈人，诗化兵学。庄子诗学是契合性的，唯道集虚，坐忘丧吾。孟子诗学是契合性的，矢志众乐，应须能和。有人说华夏文化是和合文化，这种说法很有道理。在根性上来讲，还应强调和合文化异质同构之契合特点。由此可以说华夏诗学是契合诗学。契合诗学的根本精神就在于她把霸气和排他性消弭到了最低点。

为什么会产生这样一些诗学结构？要解析其中的原委，就得深入这些诗学结构借以生成的思想文化背景。

认知论诗学或曰认知结构的诗学是近代西方文化的派生物。认知论是以追求真理为其旗帜，求真理的正当性在不知不觉中被同化为知识的正确性，甚至把自身等同为真理，使其向诗学领域的渗透在学术上合法化。科技思想作为认知哲学的孪生兄弟，或者说二者之间互为表里的血肉联系，为认知诗学提供了可以“量化”的假象，从而让诗学的认知结构化找到了所谓实证的依据。启蒙运动唤起的集体主体意识、个体主体意识以及自由、平等、博爱等新观念，汇成了席卷全球的现代性思潮，其强大的威力也为认知诗学的扩展而推波助澜，特别是当这样一种幻化成现代性强国魅力的思想基础被贫弱国家或铁血民族所倾倒之时，认知论哲学中整合性、征服性和排他性的一面，往往被世人所忽略，认知结构的诗学在全世界普及开来便不是奇怪的事情。

本体诗学结构是西方上古和中古时代经典哲学的产物。逻各斯中心主义是本体哲学的核心机制，也是本体诗学结构的思想基础。逻各斯设定的言说方式和价值体系以及理解存在的观念，长期支配着诗学天地。西方本体哲学中形式逻辑所要求的一致性和辩证逻辑所要求的统一性，连同语言表达“是”（Être，即存在）的表象思维、抽象思维与形而上学思维，都为本体诗学结构提供了整全性、独一性和实体性的“自足”的思想。不可忘记，西方的一神教宗教，不论基督教还是天主教，都是本体哲学最大的顾主，也是本体哲学最大的赢家。反过来讲，西方的宗教神学是本体论哲学的最大支持者，自然也是本体诗学结构精神的温床和坚强的后盾。

契合性诗学结构则是产生于多种文化碰撞交融的历史时期，至少产生于学术风发的特殊阶段。华夏人文诗学的契合性结构，正是这样一种得天独厚的诗学创制。小而言之，她是春秋战国王纲解纽时期，诸子百家争鸣兼善的特殊产物。大而言之，她是华夏三易陶冶出的和而不流、兼而不同、异质合构的中和思想体现。① 总而言之，她是中国文化两栖机制所造就的包容性和融通性使然。② 学术界喜欢用“和合性”一词解读中国文化包括中国诗学，这个提法与我所使用的契合性都是可以互相训释的术语。它们是近义词，都有合成之义。但是也有一定的差异，和合尤其偏重和，契合特别强调契。过分讲和容易抹杀原则，坚持契合则可以申述团结的责任且恪守合作的底线。我之所以喜欢契合性，是因为这个词更能够表达华夏文化异质缘构的深旨。

认知诗学结构作为人类的一个诗学品种，自有它的正面价值。然而其负面效应也不可低估。就拿它的整合性、征服性和排他性来说，大有“我花开后百花杀”的霸气。尤其是当这股霸气和西方古代本体论中的整全性、独一性和实体性合而为一之时，其破坏性的一面就明显地暴露出来。我们从日本的天神独尊和菊刀精神崇拜中可以看到这一点③，从苏联日丹诺夫的政治信条和意识形态思想中也可以看到这一点。

本体论诗学结构中也有一些匠心独具的有益的设计。柏拉图的理念论模式就很有意思。从真善美合一的理念分有说、模仿说以及前世美善灵魂的附体说当中，都可以见出柏氏的良苦用心。遗憾的是他始终未能真正解决理念自身的恶质问题，未能解决如何让世界符合其善良理念的自觉性问题，未能明白理念也必须放下身段屈尊他者以及必须自我改造的问题。本体论诗学结构的封闭性亟待解决。

契合性诗学结构有克己虚己与非己的长处，有和合天下的善意，有尊重他者尊重历史尊重自然的人文情怀，但是也有不易把握卯榫分寸的难操作

---

① 参见本书第五部分《文学归解》。

② 参见拙作《易辩法界说》，《哲学研究》2003 年第 8 期，亦可参见拙作《略论中国文化的两栖机制》，《陕西师范大学学报（哲学社会科学版）》1994 年第 4 期。

③ 〔美〕鲁思·本尼迪克特著，吕万和、熊达云、王智新译：《菊与刀》，商务印书馆 1990 年版。

性，有面对霸气诗学缺乏制衡手段的过柔秉性。尽管如此，契合性诗学结构与认知诗学结构以及本体诗学结构的互补性非常值得深思，她与后两者相比，具有更为祥和的审美素质和相当博大的学术气象。

（三）诗学缘构之重构。诗学缘构的重构即上述诗学缘构之灵构。其侧重点主要放在诗学作为宇宙精神的重构上。诗学缘构的几缘不仅生发于诗学源头，也潜存于诗学的灵感之中，尤其汇聚于神化诗学的幽微场合。关于这一方面，本书的第二部分和第三部分有展开论述。对于诗学工作者而言，释读既有的诗学结构，和重建新的诗学场域，都是职责范围内的事情。前者是基础，后者是趋势。前者衡量的是功夫与卓识，后者考验的是创造与睿智。如何重构？说到底，需要重构诗学者具备一定的才识胆略，需要重新解释诗学和更新诗学大氛围的驱动。为了节省篇幅，此处不去赘述已有的诗学灵构，诸如易理诗学、老庄诗学、神学诗学等相关的资料，而把视线聚焦于当今应该面对的宇宙诗学精神。

诗学领域在扩大，诗学缘构在逼人。20世纪，诗学概念已经扩大到了诗歌研究之外的全球性诗性存在范围。海德格尔关于人“诗意地栖居在大地上”的命题，集中地体现了这个方面。如果说过去是诗人和诗学家创造诗学，那么目前的现实是世界和宇宙在逼迫人类创新诗学。全球化把诗意栖居提到前所未有的广度，深空、远空和太空的距离拉近，把人类的想象推进到匪夷所思的高度。昔日的神话变成了现实，今天的现实产生着神话，未来的投光激发着神话。人类处于新的考评点：即面对新的临界、零界和领界。亘古罕见的时代需要史诗，全新的前景逼迫人类创新诗学。人类已经不是仅仅“诗意地栖居在大地上”，而是要“诗学地翱翔在太空中”。过去的一元、两仪、三才、三一（亚里士多德）、四极（海德格尔）、五行、八卦、大衍之数五十（刘勰）等诗学结构，依据的是人类古老的以地球作为视角的设计，在宇宙序幕徐徐拉开的今天，这些结构不得不另作调整。

人类“诗学地翱翔在太空中”。这是一个划时代的诗学命题。“诗意”当然不失其光辉，但是当太空时代席卷寰宇，人类乘风飞去之时，真正的大手笔是人类的经济基础，人类的科学技术，人类的综合实力，这些东西有诗意，更有实证，诗意与实证的相摩相荡，产生的与其说是诗歌，不如说是诗学。诗意是想象的，诗学是亦诗亦哲的，是诗性智慧之理论与实践相结合的产物，借用马克思的一句话，那就是“感觉直接变成了理论家”。准确地说，是感觉不得不变成诗性的思考者。你不变也不成，因为人与自然，人与现实，人与自身的关系都变了。身陷千疮百孔的地球，你如何引吭放歌？面对陌生且不无恐怖的宇宙，你怎样抒发羁旅之愁？这些问题可以成为诗人的难题，但更是诗学的话题。再说得直白一点，过去是先有诗歌，后有诗学。现在也许得倒过来，先有诗学，后有诗歌。如果此前有人说“奥茨维辛以后不再有诗歌”（阿多诺），那是愤慨法西斯残杀人类的暴行也扼杀了诗学，那么现今我们说太空时代诗学走在了诗歌的前面，是感慨于人类走向宇宙时代所抽绎的新的年轮。这不仅意味着诗学结构呈现出了星云飞天的新变化，也标志着人类逐渐进入与地球母亲断奶的历史性过程。从这个意义上讲，西方所谓后现代理论的拆解性思想充其量只是玩索地球文明的褶子，却没有看到包裹他们的另一种文化正在悄然生成。

二、零界缘域处的神思

自古以来，人们考察诗歌和诗学都是从有诗歌之时和有诗说之日作为前提，这样的起点当然有实证的依据，如前所述，诗学缘构诸相，就是此类言说。两千多年来的诗学叙述，总让人觉得少了一点什么，少了变革性反思，少了创辟性更新，少了通化性的大气，往往在开篇伊始就抹杀了诗歌的一段造化，放逐了诗性的一片空灵，遮蔽了诗学的一截缘域。在这里我们尝试另一种诗学思索，即领会零界处的缘域性神思。

就起点而论，人文是在智能人脱却畜群意识时便有所萌发，也是原始早期人类濒临灭绝危机时急中生智的火花。无论是为了应对残酷的地球气候巨变，还是出于抗击瘟疫和狼虫虎豹的侵袭，人类的进化，始于从动物也具有的畜群意识中脱胎而出。那种被危机所逼迫的奋起，实际上是一种临界处的挣扎。人类挣扎，自然开恩，人文肇始，天道酬勤。人文，是大自然对“人”群体的考验和放行，也是“人”群体在入世之际的拼搏和解缚。

“人猿相揖别，只几个石头磨过，小儿时节。”（毛泽东）旧石器时代早期，当是诗性的零点。人性缘起，思考爰生。有了敬畏之意，好奇之思，感恩之心，实际上已经开始了在大地上的诗意栖居。那个时代，咿咿呀呀的造语和懵懵懂懂的图画，都包含着诗性的种芽。此处所谓零点，是指零界处的那么一种缘生之域。天造地设，天开地阔，在原始人的眼中，万事万物无不神奇，无不匪夷所思。语言作为原语出现，万物均属有灵的象征。而这道灵光，经新石器时代而蔚为大观。神话、鬼话、巫祷、文字，这些个来自天人之际，石破天惊的自然人文，自可看作诗性智慧地平线上泛起的一片鱼肚白。

从零界看诗学，就是在解析匪夷所思的诗性特点，是在探讨诗性的缘域问题。从这个意义上讲，神话、鬼话、巫话、文话乃至脚夫牧女的搭讪，渔人樵夫的问答，苟有诗性，均属此类。换言之，诗学所及，非独巫祝的颂赞和诗人的讴歌，举凡有诗性智慧者，都可纳入这一研究。

诗性的渊薮在哪里？在缘域。缘域何指？诗性所由生之契机。天启地孕中有缘域，自然人文间有缘域，人文自然中有缘域，歌谣俚语中也有缘域。就远古上古人类对世界的想象而言，许许多多的故事开显了缘域。盘古化出了宇宙，宙斯统领着众神，伊甸园情窦初开，山海间精灵出没，还有女娲的补天造人，夸父的逐日弃杖，如许神话与巫话，无不蕴含着自然人文里的山林荒诞。《论语》里仁，《诗经》无邪，《楚辞》忧伤，《史记》孤愤，此类古代典籍，见得出人文自然中的社稷史诗。而如《周易》几神，荷马行吟，《老子》无为，《庄子》逍遥，《旧约》创世，《新约》拯救，其中的出神入化，也可看作天地神人间的交相养护。不论是荒诞的神话，社稷的史诗，抑或乾坤的厚爱，宗教的超升，在诗性智慧的意义上，都可以归之于神思。神思与缘域，互为表里。对缘域深入的解析，莫过于对神思的探讨。神思者，神骏、神游和神化之谓也。

缘域的灵感突破点是神骏。神骏，是精神骏爽的体现，也是灵感突发的情状。灵感，就是神妙的缘域之光，祂在缘起性空处不期而遇，使茫茫思绪豁然开朗。陆机在《文赋》中说：“方天机之骏利，夫何纷而不理。”又说：“咏世德之骏烈，颂先人之清芬。”他用“骏利”、“骏烈”来指称灵感，并认为“应感之会，通塞之纪，来不可遏，去不可止”。灵感兴发，如天马行空，这个比喻真可谓点化缘域的神来之笔。[①]在人类文论史上，这篇文章堪称总结创作经验的杰作，探究灵感启蔽的佳构。作者虽然感喟“时抚空怀而自惋，吾未识夫开塞之所由”，实而论之，他在两千多字的文章中，细致地描述了创作过程中难以捉摸的心灵变化，刻画出了天马神骏般的灵感特征。“骏利”的思想天机，那是创造的火苗，鉴赏的慧眼，在文学活动中举足轻重，在人间万象里神出鬼没。灵感不易捕捉，但是可以通过人品学识的修炼而酝酿，经由体悟春花秋气以感怀。《文赋》的重大贡献还有“诗缘情而绮靡”[②]的命题。天机骏利，茅塞顿开，诗思缘域，精微朗畅。“缘情”论是继先秦“言志”说之后，诗学史上又一个奇峰突起。从此而后，伦理思想之“言志”，与爱欲诗学之“缘情”珠联璧合。可以看出，陆机不仅总结了《诗经》以来文学发展的新经验，而且抓住了诗歌创作的核心特征。对于灵感而言，陆机的感应缘情理论开了新诗学的先河。后来刘勰关于“人禀七情，应物斯感。感物吟志，莫非自然”[③]的论述，应说是对陆机诗学的继承与发挥。需要指出的是刘勰的失当之处。他在《文心雕龙·序志篇》中说：“陆赋巧而碎乱。”[④]在《文心雕龙·总术篇》中还说：“昔陆氏《文赋》，号为曲尽，然泛论纤细，而实体未赅。”[⑤]这些言辞，是欠妥的评价。陆机的诗赋创作经历多过刘勰，对灵感以及缘情经验的总结相当精彩。即便在《文心雕龙》中，这些成果的影子不时可见。陆机的灵感论，不仅戛戛独造，而且惠

① 《陆机集》，中华书局1982年版，第1—5页。
② 同上。
③ （南朝·梁）刘勰著，周振甫注：《文心雕龙注释》，人民文学出版社1981年版，第48页。
④ 同上书，第535页。
⑤ 同上书，第469页。

及千秋。当我们读到其精辟而且精美的《文赋》之时，一个缘域的亮点扑面而来。天机骏利，自然神用象通，精微朗畅，分明诗思缘域。

缘域的自由演绎点是神游。灵感是缘域的兴发点，神游则是缘域的创意性展现。关于神游问题，刘勰的《文心雕龙·神思篇》是无与伦比的大手笔。“文之思也，其神远矣。”这是神游的定义。神可远，缘域由之拓展。“‘形在江海之上，心存魏阙之下。’神思之谓也。”这是神思跨时空的特点，缘域由此开光。其中有意象，已包含后来所谓形象思维。“神居胸臆，而志气统其关键；物沿耳目，而辞令管其枢机。”这是神游的内幕，志气统神情，辞令衔物色，胸臆与耳目贯通，缘域不再笼统。“枢机方通，则物无隐貌。关键将塞，则神有遁心。”这是对神游利钝状况的比较研究，抓枢机，通关键，不使神遁物隐，缘域有了机理可观。“积学以储宝，酌理而富才，研阅以穷照，训致以怿词。”这是神游的学养准备，此等训练可谓扎实。看得出刘勰是教学高手，从而缘域有了教规可依。“陶钧文思，贵在虚静，疏瀹五脏，澡雪精神。”这是神游前的临界定力。刘勰的虚静说上接老庄，再连陆机，要义是屏蔽杂念，以便启动神思。这是诗性智慧的通关锁钥。“元解之宰，寻声律而定墨；独照之匠，窥意象而运斤。”这是神游的心思笔耕，准绳定，声律显，意象通，斧斤动，元解独造，声情并茂，诉诸笔墨，焕乎文采，由此观之，缘域有了要领可循。刘勰称上述论断是“驭文之首术，谋篇之大端”[①]，足见他对神思的看重。这些文字，可以领略刘勰对规范训练的重视。除此之外，他也看到了才思迟速敏钝的差别，但是对灵感的论述，略逊于陆机的天趣英纵。至如“神用象通，情变所孕”，“思理为妙，神与物游”等命题[②]，都可谓缘域理论之精华，诗学史中之奇构。在诗学神思理论家当中，刘勰出而皓月当空，后来学者无出其右者。

缘域的无待境界点是神化。在缘域问题上涉及“他在”的根本性论述，

---

① （南朝·梁）刘勰著，周振甫注：《文心雕龙注释》，人民文学出版社 1981 年版，第 295 页。

② 同上书，第 295—296 页。

首推《易经》。这部书虽说是占卜文献，但是其中蕴含丰富的人文智慧。确切些说，这是一部集自然人文与人文自然于一体的宏构伟制。上古元亨利贞的人文理念由此开显，中华众典的根脉由此衍生。天乾地坤，自强且载物，《易经》培育了华夏的心理智基，但是却把高位大位美位留给了天地鬼神，若论人文中华的诗学缘域，其根性品质盖在于此。关于这方面的理解，刘勰堪称高人。其《原道》溯源，既看到了“盖自然耳”之恒资，也深谙“神理设教”的秘辛。[①] 关于神化的这个维度，我们在后面还会进一步阐述。此处仅想说明，对于人性诗学而言，无待境界点上的神化，与缘域智慧的“他辞”密切相关。申述“他辞”与无待境界关系者，高明无过于《老子》。老子打开了“道法自然”的场域，揭示了“无为”的深旨，“无为”非无待，但是离无待不远。其下坠型的文明观念和蛇蜕式的思路语序，处处让开了自我的显位和当下的执着，可谓缘域思想的另一种表达，也是无待境界的逊退式引流。与《易经》相比，《老子》多了点心机，少了点厚道，但是在揭示道德的源深处颇有见地，而且大节不亏。若论缘域思想中“他化”的敞亮性和“无待”的自觉者，应推《庄子》。庄子光明，俊伟，豁达，玄解于坐忘，“他化”于神游，其解域化感，殊堪尊崇。在诸子百家当中，透彻的通和致化者，唯庄子一人。通古尊古不泥古，逍今遥今在化今，这个评价，庄子当之无愧。就缺点而论，庄周确实是少了一点社会责任心，然而他作为战国时代微笑着与死亡博弈的哲人，超脱一点也无可厚非。老庄的学说在后世之所以能演变为道教思想，与他们对无待境界点的神化写意息息相关。

在诗性的缘域方面，神思是天地人三才合一之思，是史语思多声共鸣之思，是阴阳鱼化感通变之思。古谓灵气，无非造化缘域的几神。世说天赋，原本属于因缘的偶合。今称诗性，终究归拢解域的才情。神思无往而不在化境，然而化境不可轻取，无待曷能苟得。化境与无待，只有在舍得处，才有跫跫之空谷足音。这里讲的零界神思，不仅是把诗歌的初始作为起点，而且是以诗歌

---

① （南朝·梁）刘勰著，周振甫注：《文心雕龙注释》，人民文学出版社 1986 年版，第 2 页。

的零界作为前提；不仅是将有字的诗歌作为根据，而且是把无字的时空也纳入建构；不仅使有声的诗歌作凭证，而且以无声的自然为前奏；不仅将有原始生活的动静作为序曲，而且把天地人神时古老的宇宙观再一次摄入诗学的范畴；不仅以诗骚作为诗学研究的典范，而且以三易古歌作为诗学年轮的上限。

三、神化智慧中的缘场

古来涉及诗性智慧者，通常有两种价值取向：一是把注意力集中在诗学结体成篇的缘构方面，即关注诗性实体的领界建树。我们在本章第一部分对此做了梳理。二是将精力用在诗性零界生发的缘域方面，灵感神骏，陶冶神思，无为神化属于这个范畴。本章在第二部分对此有所论述。诗性智慧还有第三个方面，那就是神化智慧中的缘场。

迄今为止，所有诗学无不是以诗歌范围的攻城略地为成功，无不是以占有人文领地为荣耀，然而对于诗性的超越精神却多有忽略。诗性的超越精神既非缘构，也非缘域，而是诗性智慧的无身之存在，无声之乐音，无住之行藏。这就是我们在这里所关注的一个向度，神化智慧中的缘场。

缘场，是对缘构的解构，也是对缘域的解域。缘是机遇，是际遇，因而也是人类诗性存在的缘之所起，同时也是诗学结构的边之为界。缘域往往过于缘，缘则际，际则域，域则疆；缘构常常过于结，结则固，固则僵，僵则死。事物过犹不及。缘构缘域均需缘场。简略地说，缘场是对诗学领地的解疆化域。其大要在于虚化缘构，豁达缘域，是以出神入化的升华，拓展对今人所谓缘境界的超越。

缘场是一种神化的场合。场合，在古代曾是一个神圣的称谓，也是一个充满诗意的字眼。场，许慎解为“祭神道也”。段玉裁对此有深透的分说：“屏摄之地曰坛，坛之所除地曰场。”[①] 除，为殿陛，为降神之处，有祛

---

① （东汉）许慎著，（清）段玉裁注：《说文解字》，台北天工书局 1996 年版，第 693 页。

邪扶正，除旧布新，拾级更易之意。合，亼口也。段玉裁的解释是“三口相同是为合”。他引《释诂》申发：“敆郃盍翕仇偶妃匹会合也。”[①] 场合有聚集、发散与和合的诸种品相，辐辏屏摄之祀地，有神来格，敞亮祭祝的范围，无际不通。场合有开显、遮蔽与升华的众多关联，弊消灾息，诸事祥瑞，日经月过，三才咸和。场合较祭坛更为宽舒，阶除兼新旧，神鬼自去留。场合有其是，祀有灵，敬神即神来。场合含不在，“祭如祭，不祭如不祭”。在这种意义上，场合意味着彼此连通，这里与那里切换，此在与共在兼容，神圣与世俗通和。说在场，一如说不在场，称不在场，业已包含着在场。简略地讲，所谓场合，就是把在与不在，是与不是，缺席与到位，沆瀣一气，神而化之。质言之，场合是神化的时空。

从人类精神现象的演变而言，诗性场合的神化有其过程。首要的一点是诗化场合对巫文化的过滤。人类有过非常漫长的巫文化时代。由类人猿向人猿过渡的数百万年岁月，曾经是巫文化遍地开花的过程。至少到新石器时代晚期，巫文化一直是原始先民的精神生活的普遍状态。巫文化最基本的特点是鬼神笼罩，乃至万物有灵。巫文化最突出的功能是恐吓交感，披露狡狯童心。巫文化最积极的贡献是不忘根本，积累和铺垫着自然人文。自然性的人文在巫文化中孕育，但是提炼和净化巫文化的并不是人文，而是神文。其中林林总总的祭神场合，便是对巫文化进行集约化处理和宗教式整合的重要檃栝。祭神的场合现象产生了两个效果：一是远古到上古之间神话的产生；二是原始宗教的形成。反过来看，神话和原始宗教在祭场活动中扮演着核心作用，祂们既是对巫文化进行场合性提升的产物，也是关于萨满祭祀集约化和神性化的表征。

从旧石器时代中晚期到新石器时代，包括玉器早期，华夏远古和上古文化发展曾以神化场合演变而演变。巫文化的被改造，是以神话开其先河。今天人们往往把巫话与神话混为一谈。神话确实与巫话同根同源，相互间有交织，有渗透，以至于很难说清二者之间的分界线。但是有一点是清楚的，神

---

① （东汉）许慎著，（清）段玉裁注：《说文解字》，台北天工书局 1996 年版，第 222 页。

话清而巫话浊，升清降浊的过程，便显出神话胜出而巫话沉潜的效果，而这也是人类原始文化的演变大势。在这个过程中，万物有灵的“巫气”慢慢消退，母神、大神、四方尊神以及生死司命神的神祇逐渐凸显。数不胜数的巫觋遂被与尊神相通的祭司和祝、史、宗、伯所取代。神灵腾飞，巫术退去，人与万物精灵混然杂居的状态逐渐分流，这就是传说中的“绝地天通”。神话之神，具有解除狡狯，摆脱庸俗，超乎自然的功能，巫文化因之沉淀，神文化缘此超升。古印度的梵神话，古埃及的太阳神话，古希腊和北欧的天象神话，都通过出神入化的演变，熔化了巫文化的杂质，提升了当时当地先民的精神生活。这一点，世界其他地方远古与上古的民族神话也大致如此。

中国原始神话对巫话的处理，是经由既集虚也集约的方式完成。集虚，是指这些神话的场合虚化。神话神化后的场合了无定点，很少确切的场所。可以传播的是一定存在的一个个场合，而且是集虚性的神性场合。夸父在河渭的哪处逐日弃杖？嫦娥在人间的何处腾空奔月？女娲在哪里补天造人？盘古在哪里开天辟地？精卫在哪里衔石填海？这些场合都被虚化。神性场合集而虚化，遂使神话如天女散花，呈散点透视状纷纷扬扬飘洒，即所谓祈祷无定所，祭祀可随机。集约，是巫文化的巫话通过神话而被改造，改造为带有神性的话语体系，如阴阳鱼、龙图腾、河图、洛书、丹书、绿牒、四象、八卦，虽然神话形象简约了，但是意象却有鼻子有眼，会心传神，而且亲切不减当初。就拿贯穿三代文化的古易而言，《连山》、《归藏》、《周易》，简易、变易、不易。这些浓缩后的话语符号，集约了，但是简而虚，约而精，空而灵，神而通，通而化。《易》是用来卜卦的，在这种意义上讲，祂源于巫，但又超乎巫，用古人的说法，是“神理设教”[①]。但是这种神理是通情达理的，是可以经由贞卜解读而商量培养的。在这一点上可以看出，中国古代关于巫文化的被神化，与古印度、古埃及、古犹太等民族对古代巫文化的神化有其不同之处。

---

① 周振甫：《文心雕龙今译》，中华书局 1986 年版，第 15 页。

古印度巫文化的神话化，化出了婆罗门教、佛教、印度教。古埃及巫文化的神话化，化出了政教合一的法老神尊。古犹太巫文化的神话化，化出了上帝独是的一神教。这些宗教（佛教因其涵括包容等特点而另当别论），与晚出的基督教、伊斯兰教等善根宗教，无不是在改造巫文化中秀出的一神教派。这些教宗的形成，当然有相关民族存亡、区域政治、国家经济、军事斗争和风俗变易等多种原因的组合作用，但是对巫文化根柢的变风变俗，是其精神世界的重要因素。这里的变，也有场合的变，但不是变虚，而是变实。神话之众神，变为实在化了的一神或独神，这个唯一神要人们虔诚笃信，而且不可存疑。这些场合也失去神话升华及其场合虚化的特点，神话变成了不容置疑的宗教信仰，场合转为实实在在的上主教堂。众所周知，神话是诗意的存在。神话之虚化及其场合的虚化，是超拔世俗的神性得以存留的缘域开放，也是神性智慧具有诗性的根本原因。神祇变为一统天下的精神垄断，教堂便成为去除了神话场合的坐实性的机制，诗意由之消退，诗性随之变体，变为神学的婢女。从中仍然可以看到，西方的逻各斯运作，无形之手，变为有形，它使精神世界实体化。[①] 在宗教的神庙里，人们当然也在颂祝上帝或讴歌唯一的至尊，此类吟唱也是诗歌，但那是一神教之宗教诗，而不是诗性智慧之神化诗。诗性智慧之神化诗，那是出神入化之场合诗。

西方世界也有神话场合的自由天地。我们说的是古希腊的神化文化场域。为什么古希腊有盲诗人荷马？为什么古希腊的戏剧诗人至今感人心脾？为什么酒神与日神和天地间众神都可以与人化感通变？因为神话没有宗教化，因为悲剧、喜剧都不是实体化的一神教定制，而是虚体化了的场合。在那些虚体化了场合，宙斯是顽童，赫拉是妒妇，缪斯有一群，荷马也非一个，各种戏剧诗人可与酒神狂欢，也可与日神沉静，奥林匹斯山顶之空空，一如古希腊德尔菲剧场之荡荡。也正是因为有空阔的自由和神性化之场合，苏格拉底可以不畏一神集团恐吓而慷慨赴死，柏拉图、亚里士多德可以在“吾道不行”

---

① 参见本书第一章第二节。

时委而去之，卷而藏之。我们看到，即便对逻各斯非常在乎的古希腊古典哲学家，也程度不等地对神化的诗性场合保存了那么一种敬意，那么一种宽容，以至于在柏拉图的《理想国》中，也为赞颂神性场合的诗人留下一席之地。今天来读《会饮篇》、《蒂迈欧篇》等华章，仍然让我们有回肠荡气之感，神性与人性通化的场合，不论是剧场，抑或宴会，都是那么令人神往。

中华民族也是一个很富于创意的神化诗性部族，同时也是一个很早就进入务实求生历史的勤奋群体。前者造就了远古上古的神性诗歌天地，后者孕育了西周以下，春秋战国至今的丰富的人性诗歌创制。神性诗与人性诗此消彼长，各有千秋，由之形成了神化诗学场合浮沉迟虚的变数，也因此生发出了人性诗学践履的风雅歌讴精品。三代以上，神性诗歌四处唱响；春秋以降，人性诗歌繁荣昌盛。创辟神性诗作的伟人，原本是无数个没有留下姓名的神话作者。夯实人性诗学的巨匠，实际上是先秦的圣贤诸子。其中孔子及其儒学流派起了举足轻重的作用。前者凭神话升华，以三易流转，神化的诗性场合曾经在远古上古一跃而占了上风。后者以情志高扬，人性伦理诗学在《诗经》以来领袖风骚两千余年。这样分述，并非说前者当中没有人性诗意，也不是说在后者之中神化诗学从此灭绝。两种诗学在穿插，在交织，在磨合，这样的过程蕴含着人类精神现象演变史上很值得玩味的学术公案。①

我们以《诗纬》为例，看看神性诗学是如何不在场而在场，也从中领略人性诗学是如何与神性诗学内外交织，相辅相成。孔子编纂《诗经》，是以人性诗学剪裁四方诗歌。他从中抽绎出了“经”，即依于仁，立于礼，兴于诗，游于艺的伦理诗学，同时也封闭了远古上古口传神会之“场”，即通过“不语怪力乱神”，“不知生，焉知死”的思想过滤，有效地凸显出了排他性的礼教诗论。汉代一批学者尊经而配纬，一系列纬书由之兴盛。《诗纬》是其中颇富神性诗意之一种。其中，《诗含神雾》中说：

---

① 参见本书第四章《古歌三章》。

诗者，天地之心，君德之祖，百福之宗，万物之户也。

集微揆著，上统元皇，下叙四始，罗列五际。

诗者，持也。以手维持。上以风化下，下以讽刺上，

主文而谲谏，言之者无罪，闻之者足以戒。[①]

这里重申了儒家诗学的“开山纲领”，即“言志”说，而且处处打着孔子的旗号。其中“持志”说可谓“言志”诗论的进一步伦理化，与《毛诗序》“发乎情，止乎礼义”的思想一致。然而在接通天地鬼神的纬度，《诗纬》所传达的则是自神话以来的神化诗学精神。儒家论诗的前提已经上移，元皇、四始、五际已非小小的情志可牢笼。诗《推度灾》用天宿配方国气象以解诗，天地精神沛然于天人感应。《诗纬·泛历枢》在“四始”、“五际”上再加十二音律配诗[②]，诗学的场域大幅度拓展开来，“天地之心”由此变为虔心、虚心，诗学的精神在敬畏中让渡。《含神雾》进而将神话、儒道和星象堪舆契合无间，几达浑然一体，在斗转星移中敞开的是诗性神化的无边场合。儒家传统“轻神重人”。《礼记·礼运》说：“人者，天地之心也。”而《诗纬》则说：“诗者，天地之心。”“人者”变为“诗者”，一字之差，实际上把过于人本化的儒道推向了敬畏天地的神化诗学氛围。此处不再是只谈“未知生，焉知死”（《论语·庸也》）或“敬鬼神而远之”（《论语·先进》）的人性边际，还多了

① 《诗纬》在隋前遭数次禁毁，已无完本。本节所引《诗纬》，参见“中国思想史资料丛刊”之《七纬》（上），中华书局 2012 年版，第 253 页。

② “四始”，诸家说法不同，一般称，风、小雅、大雅、颂。在解《诗纬》者当中，有按五行推演四始的例证。如孔颖达疏《诗纬泛历枢》云：“《大明》在亥，水始也；《四牡》在寅，木始也；《嘉鱼》在巳，火始也；《鸿雁》在申，金始也。……《纬》文因金、木、水、火有四始之义，以《诗》文托之。”“五际”，《齐诗内传》云：“卯酉午戌亥也，阴阳终始际会之岁，于此则有变改之政也。”亦见《汉书·翼奉传》：“臣奉窃学齐诗，闻五际之要。”《诗纬·泛历枢》说：“午亥之际为革命，卯酉之际为改正。辰在天门，出入候听。”

云山雾色里的诗化哲学，多了可以谈死，也可以分说鬼神的神化场合。

《诗纬》和《谶书》一起被视为封建迷信书籍。直到现在都有人斥之为“乌烟瘴气的神学迷雾”[①]。其实《谶书》确实是“妖妄之词”。而《诗纬》则另当别论。虽说《诗纬》在隋前已数遭禁毁，已无完本。然而从今之所知的《含神雾》、《推度灾》、《泛历枢》的《诗纬》名目及其佚文来看，其基本精神仍然可以略见一斑。《诗纬》的匿名或无名作者所揭示的是一种神化诗性的场合。神雾“含摄”处突破了人性诗学的局限，灾变“推度”时辟开了坐实处所的此在，枢机“泛历”间提升了诗性智慧的缘场。刘勰《文心雕龙·正纬篇》的观点很值得借鉴。他批判《谶书》，采撷《诗纬》，肯定“荣河温洛，是孕图纬”的缘场，深识“神宝藏用，理隐文贵”的实质。他既澄清两汉时代“朱紫腾沸”的混乱，也鼓励“芟夷谲诡，采其雕蔚”的写作态度。[②]“芟夷谲诡”并不是摆脱他在《原道》篇赞赏的“神理设教”，恰恰相反，他在“正纬”之时重申了对神性诗学以及神教的基本立场：“经显，圣训也；纬隐，神教也。圣训宜广，神教宜约。”[③]他很重视“神道阐幽，天命微显”在人文演变中的作用，这一思想与其在《原道》篇所坚持的“神理设教”的诗学理念一脉相承。东汉以后的道家诗学对《诗纬》也有所继承。南北朝以来，像刘勰一样很在乎儒家诗教，但也对“诗纬”问题另眼相看的学者还是代有其人的。唐代诗人以及唐代诗论多有惊风雨泣鬼神的描述。清代学者陈乔枞在其《诗纬集证》自叙中称，《诗纬》是“圣门言《诗》之微旨”，认为“经”所阐明的是“义”、“理”，而“纬”所穷究的是“数”、“象”，“纬之于经，相得益彰”。[④]清末今文学家廖平在为胡薇元《诗纬训纂》所作序言中也说：“《诗》为知天，《中庸》所谓质诸鬼神，为孔子性与天道，比之佛法，《诗》为大乘华严三界诸天。若《毛传》所言，皆属人事，不过佛

① “中国思想史资料丛刊”之《七纬》（上），中华书局2012年版，第5页。

② （南朝·梁）刘勰著，周振甫注：《文心雕龙注释》，人民文学出版社1981年版，第28—29页。

③ 同上书。

④ 《续修四库全书》第77册，上海古籍出版社1997年版，第761页。

法之戒律，所谓下乘。”他称《春秋》、《尚书》、《礼》为“人学三经”，《诗》则是“天学”，故“纬说宜《诗》”。[①] 这些学者都有突破性的胆识，敢于吸纳《诗纬》的成就，能在儒家诗论的高墙壁垒间，透显出了隐约存在的“神道”与“天命”。如果我们不要仅仅局限于迷信抑或科学的评价，而把眼光放到文学通化的角度来审视《诗纬》，就会看到其中所蕴涵的补充人性诗学之积极价值。

这里有必要再次审视一下神性诗学的内涵。何谓神性诗学？在脱却俗谛的升华方面讲，祂是人文净化的高级别品性；从宗教的救赎角度看，祂是信仰锻炼的他化性提升。如果我们不要拘泥于有神抑或无神的信仰之争，而把神性视为人类解放的心性意识，那么，神性便可定义为人文精神从惰性物事中的解脱，是人类精神所能完善的智慧极致。其特点大致可以归结为以下几点：其一是超自然的思维；其二是超圈子的心性；其三是超寰宇的坐标。自然诗性需要提升，圈子诗性需要化解，寰宇诗性需要缘场。神化诗学开放的就是可提升境界而且能化解境界的寰宇性的缘场。这个缘场，是人性诗学在他化中归藏，同时也在归藏人文的他化性方面辟思辟解。中西方都存在一个突破人本诗学狭隘性的问题。诗学领域一贯提倡人间烟火，这个倾向自然不错。但是诗学也不可缺少宇宙气象和神性畅朗。从化感通变的大旨方面看，人性诗学需要升华，神性诗学需要人化，人性诗学和神性诗学最终都要开拓一种缘之场。

文学是最需要想象的，最需要摆脱俗谛的，最需要像神话那样，把人类的思想引向比天地更广阔的宇宙精神。神化智慧的场合便给我们展示了一个开放性的时空。在那里，合则唯道集虚，开而与场俱化；在那里，不是“只有一个上帝能够解救我们”，而是人性与神性在交相提升中的虚己成化。虚己聚焦人道，虚己追仰天道，虚己是天道和人道的缘场。缘场不是人们常说的天人合一，而是突破了圆一的宇宙场合。

---

① 参见“稀见清代民国丛书五十种”第四十二种，胡薇元《玉津阁丛书甲集》第 4 册，清光绪至民国间刊本，国家图书馆出版社 2014 年版。

第六章　文艺学系谱

我国古代有一个很富于创见的术语，即艺文志。作为学术用语，这个词始见于班固的《艺文志》。在表面上看，《艺文志》仅仅是班固对上古至东汉早期存见书目的辑录；而从中国思想文化的深层透视，则可以说它是班氏对此前学术思想典要性的总结。与近现代世界文教体制相比较，还可以看到《艺文志》中所蕴涵的班固及中国古代学者对学科分类问题的通变式处理。这里无意全面评述《艺文志》的历史价值，只是想紧扣“艺文志”术语的学术内涵，对文艺学学科做一点系谱、正义和循名责实的反思。

一、文艺学谱系

让我们先从文艺学术语和学科起因谈起。我国古代没有文艺学的提法。西方（不含东欧）也没有文艺学的学科。今之所谓文艺学是我国学术界向苏联学习的过程中演化出来的学科术语。苏联学术界有“文学学”的称谓，国人在移译相关著述中用的是“文艺学”。此举不乏创意，但是也披露出这个词生发时的文化背景：一是马恩列斯的有关论述往往将文学和艺术相提并论；二是苏联的“文学学”实则囊括了文学与艺术两大类；三是“文学学”不便汉语发音，二学字迭屋架床且咬口饶舌。发人深思的是文艺学的组词排序问题。为什么其序列是文艺学而非艺文学抑或艺文志？这是一个貌似多余的问题，而实际上却有着深刻的历史原因。

就文艺学生成的直接背景来讲，苏联的社会主义文化建设，甚至再早的俄国民主主义革命都得到过文学的大力襄助，文学的宣传鼓动作用和潜移默化功能，是革命事业难得的“工具”。在这一方面，艺术的“作用”在当时略逊一筹，因为大多数艺术门类都存在介质造价和可运作方式的局限性，比如音乐、雕塑、油画、经典戏剧、早期影视，对于无产者和穷苦人来说，暴力革命之际甚至政权甫就阶段，组织动员相关艺术活动尚且不易，遑论普及和提高问题。而文学则较易在普通文化人中推广。变革的时代和革命的国度重视文学，自然将之置于文化艺术大类中首屈一指的地位。对于这一点，别林斯基、车尔尼雪夫斯基、杜勃罗留波夫、列宁、斯大林、梁启超、李大钊、陈独秀、毛泽东、鲁迅、胡适、郭沫若等有志于变革的人物，都有过精辟的论述。

在另一方面，文学与艺术在寓教于乐和超越直接功利的游乐方面又有着共同的禀赋，所谓物以类聚，声息相通。这也是它们性习相连的“归并性”原因。以文统艺，使艺从文，文艺学之所以在苏联和中国革命的主流话语中形成规模，实乃形势使然。20世纪百年推演，文艺学成了苏联、中国及其他社会主义国家关于文学艺术研究的集合名词。在某种意义上，可以说它是革命运动或革命文化的副产品。在当年的苏联和当今的中国，文艺学出版物连篇累牍，以文艺学为书名的各类教材称得上汗牛充栋。

文艺学的“学”字也很值得考究。古人教效相长，所用“斅”（xiào）字，有教习与仿效之合成义。教学相长，教与学相通，被启蒙和自启蒙合二为一。从被启蒙讲，是揭蔽。从自启蒙看，是秀出。今之所谓“学”，已成为一个很沉重的字眼。它指的是各种规范化、理论化、科学化、体系化和定向化了的学说。文艺学之成“学”，也让人沉重。且不说上述意识形态和主流话语的历史必然，仅规范化、理论化、科学化、体系化和定向化的大势就令人不堪重负。艺术与文学本来是生动活泼的事业，研究亦然，都是逃遁体系，趋向神游的活动，而一旦被“如此这般化”，其副作用便显露出来。

如果我们不要直线性、单向性、一元性地理解以“学”为集聚的

“化”，那就会获得化感通变之化，入死出生之化，出神入化之化，通和致化之化。其实“化”字的原初会意，就是两个人形的一反一正，一出一入，一颠一倒，一死一生，物我相感，虚实交补，彼此变通，阴阳合成。不难设想，这样一种包含了生死、正反和隐秀的丰富的学说，才称得上化境，即能生能死，善出善归，可成可返，反常近道。从这种意义上看，我国现今所用的作为特定学科名称的文艺学术语，也可以做通化文学艺术研究的理解。但是较之于古人的艺文志创意，毕竟多了些现实性考量和工具性目的。而且从源头理解，文是艺的一种，归属于艺，通化于艺。因而，从现今之文艺学，向古代之艺文志回溯，不仅是在反本寻源，而且是在原道明道。我们所说的文艺学系谱，实际上是由文艺学之“学”，向艺文志之“化”的一种钻仰，即从文艺“学”术语的近现代谱系，进入到艺文志生发的历史性考察。

文艺学研究的“化”境把我们带入系谱的另一个层面，即追溯中国古代关于文学、艺术的思想以及与之相关的学术概括。换言之，中国古人的艺文思想亟待我们重做名实辨析和脉络梳理。沿着这条道路求索，一个十分有趣的现象引人入胜，即文艺学的历史演化深深地植根于“艺文志”的来龙去脉之中。

二、艺文志正义

中华先民在开发和涵养艺文方面有长足而且睿智的积累。甲骨文“艺”字，像一人跪地，双手植木，有祈祷意味，也示园艺活动。甲骨文之“文”，是一个会意字，示人之纹身。“艺”的祈使和种植义，慢慢地由祷告免灾的灵巫活动，演化为农艺、园艺、手工艺和广义的艺术，如上古高古贵族教育子弟的“六艺”：礼（礼节）、乐（音乐）、射（射箭）、御（驾车）、书（书写）、数（算术）。“文”之文身，即其原初的巫术和宗教行为，也逐渐转义为五色错杂、文雅、文辞、文采、文章、文学等文化性的指称。艺与文，既根于巫祝，也源于劳作和广义的文化活动。从巫术起源和艺文起源的关系探究，巫、艺、文和劳作实在是综合性的原始生活整体的组成部分。这些活动后来都归属于“六艺”。在这个意义上，可以说，中国古人，至少在先秦时代，就把文纳入了艺的统绪，而且过渡为物质与精神混一的把握世界的方式。班固用艺文志概括艺文的演变，可谓匠心独运。

先秦儒家重艺敦文，将儒典《诗》、《书》、《礼》、《乐》、《易》、《春秋》视为“六艺”。司马迁承此说。刘向、刘歆亦然。二刘总群书所奏“七略”，计有《辑略》、《六艺略》、《诸子略》、《诗赋略》、《兵书略》、《术数略》、《方技略》。其中有关艺与文的思想范畴逐渐收敛。班固在艺文方面的思想最值得称道。他的“艺”也有儒家“六艺”的内涵而并未完全局限于后者。他的“文”则囊括了“七略”中《六艺略》之外的其他“六略”，甚至视野比“六略”还要宽阔。概而言之，班固的如下思想很值得我们留意。

《艺文志》第一次将艺文混一并置艺于文前。艺文合一与当今之文艺并称都是可以行世的概念，但是艺文比文艺的组合更具合理性。艺与文的历史同样悠久，同样通天彻地，但是艺可包文，文只是艺之一枝。古之艺，同技，统术，通数，是人文与自然、工艺与学术的结合体。即便在春秋时代，艺的地位仍然相当可观。只是后来儒教的僵化和文明机理的脑手分裂，重文轻艺才成为一个定局。班固的“艺文”是开放的，这比今天文学之文和艺术之艺都要疏放和通脱。这对于文学艺术如何与人民结合、与分工抗争的永恒话题，也具有深远的启发作用。

《艺文志》第一次将“志”的意义发挥到淋漓尽致。“志”在上古有意念、心情义，如《书》：“诗言志。”有志愿、志向、欲求义，如《论语》：“盍可言尔志？”有见微通小义，如《礼记》：“志微，噍杀之音作。”有准的，标识义，如《书》：“若射之有志。”有记录义，如《荀子》：“孔子曰：‘由志之，吾语女。’”有叙述义，如《荀子》：“汝将行，盍志而子美德乎？”有作志义，如《礼记》：“孔子之丧，公西赤为志焉。”有归藏义，如《荀子》：“志也者，藏也。”凡此种种，不一而足。在《汉书》中，班固几乎用到了上古致“志”的所有含义，而且创造性地设置了“志”的文史体例。

《艺文志》第一次将“艺文志”三字并提，在创造“艺文志”体裁的同时也创造了“艺文志”术语。人们往往只关注班固“志”体的“记录”和“记载”义项，而对其统众志与一体的用志深衷则有所忽略。艺文志保留了上古以艺统文的古风，继承了先秦熔铸范式的创新精神。司马迁探究学问如驱驰日月，班固驾驭文史似移星转斗。他们共同的特点是文史哲浑然，而班固又以其会通文献、义证、评断的治学方法对后世影响甚深。用今天“学科”分类的尺度衡量，艺文志有不合规范的“缺陷”，但是以解疆化域、盈科出类、融通创辟的眼光看，艺文志则有着不可低估的学术意义。

就《艺文志》的文献学和思想史价值而言，它贯彻天地神人，聚集古往今来，囊括诸子百家，汇总兵农医艺，辑录了包括星象术数在内的兰台众典。其中吸纳了司马迁“究天人”、“通古今”的大旨，同时也凸显出作者引经据典之缜密。借用清人章学诚“文史通义”四字来概括，应该说十分合适。如果我们对班固的研究再加系谱，还可以看到文史依据后面的“学术互根”底蕴。而从“艺文志”作为体例和术语的方法论与学术性而论，它披露出中国文化史上真正的根学术话题和元学科分野。根学术是指文史哲互根，元学科是指科教文一家。从“艺文志”的构词特点来说，它淡化主谓，冥合虚实，疏密相间，动静有致，深得隐秀启蔽的精妙。换言之，“艺文志”博雅地传承着艺文古义，质朴地呵护着艺文根基，扎实地守护着艺文元气。

三、文艺学责实

“凡是现实的东西都是合乎理性的。”①（黑格尔）文艺学的现实性和当下性自有其存在的价值。但是凡是存在的文化现象又都注定要接受“化”的考验。如果说“化”是包含了生死、正反和隐秀的化感通变，或者说是一种彻头彻尾、彻里彻外的变化，那么文艺学对自己的学科思想和术语检

① 〔德〕黑格尔著，范扬、张企泰译：《法哲学原理·序言》，商务印书馆1961年版，第11页。

讨也是文中应有之义。

西欧是没有文艺学这个词汇的，但是有文学批评、艺术理论之类的名称。文学理论与艺术理论也存在一个整合问题。苏联式的分类和我国的学科设置有这个创制，但是如何契合文学艺术，如何使文学艺术与人文乃至广义的文化大类沟通，始终是繁重的任务和棘手的事情。中西方都有人做过这方面的努力，比如求助于美学，求助于广义的诗学，也有人考虑过放大“艺术学”的概念。笔者曾在西方论述过创立“艺术学”的必要，甚至创造过一个词：Artologie（艺术学）。我在巴黎索邦第一大学哲学系攻读博士学位时，曾系统地论证过这个问题。当时所完成的法国国家博士学位论文《审美本体论》第三卷，其标题就是《艺文志》(Artologie)。答辩委员会的专家问我，为什么要用拉丁语创造这个称谓？我回答说，这个词用艺术大类（Art）为词根，以逻辑和规范的概称（Logie）为文理，中间置一个“o”，既是拉丁语造词规范，也是为艺术与逻辑圆通周转之意。我进一步说明，西方文字中没有这样一个统合性的词语，需要创制，事实上《汉书·艺文志》已经有这个术语。中国先秦哲人智者，早就明白这个道理：思想情感在心为志，所以“诗言是其志也”。文化典籍以志为归，因此又说“志者，藏也”(荀子)。班固（公元32—公元92）不仅在图书分类的意义上设志，即图书归类之志；而且对人文典籍的阐述上也用志，即艺文思想之显。“艺文志”与Artologie有异曲同工之妙。班固的创见对我们今天拓展学术研究和调整学科分类都具有深刻的启示。

对文艺学的变革来讲，“艺文志”内涵之博浩或为许多学者所不取。笔者也无意提请人们用艺文志取代文艺学，而是想从系谱学的角度说明一个事实：今之所谓文艺学只不过是历史分工和社会划分的产物，在某种意义上，可以说它是文明机制和历史必然所造成的一种结果。换个表达，今之所谓“文艺学”规范，原本是艺文本真被历史扭曲过的产物。透过历史烟尘，文艺学成为今日之规范自有其道理。我们既要接受这个现实，但又要清醒地变革这个学科。在这方面，我国已有一批学者做过大量的努力。钱穆谈古典文化与许多同辈人有异，他不追逐文艺理论的西来规范，仍按传统方式治学。钱锺书谈文艺，也与常人有别，其融会艺文于群学，泱泱有古风。钱中文的“新理性”建设也很发人深省，他在现当代感性大潮汹涌澎湃之际，引介巴赫金思想，执着于新理性学术建设，其眼光远远超出了文艺学的范畴。对马克思文艺思想执着研究的学者中，陆贵山、李思孝和朱立元很令人敬佩。陆之渊博、李之精审，都堪称在马克思学领域振叶寻根的敬马知马的精英，衣被学人，非一代也。朱立元关于马克思实践美学思想的钻仰，将文艺学置于劳动、社会、审美创造的诸多方面进行探究，使学术归于学术，让学理亲近民生，诸多著述屡屡引发笔者多年的沉思与共鸣。① 正是有这些真正的马学工作者，遂使我辈学人真正领略到马克思百科全书般的大境界。胡经之是“文艺美学”开拓者之一，从他那里可以看到国内跨学科拓展文艺学的创意。乐黛云的比较文学思想研究和饶芃子的“比较文艺学”创设也很值得重视，她们以女性学者特有的柔韧、敏锐和灵气，在拓展文艺学内涵与外延方面显现出不俗的发挥。曾繁仁对生态文艺学的开发，同样体现了变革文艺学的良苦用心，仁厚君子，见得生态有文，其治学一如其为人，要论中国风格，曾氏之研究可谓一种。聂珍钊的文学伦理学批评，是文学价值判断方面的力作。在文学道德江河日下，鱼龙混杂的大趋势中，他的学说如中流砥柱，体现出坚定的社会担当和严肃的历史责任，很值的学界深省。② 赵宪章的形式美学也很发人深思，形式在他的笔下矫若游龙，翩若惊鸿，有内容，有精神，有变通，有生机，远非构型二字可以牢笼。还有许多中青年学者也都在为文艺学的化感通变竭诚尽智。文艺学在革故，在鼎新，在迁移，在默化，突破性发展前景信可期待。

上述关于文艺学开放性的研究和补偏救弊的建设，都是很有意义的学

---

① 参见拙作《美学的钥匙——论马克思劳动学说的美学意义》，陕西人民出版社 1983 年版。

② 聂珍钊：《文学伦理学批评导论》，北京大学出版社 2014 年版。聂珍钊指出，伦理选择的途径是教诲，而教诲的基本手段是文学。文学伦理学批评把伦理选择作为理论基础，认为伦理选择是在人类完成自然选择之后必须经历的过程。文学即这一过程的传神写照。换言之，文学是特定历史阶段社会伦理的表达形式，文学在本质上是关于伦理的艺术。参见其《内容提要》和《导言》。

术生机。笔者以为，对这个学科的变革，还可以有另外一些思路，比如从其远源考索。从该学科的演变状况来看，纵横交叉中的阴错阳差，正应了一句话，真理之川从错误的河谷中流过。有鉴于此，从错误河谷的上游勘察，无疑可以得出一些宝贵的启示。大禹治水首先从上游着眼，九州格局原本从大处擘画，其次才在关键部位予以疏导。在文艺学的问题上也可作这样的考虑。班固在艺文的江河湖海，拿出了他独特的学术智慧，其“艺文志”的创制，便包含着疏导文艺及其理论横流的班氏方略。如果说艺文流入了文艺学的狭窄且不无荒诞的河谷，这是一系列历史的舛错。如果说现今的文艺学变革，是对历史错误的纠正，是对由历史错误累积包袱的减负，是对历史上和现实中各种良性能量的释读和释放，那么，我们至少得感谢班固，感谢他关于“艺文志”的创设。他以博雅的胸襟接纳古风，也以质朴的学问启动未来。他的“艺文志”是在华夏文化重大转折点上的高端设计，因为其中保存的不仅仅是当时可见的历史文献，而且是艺文之为艺文的众多可能。他的建树，影响深远，至少为后世史家及广义的文学人创辟了一个开放性的场域，从而使艺文在很长一段历史中植根于大人文的沃土之中。那是一种文史哲互根的相生相济。换句话说，此举没有让艺文走入罅隙，也没有为高雅牺牲流俗。这也是为什么东汉之后那么多学者模仿或借鉴《艺文志》的体例及其思想的重要原因。

在我们审视当今“文艺学”概念的各种成败利钝之时，“艺文志”给予我们的启迪十分珍贵。它将我们带入历史文化的原生时空，也将我们置于博大精深的创造境界。它提醒我们文艺学的“本根在界”，它告诫我们文史哲之学术同宗，而且比“文史哲一家”还要深刻的是“艺文志”的慎终追远精神。这是一种大人文的关切，处处让人看到班固与司马迁文史观念的相通和承传。这也是一种历史大生态的调荣养卫，文艺学在其中左右逢源，在己非己。可以这样说，艺文志与文艺学是根系相连的学术大树，是互为表里的文化族群，后者是前者精致化了的变种，前者是后者永恒的原宗；后者是前者弱化了的后裔，前者是后者待回归的基因；后者是前者分蘖的枝杈，前者是后者深厚的本根。

说到这里，我们必须反思文艺学建设的化感通变问题。文艺学学人当然应该爱自己的学科，但是此爱应该是本真而睿智的爱，必须具备“毋意毋必毋固毋我”的胸襟，必须具有“君子不器”、“反常近道”的胆识，必须具有“学兼古今，术修多科”的素养。交友可交有道德有肝胆之友，治学应治无你我无疆域之学。文艺学学人在守望文艺学“门户”之际，有必要对开放性的学术“家园”和再生性的文教环境给予充分的关注。《艺文志》的作者可谓具备此类胸襟、胆识和素养的人。在当今学术块垒化、学科疆域化、文教产业化和生存全球化的时代大潮中，明了“本根在界”，“在科不科”，“入科出科”，实在是学科建设的通变要义。

有疆无疆，在科非科，这是文艺学新变的必由之路。解疆近道，越界通化，正是《艺文志》留给我们的有益的启发。有必要重温根学术话题和元学科深旨。根元性特点不利于披坚执锐的进取，却有助于化感通变的和合。如果我们不能进入化感通变的高超境界，那么至少可以适时“逃学”，不时“遁学”，及时“转学”，至少可以潜心守志，专心致志，妥善用志，于文史哲沟通中化感通变，在艺文志隐秀间启蔽归藏。这就是《艺文志》所蕴涵的历史精神和现实意义。

第三部　文学辟思

或问：何为文学辟思？答曰：文学创作的启蔽开合，文学鉴赏的出入兼通，文学理论的舒卷互动。提其辟者，意味文学茫昧时的文心之动，文学过分时的卮衡之正，文学非文学的悖论之解，文学杂元素的熔铸之粹。文学是多面神，必辟而解其神秘。文学是九头怪，必辟而化其怪诞。文学是互根草，必辟而通其相养。文学是忧愤气，必辟而宣其郁结。文学是星云曲，必辟而纳其天籁。一言以蔽之，辟思是文学非文学诸般性征之大成之集，是各类文学元素的灵气之枢，是文学律吕调谐的动静之铎。辟是一个多种义项错综交织而又通转互补的字眼，辟文学或曰文学辟合，就是文学非文学最好的表达。

辟之为思，其底蕴尤为渊深。沿文化史上溯，辟几是破天荒的大节点。宇宙哪里来？西学曰爆炸生成，国学称无极衍出，辟解是集约二者的纽带。就想象史探源，辟画是神话树的发祥处。世界何以成象？西人归因上帝，国人有说盘古，辟化是参透二者的变数。从学术史概括，辟思是擘肌入里的舒卷场。人文缘何言说？西方倡言逻各斯，中土申述大道，辟文是和合二者的融通。从语文学考索，辟字是宇宙开显的象声词，是原始文化的通灵学，是安顿良心的节制器。辟文学因辟文而辟思成学，其理路很值得深入研究，本部分从三个方面加以论述。

辟文之为文学，因文学之发祥无不有辟几在其中。《辟文学缘起》是对辟文学思想的生发性考察。这里说的辟文学思想生发有三义：一是早在远古到上古，华夏众多部落就已经开始不经意地创辟独特的神话，而且为早期道精神文化做了铺垫；二是辟学是中国民族文化关于道精神的展开，含有散点性、弥漫性、向心性等多种样态；三是后来学问均与辟学思想相关。辟思是中国古代思维的一个重要的运作环节。中国古代神话是酝酿辟文学的温床，散点映照投射出辟文学的光色。中国文字"孳乳"披露了辟文学的萌发，"六书"揭示出辟文学的根须。中国的道学展现了辟文学的理路，所谓先秦思想文化"轴心"实则是"唯道集虚"的通化。原始文化中的风氏守、山林守、社稷守，则是辟创性文化向道思想演变的史前遗踪。中国原始神话以天启、物化与族成（部族性生成），展示其无限魅力，中国文字以其独特的时空交织而避开了逻各斯的辖制，中国道学的发祥与演进，化解了"轴心"文化之"轴"。质言之，对辟文学之思的前提考察，见得出中国上游文思给人类文化注入的源头活水。中国古神话萌发期的族群性辟思意象，错落有致地挥发出了众语呼应的特点。

辟思之为文通，揭示了文学在辟化过程的解悖功能。《辟文学通解》提出了文学非文学的理论纲领。文学非文学是辟文学的核心命题，辟文、辟学、辟思以其通化智慧，涵养但又突破了逻辑思考的工具理性的执一。辟文学是文学非文学的思想方法，文学非文学是辟文学的文史根据；辟文学是文学非文学的理论诉求，文学非文学是辟文学的真实体现；辟文学是文学非文学的诗学导向，文学非文学是辟文学的生态涵养。文学非文学和辟文学是一种新文学原理的不同侧面，前者是文学走向辟学时代的全新视点，后者是文学实现自我改造的思想脉络。前者是文学脱胎换骨的理论前提，后者是实现理论转化的运作技艺。作为一种对文学亘古难题的化性解读，辟文学之擘画也是华夏文明因应文学全球化大潮的一个理论方略。

辟化之为他解，是克服主体自大自闭、权力话语膨胀和他者也会僭妄的几神。《辟文学别裁》是对辟文、辟学、辟思的他化性拓展。机缘给辟文学准备的是全球化的语境，笔者的“别裁”聆听的是文外曲旨。造化给辟文学推出的是大人文的话题，本篇的“他化”放飞的是学边遐思。命运给辟文学提出的是宇宙性的挑战，本篇的“无招”诗化的是时空牵系。领悟物色物语，透视即隐即秀，权衡兼容兼制，体验逊进逊退，捕捉旋通旋变，幻想允漏允斗，考量较真较假，践履载成载化。创新的召唤来自天际，敬畏的自律植根心底，辟文学把诗情画意投射到宇宙的星云屏幕上，无何有将时空漏斗传导给留心的思想犁铧下。为天地立心，为人类提神，为宇宙写照，辟文学是地球牧星族的歌声。

辟文、辟学、辟思与逻各斯之思不同。后者是宗教信仰之前提语，是使话语成其为话语的主使语，是产生形式逻辑与辩证逻辑的必然语，即形成“轴心”思想的实体之思，也是产生科技文化的工具理性之思。前者则是自然人文与人文自然的通和之思，是三才与三易的通变之思，是空间之契阔与时间之契合的场合之思，是五灵（天地人神时）与五行（木火土金水）的通化之思，是“近乎技矣”与“目击道存”的神游之思。辟文、辟学、辟思是触及灵感的神化之几，是积聚生机的众果之因，是唯道集虚的无声之音。

悠悠天钧，辟思之契是其动静之锁钥；微微文心，辟思之系是其檃栝之绳墨。本部三章，解析的就是这样一种文学思理。①

① 为了方便读者理解辟文学的相关理念，笔者曾发表过《〈文心雕龙〉辟文学之美学思想刍议——兼论文学的“自觉”与“非自觉”》，《哲学研究》2004年第12期。亦可参见拙作《辟文化简说》，《中国文化研究》2011年秋之卷。

第七章　辟文学缘起

茫茫忽忽，混沌初开，造化爰启，阴阳剖判，那便是宇宙之辟，或曰三才、四象、五行、六合、八极的触及，概括为自然人文与人文自然。自然人文，是指自然为人文奠基，自然中孕生了人文。人文自然，意味人文源于自然，人文中包含了自然。语意呀呀，文象衍生，生存逼人，言文互动，此之为缘场之辟，也是语言、文字、文学、文理、文道的嘉会，简称作文化文学和文学文化。文化文学，是说远古神话皆有童心诗性，上古传说富于文学气质，原始文化作为前文学是诗性的萌芽，后发文学的母胎。文学文化，统指文学由原文蜕而变为门类，与天下汲汲，和社会荡荡，既上扬而清高，亦趋下而衍流，血肉筋骨离不开文化，她本身就是一种辟思性的文化。

辟思性文化在汉语言文字中以一种和合天人群己关系的大善本性，扎根于人文自然之中，它是集动静启蔽生克于一体的人性化通衢。辟思性文化在文史天地中的体现，是以大道涵虚与多元契合的精神，渗透在一种大文学缘起的场合聚散之中。辟思性文化在众学丛生的全球化时代，是以一种重整道术碎片的熔铸性劳作，促动着人文理想的通和致化。理解文学的角度和方法多种多样，笔者启动辟解以调和诸子而融贯百家。本文拟揭示三个方面：一是辟意的神话孕生，二是辟文的语文底蕴，三是辟思的通化要略。这三个方面共有一个纲目，那就是文学非文学。

一、辟意的神话孕生

辟文学理论形态是建立在辟学的人文脉络之中。辟学的人文脉络是环绕道学问的多样态思想文化构成。道学问的思想文化是在华夏原始文化、五帝文化、三代文化和春秋战国文化的基础上形成规模。这里说的辟学有三义：一是早在远古到上古，华夏众多部落就已经开始不经意地创辟早期道精神的文化铺垫；二是辟学是中国民族文化关于道精神展开的散点性、弥漫性、向心性的多种样态；三是后来学问均与辟学思想相关。辟思是中国古代思维的一个重要的运作环节。

辟文化现象早于道思想而产生。道学和道教是春秋至南北朝之间的文化和宗教现象。而辟文化早在原始文化至夏商周三代风教之衍流过程，就形成了一定的气候。换句话说，中国远古的原始文化就有辟思的因子。此论绝非故弄玄虚，也不是刻意为中国遥远古代的先民美言。陕西蓝田、云南元谋、北京周口店、湖南永州道县玉蟾洞原始文化遗址的考古均说明，中国原始社会的居民在采摘、渔猎、养殖、耕作等方面均有不凡的起点。永州道县玉蟾洞考古发现证明，早在一万二千多年前，这里就有了相对成熟的原始农业和原始制陶业，远古文明已相当发达。后来各地涌现出的原始文化，都让人震惊不已。河姆渡以玉琮为象征的盖天文化，牛河梁以玉龙、玉龟为标志的红山文化，河南、陕西以渔猎为特征的仰韶文化，青海、甘肃以蛙纹和舞蹈图案为主题的马家窑文化，都披露出一个重要信息，中国原始文化经历过一个满天星斗式的辟创生发。从人文的背面看过来，众多的华夏文化孕生点如同一个个辟生亮点，在不同的地域酝酿出趋于早期通化的映带，自然的完整性向人文过渡，人文的发酵点向自然浸润。中国神话的散点分布和断续闪烁，就是一种辟文化的早期花絮。原始文化中的风氏守、山林守、社稷守，则是辟创性文化向道思想演变的史前遗踪。

中国原始神话以其天启、物化与族成（部族性生成）的无限魅力，给人类文化以不竭的沾溉。天启，是指神话天造的几神特点，这是中国原始文化辟思的第一个檃栝点。浩瀚宇宙给了中华先民那样一个千载难逢的星象式生成契机，也给其神话时代提供了旷远迷离的时空背景和博大精深的存在场合。物化，是指中国古代神话物感物与的孕育生理，这是中国原始文化辟思的第二个檃栝点。广袤的神州大地给了中华先民那样一种繁衍生息的家园，使之成为宇宙间有限之精华，和万物中待磨之灵长。族成，是指华夏族群与天地盟誓的参赞造化，这是中国原始文化辟思的第三个檃栝点。氏族的提升与文化的启蔽，以神话去伪存真，由神话抑恶向善。换一个说法，天启，意味着天之给予，天之发祥。如果由神话向上追溯，那是一个永远无法穷尽的精神后台。物化，意为神话在时光流衍中的钟灵毓秀，在大地怀抱中的生根开花。如果由神话深入剖析，那是一个永远有待透解的意识谜团。族成，楬櫫中华先民经由神话扬稚侧陋，升清降浊。如果由辟思领略，中国古神话在天地间撑开的精神风华，那是一种深沉的灵肉古今和绵长的世情因缘，祂将鼓舞这个民族永远迎接破茧化蝶和浴火重生的命运磨炼。这是中国原始文化辟思的第四个檃栝点。笔者上面将神话的辟思萌芽视为檃栝的初始绽放，是因为檃栝之矫正重在宇林宙丛的隐约展露，也是华夏众多原始发祥地精神的开放性场合互补。而这正是中国原始神话的基本品质。

中国古代神话的檃栝本质，首先在于其五灵（天地人神时）以檃栝场合的内外耦合，这也是檃栝作为朦胧的辟性意识，给予神话以良种的善根和发祥的翕动。祂不是任何某个单一元素的戛戛独造，而是宇宙间各种重大因子的契合与互补。这一点可谓中国古神话的显著特点。中国古神话萌发期的族群性辟思意象，错落有致地挥发出了众语呼应的特点，盘古始源、女娲补天、羲和浴日、鲲鹏互转、夸父逐日、嫦娥奔月、后羿射日、白兔捣药、葛氏知音、精卫填海、龙体合成、蚩尤神通、共工触山、刑天尸战、玄武养水、祝融火占、昆仑瑶台、悬圃灵芝……，诸如此类的神话，并没有统合的体系，但都是满天星斗的相互映照。换个说法，即各方调协的檃栝节点。其中补苴且玉成人文的根性，最能见出中华先民敬畏天地鬼神，且会通六合内外的互补心态，既稚拙，又执着，既开放，又调协。笔者非常看好中国古代神话披露出的华夏善根，其原因正在于此。本章这样解说中国神话的檃栝本质，也是为了强调无体系神话的辟思功能。该功能是华夏先民集体无意识的稚气的表现，也是中华原始文化在早期所蕴含的辟思心念。神话中各种因素不成体系地在时空中流转，但是相互间却又隐约存在着类如多向引力波的牵连。谁也不是天帝，谁也不是上主，谁也不是宙斯，但是每个元素都在敬畏天地万物，且又是努力参与并成全祂者的介质。笔者以为，看一个民族是否有善根，观其神话便能知其大概。看一种文化是否渊深，探其神话便可解其厚薄。

神话谁话？天地神人同话。中国古代神话无体系的散点光华，是很值得研究界关注的一个焦点。祂告诉这个世界，这些故事其实是中华先民以其稚气可掬的心态与天地鬼神交流。在中华远古、上古到高古时代，神话如河汉星体纷至沓来。对于神州生民和华夏族群而言，有神话如此，那是天地厚爱，是物通情达，是禀命造化的替天地言道。古印度、古埃及、古犹太神话很早就宗教化，宗教神话掩盖了等级森严的世界。古印度、古埃及、古犹太神话的宗教化，则与当时社会统治的严酷是成正比的精神现象。与这三种社会阶梯式的精神生活相对应，相关神话经历了严格的等级化编排。比上述神话晚出的古希腊神话，不只是希腊先民幼稚心理的精神投光，而且也是雅利安、腓尼基等族群对东西南北欧以及中东原始文化、美索不达米亚文化，特别是古埃及文化的吸取和改造，神话谱系后面隐藏的是“只此一种，别无他在”的宙斯部曲。也就是说，古希腊神话实际上是欧洲和两河流域文化混合而成的地中海文明的前奏。相对而言，这种神话淡化了从周边所汲取到的等级化和宗教化特征，但是其体系化的叙述随处可见，于童心童言的后面，读者都可以看出原始社会向文明文化的激变，看得出神祇谱系的诸种关联。相对于那个特定的社会情状，马克思说希腊神话是“正常儿童”天性的表现，是“不可企及”的文学范本。马克思的分析相当中肯。笔者认为，还应辨析希腊神话中文明智计的跫跫足音。不论是族群心理、社会精神抑或文化结构，系统化或曰体系化是相关民族的童年梦想。集体无意识、下意识、潜意识和有意识的理想，正是通过其神话叙述披露出来。后人当然无法改变那段神话元素，时下所谓重塑古神话的做法是不符合神话研究的严肃要求的。但是可以辨识一点，有体系与非体系是判别神话所披露民族心机和权力诉求的基本尺度。严整的、周密的和系统的神话叙述，很能揭示一个民族的神话在始源问题上的根性言说和欲望表达，很能暴露其作为神话载体的族群未来历史走向。较之古印度、古埃及、古犹太神话，古希腊神话不那么宗教化和体系化，已经给后来的欧洲人留下了多方面的遗产，如逻各斯前身，系统布局，心理等级，酒神精神与日神观照，仇恨与忏悔，进取与退却，同一与多元。这些个优劣并存、瑕瑜互见的统绪，在希腊原住民变迁，甚至物残人亦非的后来岁月，仍然对欧洲乃至世界产生着正反两方面的影响。

中国古神话的散点透视，为辟思意识的初始萌生，提供了得天独厚的思维温床。中国古代神话无体系、非体系甚至反体系特点，不仅是远古和上古神州先民心智初开时的幻象，也是华夏多族群异地崛起的孩提梦想。这既与中国高原丘陵层级顾盼、江河湖海纵横交错的地理环境有密切联系，也与中国原始群体意识发祥的多色调种源和辟解性思维息息相关。从另一个角度看，中国原始先民的幻象和梦想，于憨厚质朴的后面，透露出艰难险阻的重重考验。从人文地理多点起源的分布情况来看，中国远古、上古、高古的神话，在几个梯级层次的大高原和江河湖海大脉络均有族群载体。而这些族群所处的环境大都没有希腊神话起源处的天地偏爱。地中海那是宙斯和上帝选民的摇篮。中国原始部族多难兴族，造就了“早熟儿童”的资质、稚拙、厚道、勤劳、勇敢。众多的辟起种源和丰沛的辟合根脉无不相连相养，也无不与各部族善根的早熟息息相关。穷孩子，早当家。早熟的儿童，尤其懂得逊进、逊退，善于化解恩怨，由此构成了旋创旋化的思维特点。旋创旋化，不是旋起旋灭，而是旋生旋变，旋生旋通，为更加上规模和成气候的辟文辟思准备了条件。

二、辟文的语文底蕴

上面从人文自然而论，将辟文学的上限追溯到神话思维的时代。人类思维由动物意识脱胎而出，是原始早期生存逼迫所致，是生存状态和生存拼搏造就了思维能力。在类人猿进化到人猿乃至人类的过程中，捕鱼、采摘、狩猎、巫术，诸如此类解决生存压力的活动，都为人文的混沌初开起到了不可低估的作用。笔者把这个过程理解为辟创或辟开，因为其中可以看到最突出的前文学萌芽，那便是神话及其思维。神话是人类从畜群意识进化到准人群思维的重要成果，她本身也是思维演变的重要几神，即《周易》所说的“知几其神”的几神。人类对这个几神起初的领悟，重浊处见诸巫术，清扬面便是神话，再后就是易理所从属的对象，即“神理设教”。

迄今所见的所有神话，实际上都与语言和文字的演变紧密相连。在文字未萌发之前，早期语言与神话交织，原始刻画和雕塑物件凝聚了神话。世界各种神话，通常流布为两个方面：一个是以语言为载体和主要形式的传播，另一是以文字为形体而且为精神的发散。此处笔者重点从语言与文字的对比中，揭示辟思意识的人文底蕴。

思维即语言，思维是内在的语言，在语言生发早期尤其如此。神话思维在语言生成中的作用举足轻重。语言生成离不开神话，神话是前文学辟思的语言记忆。在神话中，特别是在创始神话或曰始源神话中，辟思的多元素多向度多潜能聚焦且触通的特点均有所孕生，好奇与追问，开显与遮蔽，命名与释义，故事与讲述，敬畏与亲昵，缘起与结果，孳生与枯萎，升清与降浊，融合与分有，进取与协调，这些思维因素浑然而来，而又隐然分蘖，思维树的辟化功能渐成规模，成就了辟思在语言生发中的发酵作用，心脉在翕动而静寂，心智在领悟并积储，心象在提挈且开合，心意以授受成声腔。一些让人奇谲的名称，如盘古、女娲、夸父、羲和、混沌、帝祇、龙种、凤鸟、刑天、精微，均可看作是神话的内容，也可看作是语言生成的声脉留痕。剖开字符看，它们是语言与神思的混合体，是与语音相激相变的产物。始祖对世界来历不解的稚气想象，先民于天象地理巨变时的奔走呼号，与毒蛇猛兽搏斗时的咿呀惊叫，以及举重劝力中的哼唷呀呼，声音语言在反复循环中生成，也有些声腔及其所指在不断确认中被原始群体定位。神话在“说”事情，人们也在“说”神话。至少在这种意义上，神话言说完成了语言的开天辟地，因而本文将神话看作语言的萌生。语言萌生正是“神变所孕”的过程。

声音沟通，包括手语表达，是语言的基本特征，这是语文的第一个方面。文字交流是语文的第二个方面。从结绳记事到器物图形，中国文字从语言与文字的分蘖处就让语言的神圣性退居语文的后台，并且藏诸思维的织造。这一点与西方语言大不相同。西方拼读语文保留了语音的中心位置，也保留了语言思维抽象化伸展的特征。声音逻各斯作为语言的前结构和构语机制，给语言的制造者和使用者编织了一个神秘且神圣的被支配被言说的程序，这便是西方思想文化两千多年来奉若神明的逻各斯神话。声音逻各斯一直占据西方语文的中心。在后现代主义出现之前，这种逻各斯中心主义始终没有受到质疑与挑战。中国的语文是辟思的产物。辟思的活性开合启蔽特征没有让声音机制化，而且经由“六书”将语言镶嵌并活化在文字的组织结构中，即把声音语言文字化。

“六书”一词最早见于《周礼·地官》。西汉刘歆《七略》中解释说：“六书，谓象形、象事、象意、象声、转注、假借，造字之本也。”象形、象事、象意、象声指的是文字形体结构，转注、假借指的是文字的使用方式。东汉许慎受刘歆的启示，穷毕生精力整理汉字，编成《说文解字》一书，他在其“叙”中说：“六书，一曰指事，指事者视而可识，察而见意，上下是也。二曰象形，象形者画成其物，随体诘诎，日月是也。三曰形声，形声者以事为名，取譬相成，江河是也。四曰会意，会意者比类合谊，以见指撝，武信是也。五曰转注，转注者建类一首，同意相受，考老是也。六曰假借，假借者本无其字，依声托事，令长是也。”可以看出，声音问题在“六书”中被夹带，被整合，而文字的辟思功能因此加强。汉字的精妙即在于此，可谓一笔一份情意，一画一个传奇，不仅汉字的文言性质得到强化，而且结构、意象、情感、故事、哲理等方面都为之辟合。质言之，汉字辟思性的文学质地由此奠定。

许慎编纂《说文解字》所依据的主要是战国以来的文字。也就是说，许慎没有见到甲骨文字。战国文字与甲骨文有联系，但是甲骨文比简帛金石文字更能看到近声的语言与近字的语文在辟思方面的特点。中国有文字可考的历史有 3500 多年。语言的历史远比文字的历史要古老和遥远。语言不可直考，但是可以追索形迹以领略。从甲骨文得知，本义所指的口字，在商代及商之前均属于一个忌讳的字符。《说文解字》指出："口，人所以言食也。"民以食为天，进口重如山。许慎以通俗的解说，强调了一个大道理。徐中舒在其主编《甲骨文字典》中补充说，口字也有"疑为灾祸之义"。徐说较之许言是一个很精深的识断。甲骨文的带口字，在告、言、曰、舌等字符中都显示为倒置的木铎，除口字单立直陈的字符外，其他涉及口字偏旁的字，大都将之安放在较低的位置。木铎警示，低位藏拙，静悄悄，胜似声朗朗。仓颉造字，天雨粟，鬼夜哭。这个神话，集中表达了文字产生的惊天动地作用。不难看出，其中有与声音逻各斯迥然不同的处理。作为拼读形制的西方语言，无不佞时而抑空，追求此刻此在，计较瞬间永恒。一如神话中的美杜莎，用时间绞杀空间，目光所及处全被石化。中国的汉字则与之相反，是用空间约时间，空间换时间，空间纳时间，空间养时间。正如许慎所言，中国汉字是"孳乳"文字。"孳乳"文字是天地人神时的商量切磋，也是木火土金水的相克相养。每个汉字的构造，以及每个字与相近字和新构字之间，都可以是几缘的神妙契合，意象与精神，内涵与外延，肯定与否定，阳刚与阴柔，文史与哲理，无不有辟文的造化，无不有辟思的枢纽，无不有辟解的奥秘。

就以辟字的甲骨文形态为例。迄今所见的辟字，都是辛高，卩低，口字押下。华夏先民不是不知道声音的重要，但是要用辟方以节制。辟字给中国语言文字带来的智慧，不止是以字节音的一端。这个字如同思想大穴，深入探究，便可发见汉字辟思的锁钥效应。辟字从辛从卩从口。郭沫若释辛为施黥之曲刀。这个解读狭隘了一点。辛字在甲骨文中有节制其罪的含义，但是其义项不止治罪。如果此字如此恐怖，何以在商代“用为天干之一”，而且“用为先王及先妣之庙号”？许慎释辛为秋为金，“秋是万物成而孰。金刚味辛，辛痛即泣出。从一从辛，辛，辠也。辛承庚，象人股”。段玉裁注说：“一者，阳也。阳入于辛，谓之愆阳。”[①] 据《周易》泰卦，阳在地下为泰，辛当为吉祥意象。辛字在今所见所有甲骨文辟字中始终处于高位，是对略低处的卩符的主导，是对更低处口字的制约。笔者认为，可以将辛释读为祭祀活动中的通神之象征，是氏族社会的通化之信物，也是后来奴隶制国家通治之法器。这个轨迹隐而不显，但是隐约可见。甲骨文罪字（辠）由自辛组成。自是自指其鼻，示意自己。辛是金属，政治家重辛，用法以治。商人用辛，易以活人。辛是回阳辣味，医家重辛，则有通窍之义。可见辛之肃杀中也有慈祥。辠字除犯法义外，也有以自指其鼻示己之义，转义则为忏悔抑或自省。按汉字衍生的“孳乳”特性，辟字含义的后来演化及通假功能更加繁富。这些变化此处不便展开，笔者在下一章《辟文学通解》中另行举隅。

辟字给予我们的不仅是一个钩深致远的文学故事，而且是文学生发史、文字演变史和审美酝酿史的综合体，是文学思维学的聚焦点。辟字带给我们的辟思是弥足珍贵的遗产。从 1899 年甲骨文第一次被发现到现在，出土甲骨计有十五万四千六百多片，所刻单字约四千五百个，迄今已释读出的字符约有二千多个。每个字都有渊深的前文学故事，每个字的组词又开启了广阔的文学场合，其中浓缩着富若山海的文学种芽。从辟文看文字的“孳乳”过程，引人入胜的不仅是神秘且温馨的文学“乳养”，而且有文学衍生过程中天启与人为的辟思动静。

三、辟思的通化要略

如果说辟思在中国古代神话中只是萌芽意识，在汉语言文字中也只是初

---

① （东汉）许慎著，段玉裁注：《说文解字》，台北天工书局 1996 年版，第 741 页。

见端绪，那么在三皇、五帝、夏商周三朝和春秋战国，则呈现出学术思想的伟岸格局。此处所说的学术思想，是指辟思在思想艺术、文化脉络和精神气质方面的学理及学养格局。辟思在这三个方面的基本要点是化感通变。

辟思在远古、上古、高古的思想艺术何指？愚以为是华夏族群在东西南北中磨合过程所形成的思维特点和观念形态。高古以上，断代很困难。目前有几种关于远古、上古的帝王世系推断，都有一定的依据和道理，但是要将年代坐实，尚需许多科学考古和历史求证的断代工程。推定具体年代不易，然而对那些时代核心的人文观念还是可以抓取一些基本的要点。比如，伏羲首易的阴阳鱼之辟，良渚文化玉琮的天地象征之辟，炎帝《连山》、黄帝《归藏》的古易之辟，文王《周易》的圆通周遍之辟。春秋战国至秦汉的爻象刻画和古籍中的相关记载，基本上与口口相传的三易说多有相吻合之处。夏继《连山》、商用《归藏》、周演《周易》，大旨调整和卦卜损益有诸多差异，但是辟思的艺术在不断出新，且促通交变，而变中有不变，不变中有变。

郑玄在《易赞》中说："《连山》者，象山之出云，连连不绝。《归藏》者，万物莫不归藏于其中。《周易》者，言易道周普，无所不备。"《连山》之易，古人大多只称《连山》，其名初见于《周礼·春官宗伯·大卜》。从迄今所见残卦看，《连山》为易，偏重四季六气的旺衰以导引，卦象的吉凶判辨是以六甲值符为坐标，且以三元九运为时空转换。三、六、九或为《连山》水运的数码通衢。其导引性的核心观念是天地人神时的辟开辟合，而不同于战国时代的木火土金水五行生克。三元、六气、九运所持守的天地民神时，即古老的五行擘画，或为前五行说。[①]老五行运衍是辟思形成的重要阶

① 关于"五行"说，郑玄、皮锡瑞、梁启超、李荣陛、章太炎、刘起釪、赵光贤、杨升南等人都有所研究。参见邢文：《帛书周易研究》，人民出版社1997年版，第206—209页。邢文将《尚书·甘誓》之"五行"说（天地民神时）与《国语》、帛书《二三子》等文献的相关材料参读，与后起之"木火土金水"五行观相比较。笔者赞同邢文的见解，可确定《尚书·甘誓》所言之五行，即天地民神时。此处或可补充说明，此五行是富于灵性的五行，较之后来木火土金水五行，更有灵气。木火土金水之五行则更富物性。

段。其运思过程囊括三才、六合、九变，可谓无几不辟、无辟不通、无通不化。这个思维格局远比战国至秦汉的木火土金水生克观要博大精深。反过来看，木火土金水作为后五行观，要比老五行说尖锐而且凌厉，因为纯物性的工具理性喷薄而出。这两种五行说都与三易有联系，堪称辟思披露之否泰动静，且都是辟解对中国文化的推动。前者是从神理设教的人文参赞布局，后者是从物性锐气的技艺智慧推演。角度不同，但从不同的徼向完成了关于道学问悟性缘起的文化准备，也为道思想成长擘画着内涵与外延。如果说三易与老五行说的交织完成了高古时代的辟思故事，那么后来的五色、五味、五方、五音、五脏之类的技术性分辨，则揭开了辟思的物化性工具世界。老故事的神理与新技艺的物语，孕育出了中国高古时代对人类的一个伟大的贡献——中国的非轴心道文化。

“道”字最早见于西周早期己国铜器《貉子卣》(《集成》05409)，继见于西周晚期的《散氏盘》。两器铭文所示之道字，均非哲理和文艺思想用义。从春秋战国起，道字才有了哲学美学的义项。其最突出的文献证据就是《道德经》、《论语》、《孟子》、《列子》、《庄子》、《山海经》、《荀子》、《国语》、《史记》、《淮南子》等典籍的道学问。道学是根本性的辟思，可概括为天地心、圣贤心和百姓心。三心其实同心，即文心或曰道心之体现。雅斯贝尔斯关于公元前欧亚和中东的“轴心说”，在本质上是一种根植于逻各斯的实体理论。他在欧洲采撷的是希腊古典文化，在中东借鉴的是先知文化，在南亚抓取的是古印度的梵佛文化，在中国取证的是先秦诸子文化。他的“轴心说”是颇富哲理而且比较贴近史实的大思路，因为在这个时段，上述世界文化的制高点确实是历史的奇葩，是思想的灯塔，为之后两千多年启蒙长智，甚至至今仍显示为人文导向和学术引擎的重大作用。其中一次次启发了牵动世界历史文化巨变的思想机括。就中国先秦文化而言，雅斯贝尔斯“轴心说”也有其不足之处：一是雅氏并未深掘中国先秦“轴心”所自出的前提问题，即本文前面所述神话的散点映照之辟意，语文的“孳乳”生发之辟文，“三易”的三元九运之险夷消息。这几点与其他“轴心”的前身大不相同，比如释教文化前身的梵意空净，古波斯文化的前先知教派，古希腊“轴心”文化前身的体系性神话和实体性哲学，以及商业和战争的算计与吞并。二是雅氏没有揭示各种“轴心”的差异问题，如中国的文心虽有“轴心”之象，却集大道之虚，因而实质上并无“轴心”之“轴”（固执与任性）。而其他“轴心”的机制性问题，也未得到深一层的思考。如古希腊思想辩证的运作与机制整全，因明思想之内外明达，释教与伊斯兰教文化之一神信仰与睿智思想。三是“轴心”的运作问题还有待辨析，朴然而论，中国先秦思想文化不是“轴心”，而是体现“文心”之“道心”。文心是天地人三才的相养相成，是天地心、圣贤心、百姓心的和衷共济。机制则是辩证法对立统一的整合法则。要理清“道心”与“轴心”的重大区别，还得深入理解道与逻各斯的本质性差异。

西方所说的逻各斯是神的旨意，是使语言之为语言、世界之为世界的秩序，是决定是之为是的根本原因。逻各斯是古希腊哲人智者对古埃及和巴比伦文化的提炼与整诠，古希腊哲人的哲理元一与埃及法老的法力一统，在“一是一切”的理念上有相通之处，与同属印欧语系的梵佛精神有善恶二元一体之吻合，与巴比伦文化中建构通天塔的思想有异曲同工之妙。古希腊“轴心”文化的深层机制就是逻各斯，其他如秘索斯、宙斯、阿芙罗迪泰、俄狄浦斯等，归根结底，是逻各斯体系整合出的余绪。西方文化深陷于古希腊的“轴心”机制中不能自拔。两千多年后的欧陆启蒙思想，特别是德国古典哲学和法国大革命，其根柢深处的推手就是逻各斯：一个用哲学整合；一个用大革命血洗。其间当然有秘索斯的抗争，一如后来的文艺复兴以及审美文化的勃发，但是机制化了的理性和信仰唯一的宗教，始终是社会历史的主旋律。古希腊逻各斯思想所衍生出的最厉害的两个机括，即形式逻辑和辩证逻辑，这就是西方后来体系化机制无坚不摧，且“放之四海而皆准”的效果所在。

学界通常将道与逻各斯相提并论。雅斯贝尔斯的“轴心”说实际上也是出于这样的取证。道的前提不似逻各斯的思维实体，而是三个貌似“前轴心”的远程背景：一是神话之辟，即繁星满天的灿烂想象和追日补天的原始意识；二是《连山》、《归藏》、《周易》的三易之辟，太极是以无孕在的辟底，两仪为天地阴阳的辟运，四象为龙虎凤龟的辟象，诸卦是世界万事的辟解，无尽的卦变是天地人神时的辟约，物语物理是木火土金水的辟技。萌生于五帝与三代的道观念，正是在这样的辟思意识中形成和变化。辟思的补苴和修复功能，使原始文化的浑然完整一直处于旋起旋化的翕动与归潜归藏的归化之中。到春秋战国，这种补天逐日的辟意被文明的木火土金水五行之鞭辟而分裂开来。诸子百家裂道而行，这几乎成了所有思想史家的定论。其实这只是片面的看法。在“道术为天下裂”的春秋战国时代，另外一种思想文化涡流始终以有形无形、有意无意的气场在运动。诸子百家不仅有辟裂的一面，而且有辟通的和合。如果说五帝文化是原始文化的提升，三代文化是民族文化的绽放，春秋战国是文明文化的井喷，那么其中一个重要的内在驱动力，那就是辟文、辟思、辟学。

正因为华夏文化有辟思的多种品质和多元斡旋的集虚性契阔，中国的文学、史学、哲学、艺术学、农学、医学、兵学等百科全书式的智慧，都从辟思的灵性翕动中得到滋养和沾溉，形成了无尽的生发契机和博大精深的学术气场。在万变不离辟思的大小场合中，人文化成是一个浑然之辟思的天地，她给了中国文化以大胸怀和慢节奏，也给了中华民族以生生不已的人文活力和学术灵气。辟文辟学辟思为中国思想文化的生发提供了不竭的创意，营造了无限的人文场合，其中蕴藏着讲不完的中国故事，一个伟大的思想富矿等待我们开发和养护。

第八章　辟文学通解

文学是多面神，古来很难解说明白；文学是九头怪，今天依然变化多端；文学是续根草，情变所孕却互文有缘；文学是星云曲，比兴风雅、与天地参。不论是关于文学的巨型叙述，还是分解文学的单体论文，一旦对它们进行牵枝带蔓地追究，立刻就会看到不同观点之间的对垒，领悟到对立各方不无根据的分歧。复杂的争议固然原因繁多，然而一个根本的问题却来自文学本身，那就是文学非文学。这个命题之所指，在于文学的是已非已，通俗地讲，即文学既是文学，而又另有所是。

有没有一个思想要领将文学非文学的命题剖开？换言之，有没有一个切实可行的方法把文学非文学的悖论化解？笔者尝试过辟文学的纲目。辟文学的提纲挈领，有望统合文学作为多面神的复杂情态；辟文学之纲举目张，兴许揭示文学也是九头怪的浑身解数；辟文学的根情苗言，自然连带文学原本互根草的华声实意；辟文学的钟鼓和鸣，或可促成大千世界的律吕和畅。辟文学何指？辟文学为什么一定适合文学非文学的征候群现象？下面我们从辟文学的内在精神及其与文学非文学的深层联系方面解析诸多难题。

一、辟文学的理据

文学在其源头便是天地神人的耦合，而在漫长的演化中又增加了不胜枚举的变数。近代以来文学随学科分流而独立，那也只是掩盖了其本根在界的复合以及悖论生发的实际。古今中外的思想家从许多方面切入，力求捕捉文学的是非曲直，于是有了众说纷纭的文学观点，诸如，宗教情感或审美人生的不同归属，诗学情志与悲剧摹画的差异特征，理念分有与性灵体现的哲学区别，结构内在与文体外缘的分析剖判，文学自律与异质同构的学科界定，主体主观与客体客观的认知格局，凡此种种，都是把握文学的不同切口。这些论说都有其长处，但是大都把赌注下在了“是文学”的方面，充其量顾及了“是文学”的基础或外缘，而并没有从根本上抓住文学每个细胞和神经都牵扯到的一个根本性的纽结——“是文学”与“非文学”——在本质上的盘根错节。

我们说辟文学是解开这个疙瘩的纲要，不仅是由于辟文学之为思集中地体现了文学非文学的纽结，同时因为辟文学之为术从思理功能和方法要领方面化解着这个由来已久并且于今为烈的悖论。

中文古汉语的辟（pì）字非常有趣。许慎的《说文解字》指出：“辟，法也。从卩从辛，节制其辠也。从口，用法者也。”这一解释尚嫌拘谨。其实辟字的含义非常丰富，兼有创制一效法，典章一用度，打开一偏离，开拓一躲闪，治理一偏蔽，怪诞一大方，邪恶一清除等对折融会的意思。辟（pì）通辟（bì），有君侯一官吏，法度一罪行，征召一斥退，畏缩一勇为，破解一撮合等悖谬通化的内涵。质言之，以辟字作前缀，不仅便于厘清文学遮蔽自身九头精怪的复杂组合，也有利于揭开文学作为多面女神的诸多变态，当然也适合于品味文学作为星云乐曲的无穷意趣。往深处讲，一个辟字，不仅吸收了辩证方法对立统一与一分为二之思想精华，而且提取了易学思想通和致化与交感臻变的华夏智慧。就文学亘古以来的起承转合而论，辟思是天地奇葩根苗华实的情理一体。在文学向死而生的成熟时代，辟思则是为诗学思想通关把脉的人文智慧。

辟文学思想与人类文学渊源深广。辟文学之思和文学渊源都植根于人文生态深层，而且相互滋养，共同构成艺文理论和诗化哲学的百会大穴。文学由非文学化生而来，“是”文学与“非”文学由之结缘。在文学的人文源头，自然是人文的母胎，变异是人文的父本，而与人类俱生之文及其后发之学，是自然的真正的变动，其中文学的种性，将无是非与有是非沆瀣一气。在这个层次，分说辟文学之辟，不啻楬橥文学来路于自然，概括文学萌发以斐然，奠定文学他在而本然。在文学的生长过程，“是”文学如日益秀出的尤物，“非”文学似含英咀华的外壳，“反”文学像原道归本的逆旅，将文学的运作，纳入一种统合背谬的精神航道。在这方面，讲究辟文学之辟，无异于调动文学底气以拔节，提携文学锐气于吐蕊，收敛文学张力以秀穗。在文学的成熟时代，自得是文学知天命而求是，自在是文学届耳顺以明非，自为是文学通变革于圆融。在这个境界，提倡辟文学之辟，实际是创新文学体式于自觉，反思文学运律以去己，敬畏文学他在而成化。

辟文学思想是对古今文论的补偏救弊。古今文论无不宣扬一个观念，文学就是文学。辟文学思想拉开了文学史独门偏闭的铁幕，向全人类告白文学还有其非文学的另一半。古今文论无不坚持一个思路，文学的内外（自律—他律）、上下（上层建筑—经济基础）、刚柔（阴性—阳性）、主客（主施—被动）、妍媸（美好—丑陋）、东西（东亚—泰西）等对立的理念，时刻等待辩证的统一。辟文学思想运转一多、众合、共成、冥会、归化等圆通的方略，本身就是星云的涡流。古今文论无不将文学纳入真善美与假恶丑对立争斗的前一方，为文学及其载体画线列队成了文学法官的基本职能。辟文学思想把文学置于化解文明裂隙的原生态过程，让文明的峡谷与文学之川流都经受反思性的检讨。古今文论无不在文学的“优根秀出”处大做文章，把文学的是字头观念推到了登峰造极的地步。辟文学思想将辟化的哲理贯穿始终，不仅申述文学正极的各种优长，也透视文学负面的诸多弊端（如劣质劣根与天生的奢华），尤其对文学他化的天地神人因素十分关注，力求在学理的深层有所创制。

辟文学思想在文学前沿别开生面。文学研究需要创新，这是人所共知的道理，然而如何创新，文学人在文学的界面徘徊却不得其枢纽而出入兼通。从全球范围来看，主张文学是人学的流派继续在人本论、审美论、对象化理论上固防自保，而边缘文艺学各派曾经在新神学、符号学、形式主义诗学和女性主义文论等学术领域以攻为守。从学理的角度而言，所有这些学派坚持的无非是文学的自本质说，捍卫的仍然是文学的文学性，并没有能在文学的遮蔽和局限的根本处突破，也没有对文学的俗恶奢华等各种弊病和危害宏照圆观。我们举西欧的 Paralittérature 学派为例。国内外均将这个名词理解和译作“副文学”。在西方当代学者的观念中，Paralittérature 的创作风潮，包含了 18 世纪以来经典文学和主流文学之外的所有文学，其潜在的来源还可以向现代文学的上游钩深致远。Paralittérature 作为学术流派，是瑙埃尔·阿尔诺、弗朗西斯·拉卡辛、让·托泰尔、达尼埃·古埃尼亚斯等副文学思想家的一面理论旗帜。这个学派感受到了文学疆域扩大、种类增多、尺度模糊、挑战迭起的种种现象，富有创意地起用了 Paralittérature 一词，为拓宽文学研究视野和涵括边缘及跨界文学新潮提供了理论方便。副文学理论家对纯文学和主流文学之外的文学存在相当关切，而且也同情弱小乃至低俗的文学层面，这些都是长处，但是他们死守文学性的窠臼，惰怠于文史哲学方面的辟创，在某种意义上可以说仍然局限于一般性的记述，因而始终未能进入辟文学的化境。

笔者于 20 世纪 90 年代在西方讲学期间，很关注这个流派文学创作的状况和理论研究的进展。我很欣赏副文学理论家对“黑色幽默”小说、19 世纪的连载小说以及 20 世纪的大众文学特别是流俗文学所做的饶有趣味的求索。我曾建议法国学术界深化对 Paralittérature 流派的探讨，把近代以来的民间故事、杂文、寓言、哲理散文、诗化哲学著述都纳入这个向度的考古性研究和跨学科思考，特别是把古代文明与诗歌、现代都市与小说的深层肌理作为副文学剖析的大背景处理。因为其中包含着文学非文学的历史积淀，加强此类研究必定会发掘出突破性的成果。20 多年过去了，Paralittérature 学派又推出了一批新作，但是扩大了的是规模，局限着的依然是“副文学”的视野。从总体上讲，法国和欧美学术界对 Paralittérature 现象的研究仍处于就事论事的阶段，理论和方法都有待突破，上档次的研究著作付之阙如。我在一些文章中曾提出过如下看法：因该把 Paralittérature 改解为“辟文学”。

Paralittérature 由文学（Littérature）及其前缀 Para 组成。Para 同时具有接近、围绕、反对、悖谬等含义。法国 Paralittérature 学派将这个词的 Para 理解为“副”或“泛”，是语词学、诗学、文学批评和审美哲学方面的拘谨和失策，我国的相关辞书将 Paralittérature 译成副文学或泛文学也是一种无差错但欠准确的“拿来”，充其量是皮相的照猫画虎。Para 这个前缀词除“副”和“泛”的含义外，还有导引、避开、经过、兼顾等一语通关的统筹义项。如 Paratonnerre（避雷针）就既有避雷击、又有导雷电的双兼含义。Parapluie（雨伞）也有遮挡雨水和导引雨水的双关义项。将 Para 译为“辟”字，有谐音之和，含义之深，同时还有文学思维之透。因此，我认为用“辟文学”一词最能体现 Paralittérature 的命意。“辟文学”理念的提出，不仅涵摄“副”、“泛”文学的基本内容，而且可以把潜文学、亚文学、坏文学等另册文学现象纳入审视范围，特别是让文学思想从传统疆域中解放出来，使文学理论研究直逼文学非文学的核心。

副文学和辟文学一字之差，却代表着两种截然不同的文学原理。副文学与符号学、新批评、女性主义文论等前沿学术探讨一样，都是从人本文学、审美理论或文学性的边缘地带摸索，此类研究都在文学是文学的藩篱前止步，面对“是文学”内部暴露的非文学抗争，目睹文学他化的强力挑战，心存文学的自我特性不能化裁，学理上的根本性突破仍需待以时日。辟文学把非文学包含进了自己的胸怀，把文学他化置于消解门户之见的变通之中，把文学思想运作到与道俱化的精神境界，辟出的是有无、去留、生死、启蔽等多极融通的博大场域。

二、辟文学的理路

真理的本质是基于同一性的自本质，这是形式逻辑。真理的本质也是包举异质性的非本质，这是辩证逻辑。真理的本质同时是超脱了本质、非本质的别在，即留后质，这是非常逻辑。自本质是自身的同一性、统一性和封闭性，能同不分；非本质是此在的他在性、异质性和兼包性，有容乃大；留后质是本质与非本质之外的别有洞天、非此非彼、无何有何。从自本质来看，能同不分，统合执一，白马是马和白马非马都有其道理；从非本质而言，有容乃大，异质兼包，自在此在和自在他在也不无依据；从留后质而论，非此非彼，无何有何，正统逻辑之外的非常逻辑或可留白。三质交织，辟思为介，逻各斯被疏解，中历学得通衢。辟则介，介则契，契则约。界介通，辟在其间。界之标若分，其本通合。这就是笔者所反复解说的本根在界。该命题集中体现了普遍联系的辩证法则和化感通变的易学深旨，同时也为深空时代以及宇宙际遇留有余地。

文学的本根在界，实际上阐发了文学是文学而又非文学的悖谬质地。此处的质地一词已经一中生多，多而含一，一多互兼，通和致化。一多涵摄，非辟无以聚焦；兼通滋养，跨界才能扩根。本根在界与文思之辟是可以互相释证的文史哲学命题。从辟文学而言，称文学的本质是自本质，揭示的是文学自身之所是和所指；说文学的本质是非本质，涵括了文学本根之杂糅和本源之异秉。本根在界，辟思后来居上；文学通辟，根界首当其冲。辟文学的各种理路都与根界息息相关。辟文学的根底在自然与社会之间，其根性在人性与天性之会，其根基在乾培坤育之合，其根由在偶然与必然之中，其根本在自体与异体之杂，其根据在自在与他在之交，其根泽在同化与顺化之通，其根器在内化与外化之成，其根德在自我与非我之化。近代以来的正统文学理则都执着于纯一，审断者或可欣赏文学花朵的五彩缤纷，但是不能容忍文学根部原本就有的差异变异与学科交叉的跨界出墙。人们乐于认可传统价值观念核准的文学同一性基础，而不愿意探索文学中与生俱来而且永远如此的非同一事实。辟文学恰好为文学的纯与杂搭桥，为根界的一与多张本。如果说根界的复杂结构是文学深层的迷宫，那么辟文学之机制便是文学根界的锁钥。换言之，文学辟思是文学疑难的总和，也是文学解惑的利器。因为其“观古今于须臾，抚四海于一瞬”的圆观透识，将文学的悖论编织成通和致化的网络要领：它不仅是锁扣，也是钥匙；不仅是谜团，也是谜底。既是且非、既他且己、既此且彼、既内且外、既隐且秀、既归且旅、既收且放、既疏且近、既守且攻、既济且未……，通过这种破除僵化思想的大力化裁，和盘托出了文学的重要使命。

文学的本真在否，一个否字在本质上涉及对文学乃至宇宙本原的理解。本真在否，揭示了辩证法无以涵括的一个“黑洞”——时间的逆旅本质：即一切事物向死而生的启动和由在到无的闭合。这是一种以“无”为底盘的终极之真，文学当然也不例外。与万事万物一样，文学悟死，文学体无，这种体悟构成了文学否定性的本真，释放出文学本真性的否定。悟与死，体与无，本真与否定，就是在文学终极考察处的一种多元辟思，或曰一种储藏着本真彻底性秘密的时间“黑洞”。在辟思的终极处，文学并没有死灭，也没有堕入虚无，而是包藏着那么一个深邃且浅俗、遥远而切近的“黑洞”。就文学哲理的冲刺而言，作家及其作品的每一次突破，实际上是对这个“黑洞”有那么一点体悟。本真在否，也包含着万物运行的一个基本特点——否定性辩证法。否定性辩证法首先是指否定即当下肯定，其次是指否定即继后肯定，其三是指否定即原道肯定。这样的阐发，既扬弃了黑格尔对否定的过于乐观的大而化之的肯定，也避开了阿多诺对否定的过于悲观的恨而裁之的推定，等于是将辩证法的否定纳入华夏辟思的范畴。否而本，否而真，否而道，在本、真、道的界面，否定是启蔽，是隐秀，是吐纳，归根到底，是我们所说的辟思。这样的辟思，或者说，这样的辟思化辩证法，是真正的文学的辩证法。因为文学不像政治、经济、战争等方面的利害取舍，文学不一定要生死对决，而是写死为生，向死而生，起死回生。文学是虚拟，是假设，是构想，是死而不了的否定，是“引而不发”却又“引而‘补’发”的启心且救心之法。辟思能将文学的本真在否发挥于恰到好处。本真在否，是对近代以来文学体系扩张和文学学科偏张的调谐与补救。其调救本身便是解疆去域的辟思。文学体系与学科的崛起乃至膨胀是世界性的趋势。辟思之否，是激发体系文学根本处的自解，化裁学科膨胀时的戾气。须知无尽的文化腐败因体系以孳生，有限的学术良知缘学科而堕落。辟思之否，既是荒江野老屋的商量培养，也有文化精英的自我考问。在这个意义上，文学的本真在否，不仅仅是消解体系之弊，而且也在救赎学人之伪。当个体将自己带入其中之时，四字真言触目惊心：悔过自新。

我国追赶国际文学体系化大潮已有20世纪的百年经营，特别是近30年，中国文学体系躬逢盛世而急剧发展，各类机构林立，名头繁杂，作品多如牛毛，无尽的研究铺天盖地，最大的好处是解决了大批文人的饭碗问题，同时满足了普通读者的感官刺激和空余时间的排遣，但是真正能彪炳人类文化史册的不朽之作和推动文学理论思想的金石之声并不多见。本真在否，披露的是文学体系本身的昙花现象，警示的是旋生旋灭的泡沫效应，暗含着一种对立的养育观：乱世的文学骨鲠而难留，需精心呵护；盛世的文学华丽而空泛，要大力洗练。辟文学昭显的就是这种精神。本真在否，也是辟文学思想对学科建设的切磋琢磨。文学科在高校学科中以几何级数上涨，各门类的编制在扩大，声色类的教学在飞扬，而基础性、前沿性、创造性的研究停滞不前甚至在退化。辟文学理念旨在通变，最基本的主张是将文学非文学的认知推进到文思深层，把锐意辟创和多元辟合的运作落到实处。辟文之辟思，有利于把文学门改造成固本培元的场所，将文学人出息为博识专精的英才。辟思之辟文，在文学体系的阴阳消息中揣摩，从文学教育的日常功夫处陶冶。在体系、学科和学理上的否思，体现出对文学的大爱，把捉的是文学自我放逐的真精神。

文学的本能在化，化生是文学的始源性自然；化裁是文学的功能性本然；化文是文学的终极性泰然。文学始源性自然，是说文学从非文学演变而来，出自原生的天然，源于人文的陶然，其充分表现为自然而然；功能性本然，是指文学演绎为自己的本性，成立于关系之必然，化裁于巧合之偶然，其真切展示为果然其然；终极性泰然，意味文学的最终归宿，喧哗趋于非然悄然，绚烂复又释然淡然，其潇洒演化为寂然超然。始源出处的浑然，道尽了文学缘起时的自然际遇，铺垫了文学生发期的杂交变数；功能运作的斐然，促成了文学风雅的质文更替，挥发为文学体式的与世推移；终极归化的浩然，大气淋漓地默化于人文长河，坦然泰然地潜移于宇宙深空。化生—化裁—化文，囊括的是地球阶段已有文学的累累硕果；自然—本然—泰然，幻化着深空时代人类艺术的层层精彩。俯瞰寰球，本能在化之命题揭示出了文学演化的过程；放眼太空，然以成化之思想投射出人类才情的前景。从哲学上来讲，化出本能的纲要，乾坤可坤乾，易学观念在合而为一中发扬；本能在化的命题，文学非学文，辩证思想于一分为二间体现；然之成化的理路，百会能会百，中医子午流注说在周天的突破时获得开放性运用。这些方法契合于辟文学思想的聚焦点、折射面和化然性的深层。启蔽易学的乾坤化育本能是其一，扬弃辩证法的对立统一整合是其二，开放中医的子午流注理路是其三。辟文学思想熔铸上述三大理念于一炉，将化—合—然的方法论精神运抵自然、人文及宇宙耦合的大端：它们有特点而不限于特点，有规律而又越出了规律，有生死却又化解了生死。这就是本能在化的秘密，这也是辟文学思想在化然性方面的深旨。原始要终地体察，化是文学本能的表现；体性程器地观照，化是文学自性的演变；百会会百地推演，化是文学星云的未然。不论人们对文学的大化本能赞同与否，文学的化性品物流形，毋庸置疑是文学的本能之体现。辟思之化—合—然理路，不仅是变革文学理论的方法，而且是突破哲学程式的举措。其中一个重要的思想，就是要避开唯文学特点思维问题。辟思之化—合—然包含了特点而又不拘泥于特点。文学不是没有特点，问题在于如何对待特点。如果过分地分说文学特点，反而使文学失去本真。20 世纪西方文艺理论界曾有过关于文学性的讨论，法国学术界对此格外关切，一些人紧扣文学性讲文学性，另一些人则索性随波逐流，任其自然地将文学化于方外。前者知诗文而不知化，后者本身在化而不知去留。文学是自性和他性耦合而成，是多元因素的异质同构。通和致化是文学的最常见的运作。成化而来，自化而在，他化而去，对化然性的如是解说，敞开的是辟文学思想一举三得的方法原理，既将文学是文学与文学非文学提炼于百会大顶以圆观宏照，也把文学痛楚与文学狂欢聚焦于

“阿是穴位”而辨证施治①，同时还是对文学远源与文学未来叩两用中的适可而行。

从文学作为三才六合的精华而论，本根在界是文学天人合一处的学术表征，本真在否是文学天人合德时的慎终追远，本能在化是文学天人合流后的和光同尘。就文学作为三界五行的精灵而言，本根在界是文学九头怪的理论线索，本真在否是文学多面神的思想风筝，本能在化是文学星云曲的精神投光。在文学作为三省九思的辟解来说，本根在界是文学哲理求索的高端作业，本真在否是文学思维艺术的训练场所，本能在化是文学根器培植的沉潜涵养。辟文学的深沉理路正是这样一种多调性的悖论，在界之本根，在否之本真，在化之本能，三合之辟，把亘古以来的文学脉络重新解读，对近代以降的文学原理化而裁之，将走向未来的文学命运纳入化感通变的辟思之中。

三、辟文学的理会

笔者将辟文学问题提了出来，只是把文学本来就有的质地诉诸学术讨论。本章把辟文学的思考学理化，仅仅是希望给文艺学领域提供一种创辟性的研究方法。辟文学思想的新意在哪里？它与古今中外已有的文学理论关系如何？它是否会给文学研究领域带来混乱或负面效应？这是笔者在探讨辟文学问题时始终萦怀而且反复琢磨的自我质疑。这些思考是一个理论工作者必须认真对待的事情，是笔者必须向世人禀明的学术行为。

仔细推敲辟文学的综合征候，可以将之概括为文学思想的理会。为什么要拈出理会一词？因为这个词最能表达辟文学的精神气质。理会者，脉络之统合，江河之汇聚，才情之嘉集，学术之通和。称辟文学是理会，正在于辟文学具有如下品格：它是文学众相之生态学聚合，是艺文思维的统独性互

---

① 笔者的祖父和父亲都是中医大夫，他们从行医经验中发现，有一些剧痛点不在穴位，不见记载，但那个点往往是症结所在。“阿是穴”便是他们对此类痛点的称谓和诊治指向。“阿是”，陕北方言，即那里就是。无穴有穴，症结即穴。在聚焦散结的功能方面，“阿是穴”与辟解相通。

补，是诗化哲学的品质性考量。以下我们就从这三个方面，阐发辟文学思想的理会精神。

（一）辟文学之理会是文学生态的学术表征

理会求索，是在大千世界撮要，也是对执一文心的反思。谈理会不易，需要层层发现几神。找方法更难，势必句句收拢纲目。简言之，这一节的写作，只能在学林另辟蹊径，于文思别出心裁。

在文学的大氛围聚焦，文学生态是文学大周天构生环节的启蔽性涵养，辟思是集结各种环节于一体的有机脉络之会。自然与社会是文学的摇篮，辟思之理会尽显天人通和；人文与神圣是文学的母胎，辟思之理会催生神来之笔；此在与彼在是文学的张力，辟思之理会谱写和谐乐曲；时势与偶然是文学的艾绒，辟思之理会敲打火镰燧石。在文学大周天构生环节的意义上，辟思之理会一如日月经天，江河行地，宣节气而运作，随动静以适宜。从文学小领域琢磨，文学生态是文学小周天隐秀性的出没，辟思是契合诸类文体于艺苑的无心插柳之荫。谣谚俚语是文学的食盐，辟思之理会烹调生民家常小鲜；散文与诗歌是文学稼穑，辟思之理会开塞天地珍藏；戏曲与小说是文学作坊，辟思之理会集散市井风情；影视与数码是文学风骚变体，辟思之理会抑扬科幻新声。在文学小周天隐秀出没的机缘中，辟思之理会有如植被丰茂，田亩增肥，见天然沧桑，透耕休巧致。就文学的他化性来看，文学生态是他来性的酝酿，辟思之理会披露本根在界的真实；文学生态是吸纳性的渗透，辟思之理会吞吐文外之曲旨；文学生态是他在性的生发，辟思之理会折射文律之别裁；文学生态是沉潜性的归藏，辟思之理会回溯大道缘域。在文学有他性的出神入化的演变间，辟思之理会犹如他山之石，清泉曲觞，自然而然，与道俯仰，诚如刘勰所描述：振林籁而结响，撞球璜以激韵。大周天构生，辟思之理会奠定文学非文学的大舞台；小周天辐射，辟思之理会涵摄文学非文学的小领域。大氛围聚焦，辟思之理会烘托文学非文学的大气候；小村落养生，辟思之理会孕育文学非文学的小园圃。一言以蔽之，他化性培植，辟思之理会成全文学非文学的大境遇。从文学终极道义的层面来讲，辟思之理会揭示了文学异在而不可异化的回归性本质，即向大道归化的永恒意义。文学如同带着雨水的云团，它必须把自己的泪水无保留地反哺大地母亲。辟思之理会，无非呼唤文学非文学的天地良心，即在无限的大道运化中化解所谓文学性的自我执着，使自身完成报答天地恩德、反哺大道母本的自然而然的归化。如果说文学非文学的辟思在文学生态方面表现得淋漓尽致，那么该现象绝不可理解为或误解为瓜豆之学，它是宇宙万象与人共舞的缘域消息，是大道生态启蔽归藏的和合过程。

（二）辟文学之理会是一多难题的诗性解读

古今文艺思想灿若繁星，然而从它们的运行衢路来讲，用“一多”二字可以概括。人类执一尚元是文明运动的机枢，无数古代大师乐此不疲。整诠统散是定势思维的心结，海量当今学者趋之若鹜。“一元”之为思，首当其冲的就是概念万事与万物。“整诠”之目的，无非竭尽全力去囊括自然和世界。“一多”关系是思想史的亘古难题。

从审美方面看，崇一统多的套子，一直是诗学思想被困的天罗地网。辟文学之理会或可作为“一多”难题的另类解析。辟文学之理会非一，亲和的是理论的多元契合。辟文学的理会开放，养护的是思维的异质同构。辟始，一如神话世界放飞的人类童心，有巫化萨满，有天启物与，有种群促成，群生众生非一。辟象，类似甲骨占卜灼裂的多向纹路，非天命独统，非自然独生，非人为独掌，祈使或使无定。辟文，如同人文化成触及的六合洞开，兼音形义理，兼天地人和，兼你我他在，意会通会入化。华夏古道与逻各斯不同，似“轴心”而不“轴”，像“边界”而无“边”。辟文学理会自然而然，开显的是人文世界的宇林宙丛，放飞的是精神瀚海的思想星云。相对于逻各斯而言，辟文是超乎强制性抽象的事物缘域。较之于辩证法，辟思是疏通一统性思维的解蔽举措。在这个意义上，辟思之理会要突破的是古今中外“执一且尚独”的自我思维定势，要解放的是“总体与无限”的对立统一格局。

在现代思想史上，尼采哲学可谓翻天覆地的创制，遗憾的是他的思想始终有“独尊”的偏蔽。胡塞尔循“意向性”理路，走向“思的事情”，他有效地转向“生活细部”，或曰抓住了“小零钱”，但也只是暂时忘却了那个大写的“一”。海德格尔早年气吞万里，立志创立存在的基础本体论，而后来则释语、谈艺、说诗，从思维智慧而言，他也是想给自己开拓更大一点的学术时空。从本质上讲，他其实并未能摆脱一统思维的套路。阿多诺给否定性思维解除了制动闸，索性堵塞了否定可致肯定的转机，甚至对碎片化审美钟爱有加，其所规避的依然是思维的“总体性”和辩证法的“非人道”机理。勒维纳斯亦然，其代表作《总体与无限》论总体虚与委蛇，申说无限则不遗余力，在拯救外在、异在、他在方面用心良苦，然而最终仍旧未摆脱“总体”思维的辖制，或曰在对立统一的套路中讨生活。为什么这些旷代大师未能从“总体”中成功突围？根本的原因就是他们都在西方最强力的逻各斯引擎下转动。福柯和德里达在这方面相当敏锐，前者对“权力话语”的剖析，后者对逻辑思维的解构，都在竭力绕开“总体”的一统性，可是在大气磅礴的诗性运思中，形式逻辑和辩证逻辑的影响随处可见。笔者揭示辟文学的理会，旨在悬置逻各斯的机括，避开辩证法的虹吸，尝试将辟文、辟学、辟思的中国人文智慧运用于诗学研究。辟文学的理会，也讲貌似逻各斯的道，但是其道是“唯道集虚”之道。笔者的思索始终正视并融会形式逻辑和辩证逻辑的积极方面，然而融会过程解除了在诗性智慧方面盲从“总体”之铁穹限定，在审美哲理视脚突破了崇尚“元一”之无上预设，因而开放了思维之场合，强化了自辟之省思。自辟者，悔过自新之谓也。

（三）辟文学之理会是诗化哲学的品质升华

文学在本质上是诗性智慧。辟文学的真谛是诗化哲学。在文艺理论的机制中，辟文学的理会是提纯学术的净化器，在诗化哲学的功能上，辟文学的理会是户枢不蠹的守护神。辟文学之理会之所以有如此深刻而牢靠的免疫力，正是因为其根本上所具有的防腐化品质。

概括起来讲，有以下三个方面非常重要：一是辟思性理会的动机在其发祥处就有原始文化与文明文化的“母子同堂”。这既是文学非文学先天的原因，也是辟思渊深的和合优势。文学与天地自然以及人类原始心理的交织在这里寻到依据，文学与神学、史学乃至哲学思想基础的初源在这里见出端倪。天地人交感的灵犀由之萌发，文史哲互根的共和由此肇始，其中有涵养文学根器的博大弘深，其中有孕育辟思兴象的温柔敦厚。这里培植了始原文学的善根，这里抽绎出辟思精神的自在。从源头谈辟，可以补许慎言辟之不足。应该将许氏之辟解改为：“辟，驳也。从卩从辛，节制其戾也；从口，戒其枉也。”辟思性理会的厚实不是空言。二是辟思性理会自身有一定的免疫涵养，而且有抑恶解毒的文化功能。是物三分毒，何况不止三分。文学亦然。辟思性理会对文学自身的弊病直言不讳。这就是为什么中国易学既促成，又知毁；既爱生，又重死；既自强不息，又厚德载物。这也是中华价值体系于善信美大圣神诸原则性信念中尤其看好诚信与和善的原因。诚包含真，但不限于真。这是华夏族群用信不拘真的特点。和涵括善，而不死守愚善，这是炎黄子孙崇尚和善与理善的中庸。含垢忍辱，而又扬清激浊，敦信务实，犹能神思通变，中国诗化哲学“翫华而不堕其实，酌奇而不失其贞”，奥秘也在这里。任何信念，即便如善信美大圣神，过犹不及。辟思性理会重激扬以澄澈，审虚实而契合，其意境相当深远。在这个意义上，应该说许慎解辟不无道理：“辟，法也。从卩从辛，节制其辠也；从口，用法者也。”辟思性理会的厚道不是杜撰。三是辟思性理会于节点上注重瞬间永恒，在小结处讲究舍得留余，将通和致化赋予无限。华夏的诗化哲学有其独特的风神：乾坤、阴阳、几神、诚信、吉凶、休咎、济未、悔吝、盈虚、隐秀、启蔽……，这些术语都是有聚焦而无滞留，擅融会而识通和，讲究的是一个化感通变，体现的是一种六合祥和。如果说趋吉避凶是华夏文化的家教箴铭，那么通和致化则是炎黄一脉的目的手段。这就是中国文化给世界以祥和的重要原因。辟思性理会正是这种祥和精神的诗化表达。辟文学之理会是变通中的祥和，理会中的辟思是华夏诗化哲学贡献给人类的一份弥足珍贵的思想财富。在这个层次，或可说许慎辟释有待三思，或可说：“辟，通也。从卩从辛，节制其过也；从口，通其和也。”辟思性理会的厚泽不是枉谈。

辟思之理会与天地参，与文理通，与学术合，在思想创造中倡导化感通变，于群龙无首时凸现轮值共和。它捕捉的是与道俱化的缘域消息，体现的是祥和精进的生存佳境，促动的是诗化哲学的品质升华，摆脱的是学术话语的各种霸权。为了维持辟思性理会的思想风貌，笔者的行文力求避开文学特性、文学主体、文学领域之类的词语，多采用征候、本色、精神、气质、嘉会、融通等字眼，辟思之化觉贯穿字里行间，理会之用心于此可见一斑。

人们都在焦虑创新之难，辟文学思想尝试一种难易咸宜的举措。人们常说要走向世界，辟文学思想运作一种中西合璧的创制。人们总想攀登文学理论前沿，辟文学思想启动的是学术高端的博弈。人们最终不能穷极文学命运的化境，辟文学思想至少在努力谱写一种与道俱合的插曲。历史上有许多理论是孤家寡人的独语，一花开后百花杀。大树底下，寸草不生。而辟文学思想则是与中外学术的兼通，是对纷纭辩难的化解，是对古往今来的交响，是对文史哲学的共鸣。一言以蔽之，她带给艺文天地的是一种真正的和谐。

让我们对辟文学思想做一个小结：辟文学是文学非文学的理论纲领，文学非文学是辟文学的逻辑命题。辟文学是文学非文学的思想方法，文学非文学是辟文学的文史根据。辟文学是文学非文学的理论诉求，文学非文学是辟文学的真实体现。辟文学是文学非文学的诗学导向，文学非文学是辟文学的生态涵养。文学非文学和辟文学是一种新文学原理的两个侧面，前者是文学走向辟学时代的全新视点，后者是文学实现自我改造的思想脉络；前者是文学脱胎换骨的理论前提，后者是实现理论转化的运作技艺。在表面上看，这两个术语是笔者关于文学创新研究的一己之见，从本质上讲，它们是古今中外文学思想的林籁结响。作为一种对文学亘古难题的清通解读，辟文学之擘画也是华夏文明因应文学全球化大潮的一个理论方略。

第九章　辟文学别裁

辟文学作为历史上潜在的文化现象，我们曾在第七章《辟文学缘起》中做过个案剖析。辟文学作为理论上创新的思想难点，我们也在第八章《辟文学通解》中有所梳理。辟文学作为一种当下性凸显的文学趋势，我们将在第十章《文学他化论》中予以还原解读。这些求索都是紧扣辟文辟学的聚焦点展开，而对辟文学思想作为跨界求索的学理探究，仍然需要进一步论述。

辟之为思，其妙在别。从杂多中起整诠寓辟，于同构中见异质是辟，在既成中识未济是辟，别样的品质由此发见，别致的风物因之流演，别出的智慧从而披露，辨别这个别态是辟思的一项重要工作。对于辟思运作而言，辟解文学是用志不分，且辟而不辍，而对于辟思艺术也需要旁观他解，界外瞻瞩，因为辟解自身不但在中外文论中自成一体，别具一格，而且其异质契合别有所缘，跨界通化另有所据。此处就辟文学之思别而裁之，简称为辟文学别裁。

一、辟文学的文外曲旨

辟文学的原理性阐发虽然已经在“是文学”与“非文学”之间辨彰学术，但仍然没有使辟文升华，也没有让辟思放飞，因而关于辟文学的理解还需更为深入地探究其文外曲旨。此所谓欲得其高致，必探其底蕴。

毋庸讳言，辟文学潜在的种源契合于天地人三才的脉动，辟文学原始的乐章交织着文史哲互根的韵律。辟文学的文外曲旨，大致有三种流韵可供追觅：其一是物色物语，其二是亦文亦野，其三为即隐即秀。

（一）物色物语

辟文学之文外曲旨与物情物性相关，而欲解物情物性之品味，先得追问物色物语。

物为杂色牛。王国维、郭沫若等先生均认为，卜辞中的物字专用于祭祀，知物为杂色牛之专称。杂色牛通灵，可作牺牲。以牛为图腾或祭品，实在是原始生活中的大事情。从卜辞用物，至少说明从夏商周到东汉，牛可通神是颇为普遍的认识。物之灵，类如萨满之灵神弥漫在宇宙万类之中，贯穿于人类精神生活的许多方面。许慎在《说文解字·卷二》中称："物，万物也。牛为大物。天地之数起于牵牛。故从牛，勿声。"此说虽然被俞樾、王国维等人诟病，但是其中以天象术数联类万物，犹有神巫遗痕可见。从杂色牛到牵牛座再到涵盖万物，人类以物概括和指代物质（Matière）以及各种对象（Object）的思想进路，经历过漫长的史前文化酝酿。"物"之"神"气不仅是人类心智萌发之酵母，也是文明启动之前奏。即使在科学昌明的今天，那一层神圣的光环并未完全褪尽，物与物，物与人，物与灵，举凡成物及物之关系，无不渗透或掩藏着某种灵气。唯科学主义认为巫为大谬大误，当然有其道理，但是忘记了一件事情：巫术乃科技的前身，至少是其远亲。即便是在今天，仍保留有巫术传统的原住民部落，不仅从未将技术与科学视为异类，反而认为这是灵异的神通广大。从文明进化的意义上讲，科学破解巫术当然是正确而且必由的路径。而从巫术的精神遗产而言，远非大谬大误四字可以概括。巫术当下神坛而不下必然成灾。巫术祛魅而人文往往精彩。巫无补于世事，但却有益于文学，这一点不可不察。试看文学艺术之根源，哪一点奇魅的亮色真正摆脱得了巫术精神的沾溉？巫化过程，特别是其物崇拜和万物有灵，构成了原始社会重大的精神活动元素，也构成了文学艺术出神入化的基因。牛之灵推及万物万事通灵，牛之色延至万物万事成色，牛性广及万类，物色开眼开光，宇宙中的品物次第解蔽，世界上的物灵逐渐启明。刘勰“物色之动，心亦摇矣”的描述，与马克思关于物之含笑示人的论点，实在有着人类与物通化的悠久历史。

以杂色牛示物，是人类从动物秀出的重要标志，也是人类至今之所以将人与物混合组词，以表达所突出“人物”的生理和心理成因。换言之，物自成色，人能感受，物色中融会了自然物体之本色，同时也贯穿着人类心器之本能。其所包含的选择义是后来引申的产物。物其色和物其选，物色的基本义项备也。其中浓缩了人类从动物向万物灵长进化的漫长过程。物色物象中早就有人的因素物化于其间。此物化蕴藏先天之混沌，也包含有后天之酝酿，在其天成面是契合，与人事会心处为通感，物动心摇之辟会与比照参选之辟择均源于此。

物语者，物话也。物语是无声之声。远古物与人通，物与人合，物色原本是物语。上古“河图”、“洛书”、“丹文”、“绿牒”，说到底都是天启之物，是灵祇，也是神媒。前哲所说的“神理设教”，究其实质无非物语。仓颉造字，“天雨粟，鬼夜哭”，实乃物语告退，人语登场。即便如此，在甲骨金石文字中，物语本真的意蕴不绝如缕。即便没有读到甲骨文的许慎，也在《说文解字》的许多地方，从文字承传本身披露出物语天机。物会言语，表面上看是属于神话思维和寓言表达一类，深层解析则触及天造地设的缘构底蕴。天造地设于冥冥中预约了人的来临，人的参与在茫茫间释读着宇宙奥秘。缘构是大小诸天之相辅相成，物语是宇宙万类之默契默鸣。缘构底蕴自身即一种表达，大道无言，不说是说。老子、孔子都体会到了这一点。默契默鸣原本为“诸多”守成，纤弱有文，能参非喑。缘构底蕴与默契默鸣是大千世界的压轴性的存在，人之言语实际也属于其中的一缕。体会缘构底蕴是生灵之运命，聆听默契默鸣是人类之天性。嗜欲浅者天性未泯，方可知物语与人心之间的聚精会神。海德格尔等人把原语看作诗的语言，其实默契默鸣才是诗性的渊薮。中国原始神话中盘古开天辟地，古印度和两希远古神话关于宇宙的生成，中国《山海经》和《黄帝内经》关于物性的况味，都保留着物语的无声之声，暗示了物语的故事之事。物语根底源远流长。物语的故事性由之而来。广而言之，有些受汉文化影响的中国近邻也保留了物语的故事义，但是物语的缘构底蕴几乎荡然，物语的默契默鸣付之阙如。如日本人的《源氏物语》即属此类。

当今之修辞学、诗学和美学往往将物语视为拟人、巫化或对象化的表达，这些分说不无价值，但是其中都有过于人类中心主义的偏执，先天诸属，莫非自然造化，纤毫巨星，当然各有生命，物语物言不待发表，人之所识仅一丝而已。物语并非仅由人决，这个道理不难理解。物语比物色更多了一些辟解。

人类远古上古的物色物语，有滋有味地暗示了默声默契的天地奥妙，无隔无碍地传达了远古先民与天地参的人性本能。远古至上古的文化与物色物语一体。如果说辟思是天地人三才契合之原思，那么在终极的意义上讲，有物色物语，才有辟思。因为物色物语不仅指涉人的感官，同时强调物的灵性，更为重要的是物性与人心有先天之契合和后天之会通。辟文学的辟合、辟分、辟会之辟思，正是植根于物色物语之先天造化与后天人与的结构深层。

（二）亦文亦野

辟文学之文外曲旨与人文雅俗相近，而要知人文精粗，务必审思文野穷达。关于文野关系，孔子儒思颇有辟意。

“先进于礼乐，野人也；后进于礼乐，君子也。”（《论语·先进》）孙奕疏证，先进指三代而上，后进指三代以下。三代而上，教行俗美，礼乐达天下，虽野人亦能之，况君子乎？三代而下，政异俗殊，而礼乐有坏阙，惟君子能之，野人则莫之能力也。所以夫子欲从三代之盛时。此解中规中矩，有辟意，入乎辟文，未臻辟变。[①] 从自然与人文的辟变而言，文野在辟化中。野人先于礼乐，礼乐后于野人，野人君子由之而分先后。高贵盛而必衰，卑贱否极泰来，君子野人因此而别沉浮。雅正积久而倾，粗俗陶冶则精，野人君

① 孙奕疏证：《论语集释》（三），参见《新编诸子集成》，中华书局2014年版，第949页。

子缘此而辨上下。孔子此论笃实，善于文野盛衰之间识先后；孔子此论深湛，能将野人君子易位境况作比照；孔子此论明达，终于先进后进替换过程见文野。先后统观，辟其通；文野兼顾，辟其变；高下相倾，辟其动；盛衰相继，辟其承。由孔子的文野观开发辟思智慧，文明的褶子次第开显。自然人文与人文自然的辟性关系发人深省。辟思演变于野人君子之间，所披露的何止高雅粗俗、成王败寇、社稷山林演绎的种种差异，同时也有大起大落、相互转化、前后赓续的诸多变迁，至少应该说，其中蕴含着孔子关于文野之别和文野之变的历史意识。孔子在华夏先民的风俗礼仪中寻求变数，他也在炎黄子孙的典制交替间启动辟思。野人与君子，先得与后进，差别几何，意蕴渊深。辟解给我们剥开的是圆通古今的理路，辟思为学术留下的是高下盛衰的史思。这里虽然没有形而上学的抽象，却传达出捕捉命运的辟机，而且还有持中守正的关键。辟之为用，睿智而朴实。早期儒家的慧根在这里略见一斑。

“质胜文则野，文胜质则史。文质彬彬，然后君子。”(《论语·雍也》)孔子此论在文野间提升。此处之“史”，含义绵绵，由浅入深，可作如下拆解：曰饰，曰史，曰使。“史”者，饰也。古来解经大儒已经多有标解。在质文野史之间，一个“胜”字拈出辟思的要点。过于文华，修饰繁缛，“史”犹饰也，此其一。“史”者，历也。历史义的涵括在哪里？文胜过程，质蜕文显，人为造作，卷时空而绵延，用中国古人的解释，即质文代变。借西方哲人的说法，叫波浪推进，螺旋升腾，此其二。“史”者，使也。由之所出，运之必然，“饰”与“史”合，人文“使”然。质朴而文华，野散而史聚。野、史、文、质，正在其中，故以君子作结，此其三。在含真抱实中权衡高下，于既美且善间把握变迁，兼文野而别文野，分文质又合文质，融野饰且超野饰，文质彬彬，总其成以君子。辟思之精义，聚焦于正人君子的品行修养，此其四。历来以饰释史，无疑是正确的。其实还应看到历史的动静。从野到文，由质而文，浓缩在君子修为过程的历史印痕依稀可见。出华复质，褪文返野，包蕴着人世沧桑的命运变数宛然目前。不看三坟，难见兴替，阅尽五典，可知修为，饱经风霜，善解世事，浮沉朝野，或辨真实。渗透于文质彬彬中的孔子史学意识不可谓不深。在这里重要的是作为伟大思想家的孔子之辟思，于质野文史中辟出人生境界和文史消息。

“穷则独善其身，达则兼善天下。”（《孟子·尽心上》）儒家这一信条披露出文野之穷达。物有成毁，人有逆顺，达穷兼独，在所难免。于才学，达则文采彪炳，穷则江郎困顿；于际遇，达则好风借力，穷则进退维谷；于仕途，达则造福一方，穷则洁身自好。这是与命运博弈，随造化俯仰。老子有楼观之遗，孔子有麒麟之叹，墨子有兼爱之志，孙子有慎器之虑。人才无非天地鬼神之玉成，聆听天命者，其实是聆听无为造物之偶缘。造化是界边之辟，各种因素参合其中；命运是际遇之辟，时代差遣顺逆交织；仁爱是克己之辟，宽厚慈祥兼济苍生；独善是制恶之辟，洁身自好底线不亏。在造化当中，辟合是偶缘占上风的化衪之旅；就命运而言，辟解是人性受磨炼的得道之方。由仁爱分说，辟化是通向超越的有效途径；从独善做起，辟行是践履辟思的不二法门。如果说辟文学之思在神话时代是以自然为孵化契机，那么在文明世界则以天人互动为其枢纽，而在超文明的未来或许能产生一个辟文学集思广益的会通局面。

自物言物色以降，万物有文，万物有缘；经文野文质之磨，万物入命，万物入道；从辟文辟思理解，万物通会，万物达变。所谓与道俱化，传达的正是这样一种弦外之音。

（三）即隐即秀

辟文学之文外曲旨与文气出入相切，而探讨文气收放，还要把握隐秀关捩。

人们通常把隐与秀分而解之，即便是将隐秀并提，也很难脱却分解的阡陌。如刘勰就说：“隐也者，文外之重旨，秀也者，篇中之独拔。隐以复意为工，秀以卓绝为巧。”[①] 分解隐秀，固然有利于作文义法和修辞方式的考量。

① 周振甫：《文心雕龙今译》，中华书局 1986 年版，第 357 页。

如此分流处理，当然也有实际运作的好处，尤其是对之后惯于寻章摘句言说的学者来说，何为隐何为秀的贴近辨别不失耳目所击之真实，而且由之所得的文本权衡又有极大的教案操作之便，青菜萝卜，各取所爱，或隐或秀，二者选一。高手如刘勰，应说是隐约涉及辟文、辟学的学界巨擘，然而在隐秀问题上，他并未将辟思运抵体用浑然的化境，就其关于文本创作与风格鉴赏的隐秀梳理而言，还缺乏形之上下的道器熔铸，也有待化境浅深的启蔽归藏。也许是冥冥之中自有天意，在1500多年的历史传承中，《文心雕龙》之《隐秀》篇成为框架不亏而肌理剥蚀的残篇。在辟文学的意义上，可谓文命驱使，匪夷所思地造化出了一个隐秀视野的时空漏斗，发人深思地召唤一种突破作文套路的另类洞天。损毁原著的天灾人祸，却阴错阳差地补缀了隐秀之辟思。造化弄人，辟文辟学隐秀兼美，这一点是刘勰始料所未及，也是命运对于天才的歪打正着。

让我们走出阙文偶成的隐秀合体，追踪辟文孕生的隐秀兼得。辟思之于隐秀，重在通转通化，或者说是将隐秀纳入一个多种时空兼合的学术场域，称之为此在别在相当合适，名之曰不在亦在也无不可。隐秀同台的语境是奇特的言说。即隐即秀，即秀即隐，这种讲法本身也是辟思的一个组成部分，或者说本身就是辟文学的理论概括。从辟思论隐秀，可以让我们品味文学的多面神状态。时空兼合中的辟思有若分身之术，一致百虑，隐秀两得，虚实通转，大全若缺，兼隐兼秀，目击道存，文学他化，无文是文。隐秀通转之辟思，实际上已经把道文关系推进到体用通化的焦点。

文学文章并非全是载道之器，她本身也是道之枢机和道之神经。就其作为情志性理的凝聚而言，称之为道气之几神颇为中肯。道为宇宙万物之所以然的根因，人是宇宙万物玉成之造化，人为物，因其秉天地之德而钟灵毓秀，人为人，由于通古今之变而出神入化，俗所谓文学，无非是人类禀命创演之气几开合，沟通阴阳之与道盈缩，如果说“通天下一气”是大道的本色，那么文学则是道成肉身的灵几隐显。在其内，情志性理守命以积其神气。运其外，才学胆识程器而文其华章。待其归，沉潜涵养有似化矮星而成其道行。伏其隐，缄默静寂无非舍小已而通于无量。在道文关系上，老庄孔孟异趣而根底相通。尚自然与畏天命都有道心，说无待与养正气适可互补。所不同者，老庄更精于檃栝，孔孟尤在乎秀绩。倘若比照梵佛大旨，寂空智度妙在解幻。博大精深的学理和超拔脱俗的教义无非是在隐秀间圈点。在敬畏天地自然和通透般若胜境的大无为境界，不论是敬畏抑或通透，都触及大隐本义，也关涉真秀渊源。无为为隐，有为为秀，有无互补，隐秀自然。在大道逆行，生死无常的意义上看，表面上是有胜于无，有战胜无，实际上则有践履无，生经历死，生是隐口，有是檃栝，无是突兀，死亦突出，隐与秀完全颠倒。在有无相辅，生死相成的兼通点来讲，有无皆隐秀，生死不相远，有无生死，即隐即秀，辟思之设身处地，恰恰在于有无生死有为不为的隐秀通转之间。

从文化的总体趋势来看，人类的智慧主要用功于秀的方面，因而主动的促秀者自古举不胜举，真诚的潜隐者毕竟寥若晨星。这么讲并非说人类没有看到隐为根底，秀是末梢的本质，也不是说人类没有悟出隐秀兼通的重要意义，而是由于生命本身就是秀出的表征，更何况生活的机括动于诱惑，社会的运行偏向利害。也正因为如此，有深度的思想文化无不在隐文隐明间权衡轻重，在秀华秀采中愧怍繁缛。在隐秀间把握大道真谛，是辟思的最高境界。能达到此等修为者的确不易。道家抑秀崇隐，可是宇宙的无形之象和老子的精言五千，原本是隐秀之通转。儒家重秀轻隐，然而也不忽略隐德隐晦隐讳隐扬的隐秀之含蓄。释教疏秀推隐，但也唱佛号，著金经，写偈语，用变文，弘扬佛法难免有所作秀。表面看来，其中充满矛盾，深层理解，本根并无悖谬。道文一体，隐秀自然，即隐即秀，可作反观。于隐秀间有取舍，时势也。孔孟老庄释教旧新两约莫不如此。

以辟思解隐秀，涉及文学的多面性存在。对隐秀的辟文辟思辟解，包含着辟文学的深刻意蕴。历来所谓的是文学与非文学在辟思中即隐即秀，文史的所谓自性与他性在辟思中兼秀兼隐，文论所谓自律与他律在辟思中旋隐旋秀。当此之际，文学的内涵忽然外延，文学的自在突然他在，文学的化他骤然他化，文学的归去辟然复返。辟文学的文外曲旨，正是这样一种启蔽双关且一举多用的全新视野。

二、辟文学的学边遐思

如果说辟文学给常见的文学理论增加了被传统所遮蔽的其他若干方面，或者说在习见的文学理论中掺入了某些一体多面的因素，其目的是让文学创作时空洞开，使阅读鉴赏分身有术。从文学研究的角度讲，辟文辟学不仅在学中辟合，而且在学边遐思。

（一）辟文是对文之是非的兼容兼制

此处，我们从多元多文的参同参异中爬梳剔抉，或可透视文况之多面和诗艺之是非。

辟文是兼驳。兼驳，是对不同文象的辟合。众采驳杂，辟而兼美，文渊大千，擘之入理。万物无不有文，但是文文各不相同。从万物发生学的意义上讲，天文地文包括人之生物生理之文，是自然之文，或可扩展指称，名之曰宇宙之文，古人关于大小诸周天的契合说与当今科学技术所谓进化论，程度不等涉及原发之物文。从宗教神学的信仰看，宇宙万物均成了神的作品，万类有文的信念源于神而返于神，形形色色之文由之归于神之文，至少成了天意或神性的展示。从文史哲学或中外诗学以及文艺美学的角度来说，文是诗性绽放（《尚书·尧典》），是理想（柏拉图），是修养（孔子），是三才（刘勰），是理感（黑格尔），是禁忌（弗洛伊德），是学习（教育传统）……如此分说，已经是在辟解。辟之开合櫽栝，将文之一多性征不舍不漏地囊括进来。这里，差异性与多样性从辟以见脉络，因辟而成和合。自然之文与社会之文由辟而见连类，心理之文与神圣之文通辟而有分晓，诗性之文与实用之文经辟而变雅俗，形上之文与形下之文开辟而长精神。如果说古今中外众多的涉文大家于文以得深致，那么驭文高手无不是在辟解方面有见地而呈现出大气象。通俗地讲，辟文兼驳，是吸纳群文，点化物色，综括才性。能兼驳杂者，手笔往往开阔，不仅大度，而且睿智。换言之，辟文运作构成了解文深浅的一个重要的试金石。

辟文是兼会。兼会，是对历史际遇的辟选。专断之辟创危害重重，兼会之发祥遗泽久远。兼会的优点主要在于尽可能惠及未到场者的存在。远古至上古的华夏文化典制，正是能于原创处顾全局，在鼎革时兼承传。《连山》兼会创制，大夏博雅通变；《归藏》兼会虚实，殷商日月双举；《周易》兼会圆赅，文武张弛以德。老庄深知兼会，大道母本自然。孔孟长于兼会，仁义千秋传扬。宏构伟制不仅求诸天命，秉性兼会者原本是人文的创辟人。兼会也是生态性的养护，众多体裁的文本在兼会中获致大文类的保持。《老子》、《庄子》疏而不漏，《论语》、《国语》散而不漫，《诗经》、楚辞杂而不芜，《吕氏春秋》繁而不乱，《淮南鸿烈》大而不经，《文心雕龙》华而不虚，各类诗品分而不离。众多文本如山高水深，林茂草密，云蒸霞蔚，天仁地义，既相生以相克，又相养且相护，构成了人文场域的兼会植被。经史子集实乃涵养道术，分有兼会者依然是文苑的常青树。兼会同时是点睛式的提挈。诸子百家众说纷纭，万千典籍各师成心。辟解之会，大都提挈要领而纲举目张。孔子论诗善其辟，道德情采兼而不废。子长著史精其辟，究天人通古今笼罩群言。刘勰论文能其辟，首揭大道，眼光高人一筹。鲁迅论《史记》有其辟，以“史家之绝唱，无韵之离骚”评解，卓越见识远在《史通》之上。对文史特征交织崇尚，《史记》特征与论者水平共臻佳境。辟之所向，兼成顿至。画龙点睛历来为华夏所重视，兼会者大都是文史通义的大手笔。

辟文是兼通。兼通，是对异质文思的辟通。异宗文本在兼通中交融，能兼通者无不是跨越教派雷池的胆识之士。不同语言的典籍在辟解中可得到逼近深层的研读，所谓辟解，实际上就是在兼通性地钻仰。译介异文亟待包容异文，比较他文需要提挈他文。不能包容和提挈异文他文者，所作不过小文，可兼可辟的研读一定是超出小样的大文。辟文学的创作与欣赏不乏跨界的辟合，辟文学的翻译与研究渴望兼通的发明。不懂人生艰难与中外文史哲学，鲜能掀开多面神作品的面纱。忽略搜神志异及鬼狐花妖检索，很难品味九头怪文学的底蕴。星相学中有神思，风水学中含诗性，神话故事有实用……这些个邪正杂糅历来被视为左道旁门的东西，不也是文学艺术常常化腐朽为神奇的可用之才？舍此也许不能想象未来的“星云曲”，至少很难圆解古代文学的心灵史。兼通者也未必面面俱到，但是他们于辟解处可让时空四面洞开，别裁中能使学术八面来风。司马迁触摸的是中华民族的心灵，只以史学看《太史公书》则愚陋；康德剖析的是人类主体的判断能力，仅就哲学取舍三大批判则偏狭；黑格尔演绎的是人类精神的升华，单从艺术理据来鉴定则固执。此类兼通文献不胜枚举，马克思手稿是人文统合的点击，尼采文本是文明转折的反省，阿多诺思想是被毁人生的拾遗，海德格尔的著述是诗化哲学的逞才，这些著述只能在兼通式的辟解中才有望得体的释读。过分拘泥正反，执着心物，藩篱科别，文学殆矣。

兼驳是普遍联系的方法，是连类无穷的培植；兼会是异质同构的智慧，是广结善缘的养护；兼通是无远弗届的举止，是瞬间永恒的神思。三兼并无高下之分，却有点面倚轻倚重之别。兼驳看好大尺幅的收放，兼会留意多向度的启蔽，兼通注重非固执的和合。三兼运其一，身手已不凡。大家通人往往是三兼互见，辟文辟思神采斐然。

（二）辟学是对学之虚实的逊进逊退

文与象通，思与语变，文与思自然契合；学须虚心，业在实际，学与用自古牵系。唯道集虚，为德守谦，道与德由来一体。文思、学业与道德，都有一个虚实相生的问题。把握虚实方能逊进逊退，逊进逊退才有望体悟学之虚实。辟学与虚实相表里，辟思与进退共谦逊。

古人所谓“学”，是指某一语境探索中的道器兼修。教与效通（“盘庚敩于民”《尚书·盘庚第六》），学与践合（“季夏之月鹰乃学习”《礼记·礼察》），言与思齐（“修辞立其诚”《周易·系辞下》），体与用同（“君子不器”《论语·为政》）。学之行为与学之目的没有分裂，道与术一。学之动作与学之对象尚无大碍，道不外求。学与思近，思与境偕，学是一种人生的必修课。学而入道与学而成务一体，学而修德与学而进技（“进乎技矣”）不分。《周礼》养国子之道以教“六艺”（礼、乐、射、御、书、数），即理想人格的引导和综合素质的培养。其中贯穿着一个重要的学习德行，那便是谦以成学。自强不息的天行之健，厚德载物的地势之坤，克己复礼的仁义端目，文质彬彬的君子塑造，引而不发的教学方法，诸如此类的为学之道，学者不得不谦。《周易》六十四卦首尾衔接，各卦逊而进，逊而退，谦学的自然之理与人文之道尽在其中。今之所谓“学”，是行为与目的之离合，是道德与功利之颠倒，因而也是本体与技巧的分裂。学作为一个动词的指涉日益技术化、功利化和分节化，学作为名词的功能逐渐系统化、体系化与制度化。行为分化，体制必然强化。体制强化，学科必然细化。反之亦然。普天下学科概莫能外。文学自然也在其中。专业化大行其道。从学科方面来讲，所谓现代性的“完成”，其实是专业化的完成。从短期效果而言，高度专业分别的社会有其效率。但是从长远的眼光看，社会势必工匠化，行帮化，专断化，逊进逊退的谦学之道日渐式微。

辟文学之辟学，是对学理性质的疏解。自文学萌生以来，人们便琢磨文学作为文学的特征，捕捉文学之为文学的文学性，构建文学独立自主的文学体。回顾所谓文学史，构设文学体性的用意一直是文学人的心病，论之者或诉诸情志，或乞使理念，或求诸神祇，或攫取意象，或借重审美，或采撷形式，或鼓吹灵感，或周旋政治……概而言之，给文学画个圈，垒个墙，派那么一种特殊的用场，找出一个洁白无瑕且恒定存在的理由。单挑来讲，每一种说法都是一个理，这每一个道理确实也都有其可肯定之处。但是此类肯定有一个致命的缺失，即不能怀疑和否定自己。笔者提倡辟文辟学辟思，努力补充的就这个文学自我反思与检讨的方面。辟文学努力论证文学非文学的命题，其目的就是想透析文学作为互根草的隐蔚，阐明文学作为九头怪的诡谲，揭示文学也是多面神的魅力，瞻瞩文学还是星云曲的未来。我们在赞美文学抵制腐恶并维护人性之际，应该看到文学华而不实甚至不无肮脏的遗憾。当一个时代或一个流派固执于文学的自性，抑或认为文学自成高高在上的一体，那么其偏颇不仅在于操弄文学，而且在于执迷文学。压制文学戕害文学、摆弄文学当然是恶质的社会问题，反过来讲，追捧文学、迷信文学、膜拜文学也是不正常的人文现象。其原因不仅是驭文各方都有一个“利用”文学的关键，还在于文学本身就包含着非文学，文学在不断化他的同时也在逐渐地他化。近二百年来，经营文学的文学人越来越多，文学警察和文学保镖越来越多，经磨历劫从而改造文学的文学人越来越少，文学催化和文学通变的人越来越少。在此历史背景和现实处境中，谁都无法取消文学，可是很少有人界内界外地审思文学，入之出之地反思文学。我们提倡辟文学的深衷就在这里。

辟文学之辟学，也是对文学作为文教体系的疏通。当今所谓“学”，不仅指学理程式的构想，尤其指学制条块的规范。学理的程式易结不易解，常有僵化之弊。在这方面，学制的条块有过之而无不及。条块性地处理万事万物是人类文明的偏好之一。教学，包括文学教学，其体系的构建与封闭，端在工具理性的实用诱惑和宰制管理的权力操控。现代性社会最崇拜的是科学，最紧俏的是技术人才。科学很看重工具功能，技术更加在乎专业操作。文学作为人类自然生态文化的养殖活动，其吃紧的体性培养和教学解蔽恰恰被所谓学科运作所窒息。教室里出不了风雅颂，学科中螺丝钉化的东西远离了兴观群怨，文学的工具化牺牲的就有“道可道非常道”，审美的板块化扼杀的首先是“天地有大美而不言”。

我们梦想高校中只设人文场、社科场与自然科学场三大学科群，目的就是想给辟文辟学辟思以体制内实践的尝试。期望松散且疏朗的大学科群给通识性人才以生动活泼的教育，给杰出的人才以纵横驰骋的空间，在辟解学科的门户开放中为人文与科学的本真，培植出逊进逊退的檃栝隐秀。檃栝隐秀，即自然而然的矫正方法；逊进逊退，是在科非科的生长过程。上过大学的人大概都有体会，除去语言与工具性和基础性的知识外，高等学府真正能给自己多少有必要的培养呢？笔者这么讲并非宣传学科无用或学科取消论，而是寻求解放学科从而解放思想和解放人才的方略。退一步讲，即便目前高校的学科无法或不便启动檃栝隐秀的自然教育，逊进逊退的方法毕竟可行。逊者，谦也。《周易·谦卦》释谦为“山在地下”。一个学科如果能够不自以为是地高高在上，这个学科就会想出自我救赎的办法。一个教师如果能够知一知二知三并且知其无知，这个教师就不会画地为牢，其跨越学科的钻研自然会日新月异。一个领导班子或学术群体如果能对所管理的学科机制化感通变，在疆非疆和有科无科终能成为良好的实践。老一代学人，不论是人文大师，抑或科学巨匠，他们无一不是在学科的逊进逊退中沉潜涵养，于学术的檃栝隐秀间改造创新。逊进逊退的檃栝隐秀，说到底是辟文辟思辟解的践履性表达。此举之效果，无非道术崩裂之补苴，体用分离之重合。此即钱锺书先生在《谈艺录》中所说：“东海西海，心理攸同。南学北学，道术未裂。”

（三）辟化是对思之为思的旋通旋变

辟文学的要点是以辟思达辟文，于辟文臻辟化，而辟化思想方法有一个重要特点，那就是旋通旋变。这里说的旋通旋变不是时间和空间上的赓续替换，而是文思情理在时空漏斗间的循环往复和净化澄澈。

辟思之旋通旋变，是对地球视角（时空网络）的逃逸。一个星球，如地球，其生存与格局是给定的。地球上的某种生命，其时空也是给定的。地球某个族群，其文化生命则或可逆转，或可逃逸，或可抗拒，一句话，其存在的方式可以变通。在宇宙的大星系中，偶然有某个星体突然越出既定体系而在诸星体间奔逸，其奔逸是对所处自然秩序的逃离。就目前所知天体物理探索的新成果而言，笔者不赞成把宇宙视作圆一的统合体系，不赞成宇宙有边际的说法，不认为“宇宙”在“总体”上的一次性爆炸生成，但是对局部性的“总体”如太阳系的爆炸生成说，则持有保留的赞同。倘若宇宙的爆炸生成说在宇宙的总体起源方面尚有质疑，那么从人类今天所掌握的宇宙资料来看，每一个局部天体的生成与大中型太空物质的爆炸、聚合与离散关系密切则是可以肯定的事实。宇宙间的每一次爆炸便是一次对既定时空的突破，每一次爆炸形成的巨大冲击力，都是一种旋通旋变能量的跨时空突围，甚至每一个划破天宇而燃烧到寂灭的碎片，也是一个与给定时空抗争的缩影。在未来时代，当人类的宇航技术可以任意穿越不同星系甚至对无边无际的宇宙进行穿透式挑战之际，我们所谓时空漏斗的思索就不再是幻想，旋通旋变也将会在天体间成为直观。在人类各个民族的文化中，间或有某个民族，有意无意地产生出一些突破地球时空束缚的奇思妙想，至少我们现在仍然可以从那些异想天开的神话中见出端倪，如宇宙起源，女娲补天，文字产生，巴别塔建造；也可以从宗教和文教构想中悟到玄机，如道仙释佛儒圣与时空的较量；还可以从文学作品中体会到破解生命局限的追求，如搜神，志异，传奇，寓言，浪漫诗词等文本的荒诞诙诡。诸如此类的尝试中包含着辟思的信息，所谓“跳出三界外，不在五行中”，所谓“朝闻道夕死可矣”，所谓无我无待无何有之乡，所谓小乘随缘大乘普度……这些解析当然没有彻底穿透时空，但是尝试了大小周天的穿越，想象过内外宇宙的遁逸，程度不等地挣脱了时空的锁链，开启着时空漏斗的思维，旋通旋变的精神和理念蔚然其中。

辟思之旋通旋变，是对逻辑机制的突破。众所周知，西方的形式逻辑执一，辩证逻辑统对，修辞思想补缀。辟思之旋变旋通，与西方学术思想有着思维取舍的差异。辟思之旋通旋变是“三易”（简易，变易，不易）逊进逊退的演绎，是“三言”（寓言，重言，卮言）触类旁通的洞察，是“三教”（儒教、道教、佛教）异质同构的契合，因而也是西式三种思想（形式逻辑，辩证逻辑，修辞思想）圭臬的他在。辟思之顿悟，是核心机理的脱钩。辟之所启，开合旋至，通之所达，变之所委，不论是在文、在史、在哲，还是在教、在俗、在癫，均可因迅发迅收而超乎偏执，于微量微观间旋通旋变。辟思之大演，是宇空宙阔的再造，辟思于“三易”中遁生遁死，于“三言”间忘我忘物，于“三教”中解蔽解谛，大而通之，大而变之，大而化之，思想的壁垒因之而破解，学术的鸿沟由此而消弭。大起大落，大变大通，大辟大化，所谓边际分野，实乃“万古云霄一羽毛”。辟思之自思，原本他化中的自思和自思中的他化。马克思说得好，批判的武器不能代替武器的批判。辟思在辟除周遭隔阂之时，也在辟解自我的魔障。辟思化他，旨在取他之长，补己之短；辟思他化，故能与人为善，与物同春；辟思归化，终可洞明透彻，化感通变。如果说上述辟思三点与西方哲学中的各种逻辑体制不尽相同，并非因此就与西方学术格格不入，也不是与各种既成文教体制大相径庭，至少在漏斗时空的通化焦点，与辩证方法的三种基本原理兼和；在纤微天地的造化节点，与大乘佛学的三种提升境界融会；在旋通旋变的归化要点，与易经思想的三种生态结合。辟思以其旋通旋变破一，毋意、毋必、毋固、毋我的哲思或可运作；辟思以其目击道存通融，卮前、卮后、卮高、卮低的睿智有望洞察；辟思以其归化精神和合，盘道、贯道、载道、明道的熔铸原始要终。

辟思之旋通旋变，是对文学理念的解蔽。首先，辟思之旋通旋变是对文学前生态的解蔽，因而对文学起源论有新的揭示。前周天积淀是非常丰富的基础，包括畜群反应、先天心理、远亲记忆、潜在意识以及巫术精神等多样性的内涵。讲辟文的旋生旋变，就是说这些因素共同进入了辟文学异质衍生前提，由来已久的单体起源——由神话派生说的独性思维从此突破。其次，辟思之旋通旋变是对文学本质说的扬弃。辟思对文学本质论有扬弃。人们一向把文学本质浓缩在人性说、反映论和审美说等大的定义上面，辟思之旋通旋变启用的是兼思，即文学既是文学，同时也非文学。将文学的是与非熔为一炉，意味着文学原本就是体含旋通，质包旋变的特殊性的综合存在。再次，辟思之旋通旋变是对文学宿命的解读。文学既然有杂交的前提和多元的基础，有是文学与非文学的复合性征，有多面神、九头怪、互根草和星云曲的古往今来，那么其真正的命运应该是兼阴、兼阳、兼顺、兼逆、兼生、兼化的兼在，换言之，文学是一种植根于大道的归化运动。近一百年来，人们执着于文学的自性或曰文学性，在强化学科建设的过程中，忽略的恰恰是文学的兼他性征。相比较而言，古代的哲人智者反倒隐约意识到了这个问题，如司马迁所说的“究天人之际，通古今之变，成一家之言”，陆机所说的“课虚无以责有，叩寂寞而求音”，刘勰所追求的“文外曲致”，以及司空图、严羽、王国维等人的诗学理论，这些大家高手都有所“别裁”，但是“成一家”而有兼通，味“曲致”而能“原道”，悟“象外”而不偏取，倡“境界”兼看“虚实”。前人的这些说法并非没有局限，至少文学他化的去向未明，辟文辟思的学理欠清，文学秀出后的归化付之阙如。辟文学之旋通旋变思想，着力补充的就是这些方面，揭示的是文学从大道出，而又缘大道归的诗化哲学脉络，论证的是文学由他化而来，并化他而在，且他化而归的“兼他性”生态。

如果说辟文学给常见的文学理论增加了被传统所遮蔽的其他若干方面，或者说在习见的文学理论中掺入了某些一体多面的因素，其目的是让文学创作时空洞开，使阅读鉴赏分身有术。从文学研究的角度讲，辟文辟学不仅在学中辟合，而且在学边遐思。

辟文何谓？对文之是非的兼容兼制。辟学何指？对学之虚实的逊进逊退。辟化何化？对思之为思的旋通旋变。辟文学的学边遐思把我们带入了更深层次的体悟，那就是辟文学的思后余味。

三、辟文学的思后余味

辟文学理念是一种悖论思想，反常近道是其根本的进路。从思想的大端而言，还有几个重要问题有待别裁，它们是辟文与时空的牵系，辟思与方法的关联，辟学与化境的通合。毋庸讳言，这里的辟文学已经不是“踪迹大纲王粲传”，也不是“情怀小样杜陵诗”，而是领悟时空动静的诗学猜度，是探求天体际遇的人文思考。

（一）辟文——允漏允斗的宇宙畅想

文学蕴含非文学，辟文学是其诗意的心灵脉搏。文学也是星云曲，辟文学是其精神的汉槎方舟。古人说，天不变道亦不变，而在文学天地，天在变道亦不同。

1. 辟文是允漏允斗的时空思考，或曰对时空理念的另类钻仰。迄今为止，时空只被人们看作事物存在的形式，宏观处广袤无限，微观间纵横交织，所谓天圆地平时光线行的观念均源于此。近几十年的宇宙探测和科学发明让我们看到了另外的景观，天象呈“麻花”状出没，时空为漏斗形隐秀，小到基因链条，大至天体阡陌，曲径通幽，概莫能外。众多天体，有数不胜数的通道呈漏斗形交接。所谓漏斗形交接，是指所有时空有漏斗型通道，不同时空不同物体像“转基因”一样在异域扩展。而且漏斗不仅是基因链一种形状，还有桑林天蚕之于婆娑叶片，众多河汉之于多系星云，不同民族之于多元文化……从辟文学的观点看，漏斗理念恰好是辟思辟解的直观表达。若用一个诗意的命题来概括，可称之为允漏允斗的时空契合。允允，其含义是确切，诚实，恰当。漏斗，其真相是渗通，过滤，启闭。既通如漏，亦聚如斗，有节有信，无滞无执。有一位西方汉学家“发现”了中国古代思想文化中有“迂回”智慧[①]，其实“迂回”也是允漏允斗的具体体现。关于漏斗时空，人类有过不少几近辟文学的求索，星相神话有辰宿列张的辟望，宗教神学有明暗剖判的辟仰，哲人康德有天体星云的辟思，科学家爱因斯坦有相对论的辟创，当代宇宙探索有绕星借道的辟成，其他如暗在物质，宇宙黑洞，星河转渡，时空起源……倘若将这些问题纳入辟文学中考量，允漏允斗是一个非常有价值的解析环节。这些思想不是标准意义上的文学，但是无不以其漏斗组合与文学邻里相望，无不可在辟思当口与诗情文思共享。就文学本身而言，诗文以漏斗形互渗，影戏以漏斗状交叉，雅俗以漏斗式变通，异语以漏斗性移译。如果我们要寻找最具典型意义的漏斗化文学样态，中国的格律诗是一个极富特色的例证，平仄对仗抑扬顿挫，阴阳互补起承转合，思接千载，视通万里，异代接武，同船胥壤，时空在漏斗中，诗骚在漏斗中，文学的漏斗将线形时空拆解，却又把散状万类撮合。在这个意义上，各类线状文

---

① 〔法〕弗朗索瓦·于连著，杜小真译：《迂回与进入》，生活·读书·新知三联书店 2003 年版。

学史、诗学史、文论史、审美史、编年史、断代史、学派史、学术史……真应该有所反思。也许正是在这种意义上，德勒兹等人谈“史”色变不是怯懦。也许正是在这种节点上，康德将其星云假说置于三大批判之外十分可惜，等于说他给天文与人文的统筹整合布了一子，但是却将之闲置而没有启用。学术的界外思考是高端冲刺，界外思考的自我挑战才是真正的漏斗智慧。

2. 辟文是允漏允斗的根斋变通，或曰对多样化大道的异质同构。柏拉图用洞喻，以洞若观火之背向投影解释其理念，此洞是死穴。其理念是自然封底且大火封口的设定，与辟文辟意背道而驰。从辟文观察古往今来天地上下，就是把漏斗时空当作宇宙根斋。根斋何谓？大千世界的根脉，时空众道的处所。宇宙是众多大道的化身，漏斗时空是无限宇宙允漏允斗的灵窍。理念万有是柏拉图的大道，洞喻洞蔽设定的是无出口的唯一向心选择。大道近人是国人的信念，一道一圈（周天想象）传统是有局限的循环往复。这两种思维都有一个共同的缺陷，即把地球人的理念与道统绝对化。允漏允斗启闭的是可开合的多种时空之变。在辟文之允漏允斗视阈，时空不再是飞矢般的直线，而是无为自然的多通衢运演。在理念之洞喻洞察下，宇宙成了理念的折射，进而推进为逻辑和科技的钟表式机关。在易思之圆通圆解中，世界成了寰宇的套接，甚至演绎为罗盘和堪舆的风水轮转。辟文之允漏允斗，不只漏斗透时空，时空也亲漏斗。理念之洞喻洞察，宇宙如入盲肠，洞喻酷似小鞋。在辟文之允漏允斗中，时空成了相对论的多极穿插，物体变为宇宙林的差等渗透。从易经之圆通圆解下，神理似乎把天地一网打尽，但是圆通之封闭性仍然有待解决。理念式洞喻披露的是机关时空，用时空双刃切割宇宙人生；易学性旨趣关注的是生克运动，以阴阳和合包裹天地万物。而辟文学则是从漏斗时空体贴宇宙的心肺，在宇宙根斋聆听自然的脉动，因而既不强化切割征服，也不突出包裹生克，而是在参赞造化中渗透转换。如果说理念型思维是在规范自然，易经式想象是去亲顺自然，那么辟思性文学则是参赞造化。参赞造化是对既成时空态的疏通，是对漏斗时空观的启用。传统时空观执着于必然性，是获取性的出席，漏斗时空观则偏重于偶缘性，是养育性的留白。前者必然趋于统驭整个世界的定见定知定理，后者或可酝酿出不同于常识的天文地文人文。前者喜好一个大道即独道的认知，后者宽允众多大道的互补式渗通。都道地球是母亲，母亲娘家在天津。漏斗时空真时空，宇宙葱茏好寻根。

3. 辟文是允漏允斗的人文修为，或曰学术历险的绝处逢生。学术有俗熟的学问，有圆赅的学问，有创新的学问。俗熟的学问四平八稳，圆通的学问练达宏阔，创新的学问自铸伟辞。辟文辟学辟思是对这三种学问格调的兼学兼修。学俗熟以和光同尘，学圆赅以兼容并包，学创新以自成一格。兼学兼修不是杂烩一锅，自成一格全在允漏允斗。允漏允斗，辟文学将俗熟与创新注入圆赅；允漏允斗，辟文学把俗熟与圆赅融入创新。此类兼学兼修，就是在漏斗时空中的改造制作。在漏斗时空的考验中未必入漏者人人过关，幸运者自有其幸运，困厄者自有不幸。一般而言，臻于佳境是难而又难的事情。但是中外学林确实不乏努力将三种格调融为一体的大家高手，间或出现已经穿透时空的旷世奇才。苏格拉底、柏拉图、亚里士多德、康德、黑格尔、荀子、刘勰、惠能、王夫之、海德格尔、胡适等属于前者，即融会贯通且进入佳境的名家巨子，在允漏允斗的践履中艰苦备尝的学界高人。老子、庄子、孔子、孟子、司马迁、释祖、马克思、尼采、王国维、鲁迅、陈寅恪等人属于后者。他们在辟学辟思中犯难履险，于允漏允斗间突破了传统的时空。这些人即我所说的旷世奇才。他们犯难履险，巨大的艰难险阻并非仅仅来自俗熟层面的不理解，还有心理时空障碍的"凿壁偷光"之难，有此在彼在转渡的险象环生，甚至有学与思整合的走火入魔以及命与学剥离的生死与共。我们想到入死出生的司马迁，想到经历过超常艰辛的马克思，想到在疯癫境遇穿行的尼采，想到沉湖自杀的王国维，想到在学术、世俗、政治、心理诸般围追堵截中"荷戟"突围的鲁迅，正是在心灵激愤、精神癫狂以至思想分裂且一发不可收拾之际，往往是天才或伟人在时空漏斗临深履薄之处。这些人都是辟文辟学辟思的不世出者。在时空漏斗生死去留的重大考验中，他们天资英纵，大气磅礴，自抽机杼，别开洞天，肉体生命如流星般消亡，但是学术生命却在死地突围绝处逢生，这已经不仅是人在辟文，也是天在辟合，是时空漏斗在诱使天下英雄入彀。王国维曾说治学要经历三个境界，那只是常态。而他本人融天资、天命、天辟于一体，已进入非常态的大境界——时空漏斗对天才的生死考验。

自古以来，做出创辟性成就的学者无不有允漏允斗的经历。漏斗时空是王纲解纽，学术事业如雨后春笋；漏斗时空是痛苦磨炼，学术人才如天惊石破；漏斗时空是三界探险，学术心灵于绝处逢生。在宇宙论中，允漏允斗是剖判传统时空观念的别开生面；在学术领域，允漏允斗是悬置惯常思维的灵窍启闭。允漏允斗是对创新性学术的透视与养护。这一点在方法论的层面上看得更加真切。

（二）辟思——较真较假的方法蠡测

辟思的要点在发明不在发见。发明即创新。上古时代子学辟而不觉，中古时代经学宗而不辟，近古以来科学辟而不知。为什么科学辟而不知？因为科学及其技术只起用辟思的一个往返点，即在辟与合的两边权衡，运作的是对于物与能的器具性征用。让我们逼近人类思维的方法通衢，做一点尽可能融会性的理解。

肯定性辩证法。从两河流域到地中海周围，人类思想在方法论方面的最大成果是辩证法，确切地讲，是肯定性辩证法。《圣经》中有朦胧的辩证思想，其拢个体于共体，集特殊于普遍，交谜底于上帝，是在信仰的直通车道上解决肯定性精神基础。古希腊哲学家发明了理念和逻各斯，创造了形式逻辑，探索着辩证逻辑，凝聚着真善美的优点，将生长着的辩证法明确地导向了肯定性思路。法、德、意等欧陆古典哲学把肯定性辩证法建设成了完整的体系，对立统一、量变质变和否定否定原理的推演，将肯定性与同一性以及统一性完全整合到现代性的快车道，其高速、高效、高调运作一直扩大到“放之四海而皆准”的地步。肯定性辩证法确实是人类在方法论上取得的伟大成果。其巨大的功效在许多方面真可以说“怎么评价也不过高”。但是肯定性辩证法以其不容置疑的方法论自我加冕，明显地暴露出西方现代性胜利进军过程中的工具理性张扬，当这种方法被冠之以“普遍联系的科学”之时，其作为思想利器的正反多面利弊都让人震撼。肯定性辩证法的许多地方与辟思契合，如一多关联、兼容兼制、普遍联系、必然偶然等思维纽结，然而即便在这些相似点上，二者的区别也是明显的，辟思在一多之间偏重兼，兼容角度倾向和，共个关键持其中，必偶择取审其缘，心器权衡爱其神，特普两难通其化，即便是在一分为二与合二而一的核心焦点，辟思也以其去执、去我、去蔽的集虚理性，与肯定性辩证法有所不同。就说方法论自身的反思吧，肯定性辩证法认为自己是真理的方法和正确的手段，而辟思则设身处地地将自己看作化实为虚、化己向他、化他于和、化前为后、化高为低的祥和心境。当肯定性辩证法启动现代性战船竭泽而渔之时，辟思则寻求辩证法与易学思想的结合性熔铸。超越自身始终是辟思的坚定理念。

否定性辩证法。否定性辩证法是人类思想文化的又一颗硕果。其出发点是有感于肯定性思维的虚幻，全力追求对于虚假肯定的否弃。最早的否定性思考可以上溯到释迦牟尼及其所创立的佛学。释宗关于色相皆空的思想是后世否定性辩证法的先声。否定性思想巨大的一步是由尼采所迈出。他对西方文明整体的质疑与恶性否定成为近百年来人文思想的重大转折点。弗洛伊德对文明痛苦的反思和对无意识潜意识下意识的发掘，把尼采的否定式思维推向了一个前所未有的深度。在阿多诺那里，否定性辩证法诸体大备。否定一继续否定一持续否定而决不肯定，这是阿多诺哲学方法论的基本路径。在肯定性辩证法中，比如在黑格尔那里，否定之否定复归肯定。但是在阿多诺那里，否定的动作没有肯定，因为他没有播种，破碎的大地加上破碎的天空，还要加上最终破碎殆尽的犁铧以及破碎的心，应该说阿多诺的悲凉达到了极点。他没有将自己的哲学美学和文学理论称作虚无，但是从其“整体即虚假”推导而言，结论必然如此。比起肯定性辩证法的征服性欲望，否定性辩证法的自去自制自裁，实际上是宁为玉碎不求瓦全，消极有之，但是不愿被征服不愿被回收且无害人之心，内在的善一直保持到底，毕竟令人肃然起敬。后现代主义思想家如德里达等人，在这条道路上继续前行，但是都未能达到阿多诺允漏不反的透彻程度。阿多诺的碎片式理论寓意幽深。阿氏的断裂式逃逸和自戕性心态，诚如火树银花，破罐破摔，虽然不是积极用世，终究抱有抗恶的决心。笔者所谓辟思，汲取了阿氏的焰火意象，也扬弃了其自戕自决的悲观，既借鉴其否定的强度，同时也充分发挥了焦点处去伪存真的兼容兼制，换言之，辟思在本根处坚守对艰难困苦的承载和置之死地而后生的允漏允斗。在辩证法分崩离析的危难关头，这也是一种对辩证法的救赎。深层的救治或许在中西方根本思维方法的改造制作方面。

辟思性易辩法。笔者倡导辟思性易辩法是中西合璧的创演，也是沟通古今的尝试。《易经》中原始文化与文明文化的两栖特点，赋予易辩法以协和品性，辩证法的工具理性和积极有为给了易辩法以进取精神，辟思的逊进逊退是两全其美的集中表达。易理的天人合一与辩证法的物我交胜铸成了易辩法的地球人方位，辟思从中凸显出两兼而用通的立意。易学的阴阳圆通与辩证法的对立统一均属于地球人所能达到的思维极限，辟思的允漏允斗则打开了易辩法走向深空太空和多极宇宙的发展视野。肯定的辩证法与否定的辩证法强化了易辩法容纳现代性和后现代性的历史性和现实性关切，辟思则是易辩法不致在现代性之前后问题上搁浅的卮起卮伏。辩证法的逻辑思维和易学的慧根神思为易辩法提供了理性与灵感合一的资源，而辟思则把这些条件变成实践的契机和实际的体现。笔者曾经专文探索过易辩法的创造问题，辟思的理路是易辩法落到实处的具体环节。自古以来，所谓方法大都被两个极端所牵制：一极是器制性，即被工具性思考垄断；另一极是本根性，常为原始性道说张本。辟思性易辩法对二者统筹兼顾，其中有本根，在本根处道器不裂；始终含器制，从器制里体用融通。辩证法的功用在于追求实效，本质上实而不虚，易辩法的运演看好化境，节点处变而有情，辟思虚实相间，是实现化境的一个重要的关键。当人类走出地球奔赴太空或移民天宇之时，毫无疑问会举步维艰，生态与地球大相径庭，原有的阴阳学说和工具理性适应不了全新的环境，大幅度的改造与创新在所难免，思想方法的变通首当其冲。

这里说的改造和创新当然离不开传统成果，也绝对少不了运用既有资源，笔者对辩证法和易理的融合，是一种尝试，既浅且陋，舛错势在难免。但是这一步必须有人走。在思想的自反意义上，允漏允斗已经包含了对易辩法自身错误的防范与纠正。易辩法崇尚的化境蕴含了辟思的所有良苦用心。

辟思是对较真较假方法的蠡测。易辩法是辟思的完成和运筹。辟是焦点，辟是留白，辟是关键，辟是洞察，辟是机枢，辟是辐射，辟是文眼，辟是节制，笔者对辟思逊进逊退的疏证，正因为辟思是易辩法众多新命题的集结点，别裁是这些集结点的连缀，而化境则是辟思的归宿。

（三）辟学——载成载化的境界管窥

不论哪个门类，一旦成学称学，离僵化已经不远，就如同成年人挥之不去的血浓度增加和动脉硬化一样。辟文学作为一种学问，如何使自己生生不已且朝气蓬勃？载成载化是其不断返老还童的诀窍。此处所谓“载”，是既“又”而“且”之意。或曰，边如此，边若彼。《诗经》中“载驰载驱”（《鄘风·载驰》）、“载沉载浮”（《小雅·菁菁者莪》）展示的就是此类“又”、“且”、“彼”、“此”的思维特点。兼载为辟，实际上是说两种或多种不同的事物相反相成，并行不悖。

载成载化是兼化。兼之为思，思维不仅兼我、兼你、兼他、兼她、兼祂、而且兼牠、兼它。兼化是动宾词，意指对化境之兼。兼化也是集合词，指兼行，即兼性的全面贯彻。要兼必爱，道家讲慈爱，孔子讲仁爱，墨子讲兼爱，佛家讲惜爱，推而广之，爱屋及乌，兼及万类。爱是兼的一个素质。要兼必衡，人情不抵天理，小道理隶属大道理，因而要权衡利弊，平衡轻重。衡是兼的第二个因素。要兼必转，转山水阅历自增，转贤达品行日高，见贤思齐，“转益多师是吾师”。转是兼的第三个因素。爱衡转三个因素合而为一，辟文学的兼性才能得以保证。文学非文学，这个命题将是文学与非文学兼收并蓄，其要义全在一个兼字。兼有性的文学，他化而来化他而在和他化而去。文学与非文学兼而有之，那还是文学吗？当然是。所谓兼，无非说文学本来如此。人们不作兼化看待，那是因为在狭隘的文学圈子里浸淫太久，忘记了文学的本根、本真和本相。弄文学和娶老婆不一样，专不得。娶老婆不专是乱搞，弄文学专一则有失博雅，小专偏狭，大专僵化，过专则自决。笔者听过熊秉明先生讲庄子，他在论及化境时引用当年西南联大学生在各科间窜课的趣事。何兆武先生在《上学记》中也提到在西南联大时辗转几个系的惬意时光。窜课与辗转就是兼化，窜课窜出俊彦，辗转辗出大才。那一批学人中大才济济令世所称道。兼窜，养护了专，成全了专。兼窜是在玉成某科的同时兼及群科，也在兼及群科的同时夯实和提升了这一科。

载成载化是通化。器化是专的别称。“君子不器”的古老理想在现当代遭遇灭顶之灾，因为不仅世俗化、工业化、商业化在漫延，还有城市化、成品化和高速化在扩展，因此当下性是器化的当下性。兼化是对器化的补救，但是此兼还处于载成载化的初级状态。载成载化之通化才是克服器化的高级境界。人心不古的社会只有当此刻成为历史之时，才有开化、淡化和通化在自我缺席时的出席。载成载化则是在当下实践既通且化。为什么载成载化有此效用，因为载成载化是在成器之际，旋即通化，这就是笔者所说的旋成旋化。因为对器化的深层救治正在于对有成的即刻通化。认知心理学的同化与顺化均须在有成之时双化皆去。伦理价值论的自化与异化也须在成化之时双化尽释。哲学审美论的化他与他化同样必须在成化之时双化咸消。同化与顺化双化皆去是开化，自化与异化双化尽释是淡化，化他与他化双化咸消是通化。勒维纳斯以其他者理论为20世纪西方哲学、伦理学和美学做出了划时代的贡献。以载成载化的思想来审思，对他者的让渡和崇尚仍然不能解决他者潜在的独断与可能的专制。历史上的相关的他者信念并没有给人间真正地带来多少祥和，宗教如此，政治如此，伦理如此，经济亦然。漏有其斗，恰似散中有聚之双成。斗有其漏，正是即刻通化之一方。允漏允斗，当下性成而可卮，历史性化而可通。载成载化，时空可透辟，生死能兼通，相对绝对以卮理合，个性共性从化感过，此在他适由敬处通。

载成载化是敬化。辟文学是创造兼归化的载成载化。创造是颇具胆色的行为，归化是逊进逊退的谦和。心怀敬畏的人，时刻都在聆听天命，领悟造化，珍惜缘分。辟文学作为创造，无不于临界处境肃肃然；辟文学作为归化，无不在零界状态穆穆然；辟文学作为成就，无不在领界高端惕惕然。辟文的三才入道，如见天光，如沐神圣；辟学的三界历险，如临深渊，如履薄冰；辟思的三段通和，如返故乡，如归天渊。天文、地文、人文，有敬才知天高地厚；临界、零界、领界，有敬方能通和致化；允成、允漏、允斗，有敬或可慎终追远。人类自诩宇宙之精华，万物之灵长，但是人类绝非造物之孤家，领界之寡人。创造性，归化性，都有一个敬以行健，敬以成厚的宅心。不创造难免成为“啃老族”，对父母尚且不悯，遑论祖宗。不归化势必堕入“杀手锏”，于自身难免戕害，何况世人。当今学人，宽厚似胡适之者少，刻薄如海德格尔者多。后现代文人创新带创伤，非后派智者守望挟守旧。学术道德崩溃，学问敬畏扫地。人文学科、社会科学和自然科学其实一个道理，有敬畏处才有兼容，才能通和，才可致化。茫茫学界，四处呼唤创新，但是有的创新如暴风骤雨，惊动林中鸟，带起路旁沙，搅浑三江水，撞坏满园花；有的创新则如久旱甘霖：“好雨知时节，当春乃发生，随风潜入夜，润物细无声。”真正的创新应将优点放大到极限，把弊端压缩到最小。创新者在一念初动之际，就要有一个对天地苍生的大爱，有一种对天地苍生的大敬。大爱加大敬，创新才能进入化境。优良的创新道德，是实现化境的保证。换言之，化境的最高境界是自由，自由的最高体现是自律，自律的最高品格是自谦，自谦的本真起点是敬畏。敬畏什么？敬畏良心，敬畏造化，敬畏命运。无敬畏者，终究会成为时空漏斗中的糟粕。

一种文学理论的新风体，当为人类的命运辟蹊径。一种人文思想的新话语，应给乾坤祥瑞辟邪氣。辟文之来，或如丹凤翔雪路。辟学之去，有若和風动春芽。辟思之兼，古往今来皆入其化。本章的别裁在逊进逊退中逊化。换言之，别裁裁出什么并不重要，那一份追求祥和创新的苦心孤诣却十分真切。文外曲旨，见得出一个他字难舍；学边遐思，放得下一个我字固执；思后回味，解明白一个化字了得。

第四部 文学他动

文学入困久矣！文学被历史困，文学有夸饰，有虚构，历史求真且务实，文史自古纠缠不清，历史的优长与文学不爽，文学的靓丽被历史褪色。文学被社会困，文学从来就难以守护自己的染色体，本欲洁身自好，但却常常被世情的脏水浆得面目全非，可是一旦离形遁世，则又成为明日黄花。文学被政治困，自由的许诺根本上就是空头支票，奉献的努力临终了难免里外皆非，“文章憎命达”岂是虚言。文学被自身困，其所患就在于有身：稻粱、饭碗，压住天才，文体、经典，束缚精英，华丽、美艳，失之奢靡，想象、杜撰，难免失真。解放文学的口号是一切文学人的追求，然而文学解放之日，也是其销声匿迹之时。正因为如此，“发愤著书”可敬，“不平则鸣”可学，“文穷而后工”可叹，但是还得补上一句，文学他化可本。可本者，本源，本相，可据以为本。通化是文学的优秀品质和终极现象，他化是通化的实际过程，他动则是他化的真正考验，是通化的显形和现身。

笔者在这个部分提出文学的他动问题。自古以来的文学理论，在思想深处无不是以“我中心”压轴，在骨子里总是靠“我主体”促动。西方20世纪的有些学者意识到了这个问题，如勒维纳斯提出了“他者”观念和“尊重他者”的呼吁，但是他者是谁？宗教的上帝？抑或言说者所面对的任何一个人？勒维纳斯陷入了一个怪圈，即无法给他者定位。赋予他者无限的或巨大的权力既不完全可能，也不十分可取，因为他者权利的无限放大，他者也会作祟。如果将他者的自由推到极点，他者也会狂妄。有鉴于此，笔者接着勒氏的他者，提出他动的节点，落实他化的生机。他动，尊重他者现实之在，让渡我尊的老大地位，胸中有他者，克服唯我独我念兹在兹，可谓主体留白。他化，邀请他者进入省思之道，观乎他者的桑林之舞，他者复敬他者，他他相逊，或可约束他者可能之过，至少有助于去文戾而补文德。众所周知，行动比宣言更具真实性。他动，动起来，他是什么品格，就会逐渐显露出来。他化，化过去，他的此刻权威，便也很快淡为平凡。因而，他动是辟文学的换位思考，他化是通化性的文学解放。这样的一种运动，开放的是真正的文学之场，消解的是文学自身的任性之弊。这也是笔者从20世纪80年代中期起，倡导视脚论的深层原因之一。

《文学他化论》聚焦于文学思想的悖论式推理。文学和文学人一样，都是复杂的矛盾体。文学是文学，特性掩其缺憾，高位包裹假象。这就是为什么本书反复申述和多角度阐发文学是文学的局限和自蔽性的问题。文学反文学，逃逸有其苦衷，抗争也不得已，哪里是反文学的去处？问题本身已凸显文学自反的理由与漂移性的偏颇。而他化，则突破是文学与反文学的连环扣，可谓防范文学腐败文学的净化池。然而他化如果进入他制式的他在，则又陷入另一种独断。你我他的任何一种独制均非福音。随流非君子，附势亦小人，你我难免偏至，但是他化，尤其是你我他相互的他化则是成人之美，是文学和反文学的矫正性辟合。文学的同流合体，是庸才；文学的与众不同，是创新。创新活动大都会离经叛道，至少是逆反行为。这里就涉及文学的伦理考量，同时也涉及文学宗派和流派的合理性问题。说到底，这是一个文学以辟思而成他化的问题，即不论内在还是外在，能容得他者和他在，才是无为而有为的文学，能成全他者和吸纳他在，才是出神入化的文学。

《文学他化说》关注文学大年小年的通化节点。文学生态学现象的他缘、他适、他辞，旨在揭示文学启蔽的缘域消息。这里说的他缘、他适、他辞，就是他动。他动在缘、适、辞的运动中，完成着自己的经磨历劫，也显露出自己的气机命脉。文学他化的系谱学，则是对该命脉的钩深致远，重在申说文学生存的穴里春秋。文学他化的化道性端倪，尝试瞻瞩文学发展的终极关怀。他化是文学的底色品格，文学他化牵系着大年和小年的一体两面。以小年观大年，文学是大年缩编为小年的折叠伞；从大年看小年，文学是小年积储着大年的晴雨表。在小年册页，文学他化是大年的时空隧道；在大年漏斗，文学他化是小年的因果错位。笔者在本章动用了文学他化的“生态学现象”、“系谱学命脉”和“化道性端倪”等术语，着意回避了“规律”、“原理”、“法则”等支配性程序，目的就是要让文学思想走出既成套路的束缚，至少摆脱文学门类排他性的语用特点。

《文学他化疏》是对文学变数的化性解读。本文特意捕捉他化文学的几个重大趋向，即副文学、亚文学、次文学、泛文学、反文学，这些变数在法国现当代文学思潮中最为突出。抓住这一个案，文学非文学的命脉大致可收眼底。当今的法国文学体现了文学他化的基本性征。不论现代主义对文学的反思反叛，抑或后现代主义对文学的解构解放，二者异曲而同工，披露出了西欧涌动的新地中海精神。该精神明显的优长就是大气、勇敢和自信。如果说古希腊文化是地中海文化的童年表征，那么当今法国文化则是地中海文化的青年襟怀。后者可从法兰西在20世纪人文气魄方面的海纳百川中见出博大，从其欧陆思想文化的新潮澎湃中透出朝气，从其国际学术舞台的樽俎折冲间显出胆色。就是那么一种脱胎换骨的他者心态，那么一种从善如流的他适情怀，那么一种敢于自否的他化品性，即被勒维纳斯称之为他者的思想，在法国生根拔节扬花，并向整个欧美大陆播撒开来。

笔者看好法国现当代文学的他动特点，阐扬这一趋势相当重要。20世纪的法国文学是多面神，他者背景让多面神一一露脸。20世纪法国文学是九头怪，他者目光使九头怪负负得正。20世纪法国文学是互根草，所谓的“互文理论”只有在根脉处才能知其曲径通幽。20世纪法国文学是忧愤气，需要厚积薄发，厚生养殖。非厚积势必流于浅俗，有薄发才会鸣则惊人。笔者一向期望厚字号思潮，因为厚思不仅是净化当今文化的“树突状”健康细胞，而且是对未来文教“布子”的历史担当。20世纪法国文学也是星云曲，他者引力将之款款放飞：哲学文学家、科技文学家、宗教文学家、语言文学家、文本文学家、解构文学家、生态文学家、移民文学家、诗文文学家、理论文学家……，他们共同谱写着新地中海文学他化的奏鸣曲。这支乐曲的基调就是“文学非文学”。其旋律不再是“轴心文化”之类的庭间迴骤，而是“无主音锤”敲击的造化乐章。

第十章　文学他化论

文学他化，是文学非文学思想的一个重要方面，即文学是己非己的复杂原因。这样一个命题，说起来简单，但是展开来看，立即会进入悖论推理——文学非文学，文学反文学，文学化文学。这三个悖论揭示出一串危机重重的话题：文学蘖生，文学蜕变，文学消亡。当然，这三个悖论中也包含着一种全新的文学观念，诸如文学潜移，文学辟合，文学默化。为了论述的方便，笔者从以下三个方面解析处于三悖征候群中的文学他化问题，它们是文学思想的悖论式推理，文学自身的悖论性生发，文学跨界的悖论化去留。

一、文学思想的悖论式推理

文学非文学是文学他化的前提和基础。这个命题揭示了一个比文学是人学、文学是审美才情、文学是一定上层建筑之上的特殊意识形态等定义，远为深邃的思想。

文学非文学是不言而喻的悖论，但也是颇为实在的常情。神话对于创造神话的族群而言，那是对神性神秘的崇拜，对万物有灵的敬畏。但是，后人特别是今人，却把她当作最美的文学，甚至称之为“文学的母胎”。《诗经》自然是先民的歌唱，无疑是文学，但就是这样一个伟大的文学文本，在其收集、删改、编纂的大手笔——孔丘那里，整改的目的却是在于“兴观群怨”，在于“思无邪”，在于外交辞令的需求，所谓“不学诗，无以言”。

《离骚》、《天问》当然是文学之瑰宝，而且是有诗人姓名的骚体诗歌，但是作者并没有从今天我们理解的文学意义上看待文学和创作文学，而是质疑自古以来的不解，抒发饱受各种压抑的“幽愤”。司马迁的《太史公书》有“无韵之《离骚》”的美称，而作者本意则是“史家之绝唱”，即师法周孔，究天人，通古今，成一家之言。魏文帝的《典论·论文》是推崇文学的皇上御笔，然而“经国之大业，不朽之盛事”本质上却在于政治考量。《文心雕龙》一向被视为文学自觉的鸿篇巨制，倘若透彻地解析刘勰的深衷，则明了其原道前提的预设和文体丛林的擘画，原本是文学神思的还原，是诗性智慧的别裁，还有文体文笔的梳理，换言之，作者真正表达的是文学悖论：文学是文学，同时还有文学非文学。

文学非文学，不仅中国古代的文学如此，外国古代文学亦然。古埃及的《亡灵书》，古印度的《原人歌》、《奥义书》，犹太先祖的《摩西五经》和古希腊的《荷马史诗》，都是以别的原因问世，今人将它们理解为文学，但是对于创作者和传唱者来说，摆弄文字并不是他们的初衷。当今文学之所“是”，出自近现代西方文化的变迁。西方语言中的文学（Littérature）一词，本意是指把隐蔽的东西显出来，发轫于文艺复兴的西方文教运动，本质上也是要把各种潜在能量挖掘出来的开显过程。近六百年来，西方的学科蘖生越分越细，换句话说，西方的文学越来越露，显露自然，显露性情，显露基础，显露阶级，显露“三我”[①]，显露结构，显露肉体……，这样的文学观，比起古人所谓才不可尽露，势不可尽使的思想，真是一种现代性的背道而驰。尽管如此，显露性和科别性强烈的文学，并不就是其自身所鼓吹的那样独其所是，它实际上仍然是一个矛盾的集合体。虽然所有现代文学的辩护士给文学下定义时，无不首先考虑内容与形式的统一，无不执着于文学的本体整合，举例来讲，文学是人学，文学是阶级斗争的工具，文学是审美活动的体现……，诸如此类的界定本身已经暴露出文学很难就是如此这般的文学。因为作为谓语或表

① 即弗洛伊德所谓“自我”、“本我”、“超我”。

语的后半句并不能与前面的主语完全同一，更何况举不胜举的定义相互冲突，歧义纷呈，甚至大相径庭。

近几十年来，文学是文学的文学自性论遇到了严峻的挑战。一方面，文学的是字流派竭力申述文学的纯洁，维护文学的种性。倡导文学性的理论家们为之不懈奋斗。另一方面，文学的非字群体历数文学的不是，揭示着文学的去脉。后现代主义的文学理论家们大都是非字号的“杀手”。需要肯定的是两大流派的历史贡献。开发文学是文学的实践活动和理论事业殊堪珍贵，因为这种努力为人类提供了那么一个审美的品种。问题在于所有文学自足和自立的论证都是顾此失彼的言说。尤其重要的是任何一个文学是文学的定义，都没有将文学的否定性命题涵括进来。因而，所谓自圆其说实际上并未在逻辑的自反悖论中得到证明。解构文学的非文学家们不仅有首食螃蟹的勇气，而且有解析文学弊端的敏锐和另辟蹊径的胆略，但是砸锅卖铁绝非理论工作者的价值取向，在文学研究问题上更需要披沙拣金的吸纳。文学是文学的思想亟待改造，文学同时所具有的非文学的意蕴也亟待开发。

我们提出的文学非文学主张，不是提出一个与是非两派调和性的命题，而是对文学及其生存韵律的深层次概括，目的是为了统筹兼顾文学研究的基本环节，给面临自然、人文、科技全球化而且向太空开放的文学，寻找安身立命的基石。笔者多年来所推进的文学通化求索，都是以文学非文学的命题作为纲领，即在更宏大的学术境域中展开关于文学及其理论的变革性研究。本章讨论的文学他化论，就是文学非文学思想的一个重要向度。质言之，阐发文学非文学的悖论命题，不仅是为了捕捉有史以来文学的是非两面，而且力求吻合文学及其理论变革的大势所趋，对于身处地球村文明和面对太空化生存的文学来说，应该是一件有意义的事情。

文学非文学好比一个人的是己非己。我们讲他化，他是谁？或是什么？在生物学的范畴来看，他是一个错综复杂的细胞体系，每时每刻是自己又不是自己。其成长过程披露出了个体的自立自足自强，他就是他。而在生物获得性遗传之种属禀性方面他又不是他，他是获得性遗传。他不断吸收的营养成分当然也不是自己，充其量慢慢成为自己。他的生老病死展示了一个生命的他化过程。文学亦然，祖上的基因经过了若干次阴错阳差的耦合，在“这个”时段方才成了一个“自己”，在成已之时，他（她）有了排异的自我感觉，于是他（她）真以为“我是独我”。作为人文现象的文学人，从其进入社会和历史之时，他（她）是在成为他（她）之自“我”，然而这个他（她）之“我”，是许许多多自然环境和社会条件以及历史机遇促成的“我”，任何一个必要的还原，都意味着我不是我，我是其他事物的合成型共在。在心理学和精神现象学方面，混乱的天光云影时刻都在文学的思想意识中分合聚散。潜意识、下意识、无意识、有意识，共同组成了一个我的集合体，即自我非我。非我成全了自我，自我突破着非我，自我与非我一起演奏着我是我与我非我。因而，文学之我首先就不是“我”。这许许多多的非我原本不是我，只是经历了一次次的分流与偶缘，让文学之我有了那么一个出头之日，让作为自我出现的潜在的非我之我，在此刻之我中获得一次绚丽多彩的绽放。

文学非文学的命题也包含着对文学主体和本体的变位思考。说文学非文学，等于说文学之文体非文体，主体非主体，本体非本体。一个文本，一种文体，一种文学乃至整个文学，在积聚生发成分和酝酿潜在力量的过程中，呈现为非本体或前本体状态。当她们崭露头角乃至自成一体之时，便有了人们习惯上所讲的文学的本体。当她们的自我意识和自我保护思想诉诸文字并形成体制之时，就有了本体的主体及其意识。文学的有些类型相对早熟，如诗歌、散文、悲喜剧。文学作为文化整体中的一个独立的门类，则是近代以来西方学术统绪和教育体制的产物。在文学方面追求本体和主体及其意识的文化现象，是启蒙运动中思想文化的一种产品。文学主体，不论是作家一己，还是其所代表的那个利益阶层和兴趣群体，是人文与自然的合力在一定历史时段的绽放或曰秀出，这种特定的绽放也是时代精神的一种体现，其绽放面遮蔽了促使绽放的合力，压抑和疏离着不合时宜的反合力。绽放面无论怎样灿烂辉煌也不能抹杀或消除非绽放方面和反合力的真实存在，更不能永远否定和阻止后者的待机而起。而且文学主体的形成和绽放，绝不意味着这种主体性可以逃脱自身向非文学异在的转渡和向非文学母体的回归。

从西方近代哲学的意义上讲，文学非文学是一个二律背反问题。康德关于客体围绕主体转的“哥白尼式的革命”，实际上为主体张目，而他的“物自体”之不可知论，又为主体鞭长莫及的事物留白。这样的思想与其无功利而愉悦的审美理论，都为文学的是己非己留下了拓展思路的可能。黑格尔将文学理念看作精神现象上升运动中的一个环节，他抓住了文学与精神长河的总体性关系，也从文学自身不断异化方面，为理解文学非文学现象揭示了源自思想文化深处的精神之川。马克思关于人的本质力量对象化的思想以及“按美的规律创造”的观点，为文学的本体起源说奠定了理论基础，而他的历史唯物主义又为文学的异体起源论找到了有力的根据。1979年笔者曾详细阐发过马克思关于文艺的本体和异体起源思想，解析过马克思主义文论中自律与他律张力体势的理论价值，这个思想对今天开发文学非文学的命题仍然有其启发意义。[①] 弗洛伊德关于无意识领域的开启，为文学非文学的理论发掘提供了一个很好的注脚。卢卡奇通过整合黑格尔与马克思的哲学及文艺理论思想，提出了对审美主体和本体问题的新的解读，遗憾的是文学非文学、主体非主体、本体非本体的悖论关系并没有进入他的视野。雅各布森、热奈特、托多罗夫等人深入探讨了形式主义的文学特征，他们对文学性偏取偏断的研究，为我们全面地把握文学现象有正反两方面的启迪。后现代主义哲学家将尼采反文明包括反文学的思想推到了极端，构成了关于文学研究的新的挑战。笔者关于文学非文学的钻研，既是对古今中外文学基本原理的反思，也是对后现代主义反文学倾向的一种积极的回应和突破性的尝试。

古今中外的理论家，关于文学的思想不外乎两个大端：一是从文学的所谓内在的必然联系方面为文学寻找存在的理由；一是从文学与某种外在事物

---

① 参见拙作《文艺理论的两块基石——艺术本质初探》，《外国文学研究》1983年第1期。

的关系方面说明文学的寄生或受制原因。前者大都阐发的是文学的文学性，后者主要论证的是文学的他律问题。就理论上的完整性和逻辑上的统一性而言，上述两大趋势都有自己的特点和历史性贡献。可是当我们一旦从任何一方的对立面审视，各方的优点和缺点又呈现出矛盾的甚至是敌对的现象。这种现象实际上是一种自体系症状，该症状的特点集中表现在自封闭和排他性两个方面。治疗自封闭和排他性都需要开放性的心态和开放性的眼光。过去我们经常强调，一个理论家或一个学者应该兼容并包，现在看来兼容并包还是有局限性的。兼与包的唯一出发点就是“我主体”立场。在学术上我主体式的兼包已经难能可贵，但是绝非上乘，最高的境界应该是我非我的通化。我非我，是说我既是我，同时我又不是我。我是我，我兼容并包，海纳百川；我非我，我虚己他化，生能舍己。文学非文学就是我非我思想的具体运用。文学他化论则是文学非文学的他向思考。换言之，文学他化论是文学非文学的一个重要组成部分。它是阐发文学非文学他化向度的关键步骤，也是疏通上述两个文学思想大端的能动环节。这也是一种文学他动，是与他化相连的动态，或曰构成他化运动的他动。

文学他化，他的出现举足轻重。他是谁？他是你我之外的第三者。他和你我一样，都有可能是好人或坏人，是平衡性或否定性的一极，非常关键的是后者。即便是一个坏的因素，他对我的参照性、牵制性和调节性作用不可或缺。他也许是上帝，也许是领袖，也许是君主，也许是平民，也许是奴隶，或许是恶人，这些都曾经是事实，将来也必然如此，重要的是因他的出现，我与你或我与对象，或你与对象的关系在格局上发生了变化。人类天性排他，这既是人的动物性遗传使然，也是人的前人性或曰非人性作祟。由于他者的投光和在场（哪怕不在场），你我之间的各种关系都有了新的调整。真实的味道在“品”字三口中形成，公平的关系在“众”相多人中建立，“协”和的氛围在戮力齐心中酝酿。真正的公正和相对的公正，只有在打破二人结构时才有可能形成。打破二人结构，意味着他化性的运动。在常识常态，文学中最强大的作用力是我的活动。在许多情况下，你是我作用磁场的附件，他（她）是我叙事方式的道具。但是当他（她）作为叙事中心，作为我和你都必须参考、敬畏和成全的一个重要存在之时，作为“我主体”从事文学活动的制约性尺度之时，不仅我和你因之无法一厢情愿地独占鳌头，而且我与你之间锱铢必较的争斗和心照不宣的默契也随之打破。不论是诗歌，还是小说，都应考虑到他者，因为考虑到他者的作品，比你我之间的二人转更接近真理和正义，更具有文学所要求的艺术性和复合性。他也许更接近源头的活水，至少是你我的见证，是真理性的一个活性因子，是文学“是文学”而又“非文学”的可自由和可公度的新生面。而文学也正是因为能够他化，才不致陷入自我封闭的象牙塔或死胡同。

他化中的他者，不是仅仅作为被界定的静态现象存在，而是作为行动中的人事而运动。西方的辩证法认为，一个事物每时每刻是自己但又不是自己，文学非文学的现象与这一条生成非生成的原理一脉相承。古印度的佛学说色不异空，空不异色，文学非文学的悖论与释教色空观的变位洞察相互印证。中国古老的智慧很重视有无相化的会通思想，文学非文学楬橥的正是这一化感通变的要诀。过去我们讲中外思想方法都是为了高扬某种特定的主体或本体学说，于是举凡讲为是之道便备受赞扬，一旦涉及非是之处，立刻有犯忌之嫌。实际上是与非是，原本都是一个事物的不同侧面。彼此与非彼此，各方与非各方，互为资质，互为现象。人们强调某一方面当然不无道理，但是忽略其他方面必然破坏了道理。文学非文学，这个命题正是为了纠正过去一边倒的文学观，开放的是文学的门户，阐发的是一个完整的文学命题：文学是与非的相互涵养。

二、文学自身的悖论性生发

文学反文学是文学他化的对抗形态。这种对抗不是文学生发的唯一规律，但却是文学司空见惯的现象，是文学必然经历的宿命。文学自反，是匪夷所思的现象，其不可思议的背后，有着文学悖论生发的奥秘。

文学反文学，表现在文学体式间的对举和替换。这是人们熟视无睹的秘密。文学样态从来就是在递相抵消中代谢。抵消式代谢既是吸纳，也是排除；既是对举，也是替换。《周易》与《山海经》都有神话，但脉络不同，前者传自黄帝周孔，后者源于炎帝蚩尤。华夏远古神话之间的抗衡和分流于此见出端倪。我们还可以对诗歌体式做一个更为“原诗”的追溯，原始部落单音节的重复性呼叫，是单韵语的破天荒，或可称“一言诗”的滥觞。于是“天地有大美而不言”的“无言诗”遂成过去。二言诗萌发，“一言诗”逐渐隐匿；三言诗产生，二言诗随之潜转；四言诗发祥，三言诗走向式微；五言诗走俏，四言诗落架过气；七言诗辉煌，五言诗一度低靡。宋词元曲迥异于唐诗，近代以来的新诗歌，又掀起了与古旧诗词激烈的抗争运动。时至今日，各类诗歌此消彼长，不时有上述某个体裁的诗作冒尖。从总体上看，潮起潮落，无非是把诗歌反诗歌的内在矛盾演绎到了微妙的程度。散文亦然。早期的散文以原典和史传见长，而原典和史传大都从审美传情得益，但同样因为情美的性征而招嫌。情美最终让散文成为文学散文，情美也使散文成为破坏自身质朴气质的精神鸦片。形式华贵莫过于骈文，诗体文综的考究在骈文中登峰造极。此类文学固然很美，但是文思和诗情也由之带上了非同一般的镣铐。变文、传奇、话本、小说、戏曲……，所有这些个文学样式，不但递相掏腾，后来居上，貌似发扬性的传承，实则是牺牲式的兴替。在某种意义上，可以说继承与创新其实是遮蔽与别裁，移植与改造，其中也包含着抵消与取代。文学性从非文学的文史典籍逸出，文学性给文史典籍点上了“美人痣”。文学性在不同的题材中“招降纳叛”，文学性也给文学自身以俄狄浦斯式的戕害。

文学反文学，表现为后发文学对前在文学的逆转。逆转是后起文学对前此文学的回流性的反拨和逆向性平衡。这一现象常常从突破典制方面披露出来。出土殷商甲骨文古歌的神性浓郁，《四方风》[1]和《今日雨》[2]将读者引入一个天人沟通的世界，而《周易》中保留的歌谣则人性味凸显，人神地位的明显变化，透露出商周两朝不同的文化价值取向。后者对前者的逆转，是人性诗对神性诗的反弹，也是禀命造化的本原诗与人性诉求的才情诗相互之间的切磋和逆向性的平衡。这就是我所说的文学反文学。《诗经》也是一个范例。这部经典扼杀了什么？沿着孔子开辟的单行道，远古大量的前文学、亚文学、准文学遗产为之深埋大葬，甚至永远泯灭，而符合克己复礼尺度的仁义诗作则被保留下来。这是另一种特点的逆转——狭隘的诗学取舍。将《诗经》与《周易》古歌相比，在孔子筛选和删改后的诗歌集中，看不到大气磅礴的诗作，也看不到感情奔放的歌谣，而《周易》留给我们的六十八首古歌，则气势博大，意境深远，思想相当解放。将《荷马史诗》与《诗经》相比，前者那种人鬼天龙兼收并蓄的恢宏，留给后人的信息远比后者丰富。如果让孔子删改《周易》，或者让古希腊也出一个孔子去整编《荷马史诗》，有多少上古的精神资源能够保留下来？在这个意义上，可以说圣人出而文学残，《诗经》成而古歌湮。在《诗经》是诗经的方面来讲，孔子做了一件有典制意义的工作，他为中国开拓了兴观群怨的节情伦理诗论，但是从文学反文学的他化思想而言，其中庸式的礼化诗学既窒息了远古诗声，也扼杀了春秋的诗歌种苗。孟子所谓“王者之迹熄而诗亡”只是找出了春秋诗歌式微的一个原因，他没有意识到也不愿接受另一个事实，即孔子式《诗经》典制化的片面取舍，由之造成的缺憾，深远地影响了中华民族的诗学创造精神。

在先秦就有过对孔子诗教非典制化抗争的个体化逆转。群体化的逆转有庄子一脉，非群体化的逆转有屈子个案。庄子和屈原都不属北方文化范围，尤其不是儒家系统，南方文化让儒教的蔓延遇到了强劲的对手。庄周凤歌笑

---

① 参见本书第四章《古歌三章》。

② 《甲骨文合集》第5册，中华书局1978—1982年版。“其自西来雨？其自东来雨？其自北来雨？其自南来雨？”完全具备了今天所谓诗歌的形态和神韵。我名之曰《今日雨》。关于上述文献资料的解析，可参见本书第二部《文学经纬》。

孔丘，屈平楚辞震《诗经》。文学庄子的伟大，不仅在于他最懂得文学非文学，而且在于他很擅长文学反文学，特别在于他极其通晓文学化文学。庄子谈哲理于方外，荒诞谬悠一任自然，文学非文学于斯为盛。庄子寓庄重于诙谐，嬉笑怒骂皆成文章，文学反文学臻于上乘。庄子崇大道而积虚，去己丧吾直逼天倪，就文学化文学而言，庄子是千古一人，庄子的门生及庄派后学在文学他化方面贡献卓著。屈原是另一位楚文化的代表，他敢爱敢恨，善死善生，融政治于骚体，冶学术于抒情，声调均异于风雅，是非颇谬于圣人，自铸伟词，别具神韵，这是让儒家以《诗经》为典制的文学说教瞠目结舌的创造。孔子儒教非常重视文化体制建设，几至无孔不入。庄子文学格外看好精神的自由舒展，可谓似庄却谐。屈原楚辞尤其凸显个性的充分张扬，堪称诗界绝唱。孔子是华夏儒家一派的诗学之王，诗学之王出而歌声歇。庄骚是中国先秦文学的翘楚，翘楚之风起而诗韵长。应该庆幸中国文学有逆转性的巨擘，舍此华夏诗学真成了孔府家酒。庄子和屈原对儒家诗教的逆转，都逐渐由个体性的抗争变为群体化的异动。庄学和屈学对后世的影响都十分深远。庄子与屈原不啻华夏一族的两个异类，他们的逆转，使中国文学他化为之增色。庄子与屈原已经成为人类文学的瑰宝，他们的逆转，也让世界文学他化之星空日月闪亮。“庄骚两灵鬼，盘踞肝肠深”，这样的评价不仅是文学人龚自珍一己之体会，而应该看作是整个人类文学史的共鸣。

经过秦始皇的文化专制和汉武帝的思想钳害，文学反文学难乎为继。但是逆转典制的活动并未绝迹。所谓山高无碍白云飞，竹密何妨溪水流。逆转活动在隐姓埋名式地进行，《古诗十九首》和《孔雀东南飞》就是这样的文本，即非典制化的开放性篇章。她们是《诗经》的逆转，于诗思有反，于诗体有变，于主笔有隐，于贵贱有平，遮蔽了文本成为经典的痕迹，避开了诗作定格典范的强制，绽放了众语匿名且喧哗的场面。正是由于此类作品的无名承担和悲情陈辞，才让人们自觉不自觉地从中汲取到一种与诗学传统不同的意蕴。在那里，诗歌继屈原之后再次成了逆转主流文学的压轴之作，甚至再次凸显为文学反文学的攻玉之石。变态了的诗学风云在这里净化，逆转中的另类文学在这里折冲。《古诗十九首》和《孔雀东南飞》没有留下作者、编者、润色者以及演唱者的姓名，这正好见出如是两种文本对儒家正统诗学典制的自觉不自觉的逆转。她们不像《诗经》，仅仅由一个大圣人一手定乾坤，也不像《楚辞》，由几位不得志的贵人留下文本，而是许多文人介入的创作，是许多艺人参与的演绎，许多编者经手的加工，许多书坊翻印的传扬。她们不像《诗经》、《楚辞》那样被主流话语奉为圭臬，而是广大的读者群体共同成就了的千古不朽的传唱。《古诗十九首》和《孔雀东南飞》是无名氏的诗界奇葩，是中国诗学场域中传承文运的重要节点，向前比较，她们是对华夏高古文学伦常化的矫正；向后推移，她们是对中国中古诗歌风情化的洗练。在含蓄、灵秀、亲切、自然、写意、恻隐等情趣和意蕴方面，我们可以说她们也是对此前文学反文学过激现象的平衡，是对隋唐两宋诗歌再次辉煌的前奏。这两个文本是划时代的瑰宝，但也是中华民族悲辛的纪录。经过残酷而漫长的封建专制压迫，类似《庄子》和《楚辞》那样的宏构伟制已成为历史，在巨型叙述方面的文学他化式的创造有待来者。

在世界文化范围看，有一种极端性的文学他化现象，我们称之为文学逆反。文学逆反是比文学逆转更为激烈的文化剧变。这个话题将文学他化研究引入了断裂性他在的向度。文学逆反性的他化带有普遍的可探讨性，它不是一般所说的批判与继承或传承与创新，而是根本性的逆反，是彻底地改弦更张。用形象的语言概括，是川谷陵替式的更换，是沧海桑田式的取代，是流沙浪丘式的覆压，是天塌地陷式的崩裂。古巴比伦文学、古埃及文学和古印度佛教文学的中断，就是这种伴随文化断裂出现的文学断裂，其根本原因就在于前者颓败以至灭绝，后来者对前者采取了毁而代之的措施。古希腊文学和古罗马文学也曾经遭此厄运。中世纪的宗教文学对古希腊和古罗马文学同样做了毫不留情的逆反性清洗。文艺复兴以来的近现代文学是对中世纪文学的逆反。有趣的是文艺复兴运动在逆反中世纪文学的同时，还表现出对古希腊文学的追溯性逆转。印度的佛教文学逆反性地覆压了上古印度文学，而它后来又被非佛教文学所取代。类似的逆反也发生在没有改朝换代、没有种族消亡的文化变革之际，后现代文学就是这样一种独特的文化现象。后现代文学思潮是对近现代文学的逆反，传统的文学规矩乃至文化法则被消解。在某种意义上，甚至可以说后现代文学已不再是花样翻新的陌生化，而是把文学彻底地变成非文学的东西。这种现象就是非常典型的文学反文学，也是文学他化的极端表现。

不难看出，逆反是与逆转完全不同的他化现象。逆转是对前此文学的反拨、矫正、纠偏和更新，而逆反则是另起炉灶，改道易辙，不仅文学道路转折，而且文化性质改变，甚至人类审美观念以及文化公理均遇到考验，或被践踏，如上古时代两河流域的文化更替；或被覆盖，如西方基督教典制对希腊文化的遮蔽；或被取代，如西方近代文化对中世纪宗教文化的变革；或被消解，如西方近几十年来后现代主义文化思潮的崛起。逆转往往表现为文学危机，因为那是后起之秀对主流思想的抗争，是对传统文学的挑战，是审美趣味的改变，是不同文学潜能的释放。而逆反则呈现出铁血惨痛，因为那是伴随着亡朝灭国或种族屠杀的历史嗜血。换言之，这种逆反实际上是将种族和人性都押上了命运的审判台，把文学和文化逼进了精神的断裂带，把思想和理论推向了智慧的绝对点。从思想赓续和体式兴替背后的哲理来讲，逆转是一种反常近道，是一种典制更新，说到底仍然是一种严峻的“窝里争执”，充其量产生一种“导向转变”。逆反则是两种命运的较量，是两个板块的对决，是两个天体的碰撞，一句话，是文学他化的一个极端问题：当不能或无法他化的他在袭来时，如何把握民族和文学的命运？这样的思考已经濒临善恶伦理与天命理念无法通变的鸿沟天堑，那是另一篇文章讨论的话题。

在阐发文学反文学的体制大端之后，我们也不应忽略另一种形式的他化性逆动，文人相残，这是人们在笼统高看文学时蓄意淡忘的事实。文学人士在相互比对中逞才，在争夺资源中较劲，这也是人之常情，文之常态。文学是个性之花，是文人们负才使气的舞台。相轻相争，有时适可相反相成，所谓磨合即此义。老子尚无，孔子履仁，虽然共美于春秋，毕竟心远而道异；孟子刚强，庄子自然，尽管同生于战国，终究志乖如参商。这可以称作文人相轻的磨合互补。但是一旦相轻过了头，那就是相诋、相谤、相倾、相轧，这就是我所说的相残。韩非遇李斯，同门且遭害；班固论屈原，异代犹排斥。司马迁被宫刑，不仅仅是一个汉武帝的暴虐，在本质上是满朝文武的合谋。三曹一家，乞命至于七步；三李异秉，受领如出六合。“不才明主弃，多病故人疏。”何止是孟浩然个人的感喟。“总为浮云能蔽日”，“夜郎天外怨离居”应该看作是李白为所有落魄文人的悲歌。张问达弹劾李贽，与其说出于卫道，不如说因为忌妒。乔治·桑好客名闻遐迩，仍然免不了波德莱尔等人的肆意攻击。索尔仁尼琴才华出众，决不向强权低头，然而他自己却不能容忍肖洛霍夫的天才英纵，曾诬陷后者“剽窃”。几十年后《静静的顿河》手稿重见天日，终于使后者所受之污辱得以昭雪。文人相轻的度不好把握，而且负才使气的文人们，在日常磨合中往往失之过火。杜甫惜李白，念念常挂心“世人皆欲杀，我独怜其才”。诗圣的一往情深，而诗仙则有“饭颗山头逢杜甫”的嘲弄。诗才如仙，尚且如此，凡夫俗子，谁能超迈？

文学领域固然有惺惺相惜的美谈，也有肝胆相照的佳话，但是文人相轻的陋习也属司空见惯，更可怕的则是尔虞我诈的倾轧。文人相轻间或出于趣味差异或思想分歧，就中不乏脾气相左，意见不合。而尔虞我诈则属于人性恶欲，是盘踞在文学领域的毒蛇般的心魔。数千年来，谋诗害命见于甥舅者不是孤立的事件，窃稿自美且欺师灭祖者大有人在。中外文学史编纂者大都披沙拣金，串联的尽是佳话美谈，文人们比草莽匹夫更为卑鄙无耻的一面则被淡化、被遮蔽。文人相残，文学自戕，这个话题绝非文学史的美玉微疵，也不能因互相轻贱甚至残酷陷害的文人们各有“成就”，由此对他们的种种劣迹仅以“瑕不掩瑜”而讳之不谈。韩非被害，屈平沉江，班固狱死，杨修遭戮，刘勰潦倒，李贺夭折，章学诚早逝，龚自珍暴毙，柔石惨遭杀害，鲁迅毕命英年，王国维殉其文化，冯雪峰罹于文祸，老舍沉湖自尽，沈从文盛年辍笔……，凡此种种，与其说天妒其才，不如说人忌其能。百花丛中的污浊并不因姹紫嫣红漂白，学术史上的屠戮却由于刀尖笔利改写。真善美与假恶丑往往需要颠倒来看。历史如此，文学何尝不是如此？

文学反文学，这是对文学人根性的考验。根性者，质地也。根性即本根；本根在界。在界意味着有物混成，其功在酝酿，德在缘起。缘起是诸般因素成就一个事物。根性非童心，童心并不像李贽说的那样纯真。小儿尚有杀人者，儿童犯罪并非罕见现象。此处讲根性，旨在说明文学人在根本上是复杂的存在者，需要化感通变地自我改造。是物三分害，非己一段清。文学和文学人一样，也是复杂的矛盾体。文学是文学，其所是自然也有自身的局限和自蔽性的问题。文学反文学，同样也有其反文学的理由与漂移性的偏颇。而他化，则是调节是文学与反文学的连环扣，是防范文学腐败文学的净化池，然而他化如果进入他制式的他在，则又陷入另一种独断。你我他的任何一种独制均非福音。随流非君子，附势亦小人，你我难免偏至，但是他化，尤其是你我他相互的他化则是成人之美，是文学和反文学的矫正性辟合。文学的同流合体，是庸才；文学的与众不同，是创新。创新活动大都会离经叛道，至少是逆反行为。这里就涉及文学伦理问题，同时涉及文学宗派和流派的合理性问题。归根结底，这是一个文学自由问题，即不论内在还是外在，能容得他者和他在才是无为而有为的文学，能成全他者和吸纳他在，才是出神入化的文学。提倡文学他化，其意义相当深远。①

上述逆转性创新、逆反性取代和逞才性较劲，发生在文学自身，表现于文学的自覆自反，而其本质则是文学内部和外部都躲避不开的苦涩的他化过程。长期以来，人们只看到了文学是文学，即文学中的审美和谐、神思超迈与怡然可乐的一面，但却很少有人从理论上剖析文学反文学的内在机制。如果说文学是文学捍卫了文学的面子与尊严，那么文学反文学揭示的则是文学的尴尬和荒诞，即审丑矫枉、解放才情和鼓舞被压制潜力的脱颖而出，即世

① 参见聂珍钊：《文学伦理学批评导论》，北京大学出版社2004年版。聂先生对文学伦理学批评的倡导，具有重要的理论价值和现实意义。文学他化，就有文学伦理批评的深旨在其中。文学非文学的存在，文学的是己与非己，文学的逆转和逆反，文人间的相磨相荡，相嫉相害，此类现象都是每个时代、每个社会和每个文化人必须认真反思和自我节制的重要问题。

人所谓创新。审美神思，张扬的是文学协调性道德的必要；审丑矫枉，凸显的是文学进取性伦理的艰险。进取与协调，两个方面都不可或缺，共同构成了文学的刚柔奇正，一起刷新着文学的隐秀去留。

三、文学跨界的悖论化去留

文学是跨界性生存的事物。因而关于文学的本体起源与异体起源的争论，从一开始就陷于偏执。本体起源说将文学的理据集中于文学性的成分，异体起源论把文学的根源归之于非文学的母胎。其实文学的悖论性命运与生俱来，文学的悖论化去留到底未改。悖论化去留，不是指悖论的去留，而是指去留成为一种悖论。跨界性生存，牵扯出文学的痛苦情感——文学不文学。悖论化去留，关涉文学的最大难题——文学化文学。文学是文学，而又同时化解文学。这是文学研究中的一个十分复杂的问题，此处只阐发几个大的环节，它们是文学悖论化之出没、变耕和转渡。

文学化文学，是文学去留的一语双关。文学跨界去留包含着悖论化的出没。其出没的锁钥是辟合。辟是一个多种义项对立分歧而又通转互补的字眼，辟文学或曰文学辟合，就是文学非文学最好的表达。[①] 有些文学离我们远去，但是她们又时时让我们倾心萦怀。有些文学已经枯萎，但是她们在另一个时间又韶华重现。有些文学销声匿迹，数千年之后突然莅临人间。有些文学曾经如过街老鼠，时过境迁又成为抢手的读物。有些文本长时间不算文学，换个角度分明又是经典文学。许多历史文本和当下作品，本身就在文学非文学之间辟合，时刻等待会心人慧眼识珠，等待有缘之人打开封闭的关锁。悖论化出没的门户是通会，打开关锁，还要登堂入室，开放门户，尚待通达曲致。通达，才能在文学处看到非文学，在非文学中看到文学，《周易》、《圣经》绝非文学，然而依然被文学，胜似文学。老庄孔孟，均非文

---

① 参阅本书第三部分《文学辟思》。

学，但是其耕播文学，又相当文学；二十四史，岂是文学，可是其渗入文学，且涵养文学。为什么这些文本能与文学合，因为它们本身有通合之道，因为阅读者有通达之德，因为作者、文本、读者的去留变化中有通融之数。悖论化出没的智慧是融会。融会是文学去留难题的真切的化解。因为辟合开其关卡，通达入其门户，融会才能打成一片。融会之于文学非文学，是融为一体的智慧。以融会的心智阅读文本，文学气脉油然而生。以融会的手法书写春秋，春华秋实诗意盎然；以融会的气度解疆域，森严的壁垒实在可以消弭。融会本质上是超越美学的感性学通衢，感觉与理解的整合在其中酝酿。融会在精神上是突破诗学的文艺学缘构，文学与艺术的沟通从他在处聚焦。辟合为文学的去留而守望，通达为文学的去留而解蔽，融会为文学的去留而开化。在辟合、通合、融会的理论方法中，文学的跨界已跨未跨，在疆非疆，有界无界。文学的来去浑然一体，来就是去，去就是来，悖论化的出没因之而获致升华性的化裁。

文学化文学，是文学去留的一体两面。文学跨界去留呈现为悖论化的变耕。变耕的间隔是语言，这是一个语言哲学和语言诗学的命题。人们通常把文学的变耕理解为社会环境和历史时代使然，具体讲，是政治主导和经济制约的结果。这样的理解当然有道理，文学变迁与此类原因息息相关。但是有没有某种因素是贯穿而又超越了这些牵制性的事物呢？有，那就是文学语言。在某种意义上，甚至可以说，文学的去留，原本是语言的起承转合。各种社会历史的东西固然牵制语言，但是也要看到另一面，文学语言往往可以超越社会历史条件轰动世界。汲冢书和上博简，藏经洞古卷的出世和敦煌学在东西方的崛起，虽说是由偶然的机遇而出入尘世，但是作为语言的艺术却可以入地千年而出世万里，行藏诡异，跨越地域，将语言的艺术尽情地舒卷。文学是语言气脉的涵养。从无到有的创制是语言花朵的开显，从有到无的隐匿是语言根须的潜藏。文本间的移译是语言品种的杂交，文体间的消涨是语言艺术的轮作。文学人的盛衰见得出语言境遇的顺逆，文学上的休耕也表现为语言气脉的养生。这些层面，一向为许多文学史家和文学理论家所忽略。

如果说变耕的间隔是语言，那么变耕的牵挂则是他者。文学的精耕细作逐渐使文学人士陷入自我封闭的处境，文学上的持续单植最终让文学园地变成萎靡不振的花坛，文学上的套耕间作必然为各类品种留下与邻为善的余地，文学上的轮耕休耕自然使文学生态成为郁郁葱葱的植被。这样的间隔不难理解，因为物一无文，和实生物，民胞物与，文学亦然。前人说，“一代有一代之文学”（王国维），其实还应该看到，一代集百代之大成，一文有多文的涵养，一生有千秋的关爱。文学间隔是对同类的质朴温情，文学变耕是对他者的深沉挚爱。在这种意义上，让过气的文艺品种潜伏蛰眠未必不是好事，刻意花大代价挽救濒危文化似应适可而止。一种文化或文艺种类寿终正寝，正如一家人的祖先与世长辞，有一句话叫“入土为安”。不要因为后人们今天有钱有势了，一定要起先人于不封不树的坟茔，为他们重修祖祠，再造金棺。真正的孝子贤孙应该是继承前辈的优良精神，努力创新，再造辉煌。这才是不愧先人爱后人的光宗耀祖。变耕的间隔要讲的便是文学艺术上的一个朴素的道理：对他者实在的亲，真正的爱，愈是真爱大爱，愈是自然无痕。变耕的间隔，就是这样一种对他者由近及远，乃至无远弗届的爱，这就是文学非文学悖论的大爱境界。变耕的尺度是博大，“各领风骚数百年”是小年；“麻姑一去海生桑”，是中年；“碧海青天夜夜心”，是光年。摆弄文学也好，钻仰学术也罢，都要有甘于寂寞的心境，放得下自命不凡的身段，才有心事脚踏实地的耕播。展得开万古千秋的气概，或许能够勘破苦寂死灭的大关。如果一个人以光年的计算争朝夕而惜分秒，以永恒的追求继往古而开未来，即便出不了精品，也绝不会生产文化垃圾。

文学化文学，是文学去留的一举两得。文学跨界去留披露出悖论化的转渡。其本能性的转渡是潜移。“断竹续竹”之歌，“举重劝力”之说，虽然有功利之嫌，总归是天性使然。“诗亡而春秋作”，史盛而韵文伏，当然为理性驱使，也不乏松散本能。民谣之雅化，骈文之美致，律诗之严整，戏曲之程式，小说之跌宕，影视之遮诠，不惟社会历史变迁使然，也是文学资质的

"性之所至"。野生动物的转场属于物种生存的自然选择，文学样态的兴递在于意识有无的合力推移。有意识开发是功利要求，无机心运作是潜移默化，文学的跨界去留正是在悖论化的演绎中转渡。其艺术性的转渡是隐秀。《文心雕龙》对隐秀下过这样的定义："隐也者，文外之重旨者也；秀也者，篇中之独拔者也。隐以复意为工，秀以卓绝为巧，斯乃旧章之懿绩，才情之嘉会也。"[①] 刘勰此论，将隐秀的修辞学含义发挥到淋漓尽致，但是对隐秀论的辟合关系语焉不详。应该说隐至超脱，秀在其中；秀于化境，隐亦希声。在这种意义上，可以说隐就是秀，秀就是隐。隐秀的微妙就在于它是一种文学的艺术，需要相当的修养去完成。其终极的关怀是归化，有此关怀，才能使跨界去留的转渡臻于化境。归化是反朴归真，反其朴则生生不已。归化是泯隐化秀，隐秀合则母子同堂。归化是克己复道，返其本则与道俱化。从归隐（隐秀）、归藏、归化逐层修为而言，生就是死，死就是生。不会潜移默化和隐退消亡，那才是真正的可畏。关于文学的归藏、归潜和归化问题，笔者在后面几章中会专题讨论。

文学是跨界生长的精神树，只有在非文学的滋养下才能枝繁叶茂；文学是象牙塔里的自由花，只有在反文学的突破中才能绚丽多彩；文学是藏风聚气的隐喻体，只有在化文学的归潜后才能淋漓尽致。在文学非文学的视野中，我们才能清楚地看到文学边界线的狭小；在文学非文学的聚焦处，我们才能充分地领略文学去中心的可贵；在文学非文学的命题下，我们才能更好地理解文史哲互根的重要；在文学非文学的钻仰上，我们才能细致地感受到传统文学理论的局限；在文学非文学的辟合后，我们才能深刻地理解文学及其理论变革的必要；在文学非文学的辐射圈，我们才能有效地因应寰宇时代的召唤。

---

① （南朝·梁）刘勰著，周振甫注：《文心雕龙注释》，人民文学出版社 1981 年版，第 431 页。

第十一章　文学他化说

物有年轮，是小年；道有年轮，是大年。就文学及其理论而言，东西方数百年来开发的各类学说虽然汗牛充栋，其实只是小年的诗文才情，尚非大年的起承转合。从小年论文学，文学只是这样或者那样的精彩；从大年论文学，文学则是如此却又非此的淡然。于文学规范角度，看小年则局部有成；在文学的演化层次，顾大年而宏观无碍。如何才能关照两方而又超脱两方？笔者的文学他化说是一种兼顾两端的统筹，是一种吻合双向的融通。

我之所以如此重视文学他化说，是因为这个命题涵括了三个大的方面：一是文学生态学的流变；二是文学系谱学的通和；三是文学道化性的升华。文学生态学的流变是小年与大年的并发，文学系谱学的通和是大年与小年的合流，文学道化性的升华是双年与飞年的共舞。双年是指大年与小年，飞年是指在此年而又届彼年的套年与化年关系。下面我们就从这三个方面阐发文学非文学的他化特点。

一、文学他化的生态学现象

大道是华夏族群对人文宇宙的哲理性概括。大年是先秦哲人对大道运行的寓言式度量。小道是中古学者对文学器制的伦理性压缩。小年是当今学人对文学领地的学科性执着。自近代以来，文学地位表面上不断攀升，骨子里却自我器化。文学生命貌似固若永年，实际上则脆弱不堪。一个非常简单的道理：越是将小年当作永恒，在小年中拼命自卫；越是如涸辙之鲋，而不知生态学逃活的鲲鹏之化。小大之辨，在这里如此怪诞。而文学他化给予我们的启示，恰恰是大道生态学的人文体验。此处所谓文学他化的生态学观照，旨在从人文化成中梳理出文学的三种大的流变。文学他缘而来、他适而去和他辞而异。

（一）文学之他缘而来

曾几何时，文学天地成了培养复述才情和鉴赏功能运作者的技术门径。文学理论如同横剪竖裁的学术利器，文学史志恍若纵南贯北的高速公路，文学著述好似辛勤园丁的艺苑花圃，简言之，文学学科不啻培养工匠的操作平台。摆脱这些功能性、技术性和速成性的方法看文学，或者说换一种活法亲近文学，文学与人文自然的另一种生态关系就会从文本的四面八方欣然而来。这是一种文学与道共生的他化现象，也是文学植根他在的缘域禀赋。

从道文一体的本真造化来看，文学并非不断进化的线性运动过程，而是大道启蔽的意境生态现象。大道也不是玄秘的抽象概括，而是与你我有关的周天性他（祂）起之动静。从根本上讲，大道是周天性的境遇，因而道不外求。文学作为大道自身的通觉宏照，本原地包括第一性的他（祂）在。此处他在含祂，是因为他带着神圣之祂的气质。祂在之神圣性，是因为其前在的难解和费解甚至永远的不可穷解，也是由于其数不胜数的机遇和巧合，更是由于其微妙的灵气和超凡脱俗的造化力量。这些原因构成了我们所说的启蔽。

启蔽，是打开遮蔽，即解除遮蔽；启蔽，也是启动遮蔽，即开始遮蔽；启蔽，是原始要终，即始终共体；启蔽，是双关互根，直接与大道的根本性特征——阴阳互动兼合。从透彻的融会性上来讲，文学与大道启蔽通和，就是说文学之为文学，最吃紧的不在于其分有理念，不在于其显现人性，不在于其反映生活，不在于其突出审美，根本的原因在于她是大道启蔽的缘域消息。她敞开却又遮蔽着这样那样的世界，她启动却又完成着这样那样的焦点，她孕育却又消解着这样那样的光色，她边缘却又集合着这样那样的构造，她内容却又形式着这样那样的意思，她吸纳却又释放着这样那样的观念，一句话，她把大道启蔽的动静演绎得出神入化，以至于人们从古以来就懂得立象以尽意的微妙。

由此而言，文学缘而域，域而缘，缘域合，意象通。称之为大道缘域的意境生态或意象生态，就是说文学在缘域处与大道一体。她不是载道之体，不是寄生之物，不是把玩之美，而是大道启蔽的意象生态，是人文缘域的目击道存。在融通的周天缘域，文学本来就不是用来养财致富的工具，人们开发利用文学，自有其不得已的原因，但是真正的文学精神则是大道的本根无他有祂。文学有祂，披露的是大道的缘域脉象，是大道启蔽间阴阳互动的消息。在这个意义上，我们可以说，文学大道之行，以浩天缘域为公。

（二）文学之他适而去

在人文自然的渊深境界当中，文学是最有活力而且最有智慧的生命演绎。“我”乃他化之喉舌。作品是以“我”为聚焦点的他化性结晶。那一个个署着“我”名的作品，其上下前后左右内外，哪一处没有隐形或显形的他者？表面上看，作品是“我”的产物，“我”是作品的生身父母。深刻洞察，“我”是水珠，“我”是小草，“我”是彩霞，“我”是星云……“我”的一切根于他在，源于他动，借于他助，得于他磨，倘若在一个更大的境界中腾挪，“我”会发现自己其实是一个他者，或者说“我”归根结底是他在中的一员。且不说有许多作品压根就是无名、化名、匿名或众名的玉成，文学之“我”就是这样一种是“我”非“我”的成就。

文学史化是他化的歧路亡羊。他化的反观是文学的另一种真实。从文学史长河逆流而上，我们立刻会发现，程式化了的文学史，实际上是各种文学他化的消匿现象。现当代审美主体的解构是文学他化——异类化、物情化、去魅话语化的现实趋向；近代人性式创作的凸显是文学他化——群体化、科学化、意识形态化的集中体现；中古诗文套作是文学他化——文史化、神学化、互文化的节外生枝；上古经典文本的形成是文学他化——政治化、伦理化、宗教化的现身说法；远古神话传说的口述是文学他化——自然化、精灵化、巫术礼仪化的空谷足音。这些文学代沟的分水之处，都可以见出文学他化的无形利刃，它将文学分解成一个个隐没在历史山水后面的非文学现象。

这是一种文学他适。文学不但以祥和的道化生态与宗教、艺术、历史、哲学、政治、经济、军事、教育、科学等门类相生相克相反相成，而且在自身的演化中时生时去，时变时异，时集时散，时综时离，呈现出丰富多彩的姿色，潜化着无穷无尽的变数。尽管才高八斗的理论家们都做出了不凡的解说，甚至发掘出了据说是铁的法则与金的规律，然而文学的神话仍然神出鬼没，文学的传说依旧口是心非，文学的体裁继续横生斜长，文学的意蕴不断推陈出新，文学的触角总是与道俱化，文学的变数永远风来雨去。就说时下的网络文学和手机段子，你不得忽视文学在其中潜生暗长的巨大活力；而且不要忘记，走向深空觊觎太空的科技文明和芯化气化的未来世界，给人类准备了无法预测的神奇缘域。

我们在这个段落用了他适一词。这个词很恰当地表达了文学非文学的反常规命题。一个适字，计有：到，去，应，嫁，宜，畅，巧，偶，刚，仅，若，探等十多种缘域性内含，尚不包適（dí，嫡，主，厚，重）、適（zhé，责，贬）以及適（tì，惊，恐）等通假和通变义项。适之为字，淋漓尽致地蕴蓄着文学他化的生态性力量。文学非文学，就是文学他适。文学他适，就是文学非文学。这两个命题从不同侧面反映了启蔽性文学的道化缘域。文学道化与启蔽缘域，丰富的声息互动互合，复杂的根须相养相依。退一步讲，“文学他适”就是文学非文学多重义理的示意。笔者提出这个命题，也是为给当今文学减压释缚的一种尝试。毋庸讳言，一旦我们悬置了司空见惯的文学观念，文学立即向我们呈现出其另一种真实的神情——他化运动。文学生态的缘域启蔽，他化他适，脱却了文学规矩前台后院的名缰利锁，跨入了时空交错的沧海桑田。在这个层面上，我们可以说，文学趋道之适，以他化错综为命。

（三）文学之他辞而异

他辞而异，涉及人文的几个大的层次，关系到文学本然、文辞斐然和文史必然。他辞：一是文学“他”之告别或不出面，与之相应的便是在场与不在场的差异；二是文辞“他”之修养，与之吻合的就是词采文意的变异；其三是文史“他”之沉浮，与之关涉的则是文学大生态的陵替。三种他辞而异都切合文学及其生态构造的沉潜涵养，也钩连着文学及其命运的启蔽归藏。

首先，他辞而异是文学之本然，所揭示的是文学的告辞现象。在原始文化与文明文化交替的先秦时段，他辞式的文学如蝉蜕，似涟漪，以后者登场前者退场的方式倒卷而后成。众所周知：神话显，混沌喘；传说兴，神话淡；《诗经》妍，传说媸；史传著，传说歇。在反复倒卷的过程中，难免形成层叠性的累积，后来之集大成者往往将自己看作历史的制高点。有一些他辞状况是以藕断丝连或隔代相亲的方式新陈转换，上古的学术根典就是很好的范例：《连山》开，自然缺；《归藏》成，《连山》远；《周易》演，《归藏》闲；子书昌，道术裂；史家一，子书钳。古易的简易、变易、不易，不仅是占卜的术数之变，而且是华夏思想文化的川谷陵替，炎黄精神涡流的星移斗转。也有一些他辞现象，是以类似的现象而与世推移，由之显出套耕间作或休耕轮作的节点，诸如：乐府兴盛，《诗》统收敛；玄风昌炽，乐府幽咽；黄老告退，山水方滋；诗词歌讴，质文代变；戏曲小说，各擅胜场；影视传媒，风骚空前。这些亦去亦留而且异乎寻常的他辞现象殊堪关注。有时退场者在登场者身上凸显，有时到位者在缺席者那里共鸣。告辞了的东西，在后来的样式中改头换面地出现，差别与赓续在他辞而异中时隐时现。

其次，他辞而异是文辞之斐然，关系到品文释学的大小文情。总体上来讲，他辞有三义：其一，语言文字是大道的家园。道生万物，万物有文，语言文字是道文之精华，物文之翘楚。这是说属他之文辞原本是大道造化之缘域启蔽，是道文物文之集中体现。道文他辞互为表里。其二，语文辞采是文苑之翰林。刘勰对此有中肯的评断：“夫文象列而结绳移，鸟迹明而书契作，斯乃言语之体貌，而文章之宅宇也。”[①]他认为文字符号是语言之体貌，结釆成辞是文章之寄托，文字语言是华章所依附之他者。其三，他辞而异是文学之心术，是才情之异动，也是创作成败之关键。刘勰曾用隐秀来表述修辞术偏正替换和明暗通合的奥妙：“隐也者，文外之重旨者也；秀也者，篇中之独拔者也。隐以复意为工，秀以卓绝为巧，斯乃旧章之懿绩，才情之嘉会也。”[②]如果突破修辞学的局限，可以将《文心雕龙》的《隐秀》篇改造为文学创作表里虚实的逆转，由之披露出他辞而异的底蕴。他辞式的道文是远古的呼唤，他辞而异是有待还家的逆旅；他辞式的宅宇是文章的肌肤，他辞而异寄托着通变的深衷；他辞式的隐秀是创作的灵枢，他辞而异蕴生着深文余味。质言之，他辞而异是充满期待的吉光片羽，其韵致远非心术文情的互动可以穷尽，其所出息的也不仅是文学的修辞功能，至少还有许多极具诱惑力的精神现象需要探索。在这些方面，他辞而异是人类永恒的话题。

最后，他辞而异是文史之否（pǐ）然。然为是，为顺；否是逆，是穷。此处之所以讲文史之否然，是因为文史变故中不仅包含着文学变数，而且构设着文学生态及其变化的大走向、大环境和大背景。他辞为长眠，其所异是其拥山抱水的等待。巴比伦社会、古埃及王朝、古印度世界湮灭了，但是他们的文化积累在天地倾覆后沉埋，他们的部分文化遗存在沉睡千百年后又被发掘出来；古雅利安、古希腊、古罗马文化先后陨落了，然而他们的创造因子在历史长河中潜存，他们的文艺精神在后世改头换面地问世。他辞为远徙，其所异是突破生存危机的战略转移。以色列先民攻城略地，避实击虚，出埃及、占戈兰，经磨历劫，使犹太种族至今绵延。他辞是遁世，其所异之处则是以另一种活法与世俗压迫势力周旋。佛教、基督教传导的便是这样的精神。他们脱开了原发地，在地球的其他地方讨生活，在精神的空灵境界寻寄托。诚所谓流出高地载血泪，回头不似在山时。其启发还在于深沉的局外

---

① （南朝·梁）刘勰著，周振甫注：《文心雕龙注释》，人民文学出版社 1981 年版，第 420 页。
② 同上书，第 431 页。

瞻瞩或界外思考，不论是文学抑或文史，他辞是复归的前提，异显是再起的谋略。

他辞作为文学之本然，通文变之大要；作为文辞之斐然，见文情之隐蔚；作为文史之否然，窥盛衰之无常。三他根同而位变，三辞义歧而本通。三他迭合于异义，足见生态现象之诡谲。三辞殊途而同归，暗示历史长河之舛错。真理如血浆，从错误的种族中流过。文史像脓疮，在美艳的酮体上溃烂；时空似漏斗，经岁月的折磨后聚合；他辞若裂隙，由人性的考验下曝光。在这个意义上，我们还可以说，文心辞道之异也，以才情逆旅为正。

概而观之，文学他化的生态学现象是自然与人文的耦合，是历史和逻辑的变调，只有在大道的不言中才涵括着其真正的精华。他缘启蔽，只是开显文学周天之大公；他适错综，仅仅交织文学复杂之命脉；他辞隐秀，无非曲致文学沧桑之然否。说不可说之言说，文学他化的缘起是人文学术的大端；做不能做之比喻，道文一体的生态学缘域有如大年包小年。周天启蔽的现象学意向不啻小年见大年。原始且要终的真谛，就在于周天环护的人文自然，文学非文学的奥秘，根植于系谱学纹理的自我非我夹层。

二、文学他化的系谱学命脉

文学系谱学（Généalogie）一向被理解为文学族群的系统性擘画。其实应该视之为文学他化的核心研究。Généalogie 是由词根 gène（基因）与词尾 logie（学说）中间加一个表示徼向（方向、目的）、悖反（非、无）等含义的中连缀词 a 所组成。它实际上包括了文学相反相成、相生相克、相拗相顺等许多义项。遗憾的是系谱学专家们只致力于种系表面，以致其“是我非我”的“命脉”至今被忽略。由此而论，文学系谱学不仅是关于文学系统的谱牒，而且是组合文学悖论的整诠，甚至是非系统乱码的原装储存。近代习见的各类文学史、文学批评史、文学原理、文学概论是其分支。现当代涌动的文学裂变、文学解构、文学遁形也在其笼罩之中。为了行文方便，此处仅以文学的三悖为头绪，对其中的几个关键问题做系谱学的考察。它们是文学的自性他性、自在他在和自律他律。

（一）文学之自性他性

文学性与非文学性。文学是什么？这个问题实际上是近代人的苦恼。上古和中古时代的文人，当然也在某些角度意识到了文学的特点和价值，但是对他们来说，更重要的不是思考文学是什么，而是文学属于什么。反复探讨文学是什么，主要是近代特别是近二百年来的话题。文学是什么主要是对文学的本质及其特征的分辨，这是文学系谱学的性征判断。文学属于什么涉及文学来龙去脉的关系梳理，这是文学系谱学的脉络厘定。

文学性底性之根性。以文学性立论，考察的是文学是什么；从系谱学切入，追究的则是文学的根底性。这里提出性底性的问题，意味着我们是在时下文学性研究止步的地方开始艰难的跋涉。探索性底性，即系谱学的刨根问底。此处特别将物性、巫性、吾性提出来强调。物性之物，杂色牛，象征品类之多样。文学之物性，文学中的亚人性，其中沉淀着抹不掉的物性牵连和畜群意识。物性牵连是最遥远的自然积淀，畜群意识是最深层的文学底色，二者共同构成了文学肇始的自然质地。文学之嗜血、臆态、歇斯底、宠物、好色等因素均与之有关。人类及其文学的自然性根基和秘密就在物性中。巫性，是物性—人性—神性三角关系中最活跃的一方。它是物性与人性之间的纽带，也是人性与神性之间的桥梁。其通自然，近鬼神，接人脉，是文学前在的灵气渊源。吾性，我—予—余。至少在孔子、墨子甚至孟子的时代，吾字的多种含义仍然存在。物性、巫性、吾性，这三性是人类由动物转化为智能人乃至原始人的极其重要的过渡，也是原始神话、原始宗教、原始传说借以产生的早期原始文化的基础。在这个层面，文学的最早因子，如物情、诡异、想象、语音、巫舞等文艺根须逐渐生成。这些成分不完全是今之所谓文学，但是它们恰恰是文学的最原始的母胎。

文学性非性之品性。这里有必要把文字、情志、体裁提出来解说。文字是比文辞更小的语言单位，也是文学生成的细胞。作家或诗人当然是文字的主使，但同时也充当着文字的操手。作者的文本，在思想情感的表面上是作者用文字，而在无意识的深层则是文字用作者。这一点，在汉语方块字的取象会意方面体现得尤为明显。情志是人类的意识之花，是文学的神经元路。诗文情志，莫非“我”出，这是作者搦翰运笔和进入文学尝试的浅层感受；缘情言志，均有“他”属，这是情志汇聚和思想挥发的深度体验。体裁是文学样式的构造，也是文学形态的结晶。文字作为文学的细胞单位，蕴生了审美体性的行藏；情志作为文学的神经元路，吐纳着诗性文化的行色；体裁作为文学的样态构造，折射出艺术精神的行状。细胞—神经—形态，文学谱系中无处不见的三种成分，原来是性非性的现身说法。由小言，细胞中见神形；从大看，神形中有细胞。三个方面共同构成了自有品位又可让人品味的风采、风神、风格。品味与品位同曲异工，都与文字、情志、体裁的表里虚实息息相关。他方品出之性，往往与作者自以为是之性大不相同，因而，文学性非性之品性，表现出文字、情志、体裁的无穷变化。汉语中的品字三口，隐含了上述三大交叉结构内在性的兼容互包，非常传神地披露出了性非性的体质、气质和性质的交融和合。

文学性连性之复性。这里所说的性，既指男女性之别，也指族性和文性之别。西方的各种理论曾经把性别、族别、文别区分得十分清楚，其实这种区分本身仍然属于性连性的一个方面。中国传统文化从源头起就对性连性有着很深入的理解，不但讲男女有别，也讲阴阳性互包互含，而且非常重视非阴非阳和亦阴亦阳的现象，特别关心中和之性的理论和实践。不仅文学中的性别如此，族别也有不断融通的分合变化。陈寅恪先生曾说，民族以文化分，而非以血统论。此论笃实。笔者完全认同陈寅恪先生的看法。民族及其文化，不是天然生就且一成不变的狗头金。民族也好，文化也罢，都是在交流中通和致化，所谓原始要终，变今变古，无非是化感通变的常态与变态。文别更不必多说。题材、体裁、文本……，哪一处没有“似曾相识的陌生人”？不论东方还是西方，关于性连性的复合认知逐渐趋于共识。文学中的性别差异反而促动中和状态的生成和隐显；文学中的族别分野交融也有仁爱思想和人道主义的孕育和扩展；文学中的文别条理最终隔不断文本交织的互补和互动。

再往大的方面看，中国人于兵农医艺的宏观区别，潜在地保留了自然性人文的天人场合。中国人于经史子集的大概划分，深层次地呵护着文史哲互根的学术传承；中国人于琴棋书画的互相涵养，艺术性地陶冶着天地精神；中国人于诗赋词曲的雅俗共赏，多向度地辐辏着华夏文学的诗性智慧。一花开放若自生，天地气息共玉成。万紫千红相濡染，始信文性有复性。

（二）文学之自在他在

这是文学存在方式的理论自觉。自在他在是指文学此在彼在的时空性去留。其体性是内化了的外在，即内容、形式、结构，与自然、社会包括科技诸因素的盘根错节；其交往是互动性的赠答，情兴、交流、授受，在文坛、商场乃至战场各方面顾盼生姿；其学术科别的离合，门户、邻里、宅基之间的通和，使领地、飞地以及时空大生态相互涵养。文学既在此，又在彼，既在己，又他人，既关心，又及物……凡此种种，犹如果林、果木、果实、果肉，品类繁盛，相养相成，物华天宝，下自成蹊。

文学体性是文学自在他在的果实。从文学的成果来看，可以概括为内容与形式的结缘。内容是先前形式和当前形式的因果性渗透，形式是历史内容和现实内容的质感性积淀。文学成果作为内容与形式继往开来的生发，本质上属于自在他在的赓续与沿革。从文学的生产来讲，可以抽象为作家与社会的博弈。文学在作者这边，文学也在社会那里。文学在心，文学亦在物。作家的才情随物而婉转，社会的风云与心而徘徊。从文学的消费方面剖析，其抵抗腐化的自性屡屡被出卖，而市场化的机制也神使鬼差地驱动了文学。文学成果是痛苦的结晶。痛苦是自在他在整合的艰难。马克思曾对生产与消费的辩证法有过很精辟的分析，他认为生产是消费，消费也是生产。[①] 文学生

① 马克思：《政治经济学批判》，人民出版社 1971 年版，第 15 页。

产是消费，消费着社会关系包括作者精神创造活力在内的各种资源。文学消费也是生产，生产着文学人的写作压力和创新冲动。文学生产与消费的一体两面与连体互动，说到底是其自在他在体性的他在自在表现。

文学交往是文学自在他在的果肉。文学交往是赐予，将自己的美味和盘托出；文学交往是吸纳，把他者的优长变为己有；文学交往是讽喻，婉转的批评不带杀气；文学交往是沟通，无诗的学习难以言说。[①]就文学大类别而言，交往是繁杂果林的物竞天择；依文学小体裁而论，交往是众多果苗的移花接木；从文学媒介方面看，交往是无数果花的招蜂引蝶；在文学兼美角度讲，交往是各类果品的拼盘什锦；遗传有序之时，交往是每棵树木的传宗接代；物种突变之间，交往是某类新种的偶然际遇。苗木有他，层林你扶我持；果肉无私，食客各取所需；交流兼合，文学自在他在。文学的林木是储存器，把日月精华变为年轮；文学的果实是聚宝盆，把爱恨情仇冶为珍品；文学的食客是幸运者，把众多他在化为己身。看《原人歌》，可见神话思维的起源篇；听荷马唱，能知史前传说的传感器；诵“诗三百”，是沐浴华夏先民的风雅颂；读庄子文，即领会道通天地的精气神。文学成就，其实就是六合交泰的嘉会，是群己摩荡的奇响。所谓文学经典，无非是诗意栖居的集贤庄，艺术交往的会英楼。真正的文学精神往往不在经典中，而是在经典生成的前提与过程，在林木掩映的岔道与驿站。

文学科别是文学自性他性的果别。文学家族如同形质多样的天然果林。品种丰富，琳琅满目，质地繁杂，滋味迥异。文是万物华彩，诗是天人互答，赋是贡献转致，词是诗文交织，戏是游艺连缀，曲是弦索乐歌，小说是虚实的拟态，影视是自由的物化，文论是析理的识断，诗品是鉴赏的升华，子集是著者文本的总汇，选编是个人或同派作品的组合。文学有了史传，便有了自得；有了原理，便有了疆域；有了学科，便有了块垒。时空有了捷径的隧道，作家有了包装的车间。近代文教，文学从人文部落中划出。文学内

---

① 即孔子所谓“不学诗，无以言”。

部，板块也日趋分明。史论割裂，中外分置，断代如鸿沟，流派似天堑，昔日天然的人文生态一去不返。师爷派依旧坚守学科封疆裂土的小王国，通识者当然呼唤文史哲学还家的大局面。融会贯通的研究不可忽略。古希腊人用诗学连接文思与哲学，中国古人以诗文陶冶性情与鸿业，文艺复兴成全了一批多面大师与才俊，后现代思潮推动了解构性的精神与学术。文学是与天地精神相通的自然人文，我们期盼文学科别原生态的恢复，非常赞赏文学园林的自然化培植。这样讲不是不要分野，而是有疆无疆，在疆非疆；不是不要科别，而是要把学科的森严壁垒，变成通脱的田间阡陌。开放门户，涵养群科，消除隔阂，使文学增色，在文学内部互通有无，让文学近邻礼尚往来，为文学周天钩深致远。文学那种由来已久的三才会通，或可得到自然的养护和充分的发挥。

在文学内部，他属之飞地由同怀而泯合彼此；在文学之外缘，自统之领地因开放而消弭间隔。从彼在的角度看，此在是吸纳了他在的此在；从此在的立场讲，彼在是穿插进自在的彼在。文异文而群文，在非在而共在。自我非我的悖论式生发融汇，是文学谱系的永恒运动，而最佳的看点就在这非彼非此之间。

（三）文学之自律他律

自律指文学内在的节律，即自身的免疫系统和抗干扰的能力。他律是文学与其相关事物难解难分的联系，是文学受制于后者的复杂运动。我们把自律他律合称，是因为二者的辩证关系已经进入了合而观之的时代。

古人论文学总是将之附属于他在事物分说。文学二律的意识产生于分工急剧发展的近代社会。二律合观则始于百科全书式学者的抽象性思考。最早的思想萌芽来自马克思的文艺美学观念。马克思深刻地论述了存在与意识、经济基础与上层建筑和作为人的本质力量的审美创造与异化问题，这些方面的作用与反作用，都构成了自律与他律的有关方面。马克思的杰出贡献是摆出了这些相互关联而且相互作用的方面，解析了上述每一个对子的对立统一关系，但是尚未明确地说明自律他律关系的系谱学功能及其异常特点，也未提纲挈领地论证自律他律所体现的他化性生态。从康德到马克思，哲学家们过于强调原理、规律之类的东西。现当代的理论家们甚至将规律的强力逻辑扩大到文学及其研究的所有方面。如何做到既尊重规律而又不神化规律？如何将规律还原到适得其所的程度？这也是我们在文学他化思想中要考虑的问题。文学系谱学是首当其冲的尝试。

从社会系谱学角度透视，自律他律是硬原理（上下层关系）与软原理（如人的本质力量思想）、小原理（审美意识形态）与大原理（历史唯物论）、是原理（他缘他适）与非原理（他辞而异）的错综交织。从生态系谱学方面解剖，自律他律是杂交生成（自性他性）与异脉共生（自在他在）、多科互渗（在科非科）与众语喧哗（复调互文）。从文史哲学的吊诡性而论，也可以看出文学自律他律的正常反常（自我非我）、交相迭合（历时共时）、物我互动（异质同构）、家族互补（相辅相成）、天人集约（缘域启蔽）、时空错杂（辞异他殊）、生于错位（本根在界）、成在逆旅（本真在否）等要点。这样的自律他律应说是文学及其命运的张力结构，是文学及其理论的永恒迷宫。

然而张力毕竟可以协调，迷宫总有网络得以寻绎。当人们抓住自律他律在和谐与不和谐相互依存中的关键之时，奇迹往往会发生。成功的作家和理论家对此是心领神会的。社会系谱学的自律他律是文学生发的老问题，生态系谱学的自律他律是文学脉络的新矛盾。两种悖谬都在文学他化的焦点上殊途同归。在这里，文学研究的大年与小年历时共时。我们不仅可以期待系谱学剥茧抽丝时的有目共睹，而且可以预见文史哲学理清错综后的丰收场景。

三、文学他化的化道性端倪

聚焦于他化的文学现象学，披露的是道化性的缘域消息。集合为悖论的文学系谱学昭显的是文心式的诗学钻仰。这两方面均属学兼中西的文学释读，在学术的深层诠解了文学的是非悖谬，突破了现象学和系谱学的他化生态，逼近了新的吊诡，理论的彻底性要求超越自身以及突破圆一的作为。那便是他化思想的化道性升华，是文史哲学的非我性期待。

笔者关于文学他化的努力主要集中在以下三个方面：原道性探索、缘道性的品鉴、化道性的畅神。这也是本文力求阐明的学术大旨。他化研究是道化的，也是化道的；是原道的，也是远道的；是缘道的，也是援道的。长期以来，人们一门心思求道、遵道、载道、贯道、明道、演道，充其量只是在原道，而忽略了道学中应有的远道、缘道、援道甚至化道，这是人类所有中心主义和堡垒思想得以产生的根本原因。本节只从文学他化切入，但是也涉及对于大道的高下精粗以及人文的成毁利钝之相关解析。此处笔者从文学辟化、文学归化和文学无化立论，以期与道俱化、缘道而鉴，最终追求化道畅神。

（一）文学之辟化——文学他化的关键之化

文学他化之辟化，是易辩法在文学他化中的创辟性运作[①]，是辟思多义的通关性开合[②]，是文学他化的涟漪式激荡。辟之为思，其根据是大道的阴阳辟化。阴，阳，辟，是三而合的集散性运动，而非道学家所谓阴阳两极互补。大道本身是吊诡的。辟思之于阴阳，是对大道无穷变数的是一非一化的一多性的耕播。就对立统一、量变质变、否定肯定的方法论而言，西方的辩证法抓住了辟思的一个技术性功能，尚未触及辟思的留放性易理，即本根在界，本真在否，本能在化的去中心变通。[③]换言之，辟思熔易理和辩证于一炉，合文学他化及辟化于一体。文学他化是辟化的一种表达，是辟思在文学天地之全方位运作。反之，辟化是对文学他化的启蔽性补助。辟化切中肯綮地抓住了文学是已非已、亦此亦彼、既留且去的他化要点，同时创造性地

---

① 参见拙作《易辩法界说——人文学方法论》，《哲学研究》2003 年第 8 期。

② 参见本书第八章《辟文学通解》。

③ 参见本书第十章《文学他化论》。

补救了文学他化带来的过于消散甚至流荡不返的弊端。

在文学经历了是附庸、是文学和非文学的历史演变之后，文学辟化势在必行。当文学正处于他化大势所趋之时，提倡文学辟化非常重要。辟思是易辩法的现身说法，就是说易理之阴柔和辩证法之阳刚在其中辟而成场，就是说文学昔日之起承转合与当今之他化趋势在辟文学中别开生面，就是说文学成学之主动被动与文学他化之施动受动都在一个辟思中舒卷自如。古希腊哲学家们绞尽脑汁想寻找出以一解百的术语而不能，在阿那特来普提克问题上找不到解法。[①] 我们看到，辟化就是一个不可多得的通化性的门户。阴阳于辟成化，刚柔于辟得体，开合于辟有兼，动静于辟相宜，去留于辟不分，主客于辟为会，彼此于辟遇合，心物于辟启蔽，精粗于辟同好，高下于辟默契，雅俗于辟通转，妍媸于辟共慧，古今于辟有约，统独于辟和美，文体于辟得化，形神于辟旷怡，元亨于辟利贞，他化于辟回归。不难理解，辟思具有化解对立于无形的特点，有效地把握住了文学他化的复杂局面。在更广泛的意义上，甚至可以说辟文学不仅是揭开文学他化谜团的关键，而且也是解决当今西方后现代难题的一把钥匙。

战国以降，辟思的因素在文学长河中潜移默化。秦汉以前，辟文学曾经有过一次壮丽的日出。那便是庄周及其《庄子》。庄子是辟思和辟文学的杰出代表。庄子对自然与人文以辟明之，对北鲲与南鹏以辟变之，对生离与死别以辟统之，对痛苦与欢乐以辟释之，对良材与散木以辟说之，对技术与艺术以辟解之，对可言与难言以辟卮之，对三言与不言以辟合之，对哲理与文学以辟通之，对梼杌与春秋以辟放之，对体式与风情以辟化之，对庄重与周全以辟安之。一言以蔽之，若论辟学，庄子是第一高手。辟学大家不会见于春秋之前，上古风范不时兴也不会有辟思的要求。辟思巨擘有幸生于战国之

---

① 笔者在巴黎索邦第一大学攻读人文科学国家博士学位之时，曾经与法国导师莱芜达隆、杰木乃兹、拉斯科等教授，讨论过古希腊哲人所谓阿那特来普提克之可能性。阿那特来普提克，意思是寻找一个避免一切僵化的思想行为。西方学者探索了两千多年，但是至今未能找到很理想的表达。笔者以为，辟思聊备一说。辟思之合始终、泯生死、共去留、兼刚柔、得卮言、解疆域、契理感、促他动、创场合、通化境……，庶几近之。

时，夹缝中生存和刀俎间运命是孕育辟解的校场。春秋分崩，战国离析，王纲解纽，辟学胜出。反而观之，天下一统之时，也是辟思归藏之日。秦汉专制封杀和窒息的就是敢于辟学之人。中国的千秋帝王统治泯灭了辟学的火种，辟思的因子由之成为根茎而潜生暗长。战国时代为庄周及其同好创造了争鸣且怒放的自由空间，也为他们提供了秀出并洒脱的南风楚俗。庄子在天地间逍遥，庄思在子学中佻达。扶摇开六合，潇洒辟百家，可以说庄学在其时便是辟学。辟学，核心的裂隙之学；辟学，缘域的和合之学；辟学，年少的老成之学；辟学，青春的龙钟之学；辟学，简明的深邃之学；辟学，空灵的翘楚之学；这里说的青春年少，指《庄子》在道化化道大年轮中的情采。与秦汉以来的文学流变和当今的文学观念相比，《庄子》是一指千年的老成之学。《庄子》有童心而老于世故，善辟思且与天地精神往来。庄子是与道俱化者。

（二）文学之归化——文学他化的根本之化

姑且不论近代学科分类。就古代文学而言，他化从人文化成，他化向人文化去。孔子所谓“文学，子游，子夏”，说的正是广义的文学。这是从大处擘画。在小处观察，则可以把文、史、论、说、诗、章、策归诸战国的分化。道术为天下裂，文体经诸子分。在先秦学科的演变当中，春秋时代是泛文学萌芽的岁月，战国阶段是大文科分化的时期。在政治上看，孔子维护社稷保家数，庄子放达山林守余脉，但是在学科龟裂方面，他们异代共举，殊途同归，都是挽狂澜听天籁的泰斗。他们都是大文科的捍卫者，都是杂文学的会通者，都是文学场的耕播者。《庄子》一书，不论内外杂篇，且文且诗，且哲且史，且庄且谐，且蒙且楚，杂文学乃至大文类的风貌形神兼备。《论语》、《诗经》包括近年整理出来的上博楚简，也可以看出孔子在泛文学方面的苦心孤诣。礼云乐云，尽义至仁，诗曰子曰，既善且美，抒情言志，文质彬彬，因材施教，学而不器。庄周和孔子，所处时代不同，归化文学的大旨不无相似。若论中国的文史哲三科互根，他们是一样的中流砥柱。

在学术思想方面，庄子与孔子也都是归化者。庄子复古复于远古，其精神倾向自然而然，归化归于天人合场；孔子复古复于三代，其祖述崇仰先王先公，归化归于天人合德，是古今后的三位通和，而且是天地人的三才致化。小年归化大年，是庄子的旷古玄思。原始以期要终，则是孔子的辟创壮举。玄思可以遐想而未必践履，辟创则不但要深思熟虑，而且得付诸行动。孔子不但是原道的思想家，而且是远道的教育家，还是知其不可而为之的归化大师。其归化是原道，因为缘域性的启蔽永远是人类智慧的源泉。其归化也是远道，行于远道，因为非现实的本真才有望追踪精神家园。其知不可而为之是根本性的归化，唯其如此才显出三位辟合的不同凡响。孔子复古，追索了古道，抗争了当道，代表了厚道。长久以来，人们只是在与时俱进的意义上臧否孔子，那是在小年的尺度内衡量古人，我们从归化道化的精神上领悟孔子，则是在大年的视野中观照圣贤。在人类归化的大年轮中，庄子代表的是文明文化圈中辟学性的少年早熟，孔子凸显了三代文化末尾原道性的中年持重，老子体现了原始文化终端化道性的老成远虑。孔子的原始要终之思，是一种远过于庄子的根本之化。庄子复远古而不知所终。孔子举一反三且温故知新，返归始原而抗击现实，追仰大道以囊括未来，孔子不是唯进步主义者所责骂的反动派，而是道动于反的“反对者”，是原道远道的归化者。

就文化精神而言，孔子之意志体现了人文的中年心态。孔子之文史，是人类承重之文思。孔子法先王，尊尧舜，“开倒车”，是颇具华夏文渊的归化思想。此处的归化是原道的归化。后来历代儒生极力将孔学现世化，实在是对孔子不得体或不得穷的误读。孔子之精神，是追慕古风的精彩。逆俗而动，背时而行，愿做丧家犬而不改忠诚，宁为漏网鱼而回归河海。此种归化是前提的归化。西方持“轴心说”的大师只知向后来以看影响，不知观上游而到源头，不能不说是一种缺憾。孔子的情怀，是忧乐相兼的情志，忧虑而开朗，厚道而练达，执着而柔韧，好古而敏求。这不是华夏青少年思想犀利者可致，而是炎黄世家的成年之所思：忧国忧民忧天下，乐山乐水乐逆境。此处的归化是归化精神家园。我们讲孔子的原道是远道。说的就是其处道之远而求道之反，不合时宜而向道弥坚。人们津津乐道孔子对诗歌的一往情深，却很少看到孔子诗学的精神寄托。《诗经》之孔子守家园，《诗论》之孔子持性情，《论语》之孔子返大道。读《论语》，知孔子处兹不惑；读《诗论》，知孔子化感有方；读《诗经》，知孔子善思无邪。孔子之归化，于思无而达到极致。

（三）文学之无化——文学归化的终极之化

对于原道性的归化而言，庄子之辟思和孔子之归化，是目的与方法的得心应手，是关键与根本的隔代问答。然而归化是彻头彻尾、彻里彻外的终极化境，庄子得其化而未臻无，孔子略其化而德其毋。化由其变而超毋，毋以其持而背无，化与毋都没有达到无之终极彻底。从积极的角度讲，辟思得化与归化通毋当然也有终极关怀，然而尚未进入超然的场合。在这后一点上，老子给我们打开了体悟终极之化的门户。

文学之无化是缘道道缘。介入中心，必有是非，缘道而行，了然局外。在道的边缘徜徉，便有了旁观者清的优势。老子没有专论文学，但是他谈及任何文学都无法避开的根本性观念。真言不美，美言不真，老子以真诚混合了美丑；仁者不仁，义者不义，老子以原始稀释了善恶；自然长生，超然不死，老子以超然化解了去留。就这三种超越而言，老子的思想高度至今罕有其匹。老子以后数千年，只有相对达观之人泯除美丑，只有较前通脱之人化解善恶，只有更加成熟之人勘破死生。老子的思想缘道而达道缘，他与孔子、庄子、吕氏、淮南之学道、修道、体道、悟道不同，开门见山便是缘道而行。老子超越了原道，其缘道是援道，既援引道，又援助道。缘道之援道只有逼近道之缘域才有可能。因而缘道是抵达道缘的援道，是在美丑善恶生死终极处对大道的反思和推动。文学，更何况不止文学，可以说整个人文学术，正是在这种破天荒通宇宙的终极之处，方才得到文学非文学、文学他化或自我非我的最先也是最后的分说。

文学之无化是道化化道。老子用玄牝、夷希、婴儿、低谷、溪流喻道，实际上述说道的生成。老子用无来解释万物的终极，反过来看，等于用化道逆证道化。还有那些太上、太极、太一之类的穷极性的词语，都在告诉我们，他是在大道生发处道化化道。这样的本真、魄力和气象，远非孔子、庄子等后来人所能比拟。这样的思想深度，只有通晓远古变迁、熟知三代典籍之周朝图书馆员老子才可能达致文史他化的透解。老子有老年之文虑。然而《老子》返老还童，老而不乏朝气。远古文化的滋养陶冶，赋予老子老而少的精神奇迹。三代典制的回光返照，给了老子独一无二的远见卓识。只有原始文化与文明文化的结合部，才能有这样的老道智慧。庄子复古复于原始古道。孔子怀旧效法上古先王。老子崇无呵护大道根苗。从庄周而孔丘而老聃，我们这样倒叙逆述，不是要厚古薄今，也不是要发思古之幽情，而是出于中国思想文化和人类精神演变之必然。中国之道学奥秘实在不靠正解，道动于反，非逆取则流俗，非倒观则无终。人类之大道，如轴心环环紧扣，文学只会随之他化，而不会突发灾变而灭顶。需要忧虑的倒不是文学的死亡，而是这些古代智者后不见来者。天不生圣贤，万古常如夜。即便有文学，也不过是沉沉莽原之萤火点点。在道化化道的意义上讲，与其呼唤伟大作家，不如为思想巨擘招魂。

文学之无化是远道道远。老子并不高抬审美。然而诚如刘勰所言，五千精妙并非弃美。一部《老子》岂止可作道教经典、政治参考或兵学秘籍来读，而且也是名副其实的诗化哲学。就文学他化的角度看，《老子》还可称作召唤未来的文学。无中生出了自然人文。无中包孕着未来世界。无，是大道形成的前提，是宇宙隐藏的面孔。无，也是人文终极的底色，是临界灭顶的转机。远道至于无，方知道真远。这种从当今文明高度，向往古大道探索的远道思想，与人类从此刻向未来星河飘移的殖民前景，正好构成不可或缺的双翼：相反而又相对，相远而又相近，相虚而又相实，相克而又相生。不难想象，外星殖民将会从如今之文明水准，顷刻坠入异星他球的不毛之地。未来殖民的人类子孙，将处于比地球原始先民远要恶劣的求生环境。远道道远是自然而然的过程，那将是新环境下缘道道缘的肇始，那将是突破文明原则的道化化道的或然偶然。我们虽然不能描画未来外星创造的机遇与可能，但是可以反思古代哲人对人类远古乃至宇宙生成的记忆与揣测。老子的思想就是弥足珍贵的参考资源。他向远古洪荒伸展的思想触角，构成了未来外生世界不可多得的对应探条。他对宇宙人生的交叉权衡，展开了无中生有的未来学投射。在这种意义上，我们把老子的缘道当成未来道缘的虚实相生，我们把未来远道看作老子道远的比翼齐飞，我们把老子的化道比作未来道化的祖先伏笔，我们把未来一定会有的道援作为老子援道先入我心的遥相呼应。

在文明文化的轴承齿轮处，庄子以辟思性文学荒诞而庄严。在“两栖文化”的轴心链接点[①]，孔子归化性文学厚重而孔硕。在自然人文的大道原生面，老子以缘道性文学原始而老成。毋庸讳言，我们取庄子、孔子和老子为文学辟化、归化和无化的代表，因为他们在本真上便是文学之原学，《庄子》、《论语》、《老子》在实质上就是道化、原道和缘道的根典。

文学生态学现象的他缘他适他辞，焦点在于揭示文学启蔽的缘域消息；文学他化的系谱学命脉，要旨在于申说文学生存的当下境遇；文学他化的化道性端倪，目的在于瞻瞩文学发展的终极关怀。他化是文学的底色品格。化他是文学的本来面目。他化，关乎大年小年的连体运动；化他，牵系自我非我的分节过程。以小年计大年，文学是缘道道缘的小标点；从大年套小年，文学是远道道远的中介面。由飞年逐双年，文学是援道道援的大开端。在文学非文学的命题下，笔者起用了“生态学现象”、“系谱学命脉”和“化道性端倪”等术语，其目的是赋予文学以化感通变的宇宙视野，将“规律”、“原理”、“法则”等支配性表述，转变为通和致化的辟思话语。文学在化他和他化的互动中，吞吐宇林宙丛的动静消息，舒卷瀚海星河的光波脉冲。地球上的古今往来有如瞬间伸缩，心理中的彼此起伏好似云霓出没。他化的道理不因时光迟速便泯灭后路，化他的性情仍以无远弗届而信守前约。他化，说到底终究是天地人之间的相互涵养。化他，回归处就成为精气神缘域的界边好合。

---

① 参见拙作《略论中国文化的两栖机制》，《陕西师范大学学报（哲学社会科学版）》1994年第4期。

第十二章　文学他化疏

文学他化趋势是全球化过程中的一个重要现象。本书前面各章主要从古今中外的文史大端，熔铸辟学思想典则，阐发文学通化话语。理论建设不仅需要构筑学术框架和擘画文思会通，而且需要致力于方法变革和个案化裁。本章就是紧扣法国文学的他化问题，做一次国别文学的“别裁”、“别解”。法国现当代文学是文学他化的典范，但也是文学他化的膏脂，解析这一现象，是很有通化意义的探求。典范之形制，膏脂之密集，都需要疏通、疏解、疏正，文学他化疏的题旨，即此意。

从现代主义文学，经副文学、反文学、新小说，再到后现代文学，法国文学变化不断，甚至可以说面目全非。当今之法国文学还是文学吗？或者以另一种方式发问，在人文通化的时代，什么样的文学才算文学呢？法国文教界议论纷纷。从法国各种传媒特别是众多网站上可知，普通的文化人也在思考这个问题。这样的纷争与疑问其实并不奇怪。用法国人的话说，“文学病笃”[①]。更激烈的看法是文学“终结”。[②]急文学之难的学者茨维坦·托多罗

① “文学病笃”这是法国广大读者中较为普遍的看法。笔者在20世纪八九十年代曾就此问题与法国许多知识分子交换过看法，他们都对文学的状况表示忧虑。

② 德里达在其《文学行动》中，曾经论述过文学的“终结”：“假定有称作文学这种东西的这个似是而非的结构体，那么，它的开始便是它的终结。”参见 Jacques Derrida, ed. Derek Attridge, *Acts of Literature*, Routlege Press,p. 42. 他在论及马拉美的文章中也说过：“文学以自身的无限性取消了自身。如果说该文学手册有意说些什么的话（而此刻我们有理由对此表示怀疑），它将首先宣布文学根本不——或者几乎不——存在；无论如何，不存在文学的本质，没有文学的真理，不存在文学性存在，也不存在文学的文学性。”参见 Jacques Derrida, ed. Derek Attridge, *Acts of Literature*, Routlege Press, p. 177。

夫，对该问题也有热切的讨论，其轰动一时的著作《濒危的文学》，便是颇具代表性的“濒危”论观点。①

法国文学究竟怎么了？笔者的看法是法国文学在他化，而且是颇具规模的他化之变。其重大启迪远非“文学病”三字可以表达。在文学化感通变的过程中，每一次突出的化他都像日月经天风云变幻，而每一次成功的他化亦如江河入海莫辨际涯。如果说化他与他化是文学的常态，其情状大多是经被动裹挟而且化之维艰，那么法国现当代文学的大势，则是化他走向低迷而他化风头强劲，亢奋的他化披露出非常态的嬗变。

一、法国文学正在他化

这里说的他化已经不是过去人们指称的潜移默化，而是由长久以来的化他且兼他的文学存在，转变为他化特征强烈的文学趋向。将之纳入“文学非文学”的命题中审度，正好体现了该命题后一面的侧重，即非文学特征的后来居上。

视点之一：法国文学的内囊反转。近一个世纪以来，法国文学逐渐脱出了人们习以为常的文学观念，审美性、人道性、现代性、进步性、故事性、形象性、叙述性，诸如此类一向被看作文学圭臬的东西都遇到了巨大的挑战。代之而起的是让传统文学人非常尴尬的反转局面，丑态观、物性观、后性观、逆旅观、乏味观、破碎观，这些不期而遇的文学逆行，引发了更为深层的思考，在某种意义上，可以说法国文学正在经历着史无前例的变化。如果一种文学变化仅仅涉及常规的文学表象，那是不会撼动文学作为文学的基本规定性的。现在的问题是法国文学发生了体质性、气质性和根基性的性征异动，即发生了深刻的体性变化。在文学生发和成长的漫长历史当中，文学

① Tzvetan Todorov, *La littérature en péril*, Flammarion, 2007. 亦可参见笔者所译托多罗夫《濒危的文学》，华东师范大学出版社 2016 年版。

因内在的精神而光彩照人，文学以外在的形制而引人入胜。各类文学史发掘的无非这两个方面。但是在法国近百年的文学当中，内外错位，形神逆转，文学的精气神随灵魂出窍，文学的外风貌因形胜升迁。从结构主义到解构主义，内囊反转呈现出强烈的变局。

视点之二：法国文学的疆域淹通。自波德莱尔以来，由恶审美的思潮四处漫延，文学特质的中性化和非理性化趋向日益扩展。象征主义文本在调动通感功能实现意象契合方面，为文学授受的内在淹通铺平了道路。意识流书写和超现实主义宣泄在下意识和无意识写作的同时，把文学内外的"是非"界限几乎荡平。如果说存在主义文学无论如何毕竟在存在的意义上撕扯文学，那么"新小说"流派的物化创作则是名副其实的魂飞魄散。纷纷扬扬的后现代主义文学，从内看是文学的他化，从外看也是文学的淡出。还有形形色色的科技文学，将灵与肉以及物与心之关系，提到了科幻虚拟甚至非人非文的地步。此刻的法国文学，如同退耕还林的生态恢复期，先前界限明了，分野清楚，而今阡陌模糊，林木掩映。周遭的思想文化向文学场域渗透，习见的文学特征在邻近领域稀释。法国文学的疆域淹通，在国际文学范围可谓突出的现象。这种现象的产生，不仅与法国的后现代思潮声息相通，而且与国际化和全球化的人文学术变化互为表里。学科交叉成为大势，疆域融解已成气候。在这个意义上看，其大趋势可谓文学非文学之变化进入了解疆化域的场合。

视点之三：法国文学的权衡失效。权衡是度量活动及其尺码的总称。权衡失效意味着勘定权衡的标准被消解。上古以来所衍生的文学伦理诉求在近代逐渐退化。中世纪强化的宗教文学圭臬在第二次世界大战后几近式微。文艺复兴高扬的人道主义文艺标准在启蒙理性的分化中萎缩。18 世纪奋进的科技主义价值在后现代思潮中被深度质疑。诚然，法国文坛上仍然不乏恪守常规的文学家，社会各界都有老眼光的读书人，但是主潮变了，基调变了，准则变了。这种变化披露出传统衡量标准的散落。这种散落体现为创作区隔的崩解。这种崩解表征为跨越性文本的涌流。这种涌流带来了批评依据的漂移。这种漂移同时见诸文史哲等众多的思想文化领域。质言之，法国文学的权衡失效意味着文学非文学品质进入了新的人文社科演变阶段。文学的历史性既成领域充满了文学非文学的吊诡，文学的他在性登场揭示了非文学文学的扩展。非文学文学撑破了文学性文学的蛋壳，文学性文学落入了大人文文学的巢穴。

长久以来，文学兼制着化他与他化。兼制如卮器，倚轻倚重；两化似权衡，载俯载仰。是文学与非文学，于兼在中共存；化他性与他化性，从卮器中分流。法国现当代文学的非常性他化，传达出一个重要的信号：人类文明进入了大尺度整合的划时代际遇，举凡人文群科、文学分类、批评标准都处于激剧变化的特别阶段。这个特别并非仅仅属于某种弥合是与非的简括式统一，也不只是勾兑彼与此的小范围兼容，而是文化区隔被汇流式淹灌。文学死了吗？没有。但是文学变了，她与其他许多细碎已久的学科一样，分久趋合，盈科而进，类如溪流入江河。这是比兼制性他化更为丰富多彩的融通性他化。倘若一定要给她命名，称之为大人文文学颇为得体。

这里需要说明的是法国文学昧于他化。法国文学在他化之中，作家在按自己的感受创作着，此所谓春江水暖鸭先知，桃花汛来鱼不迟。理论家也有濠间濮上之想，但是尚未提炼出集中的诗学思想，或者说还有待升华为新的理论形态。巨变中的法国文学要求表达巨变的文艺理论思想。法国文学理论工作者在这方面有何作为？笔者的浅见，用昧于他化来概括比较合适。一个“昧”字，最能涵摄法国文学他化在理论方面的演化状态。法国古典文学、现代性文学和后现代文学相对成熟，理论跟进也有一定的成色。个中“三昧”很可玩索。

昧者，不明也。浑然其中为昧，或者说是实昧。这是“昧于他化”的第一态，即常态，指称的主要是那样一些文学人，他们本身在他化，但是在思想提挈的高端来看，并未意识到自己在他化。不可否认，这些人事实上真正地汇入了这一巨大的变化，只不过在行为上依然是随波逐流和因风助澜。近百年来形形色色的法国文学思潮，大部分属于此类状况。每种先锋文学都认为自己是新潮，但是自诩也好，真切也罢，热闹的潮流总归自认为是文学一支。这些文学人及其创作，搜索枯肠花样翻新，程度不等地他化了，可是他们之被他化，更多地是被某种潮流所裹挟，受某种思想所带动。不少作家与诗人浑然其中而不知。许多批评家与理论家置身其间而不晓。最典型的代表是托多罗夫。他始而借鉴形式主义批评开拓新路，继而钻研跨文本思想补纳结构，最后又退回古典主义美学守护庙堂。在当今法国高校及研究机构，类似现象较为普遍。表面上看，这是“浪子回头”的佳话美谈，实际上透露了法国学术界对文学他化问题的守旧立场。不少学者以为文学他化一如历史上的各种前卫潮流，时兴一番，应该回头，也必然回头。他们没有从法国文学他化趋势中看到人类文化的非常规变化。法国文学他化之非常规，实乃文学趋于人类文明新百科全书化的先声。拘泥于常规理解，是被文学惯性所昧。此昧属于常昧，即小昧。

昧者，故意也。明知故作为昧，换言之是明昧。这是“昧于他化”的第二态。明知故作，即明知故犯，冒犯的是传统文学之规范。我们看到象征主义群体大都属于冒犯文学传统之一族。他们的明昧还算在文学一边。人们依然将之划归文学一类。因而可以将他们的冒犯称作被认可的他化创制，就是说这一批作家有他化而没有过分“出格”。超现实主义流派也是属于冒犯文学的群体。他们的故昧，基本上属于为出人头地而标新立异。这样的他化可谓刻意他化，是一种粗糙棘手的他化，因而在文学内外引发的前伤与后挫也颇为激烈。存在主义文学同样是明知故昧之一群。他们的有昧主要体现在荒诞的寓意。其他化更多地凸显为思想文化的拷问。新小说派毋庸置疑也是一种冒犯类的团体。他们的昧力在于尽力让文学“行尸走肉”。罗伯-格里耶和西蒙的作品最为明知故昧。新小说之新就在于将文学他化推入了他物。还有许多脱颖而出的新秀，如埃尔诺、乌埃尔贝克等人，他们的后字号写作当然也是冒犯文学。这批人的明昧，继续做着文学悖论化、物性化、科技化和虚拟化的尝试。总而言之，上述他化文学行动有其长处，至少对传统文学有拆解，对传统观念有冲击，对传统风俗有洗练。这些他化文学之波折也有其局限，不论从新看还是从旧看，此类文学并非上乘文学，理论发挥也有诸多做作，追逐情绪于社会风潮，博取声名在文教节点，粗放处犹能见出现代主义文学的矫情。此昧属于佯昧，即中昧。

昧者，诀要也。反常近道是昧，质言之是真昧。这是“昧于他化”的最高态。此处我们是把法国他化文学之高端也称为昧，是指法国他化文学具备了这样的品位。米歇尔·福柯的“词物”论与人文考古学有此昧的意蕴；罗兰·巴特的零度写作有此昧的味道；克里斯蒂娃的互文本思想有此昧的指向；德勒兹的游牧天上地下也有此昧的内涵；德里达的歧异论和解构说同样具有此昧的风旨。这些人往往被视作冒犯文学的有意“使坏者”，而骨子里却是文学他化真正的知音，或者说他们本来就是他化文学的化身。直到今天，学术界仍然把这些人仅仅当作后现代哲学家看待，充其量将他们视为又一波前卫文学思想的先驱者，事实上他们远远超出了后现代或某种新思潮前驱的范围，他们是文学他化的身体力行者。这种他化的启示，应该提升到一个更高的层面去理解。这些文化人或曰文学人有意无意地扩大了文学视域，文学随之进入大文学和大人文的海洋。这是诗性文化国际化的推进，也是人文艺术全球化的预演。如果说地中海文明再次为人类文化有所奉献的话，这种是文学而又非文学的大幅度他化不啻积极的方面。他们没有被国际化同化，也没有被全球化一统，而是在学科会通、学术会合、学问会达的大交会之际，以法兰西的风采追逐多样化人文的洋洋大观，堪称与人类良性文化合流俱进的奇昧胆色。此昧属于真昧，即大昧。

三昧作为事物运动之本然，古人早就领悟到了。《圣经》以黑暗作起点，教义通明有前提；道家以蒙昧为智基，昏暗精神得辉光；儒家以晦气为历练，劳苦励志养风骨；佛家以“三昧”为要诀，个中关键得真如。我们这样引证是想说明，反常近道之昧并非法国现当代文学独具的特性，因为在人类历史上程度不等已经有过类似昧力的文学。当今法国文学他化性的三昧，或者说三昧式的他化，可关注之处在于其大人文思想的提升。她不像过去唯宗教文学的神圣执一，也不像唯伦理文学的道德承载，更不像唯科技文学的单线思维，而是一种开放性的探索，是多元化的切磋，是大胆量的进取。三昧式的他化文学，将文学生存引向更深远的思索。

二、法国文学他化之真如

真如者，自然而然之生态，通天彻地之真谛。文学真如是什么？文学非文学，即文学既是文学而又是他化中的别样存在。文学非文学之所以称得上文学真如，是因为其化他与他化，归根结底启闭着与万物通化的人文样态。法国现当代的他化文学有得真如处，那是就文学境界而论。其真如是什么？是追求无待，体会无待，践履无待。这是一种尚无境界。无待境界大致有三种气象：一是文学他化有待无待；二是文学他化无待有待；三是文学他化无待无待。这三种境界与上述三个视点及三个冒昧是合一的况味，只是在空灵的指归上可作更进一步的分辨而已。不过这样的分辨还是非常有益的，因为这里涉及文学的化境问题。

有待无待——法国文学他化的真如初界。法国文学有何期待？期待无待，贵在无待。贝克特的《等待戈多》是有待之空；布鲁东的《可溶解的鱼》是有待之虚；米兰·昆德拉的《玩笑》是有待之谬；乌埃尔贝克的《基本粒子》是有待之碎。从有到无，法国他化文学秉持那么一种努力去已去执的信念，尽量体会一种得其真如的境界。他者思想也属于这个范畴。他化与他者不同。他者思想有对他者的尊重，然而一旦推向极端，就有将他者作为准上帝替身的倾向。物极必反，过犹不及，也就是说，唯他主义等于尚未达到与他俱化的境界。我们看到有些小说，如杜拉斯的《情人》、埃尔诺的《母亲》，都有偷换叙事主体、潜移改变讲述人称的举措。但是二者在对待有的问题上差别比较明显。前者的叙事方式变换人称，但是并未脱却有待，遑论臻于无待。后者在叙事中把母亲、自己和他人的心理变化纵横交错甚至融解难分，已经表露出有待无待的味道。其中的我与他者以及另外的人，均处于一种矛盾的期待无待之中。这是在推进他化，而非仅仅敬重他者，也不是止于他者，尤其不是唯他者论。他者文学与他者思想都是很大的进步，然而尊敬他者和赞美他者还是少了一点他化的化感通变。上述作品有一个共同的特点，那就是有待。有待无待也属于有待。有待无待作为一种对于无待的追求，毕竟属于有待。追求就是有待。当然追求无待之有待，作为一种与传统及其文学的疏离，比起陈陈相因的啃老文学更为深刻，更为犀利，更能启人神智。

无待有待——法国文学他化的真如中界。他化无待的要义，是指他化文学是无待的，因为他趋于他化的那个境界，也是他化的，是无执无住的无待过程，正是在趋于无待过程的意义上，才可以说法国文学之他化本身就是无待的。他没有停留在他者的领地，不论这个或那个他者多么伟岸，多么令人神往。他化文学之所以可观：首先在于文学在他化过程中没有画地为牢，没有固步自封；其次是因为他化文学推动了他者的自我质疑、自动中性化和主体间化；其三是他化文学敢于自我解剖和自我牺牲，甚至促使自身化作自我放逐的隐遁文本。这就有了笔者所说的“他化之动”。在动态中，他在变，他在通，他在化，他化臻于是他非他，是他非他而超他。如果说存在主义的《局外人》和《恶作剧》还是在传统异化说的意义上书写外化，那么《H》、《橡皮》等作品则是努力排除文学的门户之见，自觉消解文学的自我遮蔽，主动趋于他化的流程。而诗化哲学式的《感知现象学》（梅洛－庞蒂）是毋意毋必的尝试，断章残片式的《恋人絮语》（罗兰·巴特）则可谓毋固毋我的践履。与之相连，另一类文学他化的无待有待也很值得称道，那便是文史通义式的《知识考古学》和《词与物》（米歇尔·福柯）。前者是博古通今的知会，后者是揭权释力的言说。二者都弱化了认识的对决，解脱了时空的阻隔。这就是此处所说的他化之无待有待。无待有待，恰似云出岫之无依；去其期冀，如同水化气而遁归。在广义的他化文学领域，法国文学的确成就了那么一种有所突破的精神，读之让人震撼，味之令人畅怀。

无待无待——法国文学他化的真如高界。他化的他者境界，尚属有待无待。他化的无待有待，已经进入了无待前期。他化的无待无待，自然是真如高界。在人类发展史上曾有过无待无待的局面。譬如在原始混沌的状态中，出现过盘古开天地的神话，出现过《原人歌》的叙述；在文明早期的稚气未去之时，出现过《连山》和《归藏》之类的构设；在文史哲水乳交融的状况中，出现过老子的《道德经》，庄子的《齐物论》；在佛教的普度故事和牺牲精神中，有过舍身饲虎的经变。无待无待是通阴阳于一气的人文，是与天地精神同春的自然。在这个意义上看，法国的他化文学拥有无限的发展空间。从上述有关无待有待的引证和分说中，我们多少能领略到无待无待的酝酿。在福柯对权力话语的解剖中，人们能够感受到作者淡出权力的话语重构。德国的海德格尔通过对形而上学的解蔽，论证语言作为存在家园的问题。福柯是从话语的亦邪亦正，剥落权力羁绊而完成空其实对。比福柯走得更远者是德勒兹和德里达。德勒兹的《千高原》一如地下蔓延的根茎，莽原无心的游牧，去除自我的偏蔽，蜕却自负的种芽。德里达的《论文字学》酷似歧路亡羊的延宕，不但克制了此在的我执，而且预留了他化的“下家”（le prochain），还有那“文”通“字”顺的会意，销“声”匿“机”的擘画，粉碎了拼音语言的强制独断，削减了逻各斯中心义的一脉偏张。虽然说这些留白和积虚还不是完全彻底的无待无待，然而人们毕竟能从德勒兹的宇宙肉的身体里，体会到与天地命运的参同，在德里达去声音中心强制和非逻各斯中心主义的解构中，也能够领略到“待”状渐退的消息。至少可以这样说，在这些文史哲融会贯通的化境之中，连无待本身也不待的思考，把人文智慧提升到与宇宙精神浑然的地步。中国古代的哲人称之为天人合一，西方的后现代主义智者名之曰无身生命。文学？史学？抑或哲学？都不是，但又都是。也许这就是其中所隐喻的未来世界给予人类及其文学的无垠舞台。

就文学的造化而言，真如境界的三个层次意味着文学的三种嬗变。有待无待是文学理念突破藩篱的前奏，是文学粉蝶纷纷过墙的后顾前瞻；无待有待是文学意识深度变革的预演，是文学气质超脱旧体的别开生面；无待无待是文学基因千变万化的真斋，是文学风雅脱胎换骨的历练。在文学的真如境界，文学非文学才成为不折不扣的文化高端。从真如境界来看，法国文学虽然略有所指，但是其意义不可低估。

法国古典文学是人类文学传统中相当经典之一种。法国现当代文学是人类文学巨变中很有代表性之看点。本书对法国现当代文学的管窥蠡测，实际上是对人类文学大变局的洞察玄览。作为一种颇为典型的前卫文学集群，法国文学是人类文化全球化潮头的传感器，她把后现代文化所体现的教科文解构和文史哲会通表达得淋漓尽致。在这个意义上看，法国现当代文学的他化，实际上透露出人类文化划时代的过渡，是人文汇合的前瞻性铺垫。法国现当代文学的他化，把由来已久的文学化他和他化之一体两兼，推进到了文学是文学而又非文学的一体三昧。法国他化文学的高端在于无待境界。其有待无待是文学他化超越他者的投石问路，无待有待是文学他化与他俱变的宏照圆观，而无待无待则是文学他化臻于化境的可能景观。在人类古代社会的两兼典籍中曾有过领悟无待的种苗，在当今法国文学的他化体现中激活了化感通变的尚无理念。此无是文学品类兼体通体之无，是文学学科在科去科之无，是人文思想化成化变之无，是宇宙场合载动载静之无。唯其无待，他化文学才能算得上人类文化生能舍己的大气；唯其他化，法国文学终究为文学去留提供了他化如归的实践。

在这种意义上讲，法国文学他化的尚无，具有一种对人类文化和人类命运慎终追远的启迪。无待无待者，非止文学归于大化的天下大同之一面，而且是文学人与宇宙万物通化之深衷。这已经不是小圈子意义上的文学或狭隘定义中理解的诗艺所能涵盖。本书的真如境界说也是在文学的本根和宇宙的本体上讨论这个问题。如果给文学他化一点微言大义，那么这里说的他化，其实是文学的庄生化蝶，是文化的自然升华，是人类的脱胎换骨。换言之，是他化文学留白而又集虚的精耕细作，是尚无思想在完善大德无已，并且舍身入道过程中的自否性超升。

三、法国文学的他者指归

在近二百年的人文演变中，法国文学以美丑兼审的艺术品位和诗文俱佳的前卫姿态为世人瞩目。法国本土和世界各国的研究者无不将之作为十分具有文学性的文化种类加以评介。卢梭、雨果、巴尔扎克、莫泊桑、福楼拜、波德莱尔、普鲁斯特……，这些个文学巨匠，既是法国文学的翘楚，也是世界文学的代表。他们以典型的文学性昭显了一个定论：文学如此，文学应该如此。

然而，20世纪的法国文学展示出了另一种风采——文学的他化趋势。这个远非“思潮”二字可以涵盖的跨文化巨变，披露了别样的真实：文学如此，但又不仅如此。不胜枚举的他化文学之重大现象，构成了文学他化的壮阔声势。诸如，更像故事哲学的存在主义文学，意蕴上已经相当思辨的贝克特、尤奈斯库的戏剧，艺术指数方面明显地逃逸了小说的新小说，最不易被归类的文学家马尔罗、杜拉斯，生平合是诗人末的阿波里奈尔、甘斯布，本身便是科技人才的罗伯-格里耶、乌埃尔贝克，酷爱历史并且执意史化小说的尤瑟纳尔、特罗亚，回归游离的矛盾书写者埃尔诺，勾兑中西文化同时又神游空灵境界的布朗寿、熊秉明、程抱一和高行健，将文学与符号批评交织在一起的巴特、热奈特、托多罗夫、克里斯蒂娃，把哲学与文学相互贯通的福柯、德勒兹、德里达……，一言以蔽之，文学已经不是悄然地潜移默化，而是在大张旗鼓地推进他化。当然也有一些作家在传统文学模式内摸爬滚打，但是在20世纪造成重大影响，而且代表了时代精神的，恰恰是他化文学。

法国文学的他化和法国的他化文学，是同一文学现象的不同表达。前者指法国文学游离传统所谓文学性的核心标准向他者转化，后者是指法国文学这样转化所造成的实际效应。二者词序先后有异，所指实乃同一事情的不同侧面。往深处讲，这样的文学演变打开的是一场文学性体之革命。此处以性体组词，是指文学理念和体式、心神和体态、本真和体用、性征和体风的综合意义。简单地说，文学性体就是文学性和文学体的互为表里。称之为革命，是说法国文学的本性和体用都出现了空前的变局。上述画龙点睛式的罗列，已经要略地勾勒出了法国文学向他在文化场域转渡的大趋势。如果要用一个命题概括这个大趋势和大变局，那就是我们所说的兼通文学是非的文学非文学。因为这个变化推进了文史哲真正的融汇，促动了教科文实际的疏通，运行着天地人本真的启蔽性磨合。在这个份上，文学兼具文学性和非文学性，这既不是什么秘密，也不是非常难以理解的事情。

这种融会贯通的磨合，代表的是一个全新的时代——全球化；这种起承转合的运动，拉开的是一个未来的现在——地球村；这种兼通是非的辟合，培养的是一种真正能够跨领域的文化人——开放者。人文由昔日的合久必分进入了今天的分久必合。值得深思的倒不是为什么文学出现了他化趋势，而是这种他化现象为什么在法国文学中大幅度地凸显？天地好合，海陆交汇，地中海是个孕育奇迹的地方。法兰西地貌是地中海西向的门窗，法兰西气韵是地中海文化的声腔，法兰西历史是地中海盈缩的节候，法兰西文学是地中海文学的作坊。古代世界的希腊和罗马也有过广义文学得天独厚的辉煌，究其原因不外乎在那个周期，东西南北欧和中东各地区的不同文化，神使鬼差般地在地中海的齿颊之间，即希腊和罗马完成了那么一种铁血熔铸。20世纪的法国有了这么一分为大文学领袖风骚的变数，那是由于作为地中海耳鼻喉的高卢雄鸡，在人类文明转折点上激发了内忧外患的深思与高唱。20世纪的法国文学是西欧界面人文生物钟的突发奇响，高古以降的地中海文化基因在这里厚积大成，现代蕴蓄的后现代思想火种在这里发热放光。

我们有必要回顾一下法国现当代思想文化的地中海新格局，因为这是法国文学他化的现实思想基础。柏格森生命哲学拓展了创演的触角，巴什拉的精神分析揭示了诗学底蕴，梅洛-庞蒂的“宇宙肉”敞开了天体的生机，列维·斯特劳斯的“共时思维”粉碎了贵族人类学结构的神话，德勒兹的“无器官的身体”培植了新生命的根茎，加缪的“反抗者”再现了地中海子孙的禀性，勒维纳斯的他者以两希文化的多声部交响，突破了欧洲传统哲学的老格局，那种“言必称希腊”、动辄援引德国古典哲学，抑或行文离不开现代哲学“三大件”（尼采、胡塞尔、海德格尔）的套路，在法国现当代思想文化中明显有所改观。而这就是法国文学全方位开放的思想文化背景，甚至可以说是法国文学他化的直接组成部分。法国现当代文学向多元文化开放，向科学技术开放，向自然宇宙开放，向文化邻里开放，向学科交叉开放，其哲学基础和学术氛围端赖于此。这也是地中海精神由昔日自中心的轴心文化，向今天自虚心的他化文化过渡的奇特景观。

这种新地中海精神最大的优长就是大气、勇敢和自信。如果说古希腊文化是地中海文化的童年表征，那么当今法国文化则是地中海文化的青年襟怀。后者可从法兰西在20世纪人文气魄方面的海纳百川中见出博大，从其思想文化的新潮澎湃中透出朝气，从国际舞台上的折冲向上显出胆色。无论从版图幅员讲，还是从资源人口论，法国都不是庞大体制。但是法国比地中海周围的其他国家更能代表当今的地中海精神。就20世纪百年看，法国的表现还算不错。她以一种开朗、热烈而且比较成熟的心态迎接全球化的时代，以一种超脱了逻各斯中心主义和欧洲中心主义的气度，去拥抱人类并不乐观的未来命运。若问20世纪的地中海给世界最大的贡献是什么？应该说就是那么一种脱胎换骨的他者心态，就是那么一种从善如流的他适情怀，就是那么一种敢于自否的他化品性，勒维纳斯称之为他者思想，而这样的思想正是在法国生根拔节扬花，并向整个欧美大陆播撒开来。

古希腊的文学吸纳甚至囊括了敬神祇（即后世所谓神话学）、爱智慧（即后来所说的哲学）、观星象（逐渐演变为天文学）、跨海洋（世人称道的海洋文明）等天地精神和人文群科，文学实际上是一直被视为一个使各类事物显现出来的奇妙的门道。近代西方文学将显现向度推到了登峰造极的地步。然而物过其极则必反。涵养一种隐显兼通的文学观遂成为时代的召唤。而在过去的一百年中，这个使命很难让相对拘谨并有所排外的日耳曼去完成，也很难让狂放有余而节制不足的意大利或西班牙去承担，更难让暴发户牛仔美利坚去实现。这一次，历史选择了不薄古代爱未来，而且文史哲学相融汇的法兰西。法兰西也有不尽如人意之处，然而其文史之绵长，其胸怀之博大，其思想之通脱，足以为文学他化提供一个得天独厚的舞台。当全球化的大潮正值风起云涌之际，这里的文学人以文学他化相博弈；当教科文的弥合巧遇解疆化域之时，这里的文教界以他化文学相化裁；当天地人的调适处于乾坤挪移之间，这里的思想者以文兼是非相通变。文学之出入通变就是文学他化的最佳注脚。

文学他化把文学推进到他者思想的最佳境界。文史哲在他化文学中融为一体。“我”中心在他化文学中舍而不执。文学性在他化文学中他而不衰。文学他化，竟然他而不衰，这真是一个有趣而且发人深思的现象。文学紧紧胶着于自我本质即文学性之时，她是文学，但那只是小家小户的文学，画地为牢的文学。当文学成为开放的山林，他者的摇篮，甚至与他在共臻佳境之时，那才是文学的上乘气候。表面上看，文学不文学，骨子里却是文学更文学。文学需要大智慧，是三才精华生能舍己，做五行灵长离则有归。舍得文学，文学舍得，舍得舍得，有舍有得。法国文学的他化趋向，展示的正是这样一种奇迹：有舍有得，有得有舍，舍即是得，得即是舍。文学并没有因为他化而亡学灭种，他化也没有将文学带入死亡之谷而进退维谷。文学面前是一片飞地，是一个无何有之乡，在那里文学可以大有作为，在那里文学反而更加神完气足，更加多姿多彩，更加与群科共鸣，更加与日月同辉。有容乃大，敬他则美，文学他化，此之谓也。

说到这里，我们还要指出，这样一种文学他化气象，在古代中国也有过许多次辉煌，其中一次壮丽的日出，最值得学界关注。笔者指的是刘勰及其《文心雕龙》。刘勰在这部伟大的著作中既论述了文学是文学的诸多方面，也剖析了文学非文学的群学大要，将文学兼是兼非讲得出神入化，把文学自觉反自觉统摄于五十篇文本的字里行间。他是第一个睿智诠释文学通变关系的思想大师。《文心雕龙》留给我们的遗产是那么的丰厚，一千五百多年过去了，仍然有许多东西亟待开发。刘勰关于文学非文学、自觉反自觉的辟思，真可谓千古奇想。[①] 笔者关于辟文学思想的论述，正是出于对刘勰辟思和法

---

① 参见本书第三部分《文学辟思》，也可参见拙作《〈文心雕龙〉辟文学之美学思想刍议——兼论文学的“自觉”与“非自觉”》，《哲学研究》2005年第12期。

国文学他化的交叉思索。

刘勰有云："时运交移，质文代变，古今情理，如可言乎！……故知文变染乎世清，兴废系乎时序，原始以要终，虽百世可知也。"[1] 刘勰天上有知，当为法国现当代文学他化的趋向感慨系之："文学通变者，法兰西当今之文学也！"

① （南朝·梁）刘勰著，周振甫注：《文心雕龙注释》，人民文学出版社 1981 年版，第 476—479 页。

第五部　文学归解

文学他化，揭开的是文学非文学的本相变相，绽露的是文学非文学的理论动向。文学归解，记录的是文学非文学的乾坤蕴藉，透视的是文学非文学的品性涵养。三归，是指文学的归潜、归藏、归化，逊退包含逊进，处下旋即处上。潜、藏、化，静以逊下，归、变、化，动而昂扬。归念，作为文学根脉的生发，或为激励大器做出长远的准备。通化，标志诗性培植的远虑，谁能说缘域绸缪没有意外的巧合？命运是诡谲的，但是毕竟天机偏爱有准备的头脑。文学三归，就是与命运的博弈。

《文学归藏论》从天归地藏探求文学的来龙去脉。众所周知，归藏思想源自姬轩辕。归母本以积善是其大旨。与天地万物通和致化，是《归藏》易的基本特点。注重归隐、归潜、归化，是归藏文学的精神实质。这个思想因文明昌明性的过度开发而久被遮蔽。我国传统的言志、缘情等文学理论较多地阐发了文学秀出的一面，西方古今关于理念、人性等审美思想也侧重于把某种内质凸显出来。两千多年的文学价值取向都类似巴别塔工程，即让看不见的东西充分地透显或舒露。归藏思想则是人类显露性品行的矫正剂，最不该被弃置，然而却恰恰被遗忘。归藏风旨是一种文学免疫和文明救赎，其怜籽护根的精神不是让文学灭绝，而是要文学返朴归真。天归地藏的宇宙观念，不仅提醒人们厚德载物，而且告诫世界要落实一种与道俱化的品行，将文学带入归藏境界。文学归藏思想蕴含的是与常见文学理论所不同的文学观念，其中蕴含笔者对中外文论补偏救弊的良苦用心。古人云：天气归，地气藏。笔者熔铸古易，另辟新说，并非要将文学深埋大藏，而是倡导文学的根本救赎，阐发文学的终极通化。在归藏的天心地腹中，文学实乃天地精神或曰宇宙消息。精深的文学是归藏的深呼吸。对于文艺工作者而言，践履归藏或有其难处，因为归藏精神要求舍得。如果号召全身心投入归藏运动是强人所难，那么归潜的倡导总可以付诸实施。归潜就是归藏的过程性标准。归潜，就是向归藏运动。

《文学归潜志》是对文学乃至整个文艺的一种逆向反思。该章的深意不在于顺势解析文艺作为社会生产和消费的摇曳性标志，而是揭示文之负面作用和学之偏至效应，并通过逆向体察，阐明佞美对人类命运的危害和灾难。古人早就看到了人类本性中的华而不实，中外史书都有相关记载，家族一旦殷实就可能流向浮华，社会稍显富足便难免趋于奢靡。大智若愚的老子，曾谆谆告诫世人慈与俭作为世界核心价值的重要。目光如炬的韩非，也曾大声疾呼国家需要对文艺的浮华倾向有所收敛。天下需要文艺娱乐，文学、艺术，包括体育盛会，都可宣泄和疏导民情。然而，文体娱乐都有个节制问题，即要适度，要缘场，要德道。适度，社会各界都有调协的责任，有司与商界尤其不可忘乎所以，根苗华实的节制应须深入人心。缘场，当然包括言志之兴发与情感之激扬，但是更多的是置文体娱乐于天地人三才的缘域之场，疏导、淡化、潜收，才会生发和养护真正的苍生文艺，也才能孕育堪称不朽的伟大作品。滥情纵欲，害人害己。歌舞升平，误国误民。娱乐至死，奈国族何？奈人类何？低调审美，本根必固，质朴养生，运律自长。德道，即德于道。德于道，文艺有望与道俱化。德于道，创作方可出神入化。德于道，审美偏颇不纠自正。本章阐发的归潜问题，当然不是要取消文艺，而是提请人类警觉文艺的奢华底色，或曰防范文艺显露出的社会病态，即不要被由来已久的贵族奢侈所诱惑，也不要被日益花哨的娱乐过量所流荡。历史证明，归潜看似收敛文心才情，其实退中有进，退即是进，通俗点说，好文学是归潜的反激。文学的本性中有奢靡浮华，培之以归潜，适可成之以真实。

文学是有其存在的合理性，但是片面的审美，过度的娱乐，表现在文学上便是一种文学秀甚至文学殇。当今之世，文学殇并不罕见，文学秀显更可谓比比皆是，而文学归潜却为世人所淡忘。倡导归潜文学，是文学人的另一种活法，是文学理论的别开生面。文学归潜，意味着文学以其归潜实现人文归藏的根本理念。归潜文学把归藏思想写到了人文最深处。归隐归根归藏，行难而可行。苟欲归，斯归至也。

本章以《文学归潜志》为题，深受金元间刘祁《归潜志》的启发。刘祁生活在战争频仍、朝代更迭的刀光剑影中，历经乱离，九死一生，终老山林，坚韧著书。他对当时的政治、经济、社会百态广为涉猎，把兵农艺医尽收笔端。一本薄薄的笔记，堪称彼时融合经史子集的典范。本章以《文学归潜志》为名，想说明一个道理，古人在乱世中尚能写出类如百科全书的小册子，今人在承平盛世更应该自觉归潜，潜心著述，撰写出不愧时代的归潜性的作品。

《文学归化说》是笔者对文学本质的深层洞察，也是关于文学人生的终极关怀。本章给“本体”与“主体”都打上了引号，旨在说明这两个概念都是需要经受归化性的处理。其一是“辨圆通”以领略归化。笔者并不十分看好圆通思维，圆通之局限也在需要化性救助之列，但是圆通总比僵化要好。文学归化已不只是“体乎道”的个我之鸣，而是文道关系深层的本真之约。远足者，还家者，复古者，出新者，在圆通的当途脱熟脱俗，在归化的根底有我无我。其二是“解本主”以探求归化。在西方哲学领域，本体与主体是寄生在存在体型上的两个连体婴儿。存在纠缠于一个“是”字，关涉到“在与不在”即“是与不是”的意义评判。本体论是关于存在的学说，是此类理论的集大成。主体论是近代以来伴随现代性崛起的一种本位思想，突出的是现代社会群体以及个体的生存价值。而在这些观念后面运转的则是逻各斯思维机制。在这个意义上，我们把西方文学统绪概括为“本主”问题，其吃紧处正在这里。就文学本身的特点而言，本体与主体都是被逻各斯所支配的旋转样态而已。个体性的文学人，要么与逻各斯的运思贴得很近，要么被逻各斯的旋转甩得很远，但是不论处境远近高低，有一点大致相同，那就是都想“主”这个“本”，或都想“本”这个“主”。此病不治，“鲁难未已”。其三是“释有无”以化归归化。在笔者看来，文学的有无问题，涉及文学与其文明基础、文学与其是非判断和文学与其宇宙背景的复杂关系。此处关于世界有无的化性归论，无非是地球文明的化性归解，宇宙舞台的化性归释，文学种性的化性归思。归化是道化的一个基本的形态。归者，反也。反常近道。地球文明的劣根性源自人类的兽性，膨胀于人类的贪欲，深陷于人类的邪念。作为文学思想的归化运动正是这些劣根性的反向变化。

如果说人类的兽性、贪欲和邪念都体现为福柯所说的权力话语的表征，那么，归化则是文学对权力话语的消解，其叙事结构往往是以拟态、隐喻和德道以寓意，其深邃精神无疑是以反讽、拆解和化归来变通。如果说前面的“辨圆通”和“解本主”关乎文学归化的核心与内质，那么“释有无”则触及到了文学归化的终极关怀。把文学当享乐的行当，是很难理解归化场域的，但是没有这个场域，作为玩乐的文学岂不成了动物也具有的欲望游戏？从另外的角度讲，让文学太沉重也是个问题，总得让爱玩的顽主们有所娱乐。这也是人之常情。然而终有一死之人，总得要有一点精神，文学归化的思想指向了这里。

第十三章　文学归藏论

人文亮点如《韶》，孔子以“尽美矣，又尽善也”赞誉。[①]深而思之，尧舜美善，止于人伦德治，尚未臻高一级的化境。魏晋以降，人称文学自觉，哲人智者循序钻仰这个价值系统。刘勰关于“文之为德也大矣”的浩叹，表达的就是此等认知。[②]美与善，真与诚，都有待进一步的提升；文与德，文与道，也需要深一层的领略。由刘勰至舜尧向上回溯，至少有更为根基性的思想文化亟待汲取。笔者指的是华夏人文初祖的大臧精神。

大臧（zāng），即大藏（zàng），臧上草头是后人所加。臧，不仅囊括真诚美善的人文价值，而且领悟天地成毁的超常智慧，其大端是黄帝精神的集中体现。臧，其基本构造从戊，从臣（目）。戊为五龙相合（许慎）[③]，臣是谦以处下，举“目”仰望（郭沫若）[④]。臧字似非学界关于以戈指头的象形会意[⑤]，而是黄帝根本品质的点睛之笔。戊为中宫，象五龙盘桓而集虚，五龙均不占主位。群龙无首。古《易》称“吉”。黄帝功盖天下而不居，隐退于大西北。厚德载物，此大臧本意。因而，将臧训为和，是不错的解读。其实臧不但知和，而且通化，是本源性的通和致化。臧披露的是比尧舜风范更古朴的华夏根性。大臧有美有善，却又超于美善；有真有诚，然而大于真

① 李学勤主编：《十三经注疏·论语注疏》，第23卷，北京大学出版社2000年版，第49页。
② （南朝·梁）刘勰著，周振甫注：《文心雕龙注释》，人民文学出版社1981年版，第1页。
③ （东汉）许慎著，段玉裁注：《说文解字》，台北天工书局1996年版，第741页。
④ 徐中舒主编：《甲骨文字典》，四川辞书出版社1998年版，第321页。
⑤ 同上书，第322页。

诚。上古、高古称黄帝之《易》为《归藏》(读 zàng)，其本真的原因即在于此。黄帝易，归母本以积善是其大旨。善待天地万物者莫过于归藏。此当专文论述。本书师其意以观文，拟其旨而论化，或可为另一种眼光看文学之尝试。

当今论文学莫不依据所谓的文学特征立论，在文学的既成性上做文章。文学的非文学存在付之阙如，文学的他在境界多有遮蔽。文学归藏论直指文学的非文学津渡，揭示的是文学的本真归宿。

一、文学归藏之钩沉

如果我们对文学是文学和文学非文学作双向合观，就有望对文学悖论做出通化性的解读。文学由上游源头的非文学向今之所谓文学的生成，是文学的开显。文学向自身反面的转化，我们称之为归藏。归藏之归，曰反，曰皈。归通鬼，归而有灵，神宝藏用，是以归。归藏之藏，在收，在藏。藏者，臧也，和顺善美，收而蓄之，故为藏。归藏思想是中国文化中最富道旨而又最具德性的根源性品格，也是极具化性而又极富生机的解毒性基因。古《易》有《归藏》，上接《连山》，下通《周易》，蕴含着华夏族群肇自远古的伟大的品德，传导着中国文化积善有余的深邃智慧。翻检文学思想不可不谙归藏。回溯远古三易，可使我们从源头领略归藏的非常精神。

(一)看三易以寻远源

管窥三易沉浮，或可略见归藏远源。伏羲近取诸身，远观诸物，象天法地，始画八卦，是为大《易》。《山海经》载：伏羲氏得《河图》，夏后氏因之曰《连山》。郑玄注："名曰《连山》，似山出内气。"谓其变也。① 皇甫谧曰：夏人因炎帝曰《连山》。《连山》易其卦以纯艮为首，艮为山，山上山下，

① 李学勤主编：《十三经注疏·论语注疏》第 8 卷，北京大学出版社 2000 年版，第 751 页。

是名《连山》。云气出内于山，夏以十三月为正，人统，艮渐正月，故以艮为首。孔颖达也说《连山》起于神农。又说周世之卜，杂用《连山》、《归藏》、《周易》。《连山》、《归藏》以不变为占，占七八之爻。《周礼·春官·太卜》："掌三易之法，一曰《连山》，二曰《归藏》，三曰《周易》。"郑玄注："《归藏》者，万物莫不归而藏于中。"①《礼记·礼运》："孔子曰：'吾欲观殷道，是故之宋，而不足徵也，我得坤乾焉。'"② 郑玄注释："殷阴阳之书，存者有《归藏》。"杜子春曰："《连山》，宓牺；《归藏》，黄帝。"③

伏羲象物取则，创大易，成八卦。伏羲，即伏牺，又称庖牺。伏处低，牺有祭，于开显中含敬畏，在观取时知舍得。卦出其八，不为太少，但是也不为过多。开天辟地之时，开大于收，辟重于合，这个道理不难理解。《连山》，朝阳兴象。群山积厚，底气深沉，大势磅礴，如日升腾。华夏人文根祖，巍巍，微微，博大而精深。开远，慎终，可谓得天地之灵气，传万古之福音。神农号炎帝，继八卦作《连山》，山出山连，侧重揭蒙除昧。然而山不能尽数，物不可恒开，有披露必有掩蔽，苟耗散定须恢复，收敛之德，见于黄帝《归藏》。伏羲从混沌出，阴阳集于一体；炎帝以农耕显，庚寅万象终始；黄帝由母系生，坤乾安之若素。古贤讲黄帝，只讲姬轩辕的威武雄强，其实耀武扬威既非其原貌，也非其本心。从周孔以至司马迁，阐扬黄帝威武面多，而在理解黄帝内质方面或有不足。领略黄帝《易》很重要。黄帝《易》，即《归藏》。《归藏》重坤守谦用隐，其中有真意，淹留黄帝真风貌，储存黄帝真行藏。黄帝与蚩尤战，大野逐鹿，不得已而为之。与炎帝盟，为苍生而和之。天下既定，任炎帝向东南、西南扩展，而轩辕则止戈勒马，退守西北，匿于大漠，隐于高原，葬于深山。延安至今有黄帝陵、轩辕冢，此其明证。笔者曾在陕北勘察，睹黄陵而思初祖，深为轩辕精神感动。黄帝精神是什么？是涵养，是厚道，是祥和，是归化，《归藏》本意盖在于此。

---

① 李学勤主编：《十三经注疏·论语注疏》第 8 卷，北京大学出版社 2000 年版，第 748 页。
② 同上书，第 13 卷，第 776 页。
③ 同上书，第 8 卷，第 747 页。

夏用《连山》。夏禹部族将《连山》的开显文化发挥到极致。夏，训为雅，释为正，赞为大。大禹治水、刊山、安澜、列九州、铸九鼎以征天下，使民知神奸。夏王朝传子不传贤，尊亲重父不重母，中国的宗法血缘制，实际上不始于周，而萌于夏。三代文化，辛劳唯夏，杀伐唯夏，最不养精蓄锐也唯夏，留存地上地下文物典制最少的同样唯夏。殷商复用《归藏》。商人重鬼，尊母仪，兄终弟及，戒急用忍，事事占卜，时时与鬼神商量。敬天礼地，刻骨铭心，金甲文字，埋诸窖藏。也正因为殷商文化深得归藏要旨，故而王朝崩溃，神思未毁，典制泯灭，但文化深藏。老子、孔子都是商人后裔，思想所出，在于有商。最神奇的归藏莫过于甲骨文字，数千年后复见天日，把归藏的意蕴诠释得惟妙惟肖，诚可谓人类瑰宝，片羽吉光。从《周易》及其传播来看，文武周孔对《归藏》精神都深有体会。文王重卦，乾坤虽然异位，母仪仍然显耀。武王鼎革，鬼神尸位有别，然而殷商庙享不除。周公摄政布德决不僭越。孔子设席教化述而不作。这些现象都可以被今人视为保守，可就是在此类怀往念旧的行为中，归藏的厚重品德一脉相承。

“道可道，非常道。名可名，非常名。”在老子那里，道与名都在归藏之列。“郁郁乎文哉！吾从周。”孔子似乎很注重文教典制，但是在韦编三绝后终于喟叹“予欲不言”。道，名，文，言，这些最让政治家、思想家乃至今之所谓文学家动心的名山事业，在得道的圣贤那里竟然讳莫如深，甚至宁可缄口沉默。这是什么思想？贯穿三易考索，非归藏而何？从归藏的远古精神审思文化，文化真需要悟解另外一面，即文而非文的质地和不可尽文的守谦。从归藏的学术根性透视文学，文学同样需要领略学外曲旨，那就是文学非文学。

（二）经阡陌以察风旨

探究文学阡陌，也可察知归藏风旨。先秦两汉是中国古代文学的生发阶段。文学之有物混成及其作为被孕育的品种，酝酿着有无的剖判和出入的分化。孔门诗论对志情言喻兴观群怨的阐释是显其有，老庄知白守黑道法自然的入化是尚其无。在文学凸显的角度看，诗书颂风雅和庄骚道鬼神都是准文学的制作。从文学归藏的实质论，思想文化给我们绽露的是另一种景观，上古道术未裂，从而将构成文学的大前提埋藏在三才四象八卦的运作深层，因此先秦的各种作品，尽管被今人装入了文学的抽屉笼格，可是抱朴守拙的文本，却守口如瓶地掩藏着天地人神时诸因素所孕育的另一种造化，即我们所说的归藏潜力。刘安和司马迁是深谙此道的人物，《淮南子》的原道俶真和《史记》的究天人通古今，实际上探讨了这个问题。他们不是不知抗衡暴虐会给自己带来什么后果，但是通归藏者不畏其死，小命与大道比，小年与大年通，明白这一层，便不会斤斤计较朝荣暮华，更不会执着情怀小样，笔触凝聚处，收获的是淮南鸿烈，隐藏的有太史手笔。与儒家情志说和功能论的文学观点不同，归藏思想将文学的非文学性看作是与文学特性与生俱来的属性，其开放且又潜生的伟力，与天地人神的相关品类互根，与经史子集的文献统绪共存。

从魏晋南北朝到北南两宋，中国文学经历了几度辉煌。由文学思想史的角度看，甚至可以将该时段的脉络延及明代。这种辉煌的深层遮蔽着文学归藏所营造的另一种价值——文学向彼岸投射的努力。诚如20世纪学术界所说，魏晋南北朝是“文学自觉的时代”，然而恰恰也是这个时代，文学沉潜到无何有的界面，在搜神、志异、览冥、言玄、游仙、赞佛的多元运思之中，文学的反自觉及其非文学性，也推进到了“跳出三界外，不在五行中”的境界。唐人风流倜傥，在诗文的既成性上登峰造极，而非文学的智术归化却是宋人完成。宋人以论入诗，以理驭文，以禅喻道，在某种意义上暗含的正是渗而入之，淡而化之，变而藏之的趋向。唐人耕云播雨，宋人秋收冬藏，经程朱到陆王，思想的力度在加强在深化，文学的风华在转移在萧瑟，玄理禅思胜出，如苏辛才性者日见其少。“道通天地有形外，思入风云变态中”。文学散文化、思想化的倾向与日俱增。以大道挈小道是宋明雅文学无法摆脱的宿命。在表面上看，这是文学在萎缩蜕变，而在化境上讲，则是文学的潜移默化。洗净铅华，删繁就简，跳脱我在，别有洞天。

诗文套耕间作长达两千多年，到元明以来出现变作和休耕。崛起于下层的戏曲和长篇小说逐渐领袖风骚。如果说从魏晋到唐宋，中国的文学精神，大体上是经由向上的超越实现其归藏的过程，那么在元明以来的休耕变作，则是以向下的沉淀完成其他在和他化的运动。不仅文学平民化，而且平民化的精神世界也块根化。怪力乱神登场，物质欲求伸张，僵化的传统伦理纲常在腐朽，非文学的文学研究在潜生暗长。乾嘉学派考据国故并非完全致力于文学，但是其成就不期然而然地为两千多年争奇斗艳的文学，准备了归藏性的资料。虽然说有埋头史料缺乏融贯的不足，但是深入经史子集的根须梳理，也是一种对古籍的呵护，对祖德的回馈，反哺式的孝心与归藏品质相连。诚所谓“落红不是无情物，化作春泥更护花”。与考据派分庭抗礼的章学诚，对传统学术分类做了逆势运行，其“六经皆史”的命题，不但把文学归拢于文化，而且把经学、子学都还原于历史，他的《文史通义》堪称中国学术的一座高峰。传统的文学、史学、方志学、训诂学、文献学、目录学、版本学乃至经史子集所孕生的各种研究，都被他熔铸为一种新的学问——通义学。文史通，通向义理，通向哲学，通向百科全书式的学术海洋。从其高端言，《文史通义》是秀出。若在深处看，《文史通义》是淹灌。可以毫不夸张地说，章学诚的学术贡献，将中国的传统学术提升到一个前无古人的高度。正因为其高出群伦，遂使自古以来的训释、章句、经纶等学问变为思辨高方的人文理论。此高已经脱俗，彼通更加出众。脱俗出众的思想建树，是另一种归藏，寻章摘句的学术江河由此注入理论思想的洋洋大观。

（三）知归藏以护文根

文根何指？人文本根。其中当然包含文学。归藏与文根息息相关。文之性主显，归之化在藏。二者适成相反相成的养护性现象。归藏护根有三个大端：一是惜缘，二是护籽，三是将息。

养护意味着惜缘。本在界，根在他，跨界才能有本，化他便是靠前。前提，环境，氛围，基础，诸如此类的质地汇聚衪在的条件；偶然，必然，或然，竟然，看似无文的时空耦合生文的母胎。这些元素的归齐便是母本，此类际遇的契合无非缘域。大到文化，小如文学，都有个成因，成即缘分，因乃缘域。缘分和缘域，在道曰归藏，于文是造化。文学有“三性”：“性底性之根性”，“性非性之品性”，“性连性之复性”。[①]此“三性”触及到了文学的化他之来龙和他化之去脉，即化他而来，兼他而在，他化而去。由此形成了文学的自性与他性，自在与他在，自律与他律。笔者关于文学三性的分说，从哲理层面体察，阐发的是文学非文学的命题，而在归藏角度透视，表达的是文学与非文学之间相护相养的关系。这种关系是缘，缘域之缘，缘分之缘。讲文学归藏，本意是说惜缘。天时地利人和是缘，本我自我超我是缘，化他他化归化是缘。缘域之开，是文化，是文学。缘域之合，是归潜，是归化。缘域之开合，解说的是归藏的一个节点。归藏是母本，缘域是文根。归藏自然惜缘，犹如母亲呵护儿女。归藏养护文根，原本出于天然。

归藏怜籽。惜缘势必护根，护根一定怜籽。归藏是秋收冬藏之象，归藏是爱本护根之缘。在终极关怀的意义上，当然也可以说归藏是大母神。归藏有爱，爱种子者，必爱花果。种子的得天独厚，预兆丰收的果满枝头。种子的伟大，定有环境的伟大，还有生态的伟大，各类近乎杂物的异质同构，成全了种子，孕育了胚胎，准备了一个个壮丽的发生，缔造着一次次辉煌的未来。归藏有严，严不滥施春的温暖，严不浪得夏的虚华，严甚至吝啬丰盛的秋景，因为严是约束，严是期待，严不会任意施舍小年的小收成，但是严肃守护着一个伟大的民族之终极品质，传导着一种全人类应有的道德底线。严是在苛刻菲薄中酝酿其大年的伟大时代，是在删繁就简中培植着长足的永恒种源。于是，严很难被常识所理解，也不被世俗所喜欢，因为归藏是大道的真斋，归藏的深衷指向未来，当下性的利害驱动，常常忽略归藏。这也是《归藏》与《连山》不同的一点。《连山》以开显广袤著称，其绵延几乎波及旧石器中晚期以来的整个原始社会，而其上下辐射远不可以年份计。据桓谭

① 参见本书第四部《文学他动》。

《新论正经》所言，东汉时藏于兰台的《连山》有八万言，归于太卜的《归藏》约四千三百言。[1] 汉末魏晋，损毁严重。桓谭过目典藏已无全本传世。然而《连山》至今有佚文，且有《山海经》、《水经》等典籍可印证。而与之相比，《归藏》文献略显岑寂。1993 年，湖北省江陵县荆州镇王家台 15 号秦墓出土大量竹简，其中有关易占简 164 支。所存卦名与卦辞，有许多与保留在古书中的《归藏》佚文相通。出土文献足证《归藏》古易在历史上的真实存在。《归藏》省约，有其慈、严根性，从中不仅可以窥见不为天下先的精神，而且也披露出了逆势文史的萧条和克己德道的清瘦。

护根是将养。将养即耐心涵养。归藏非常在乎前提、环境、氛围和基础，就是把根与籽都纳入更大的场域培养，其涵养大德原本通道。通道者，元气必有所本，必有所补，必有所德，归而藏之，就是涵而养之。将养是调养。任何文化，其生发与扩展，无不伴随着元气大伤。任何文学，其起承与转合，毕竟少不了损耗内囊。在思想文化史上，有些方面昙花一现，有些门类源远流广，其中有一个重要环节，那就是当事的文化人或曰文学人能够持之以恒，而且自觉不自觉地善自将养。《黄帝内经》所谓调荣养卫，本质上看，就是讲究归藏之调养。将养也是休养。不会休养生息的人不可预远；不会休眠光合的花草不能适时开放；不会养精蓄锐的作品难得久长。在根本的意义上，善于归藏者，必然精于将养。反之亦然，精于将养者，莫不是在践履归藏。老子爱婴崇母，慈俭不争，不为天下先，从大处看，总体上是一副归藏心肠。孔子敬老携友，孝悌忠信，温良恭俭让，骨子里有其归藏品相。老子是由殷商文化承接了归藏；孔子是从周文化返回归藏；司马迁是在汉帝国暴虐下发愤捍卫归藏。他们都是归藏的圣贤，是归藏的天使，在他们那里，护根的将养，是一样的执着，对华夏文化的挚爱，是一样的深长。

---

① （东汉）桓谭著，（清）严可均校辑：《新论·正经》，参见《全上古三代秦汉三国六朝文》，中华书局 1995 年版，第 545 页。

三代思想逆推，文学是难之开，文理是难之合，文化是难之场。作《周易》者，有十分的忧患思想；作《归藏》者，有满腔的医宗情怀；作《连山》者，有无限的开放意绪。三易思想顺变，《连山》是文之舒，《归藏》是文之卷，《周易》是文之扬。舒扬是重要的，因为突破了巨大的难点，开显了时空，体现了造化，完成了生发。归藏尤其重要，因为保存了实力，回收了败笔，养护了元气。舒扬出生入死，归藏向死育生。舒扬是大德中的道之显，归藏是大道中的德之合。

毋庸讳言，文学是华过其实的人文纽结，归藏根性是其返璞归真的宝贵品格。20 世纪我们追赶西方的文学理念，将文学的工具理性和审美特点发挥到了史无前例的地步，但是中国古代文学中的归藏品性则被主流话语忽略。令人欣慰的是以实际研究践履文学归藏精神者并未绝迹。仔细观察就会发现，一些著名学者于文学之行藏均有启蔽。如王国维、陈寅恪、黄侃、钱锺书、项楚、胡明等先生的文学研究就是既有别于西式文学观念，也有别于新文化运动以来的文学套路，可以说是文史哲的淹灌，是文学非文学的钻仰，是文学向他在的超越。杨振宁先生的一段话很有见地：有些问题科学解决不了交给哲学，哲学解决不了交给宗教。需要补充的是：宗教解决不了的问题，需要古今中外形之上下的冥会暗合，需要天地人神见微知著的化感通变，需要毋意毋必毋固毋我的化己化物，需要六合内外万籁俱寂的无声共鸣，那是没有黄钟大吕的无响之交响。

二、隐蔚诗学之归藏

归藏与隐秀，是密切相关的诗学话题。我们讨论文学的归藏问题，恰恰与隐秀诗学面对。文学是人文之花，是智慧之果。花果是人之所爱，而花果所由出的根茎和土壤以及更深层的渊薮则往往被学界忽略。这里，我们主要解析以下三个要点：一是归藏与隐秀的关系；二是归藏诗学的母题；三是隐蔚诗学的局限。

（一）归藏与隐秀的异同

归藏是文学根本性的品格，也是最不显山露水的文学秘密，因而只有逆向的追溯才有望获得其归去来兮的消息。可是从古到今，学术界习惯于沿波而下的跟踪，满足于顺藤摸瓜式的研讨，文学的归藏现象日渐式微，文学归藏的思想几乎被深埋大葬。论者偶有所及，也往往是将之裹挟于隐秀问题中浑而言之，甚至将归藏现象与隐秀问题混为一谈。因此辨析文学的归藏与隐秀，实际上是一个事关宏旨的大问题。

中国古代文学与西方古代文学最大的差异在于超越模仿，最大的区别在于擅长隐秀，最大的奥秘在于植根归藏。关于中西古代文学的差别，需要专文论述，此处不便展开。这里只探讨中国古代文学隐秀与归藏之异同，而且仅将论域集中于中国古代文学的本根、本性和本能方面。

就本根的生发来讲，归藏现象关涉中国古代文学的前提——华夏文化的中枢神经，祂是华夏民族精气神的收敛性储藏，是华夏民族生生不已的内在性脉动，因而也是中国古代文学资始资生的回溯之流。隐秀是中国归藏文化沃土派生的文学气象，是归藏文化涡流激起的时代风云，是归藏文化孕育的再生花木。因而从归藏现象审度，文学隐显都植根于一个更为渊深的共同的底蕴，那就是华夏文渊的厚积。隐秀的才性智慧出没，充其量只能说是归藏厚积基础上文思隐约的表征。换一个说法，中国古代文学的归藏特点是文化世界的聚集性过程，而中国古代文学的隐秀现象则是归藏文化的闪烁性出入。如果说文学归藏储存的是文学与文化永恒的秘密，那么文学隐秀抚慰的则是文学与民族敏感的神经。自先秦以来，人们津津乐道《诗经》、《楚辞》、汉赋、唐宋诗文、明清戏曲小说，但是很少有人关注子不语的归藏内涵，也很少有人深究“王者之迹熄而诗亡”的大时段的运化及其根本性的原因。与之相关，隐秀现象特别是隐秀之秀，常常是文学评论者讨论的重要话题，而归藏问题始终是学术界忽略或遮蔽的文学奥秘。

就文学的本性而言，归藏是中国古代文学冰山流变的底盘，是中国古代文学潜移默化的根茎，是中国古代文学内在的气质，因而也是中国古代文学催化性的温床。隐秀是中国古代文学的门户，是中国古代文学的风韵，是中国古代文学的眼神，因而也是中国古代文学在归藏中时见明灭的荧光。在文学的本性涵养方面，归藏抽去的是过时的情志样态，收回的是明日的体裁黄花，提供的是休养生息的冬眠，撤换的是已成定格的规范，所以也是潜入深层的内化性隐秀，而隐秀则是当下的斟酌与取舍，是现实的屈伸与裁剪，是文质的披露与遮诠，因而也是归藏家底在生存层面的小批量运演。二者有深层默契，有内在关联，在文学之为文学的不同层面，一如大母本与小子科的相互涵养与将息，程度不等地担负着文学命运的起承转合。从文学本性的理想化过程来看，归藏是文学死灭后无字的陵寝，是文学铩羽时避难的家园，是文学寒流中爱籽护根的积雪；而隐秀则是出神入化的表现手法，是修身养性的艺术锻炼，是虚实相间的化裁技巧。由此可见二者在关爱文学的焦点上殊途同归，区别在于面对文学理想化的不同境遇，发挥的作用不尽相同：前者如母亲，像园丁，是文学永恒的保护族；后者似谋士，若战将，是文学不倦的献身群。

就文学的本能而论，归藏是文学总体储意识的涅槃，是文学集体无意识的囤积，是文学个体潜意识的消化，从而也是文学历史的尘封，是文学记忆的窖藏；隐秀则是文学总体在意识的绸缪，是文学集体成意识的擘画，是文学个体变意识的存活，所以也是文学出入的缘分冥会，是文学成己的灵机暗合。在这种意义上，可以把归藏看作是天地不爱宝的转义，是天地有大美的别解；而隐秀则是天人感应的偶成，是心物互动的痕迹。如果把归藏理解为无为有为的文化现象，那么隐秀则是归藏假之以休且适时以鸣的天籁；倘若把隐秀归纳为归藏的厚积薄发，那么归藏则是隐秀千载一遇的成全；假使人们把归藏和隐秀一概归结为有意识的人为或历史范畴的必然，那么也必须看到其中天造地设式的大机遇，鬼使神差般的大巧合。文化的天人之际，有多少偶然逸出了必然；文学的有无内外，有多少成败并非规范；文学的虚实当中，有多少点化越过了定见。归藏是文学本能的收容所，隐秀是文学本能的中转站，文学本能在这里汇聚，在这里酝酿，在这里转渡。

从中国文学生存的体性言，归藏与隐秀和中有异，相和是指二者都是文学演化的实绩而连理同根，不同之处在于二者分别体现了文学的两类行藏——前者是文学临深履薄和出生入死的潜化精神，后者是文学与物婉转、与心徘徊的生发活动。从文学处世的机理说，二者异中有通，相异之处在于前者是文学置之死地、无保至保的不谋而远虑，后者是文学与世推移和适时进退的潇洒与练达，而相通处在于二者都是文学成熟的独特行为。从文学界边的缘域论，二者于异中有合，相异之处在于前者是文学向非文学过渡的历险，后者是文学与非文学周旋的艺术，而相合之处在于二者都是文学与他在的切磋与交会。隐秀与归藏共同构成了成毁不已的演化，生发出与天地精神往来的变数。

（二）归藏诗学的母题

上面我们剖析了归藏与隐秀的异同。二者关系清晰之际，也是归藏诗学提出之时。归藏是母性思想的极致，也是极富诗性的人文智慧，在这种意义上，我们可以说归藏思想原本就是诗学的母题。探索归藏诗学，有许多方面尚待启蔽，此处我们只拈出三个最基本的话题加以申述，它们是生死之惑，天地之争，混化之通。

化解生死之惑，是归藏思想给人生大惑的投光。人生大惑在哪里？惑在生不知命，死不知往。归藏源于巫觋占卜，结于甲金文字，而作为一种思想，则凝聚着从黄帝至秦汉的人文智慧。归藏用坤，大地是其始基。敬鬼，神在是其信仰。母仪，孕育是其情怀。生活在归藏精神中的远古上古的先民，把生命托付于大地，给母亲报之以恩情，因而对鬼神充满敬畏。他们在迷信的色彩下传达出的，还有与天地祖先的灵神相通。那是一种对死亡的领悟，是一种对彼岸世界的情感投注。在某种意义上，这是拉近死亡，直面死亡，将死亡置于现实生活，通过与死亡的对话与沟通，尝试对死亡的升华与超越。归藏性的死亡体会，是在根本处与天地同和，与祖先共鸣，与自己的未来合构。这是一种超越，其中不仅有当今哲学家所思考的问题，即对存在去向的关怀，而且有突破存在话语的缄默，因为归藏在爱护真善美的同时，还本能地化解丑恶、倾空虚假甚至善待敌手。如果说《归藏》、《山海经》神圣通灵而尚有巫气，那么《黄帝内经》、《道德经》、《庄子》可算作真正的解读生命和商讨命运的大手笔。死亡和彼岸的意义，在自然人文和人文自然的交相映衬中有了现实的提升。这里没有《旧约》“主即真”的信仰，没有《新约》“爱即善”的弥撒，没有唯科技主义“器即理”的实证，没有存在主义哲学所谓“死即在”的诱惑，而是创辟了一种华夏式的兼在思想，身体、精神、宇宙、此在、他化，都在归藏的母题中相通相连。这些让哲学家讲得很玄，被神学家推得很远的形上或天国，均因母子同堂的归藏和时空兼在的藏归，有了实在的观照和深切的亲和。

释解天地之争，是归藏思想给人文的又一个贡献。《连山》敬天地而畏鬼神，鬼神之争，遮蔽了天地之争；《周易》崇天地而重德行，天人之合，淡化了天地之争；《归藏》尊后土而尚归化，釜底抽薪，消解了天地之争。因为归藏即归化，是人法地，地法天，天法道，道法自然。天宇成全了大地，万物归藏于大地，因而在归藏思想当中，不存在天地争执，正如“天命玄鸟，降而生商”。在古代先民神话般的想象中，大地已经足够大，大地在做自己的分内之事。面对无边无际的高天，浩天，永天，人只能努力去和合，但是在大地的怀抱里，人却可以归藏、归宿和归化。倘若从归藏思想来看这个问题，海德格尔关于“天地争执”的诗学观点，从立论伊始就是一个虚构出来的命题。天是宇宙的别名，宇宙比大地大，大到无可形容，无从比例，无法比拟。让大地与自己所处的太阳系较劲尚且不可，遑论与宇宙争斗。迄今为止，人类所做的一切努力，包括航天事业的成绩，其实并不是与天争斗，而是探索天，理解天，按照天的规律去适应天，在可能的情况下，规避和远离不可逆转的灾难，以便健康地生存，尽力实现天长地久的发展。这就是《归藏》所蕴含的天气之归，后世将之演绎为“天人合一”。在《归藏》中，坤是人之所由出，是后土，是母神。坤后有乾，天远而地近。按照老子所排列的人、地、天、道、自然的逆向次序，可以推想出这样的正能量运动，自然出道，道出天，天出地，地出人。归藏给出了这样一个信息，地球人在法地的阶段，先得做好维护地球的职责。亲近乃至呵护大地母亲，这就是归藏的重要德行。

直面混化之通，是归藏思想留给我们的学术线索。前面关于归藏与隐秀关系的梳理，是在归藏的背景中凸显隐秀的两副面孔。但在说明归藏是隐秀之母的同时，我们绕开了一个重要的问题，即归藏究竟是什么样的神情。这个问题实际上探索的是一种正在形成中的世界，在其中涵泳，现象与条件，比规律更重要。归藏思想给我们披露的是混化现象。自古及今，人们执着于由混沌向总规律的世界生成研究，归藏思想看到的则是由现象向非现象的回归。长期以来，学界侧重于本质性和实证性的探索，混化提供的是灵感顿悟和设身处地的在寰宇意识。在研究混化的意义上，归藏的阴阳消息与示范功能尤其值得关注。归藏，既关乎世界各方的健康收获，如花果采摘和颗粒归藏，也涉及自然和人类社会的破坏运动及其垃圾回收。大地所做的便是这样的事情，既有世界混化于秩序，一如果实归仓，可食用、可留种、可优化、可播撒，又有万物的混化于回炉，即在天地的磨合中对大千世界的无为而又会有为的运动。这两个方面，在终极的意义上是一个过程，万象一收，浑然一体，混然可化。这也就是我所说的文学通化现象之一种。柏拉图在《蒂迈欧篇》描述了理念创造宇宙的图景，即理念有谱，经混沌到有序蔚然成风。而归藏蕴含的是双向互动和多元契合，即既有成序，也有无序，成序与无序同在。换言之，既有自然，也有人文，自然与人文合构。所谓混化，实乃通和致化的另一种表达。

（三）隐蔚诗学的局限

广义诗学是诗化文学的概称，狭义诗学指诗歌理论之集成。我们在归藏视野讨论诗学，主要想揭示诗学传统的几点变化和所存在的突出问题。

有史以来，人类在诗学建设方面最突出的成就是什么？愚以为应是诗文之秀；人类诗学重要的遗憾是什么？窃以为是归藏之缺。“轴心时代”以来，人类诗学一直围绕一个秀字在凸显。这几乎是压倒一切的大趋势。西方世界，柏拉图等人把某种哲学实体，比如理念，看作诗学之本。基督教义认为上帝之光辉是诗性之源。文艺复兴以来的人道主义诗论，是与基督教诗学的主语替换。黑格尔关于感性显现理念的审美学说，车尔尼雪夫斯基关于生活即美的观点，列宁的辩证唯物主义反映论，凡此种种，无不是让一种伟大的东西显露出来。海德格尔论及文学和诗歌，仍然坚持这种诗性显露的观点。就依其所借用荷尔德林的诗句而论，"人……诗意地栖居在大地上"，其中似有趋向归藏的味道，然而究其实质，仍然是凸显论的翻版。这一点，只要看看他让天地神人共舞，就明了海氏是何等地不甘寂寞。中国诗学的主流亦然。《尚书·尧典》提出"诗言志"的纲目。孔子发挥为"兴观群怨"的申志达意理论。《毛诗大序》将之演绎为"发乎情至乎礼义"的学说。这条脉络，概言之即兴秀诗学。兴秀者，儒家诗学秀出之谓也。作为中国文学理论主脉之一的儒家诗学，始终在言志缘情方面下功夫，其成就及特点都不难发见。总起来讲，西方的凸显诗学与中国的兴秀诗学，都有把深层的真实显现出来的相同点，二者在秀出方面不谋而合，差异在于方法不同，过程有别，就文学情怀而言，可谓中西合璧。但是兴秀论与凸显说也有缺点，显而凸，兴且秀，露透有余，含蓄不足，人类中心主义乃至自满自大的苗头由之披露出来。

我们揭示了上述秀与显的诗学主流，并不因此说中西方没有非秀非显的诗学。西方诗人不乏隐喻和含蓄，这就是诗学中的另一侧面。遗憾的是隐喻与含蓄一直作为修辞格而见诸诗文表达，直到20世纪中叶，才被一些理论家作为诗学元素发掘。海德格尔集开显一遮蔽于一体的尝试，保尔·利科对隐喻的语义探讨，在这方面迈出了一大步。但是二者的开放意蕴都多了几分天主教色彩，而且他们在各自的深沉之处，也未能摆脱徘徊于物本与人本之间的两难撕扯。在突破兴秀诗学方面，中国诗学很早就有过种种努力。《归藏》精神堪称潜隐诗性的最早家园。在儒家的人性诗学占据主流地位之后，归藏诗性逐渐淡化。尽管如此，归藏的余绪在《黄帝内经》、《山海经》、《道德经》、《庄子》等著作中依稀可见。人们通常给这些著述冠之以道家文献。其实更为恰切的称谓应是归藏余脉。后世诗人，不论是魏晋玄言，陶潜率真，抑或李白的浪漫，孟浩然的飘逸，偶得归藏意韵，终落隐秀言筌，与其说是接近归藏的本真思想，不如说是受道家影响而亲近自然。沾染归藏精神的还有《诗纬》。《诗推度灾》、《诗汎历枢》、《诗含神雾》，其中迷信色彩浓了一点，归藏品味淡了许多，但是擘肌入里处，又可悟出隐性文化的意象。《诗纬》与天地精神往来的思想颇有特点，地望、天望、四始、五际、十二律，正是在云雾笼罩的谈天说地言灾话变中，发挥出了隐蔚诗学飞声腾实的一面。但是谶之伪扭曲了纬之诗，纬诗学终究未能真正与归藏精神衔接。谶纬诗学有待去伪存真的研究。

隐蔚诗学的集大成者，那是刘勰。他在《文心雕龙・隐秀篇》中，明确地提出了这个概念。《隐秀篇》直指隐秀诗学，隐秀就是隐蔚诗学的一个关键词，因而隐蔚诗学也可称作隐秀诗学。我们之所以称隐蔚诗学，而不直呼隐秀诗学，是因为《隐秀篇》有其严重的局限。一如开篇定义所述，作者探讨的是“文外之重旨”和“篇中之独拔”[①]，也就是说作者是在修辞学的角度解析隐秀概念。所幸刘勰看到了“心术之动远矣，文情之变深矣”[②]，终于在篇末明确地提出了隐蔚诗学的重要理念：“深文隐蔚，余味曲包。辞生互体，有似变爻。言之秀矣，万虑一交。动心惊耳，逸响笙匏。”[③]在这里，作者仍然是在修辞学的范围论诗，可是隐蔚的兴象却超出了隐秀的藩篱。隐蔚之隐有多深，隐蔚之蔚有多茂，这就要超越《隐秀篇》去爬梳剔抉。《原道篇》追溯前提到自然，《征圣篇》钻仰高端到圣贤，《宗经篇》临摹榜样到元典，《神思篇》捕捉想象到灵感，《正纬篇》辨析谶纬到神话。一向恪守儒教诗学的刘勰，在神性诗学方面终于突破了那么一点，他在“诗者，持也，持人情性”之外，看到了“神理设教”的隐蔚曲包和“神理共契”的

---

① （南朝・梁）刘勰著，周振甫注：《文心雕龙注释》，人民文学出版社 1981 年版，第 433 页。

② 同上。

③ 同上书，第 432 页。

逸响旁通。[1]虽然说这位旷世奇才并未臻达归藏的奥府，但是隐蔚诗学已经足够精深博大，与20世纪西方隐喻诗学相比，有过之而无不及。

西方的凸显诗学需要收敛其浅露，隐喻诗学需要怜籽爱根的前提性还原。进而言之，20世纪西方语言学以及修辞学的诗化哲学玩索，还应补上归藏的厚道。中国的兴秀诗学也应有深入的反思。兴秀至于隐蔚，隐蔚尚需归藏。归藏诗学是凸显诗学的归宿，是隐蔚诗学的家园。在那里，最珍贵的还不在于诗情画意的红花烂漫，而是根本处的天人祥和与寰宇安泰。

三、文学归藏之发微

人类文化特别是人类文学面临的巨大变化，迫使我们由隐秀的层面深入到归藏的渊薮。拓展归藏文学是涵养文学的时代使命。文学归藏是遥深的话题，在严格的意义上，谈归话藏需要思辨，而全球化的运动却要求我们知几知技而又“进乎技”且超乎技的研究，因而我们在这里只做归藏发微。微不足道，聊胜于无，见微知著，或有裨益。

（一）倡归藏以抗颓势

人类当今的历史呈现出三大趋势：一是将一切文化投入商品经营，即产业化，金钱和商业贸易渗透到人文生活的所有方面；二是将一切文化纳入科技主义，即工具化，量化和非人机制几达无孔不入的地步；三是将一切话语变为权利盘算，即言语权力化，言说和人类思维已经处于岌岌可危的境遇。三大趋势实际上是一种旷古罕见的文明危机，文学及其研究成了首当其冲的一种文化灾区。该危机的国际化使得文明困境雪上加霜，而且其恶化的状态有增无已，传统的文学生计很难抵御日益严峻的文化腐败。在这场史无前例的文明危机当中，中国古代文学的归藏特点传达出了深刻的意蕴，包孕着不菲的免疫功能。

---

① （南朝·梁）刘勰著，周振甫注：《文心雕龙注释》，人民文学出版社1981年版，第48—50页。

首先，中国古代文学之归藏是对付文明危机的无法之法。文学归藏与金钱交易格格不入，与工具理性分庭抗礼，与权利话语背道而驰。早在上古至高古，正是深藏不露、清淡无为和寡乎其用的老庄思想，对急功近利、独尊专断且一味精美的政治及文艺思想形成了抗衡的不争之争，构成了消解专断话语的无力之张力。从中古至近古，不仅释道衍化出了归藏净化的文学氛围，儒学也发挥了原始儒家“卷而藏之”的古训。于是文学不仅在自觉，而且也在反自觉，不仅适时而变，别出心裁，而且暗潜深藏，甚至销声匿迹。这种归藏式的无法之法，曾经有效地应付了文明恶化时的危机，克服了秀过之而隐不足的文学弊端。文学史上不少品种顿失、显学湮灭和大潮消逝的谜团，往往掩蔽着归藏功能的杰作。在这种意义上讲，文学归藏是文明自身免疫作用使然。应当看到，西方现代派特别是后现代派推出的逆反文艺和消解体系的思想文化，虽说有其偏激，但也在“愤青”情绪中无意识地摸索到归藏之边缘。当文明过度膨胀并驶入危险的单行道之时，归藏也许是避免毁灭性结局的一种无法之法。

其次，中国古代文学的归藏特点包含着文学自身的化感通变。文学和其他文化现象一样，不仅受到社会许多门类的牵制，而且经历着来于自身机体的内耗。文学的归藏使强化的风骚归于厚道，使雅化的体裁复归平实，使僵化的形制变得正常，使隐秀的娇柔重返质朴。文学本身是社会的矫正剂，但它也是自身的腐蚀剂。许多种天真的文学理论，自认为是阻抗社会腐败的法宝，进而认为自己就是批倒所有谬误，独掌真理之门的钥匙，殊不知，自诩立于不败之地的自负，本身就是取败之道。文学的归藏是逆势疗法，可以让自以为是的文学变得自谦，文学归藏是自我检讨，可以让自命不凡的理论变得自律。文学归藏是自我逊位，可以让妄自尊大的主体变得兼容。文学归藏是不竭之源，可以让“选题枯涸”的文坛找到潜流。文学归藏是续生块根，可以让千年良种再发新芽。文学归藏是文学自化，可以让弄文玩文大腕无所适从。质言之，文学归藏是文学自身的防腐剂，其化感通变的特征是中国优秀传统文化之一种。

最后，中国古代文学的归藏特点是一种独特的牺牲精神。这样的牺牲是祥龙入化，是凤凰涅槃，是蚌病成珠，是虫草互生。祂以悲壮的精神沉潜，以坚韧的毅力忍耐，以亘古的节奏阅历，以立己的心态立人。归藏不是文学的毁灭，而是向死而生。归藏不是文学的自杀，而是养精蓄锐。归藏不是文学的荒芜，而是休耕退耕。归藏不是文学的自卫，而是无为有为。归藏有正道，因而文学在与世推移中此起彼伏。归藏含逆境，所以文学于历史诡谲中歪打正着。前者如巨型叙述的跨代演变，如文学体裁的潜移默化；后者像焚书坑儒的旷世浩劫，像“贵人”陵墓的一私陪葬。归藏与自弃貌合神离，诸如西方自戕文艺便是知其一不知其二的举措。归藏与暴虐势若水火，中外历史上残忍的迫害都证明了归藏的另一个话题——罪恶淫威下归藏的抗争。面对强权，文学归藏不是永恒的泯灭，而是含天抱海的守寂，是移星转斗的取静，是蓄势待发的冬眠，是东山再起的前奏。由此而论，文学归藏是反朴归真的再造能力，是敢死善死的永生主题，是中国古易阴阳交变的大写意，是华夏气脉周而复始的总精神。

（二）运归藏以养正气

归藏思想是一种丰富而深湛的诗性文化。对于涵养人类智慧来讲，钻研归藏精神是一件富有积极文学价值的事情。

归藏文化与天地通和。其中蕴含着自然人文的浪漫。称其自然人文，是因为归藏的基本精神是自然的，即以自然为母体，对母性最崇敬，于涵养最上心。归藏的基本理念是母亲的大爱和女性的温情。“归”，《说文解字》解为“女嫁也”。嫁女为归，也称归妹，谓女有归宿。归之家园感和归宿感由之宣示。女儿回娘家，古称“归宁”。归字的另一层含义也揭示出来。出嫁曰归，省亲亦为归。徐中舒主编《甲骨文字典》将归字解释为“返还，归来之义”[①]。早在母系氏族时代，归藏思想中以阴包阳和以阳暖阴的意识业已形

---

① 徐中舒主编：《甲骨文字典》，四川辞书出版社1998年版，第128页。

成。古文字，家中有女为“安”。简体字，家中有丁为“宁”。归藏思想也是人文自然的写照。那是一种在天地元黄间所包裹的质朴浑厚的气质，其中蕴含的是没有多少矫情的华夏人文底色。黄帝的勤劳创造精神，最能说明这个事实。以造车著称的黄帝时代，为人文初祖博得了一个很有劳动者意味的美称——轩辕。轩辕并非后世附会的“御辇”，而是黄帝所创造的劳动工具。黄帝还是玉文化的代表人物。据《越绝书》载：黄帝时代，“以玉作兵”。玉是天造地设的自然材质。黄帝时代对玉料的开发，将原始生活对自然和人文发祥的造化之功，水乳交融地体现在玉器之中。玉通神，玉纪德，玉辟邪，玉传情，玉之神圣寓意在姬轩辕部族占有举足轻重的地位。可以这样讲，玉文化上接旧石器时代的古朴，下启青铜器文明的曙色。“以玉作兵”，再好不过地说明，那里更多的不是血雨腥风的格斗，而是通天理地的人和，即以玉止兵。美玉的质地温润通体柔滑，哪里真有用玉雕器物作为杀伐利器呢？用玉器于巫战的象征性是有的，但是真以为可用之于战争去杀斗成兵，则是误解。玉文化的核心价值和高级作用不在战事。大千世界，诗成珠玉在归藏。后世以玉喻情，以玉比德，以玉赞美，其中的诗性内涵，堪称人类文明的物化性乐章。玉文化表在比德，本在涵养。其实质是把钟灵毓秀的三才精华，储藏于那么一种可以守信的沉默的石髓之中。

归藏文化可上溯到龟文化的滥觞。许慎《说文解字》谓：“龟，旧也。从它，龟头与它头同。天地之性，广肩无雄。龟鳖之类，以它为雄。”① 龟与旧，声可互训，而且龟最寿，是有旧义，即有长久义。甲骨文有龟上加草头字形，唐兰谓其通假为秋。秋为收藏象，是亦通藏。龟，归，藏（zàng），藏（cáng），音义互通。②1977年春，在安徽阜阳县双古堆发掘的西汉汝阴侯墓出土文物中，发现“太乙九宫占盘”。太乙九宫占盘所反映的内容与《黄帝内经·灵枢》“九宫八风篇”有惊人的吻合。由西汉上推，其制作时代

① （东汉）许慎著，段玉裁注：《说文解字》，台北天工书局1996年版，第678页。
② 徐中舒主编：《甲骨文字典》，四川辞书出版社1998年版，第1436页。

当更早。在河南舞阳贾湖新石器遗址，出土了8000年前随葬的占卜龟甲。内置石子或粮食的种子，或八个一组，或六个一组，巫师通过摇动龟甲以占卜。在距今6000年左右的红山文化带牛河梁第5地点1号冢，出土有神龟玉器。在第2号地点一号冢第21号墓发掘出了玉龟壳。此外还出土了玉雕龙、猪、鸟、熊、云等精美器物。牛河梁第五地点中心大墓很引人注目，墓主两手各握一玉龟。这个现象很好地阐释了龟通神和龟归藏的隐秘含义。牛河梁原始女神庙的彩绘塑像告诉我们，那是一个母系氏族时代，而手握双龟的老人则是一位男性长者。女尊男归的精神也在这里得到佐证。换言之，不仅女有归，男亦有归。从辽沈到青藏，再由蒙古高原到整个黄河流域，轩辕共同体联盟曾经盛极一时。从思想意识和精神气质方面讲，那是一个可称之为《归藏》文化的时代。[①] 据司马迁《史记》载："黄帝崩，葬桥山。"[②] 红山遗址与黄帝历史当属于前后赓续的文化体系。红山文化的女神祭坛，与黄土高原的黄帝土冢东西相望，两处遗址惟妙惟肖地勾勒出了归藏时代的时空坐标。玉龟文化是归藏的，归藏文化是极富诗意的，通龟通归通藏者，可与言远古上古的归藏诗性。

归藏文化是中国原始文化精神的根基。三易都有伏羲所创的八卦寓意，在宇宙精神上一脉相通，但是在秉性气质和运用方略上各有侧重。《连山》、

---

① 母系氏族时代，男子对女性的尊敬不是虚言。那个时代的男子，不论多么高贵，即便身为部族领袖，也是知母知舅不知父的待归化人物。而这个现象在旧石器晚期到青铜器早期，就发生了巨大的变化。陕北神木石峁遗址发掘表明，城墙下女性的累累头骨，证明那是一个由二里头文化向夏文明过渡的时代。女俘或女奴被大量斩杀且深埋墙基之下，"奴隶制文明"血色登场。归藏思想在夏文化兴起中的沉潜，于此可见一斑。

② 《史记·五帝本纪》："黄帝崩，葬桥山。"《索隐》云："桥山在上郡阳周县，山有黄帝冢也。"这是关于黄帝陵的最早记载，也是最权威的记载。陕北不仅是黄帝的归宿地，也是黄帝精神的真载体。在陕北民间多有黄帝传说，好几个县都认为黄帝塚在"本县"。虽然至今无法断定黄帝归葬之地究竟在哪个县，但是人文始祖姬轩辕曾在这块广袤的大地上活动和安息，则是一个事实。陕北有丰富的远古、上古的原始文化遗迹。在子长县境内从高柏山到栾家坪，考古发现多处仰韶文化积存，石器、玉器、陶器累累可见。百姓口耳相传，称状如断桥的高北山为始祖坟（黄帝归藏地）。现在的黄陵是唐人兴建的祭祀庙宇。黄帝以《归藏》为大旨，不封不树，此乃归藏本色。司马迁关于"黄帝崩，葬桥山"的记载，留下了黄帝陵的地望，有待探索的还有华夏先民诗意栖居且他化、通化的归藏精神。

《归藏》均为古易宏构。从本质上讲，二者都有静默的气象。相对而言，《连山》静中运动，功在雄起，高原耸峙，山岭逶迤。其骨子里蕴含着动态，因而开发、开拓、开创，德在铺展、显豁、仰光。《归藏》静处守寂，弱里孕化，阴中包阳，以无为终成有为者，莫过于《归藏》。将《连山》、《归藏》与《周易》作比，《连山》比《周易》雄强，《归藏》比《周易》沉着，《周易》比前二者圆通。若论好胜，《连山》首屈一指；倘看运作，《周易》善变无双；如讲化境，《归藏》大象无形。三易均属人类思想瑰宝，相较而言，《归藏》更具备地球文明的最深沉的涵养。从迄今可见《归藏》断简佚文可知，华夏民族关于天归地藏的思想源远流长。这是一笔丰厚的精神财富。藏以《坤》载，厚道；归从《天》宁，博大；藏以《屯》积，丰饶；归以《泰》处，安详；藏以《谦》行，德高；归以《畜》养，望重；藏以《豫》度，备急；归以《观》临，知化；藏以《无》用，超善。《归藏》的厚道，在后起的《周易・坤卦》中也有所继承："地势坤，君子以厚德载物。"《归藏》的柔中有刚，在《周易・乾卦》中也有所显示："天行健，君子以自强不息。"

（三）在归藏以凭造化

归藏是大文学，因为她是宇宙之象；归藏是非文学，因为她有潜成之德；归藏是通之化，因为她持和合之道。

归藏是天地之本相。《归藏》为易，原本是人类法地法天法自然的大气氤氲之作。归藏深知"天气归"，因为地球无非是宇宙成员，是太极一页，说到底，类似"万古云霄一羽毛"。归藏意味"地气藏"，因为山海不过是大地的支脉，是茫茫逆旅，充其量，可称"遥望齐州九点烟"。《圣经》说人与宇宙都是上帝创造。古埃及神话称人类来自天外。古希腊神话也说人类来自猎户星腰带三星。归藏之"黄土缘分"，则告诉人们一个朴实的真理，人类原本从黄土中来，大地终归是天体玉成。这就是为什么华夏先民非常看重"理地"，尤其在乎"补天"。在终极关怀的意义上，我们可以这样理解，归藏精神不仅是地球人的本位思索，还有放眼宇宙的考量。印度《原人歌》的宇宙观，一如中国“盘古开天地”的神话，在思维基点见得出人类的初人意识。那是一种开显思想。而归藏文化披露出的则是一种博大精深的宇宙情怀。归藏之小，藏之于大地；归藏之大，归之于天宇；归藏之深，诉之于大道。“道不外求”，即此意。后人托黄帝名义出《阴符经》，讲三才互盗，离归藏精神殊远。归藏大旨在厚德无求，在万类相养，在万物有归，如此厚道，决非鸡鸣狗盗之窃贼心肠可同日而语。归藏以宇宙为家园，不仅以日月为灯烛，举凡暗物质，暗能量都是家园瑰宝。归藏无盗，恶念顿消。归藏非美，天地常好。

归藏是五行之深道。人从土中生，地由天上来，时经归化通，空因藏里得。人类不仅归藏物质，归藏精神，而且归藏时空，归藏命运。归藏以坤入，以天归，贯穿的是天地人神时的上古的“五灵”观念。这与春秋以降的木火土金水五行观迥然不同。[①]归藏中的五行说，可以概括为“五灵”说，因为祂是人与天地神时的商量，对自然有敬畏，对命运有博弈，对价值有超脱，是比战国五行更为渊深的华夏智慧。春秋以后，特别是战国时代，占上风的是木火土金水的五行观，立足点是以五种代表性物质元素及其生克关系看待宇宙，在素朴的唯物论思想中，夹杂着物质财富观，更多地体现了工具功用的考量。其中有一定的辩证思想，但是在宏观上看，实用强而化境弱，智计多而善根少，循环论的基调贯穿始终，缺失的就是归之道和藏之德，因而还称不上大智慧，更称不上大诗学。三代的“五灵”说以天地人神时立

---

① 此处的“天地人神时”上古“五灵”说，采用的是邢文的观点。参见邢文：《帛书周易研究》，人民出版社1997年版，第223页。邢文先生称彼时的“天地人神时”为古老的“五行”。这个发现独具慧眼。笔者将之称为“五灵”，以别于战国“五行”说。从三代之“五灵”到战国之“五行”，中国从上古到高古的思想文化发生了巨大的变化。三代的“五灵”说以“天地人神时”立论，这种思想从更深的层次领会天地实质和宇宙浩瀚，在超越的大格局上看待生命及其存在的根本意义，逊进逊退，归藏归化，堪称天地精神和宇宙情怀。战国“五行”多了唯物思想和工具考量，其中也有一种宇宙论的探求，但是少了大臧本善和慎终追远的原德，凸显出物性文化的新变和工具理性的生发。二者都有所由产生的时代背景，也都有贡献给人类的正能量和反作用，其间的关联和变数，值得深究。

论，这种思想从更深透的层次领会天地实质和宇宙浩瀚，在超越的大格局上看待生命及其存在的根本意义，能吃亏，善进退，甘缄默，敢牺牲，堪称天地精神和宇宙情怀。

归藏是诗学之渊薮。孔子及其儒流都从《尚书·尧典》中缘用“诗言志”的诗学理念，把人性诗的审美推向极致。这固然是一种贡献，但是偏颇也在此极致。在尧舜时代，去黄帝未远，归藏精神沛然而在，黄帝心，许由情，击壤歌，熏风谣，帝何力于我？会通百家的荀子深谙此道。他在《解蔽篇》中有一个振聋发聩的见解：“志也者，臧也；然而有所谓虚，不以所已臧害所将受，谓之虚。”[①] 由此观之，古老的“诗言志”说，也应关联另一种意思，诗言藏。归藏有藏，然而也有虚。归藏永不自满，因为归而有道，藏而通化。志与藏通，诗与归化。这就提出了一个重大的诗学问题，即被“言志”说遮蔽了的归藏诗学的本真。后之解“志”，知其一，不知其二。于是“诗言志”仅剩“诗亡（无）隐志”的单行道。后来儒家，在这条道路上越走越远。归藏为原五行之道，意为唯道集虚，“诗言志”是天地人神时所涵养的一种宇宙精神。“诗言志”不仅言修齐治平，也不仅吟风弄月，而且要与天地精神往来，要能归善藏，通和致化。“诗言志，歌咏言，声依咏，律和声”，仅是一面，诗学还应补上另一面，简单地讲，声根默，乐收声，诗通藏，文归化。根默收声，不是销歌，而是返还质朴，去除浮华；通藏归化，也非灭诗，要在慎终追远，与道俱化。归藏是出发点，归藏也是回落点，真正领会了归藏精神的人，才有望深刻地体悟文艺的根本。

概而言之，归藏是山川入地的气质，有大气度；归藏是襟怀日月的气魄，有大气势；归藏是集虚孕实的气韵，有大气场。山川入地者，德万物而不彰；襟怀日月者，大明夷而抱阳；集虚孕实者，与天地而共长。归藏之精神大矣哉！她是终极关怀的真气象。

如果说 21 世纪的世界文学是他化文学，那么 21 世纪世界文学的深层

---

① 荀子：《解蔽篇》。参见王先谦：《荀子集解》，中华书局 1988 年版，第 395 页。

脉动是文学的归藏。华夏文学是由来已久的隐秀文学，而华夏文学最深沉的底气则是一种归藏精神。在全球性的文学他化大潮扑面而来之际，我们既要发扬我国古代文学隐秀的特长，也要汲取隐秀文学深层的归藏要义。走出去，亮出来，当然可以，但是固本培元，不事张扬，尤其重要。能蓄万物者，归藏。善化万有者，藏归。那不是保守，而是真进。其中没有寂灭，而有不朽。

第十四章　文学归潜志

前一章我们讨论了文学的根本问题，即归藏要旨。文学需要归藏。归藏思想与人类文明的显摆风头大相径庭，归藏精神与文学艺术的浮华采丽格格不入。然而，要哲学家思索归藏脉络尚且不易，要文艺家践履归藏本旨无异于让奢华惯了的有钱人突然去过艰俭的日子。虽然归藏的华夏文化精义很难付诸实施，但是深入的研究还是必不可少的事情。至少知道有这么一种思想需要我们珍惜，有这么一种品质需要我们修为，有这么一种智慧需要我们汲取。

归藏难，因为那是高端思想，是终极关怀，我们只能努力钻仰，倘不能登堂入室，及门或可期待。此所谓法其上，也许得其中。对于一个文学家、艺术家以及文艺理论家来讲，实践归藏的某些过程性标准，应该不难做到。归藏的过程性标准，即文学的归潜行为。归潜，就是向归藏运动。

解析归潜问题，是本章的中心目的。为“归潜志”，是一种导向。自古以来，“志”有三义：曰心志，曰归藏，曰方志。此处用“志”，合前两义而用之，即导文学心志于归藏。笔者拟解析以下三个方面：一是反思文学归潜的内涵，二是求索文学归潜的方法，三是揭示文学归潜的意义。

一、文学归潜之内涵

何为文学归潜？回答这个问题需要紧扣三个参考点：一是文学的本根性

要求。二是文人的本质性自律，三是文体的本真性风格。

（一）归潜是文学的本根性要求

本根在界。这是奠定文学归潜思想的第一块基石。本根在界的命题意味着另一个联袂而来的命题，即文学非文学。这两个命题都指向了一个路标，文学不仅应该文而学，文学还应该归而潜。文学的本根何以是非文学？对于文学归潜疑难而言，这个问题是根本处的解说，即从文学非文学处的由来，反观文学得以归潜的根源性理据。换言之，文学非文学的根本依据，也就是文学能够归潜的重要原因。笔者在本书的第二章《文学根器解》中对此有所论述，在第十一章《文学他化说》中，也有相关的阐发。这两章都触及第一个命题——本根在界。这个提法的实质是说，文学的本体植根于许多领域的结合部，她不能被哪个领域所独有，也不能被文学的本体所误导。不能被任何一个领域所独有，是指文学的根性是杂然而在。其中“性底性之根性，性连性之复性，性非性之品性”[①]，基本上说清了这个问题。“三性”交叉复合，“三性”错综互补，强调的就是文学本根所在的那些个“界”。“界”告诉人们，任何一个方面都不能独占文学的根底，说文学属于哪个基础，等于画地为牢；“界”提醒人们，文学的本体绝非纯然一点，将文学划归审美或人性之类的做法，不啻杀头便冠；“界”警示人们，“界”本身就是人为的金城汤池，任何一种分封建树，无异于削足适履。这也是为什么我们非常在乎解疆去域的要义。文学是自然人文和人文自然的结合体。一如“天地有正气，杂然赋流形”。这个现象披露出一个事实，文学注定为是己非己，也注定要通化始终。来自杂然的文学，在根本上潜在地倾向归潜。创作文学要归潜，不归潜难以明了“源奥而派生，根盛而颖峻”。研究文学要归潜，不归潜既不能披文入情，也无法沿波讨源。品鉴文学也要归潜，不归潜难知晓

---

① 此处“三性”，指“性底性之根性，性连性之复性，性非性之品性”。“三性”与“文学非文学”的“自性他性”原本兼通。根在界，化他方有生。三口品，品中合一多。复且杂，复下蕴会通。

"篇中之独拔"，遑论深解"文外之重旨"。[1] 传承文学同样要归潜，不归潜的传承其来也无根，其去也无脉。归潜是作家创作的前提，有归潜才有文学的异质同构；归潜是文学的生存方式，有归潜才有文学的兼他而在。归潜是文学的演绎过程，有归潜才有文学的他化无碍。

文类互因。这是文学归潜思想的第二个理据。互因者，互根也。本根在界阐发的是文学生态互因互根的前提条件。文类互因讲的是文学与邻近各科的相依为命状态。互因既有自然人文的资质，也有人文自然的因素。自然人文是指文类群科具有与自然环境和生态演变相互连接的地方，人文自然是指人文中包含着自然的成分。两个方面在文化的发展中盘根错节，紧密相连，比如文字产生与族群部曲，《连山》、《归藏》与先民生态，诗词歌赋与民情风俗，绫罗绸缎与锦绣文章，城市崛起与戏剧小说。这些历史过程，都可以见出两大基因的交叉渗透和变易生发。连藏其接，接隐其蔽。这是一种展开中的遮蔽，异类相遮，荀子称之为"凡万物异则莫不相为蔽"[2]。其实就是我们所说的启蔽，既是打开前在的遮蔽，也是启动兼在的归潜。自然人文与人文自然汇拢于文化，汇聚的过程中形成了包容性的人文精神。人们常说，人文群科林木茂盛，郁郁葱葱。各类典籍中也常有用自然物形容人文成色的话语。这种比喻或形容，只是就自然人文与人文自然的连接关系做比附，其实人文群科与自然森林有一个根本性的差异，前者互滋互养，后者互盗互杀。自然林木相互间也有依存，但是更多的是相互剥蚀，相互吞并，一如食物链衔接，有一个术语叫作"弱肉强食"，即人们熟知的"丛林原则"。关于这一点，看看老榕树对近旁别科草木的绞杀，就一目了然。人文群科则不然，各科之间虽然也有矛盾，有所谓相生相克，然而本质上却是互相养护，深层次的相扶相养，始终在潜生暗长。此所谓学术伦理。人文学术伦理的大德是归藏，其逆势运行的途径是归潜。学术伦理有两个侧面互相遮诠，即进取性道德与协调性道德的相辅相成。进取性之功

---

① （南朝·梁）刘勰著，周振甫注：《文心雕龙注释》，人民文学出版社 1981 年版，第 431 页。
② 荀子：《解蔽篇》。参见王先谦：《荀子集解》，中华书局 1988 年版，第 388 页。

在其凸显，协调性之德在其归潜。进取性见张力，协调性趋和谐。不显山露水的归潜品德是文学不致文过其实的内在檃栝。从学科建设方面也可以看出归潜品位的重要。一方面，人文品类的区隔越分越细，特别是在近代学科分类中，“现代性”的文教体制划定了许多僵硬的条条框框；另一方面，文类学科的生存与发展唇齿相依，深层的文史哲互根使各科相依为命。[①] 这个复杂关系说明，学科融会贯通的要求越来越迫切。融会贯通的本质是归潜。学如春冰，冰化雪消，渊深要到下游去；文似秋叶，叶落果熟，沉着不向高枝看。

根脉潜生。这是文学归潜的第三个理据。文学归潜是潜移默化的过程。文学何以进行归潜？笔者在本书的第十章《文学他化论》和第十二章《文学他化疏》中，对此做过学理上的分说。文学的他化，是其非文学的动静，也是其归潜的消息。此前论述居多的是非文学的文学维度，本节要表达的则是文学何以蜕变为非文学。文学归潜主要在根脉处发生。类似例证不胜枚举。乾嘉学派的考据，将文学深化为文字学的训诂，演化为典则性的事类，退化为文献学的抽绎。文学因之淡化了形式，消解了情采，这便是一种归潜。乾嘉时代还有另一种非考据之学，即章学诚的“逆势”学问，对文学而言，章氏之学是一种思辨的路数，其功效也是一种归潜之学。章氏关于“六经皆史”的论证，把《诗经》在内的儒家经典，都化解于历史的真流，并且融解于哲理的范畴。《文史通义》何指？经史子集百川归海之谓也。这种融解和通变，用今天的话说，那就是学科交叉和学术回归。交叉和回归的过程即归潜。“夏商周断代工程”也是归潜性的学术事业。举凡三代的语言、文字、天文、地理、历史、考古、政治、经济、军事、思想、教育、风俗、种姓、巫占、礼仪、审美、文学、艺术等众多门类，尽数纳入协同攻关的重大项目，可以说这是一个百科全书式的学术探究，是群科会通的回溯性运动。笔者主持完成了广东省“211”三期工程项目“人文学中心建设——比较文化

① 参见拙作《论人文学术还家——兼释“文史哲互根”》，《学术研究》2007年第10期。

视野的文学通化研究”，其目的也是为了解决文学的化感通变问题。从文类群科的通和致化，到交叉性文科平台的建设，复合型人才的培养得到了较有成效的推进。会通中西学，融贯文史哲，凝聚教科文，以此为基本目标的大尺度学科建设，倡导了一种归于大场合和潜于大生态的人文学求索，文学通化研究的理念获致良好的实际运用。

（二）归潜是文人的本质性自律

广义地讲，文人即文化人。狭义地说，文人即文学人。此处用文人的狭义项。文学人是以文学为职志的人。从环境角度看，文学人的本质既由文学所规定，也由其文学生存的关系所给定。而从实践方面讲，文学人的本质是其惯常行为当中多元因素的异质同构。概括起来说，文学人的本质是其基本品性的多重组合。由此而论，文学人本质的基本品性表现为职业性的自律，其社会环境因素更多地呈现为他律，而其超乎人为和突破世情的变数，则是变律。

自律性归潜。来自文心内在的归潜是自律性归潜。文心是大道之韵律，与之相合者必然是省静的节符。大道不炫富，不溢美，不恶丑，省净是其知音之微言。俗常所求，繁富热闹。文心深衷，淡泊而已。这就是反常近道的大旨。在一般的意义上来讲，文学是露才扬己的行当，与大道相隔相远。视文心若“为文之用心”，那是小道，而非大道。[①]“为文之用心”，当然也是文心，但那是小文心，而非大文心。小文心者，写作概论之谓也。大文心者，与道俱化之韵律也。换言之，体道之文心是文人自律性的检点，是自觉性的节俭，体现的是归潜的心性气质。检点节俭的典范，前有古人。《归藏》

---

① （南朝·梁）刘勰著，周振甫注：《文心雕龙注释》，人民文学出版社 1981 年版，第 534 页。刘勰倡言，《文心雕龙》的写作目的，是探讨“为文之用心”。此用心乃小文心。大文心在归藏归潜归化，在原道缘道援道。文要归，道要化。圆要开，一要虚。自要然，体要会。为文当作改造文章之手笔，归化不拘入套体式以通脱。小文心摹圣贤以持中守正。大文心法自然而与道俱化。

四千三百言是大道文心的质实写照。与《连山》的八万言适成对照。归藏精神是自觉归潜的表率。老子深知大道不滥，故而《道德经》不过五千言。由孔子门人编定之《论语》，不过一万一千零七字。后来文人不明此道，著作等身方为过瘾。我辈学浅德薄，虽知学习圣贤写经之重要，然而心难至，力不逮，只能像西西弗斯运石，劳身费心，竭才尽智，行文长至人嫌，冗到自厌。文笔高方者则不然。他们都能恪守归潜之道，虽说写经不易，毕竟为文可简。理论如此，诗作亦然，即便是小说家，也须明了归潜的重要。《红楼梦》作者曹雪芹才高八斗，字字珠玑，但是惜墨如金，任何章节，几无只言片语冗滥。鲁迅对自己的要求也很苛刻，宁可将小说题材缩成速写，而不愿把速写内容拉成小说。至于空头文学家，那更是他所深恶痛绝。这也是一种自律性的归潜精神。

他律性归潜。他律也促使文学人归潜，其促使是外在的，是文学人社会关系的总和所规定。他律性归潜是强制性的，这个判断并非说他律性归潜一无是处。他律性归潜大致有三类：一是为社会正义所要求，二是为习惯势力所左右，三是被专制统治所辖制。第一类他律性归潜也会产生某些积极价值，比如苏联在卫国战争期间对作家的政治性要求，虽说文学创作的本真性归潜受抑制，但是在革命意识形态和反法西斯战争的刚性需求之下，也激发出了一批适应时代的好作品，卫国战争的小说和电影就属于此类。这种情况也见于我国的抗日战争与解放战争。这叫作“愤怒出诗人”。当社会正义要求内化为作家认知之时，作家得把自己的喜好压抑、隐蔽甚至销匿，让文学生产能力为时代的正义而聚集。就此而言，其秀出之成绩也不可妄加菲薄。第二类归潜多见于僵化了的传统文化氛围。其表现是优秀作家作品出不来，或者说被窒息，差等的蹩脚货充斥文坛。正所谓黄钟毁弃，瓦釜雷鸣。这一类现象在历史上屡屡发生。第三类他律性的归潜是强权罪恶问题。反人类的残忍令人性遭践踏，专制暴政使文学被扼杀，秦皇焚坑，纳粹肆虐，日本军国主义兽行，都是造成他律性强制归潜的注脚。面对野蛮，文学沉寂实则是被强制归潜。被强制归潜后，往往产生抗击此类强制的自主性归潜。阿多诺有一句名言：“奥茨维辛之后，写诗是野蛮的。”[①] 这则警告是一个极端的例证。在灭绝人性的法西斯大屠杀之后，还能怎样写诗？人类应做的事情，首先是默哀，是对人间世大屠杀死难者的追思，是对历史上大恶的无言的控诉。在这里，任何诗歌之优雅美艳都是一种对死者的亵渎，是对大屠杀的变相重温。默哀是截断审美文艺的休止符，是揭发历史暴行的思想缉捕令。阿多诺关于此时“写诗是野蛮”的愤慨，其实就是对于他律性归潜的抗争。从深层来看，其否定性辩证法和碎片化审美观念，正是在开辟另一种途径，即健康的积极性归潜，在否定的批判理论撕破“总体性辩证理性”之时，文学所做的事情是对于人类灵魂的安顿。当碎片抗阻了专制意识形态的所有整合企图之际，艺术自戕，包括适时休止，体现的不正是本真的归潜？在一定的程度上，斯大林的“清洗”运动和我国的“文化大革命”，也是一种强制性的归潜。一大批优秀作家（不止作家）受到残酷的迫害，许多人死于非命，不少人彻底封笔，值此之时，强制性归潜成了专制统治和暴力压迫的同义语，如何机智地运用归潜智慧，即如何以本真性归潜抵御强制性归潜，实在是文学人生死攸关的大课题。他律性归潜是社会历史的特定要求和辖制，也是文学人在使命感和权力话语裹挟中的双重拷问。当作家们被多种多样的“不无道理”或“岂有此理”所左右之时，文坛上的归潜留给文学人的往往是无可奈何的现象，其中有创伤，也有慰藉。

变律性归潜。变律性归潜是人文运律的变数。规律本身不可逆转，但是规律的变数不期然而然，既披露出规律在一定时空的自身之所限，也体现出其律动中可与之委蛇和可与之博弈之处。在人类历史文化领域，这些

---

① 阿多诺认为：“在奥茨维辛后，写诗是野蛮的。”他并非说奥茨维辛大屠杀之后不能写诗，而是说文学乃至全人类都要正视法西斯惨绝人寰的种族灭绝行为，要对这种痛未定而不思痛的社会做无声的反思和控诉。这里需要默哀，需要灵魂的洗涤，需要撕破“存在”的真面目，而非空谈“存在”的高论或沉醉于“诗意的栖居”。Adorno, Edited by Brian O’Connor *Culture Criticisme and Society*, Blackwell Publishers, 2000, p. 210. 笔者的文学“三归”论，“三他”说和“三辟”观，也有突破存在主义文学思潮的学术伦理诉求。在这一点上，本书文学通化的思想，也可称作是对阿多诺“碎片”思想的声援，是对勒维纳斯“他者”理论的应和，同时也是对海德格尔存在主义理论的抗击。

可逆性现象并不罕见。每种规律都有必然性和不可抗拒的一面，但是其存在的范围和运行特点也有一定的偶缘性。其中变数即变律。在人文化成的过程中，这种变数是人间世某些规则相对可变的一面。于是，探求规律的大作品，往往表现出变律性的归潜。譬如《连山》、《归藏》、《周易》，三者相异相通相兼，却又在方略、方位、方法上迥然有别。有运律而可逆，无放任却知潜。此之为变律性归潜，也可称作体道性归潜。规律之变律和博弈规律，常见于文史创制方面，即所谓变律性归潜之造化弄人。莫名其妙之灾，或匪夷所思之变，往往给人类文史留下诸多遗憾，也会像命运之鞭，在竟然如此中歪打正着。古希腊哲学有许多著作见残。天残，天窗，天留白，此非天意而何？哲学本当是智慧种子的学问，如若体系威严，门派森严，很难说是福音，还是灾难？须知哲学家的短兵相接，绝不比两军搏杀温柔。后世所谓意识形态对立以及冷战过程，告诉人的就是整全性的厄运或曰体系化的暴虐。哲学典籍残佚当然可惜，同时也要看到，留给世人的许多谜团，恰恰成了哲学探索的无尽话题。变律性归潜也见于天才的精力投注方面，那是一种命运的赌博。曹操是"改造文章的祖师"（鲁迅语），诸葛亮也是旷世之文胆，二者都因为经营天下，留给世人的诗文非常有限。当命运让他们成为政治家和军事家之际，也可以说，是造化使他们在诗文才情方面收敛，在文学舞台上隐退。才华隐显，莫非变律使然？变律性归潜还会以其"神来之缺"，即以文本散佚给大手笔的局限处补上一颗美人痣。刘勰那里就有一个突出的案例。《文心雕龙》五十篇，四十九篇完好，唯独《隐秀篇》莫名其妙地残缺。此篇如保存完好，足以让刘勰的修辞性隐秀收全璧之功，也能给读者提供研习隐文与秀句的珍贵教益，然而再深一层的诗性突破则就此停滞不前。因为刘勰既没有文学归潜的运思，更缺乏文学归藏的透解。文到隐秀尚不足，思入归藏始超然。文本怎样才算秀而不过其实？作者如何才会隐到归藏归潜？这些个超出修辞学的诗化哲学问题，应说是刘勰所未开发的飞地。换言之，正是因为《隐秀篇》有缺，其阴错阳差的天窗，不啻天公反面推助，给这位伟大的文学思想家补上了一笔，促使后来人得以领悟归潜精神乃至归藏大旨。《红楼梦》亦然。一本不世出的小说，如果从头到尾峻整无缺，很难达到不朽境界。《红楼梦》有缺，其已有笔墨留使“千红一哭，万艳同悲”，而其未完部分也可让人领略“不到顶点”、“适可而止”的奇魅。《红楼梦》的残缺与作者的不幸相同，那是永恒的遗憾。厄运告诉世人，作者及其著述都是真确而非杜撰的悲剧。岂非命运要把美好的事物撕碎让人看？这个创口，要比后人补上四十回的“大团圆”要高明百倍。此所谓，天恐归藏中绝断，故留缺口给经典。我们讲的“留缺口”、“出瑕疵”或“美人痣”，就是命运给这些伟大作家局限处的“意外照顾”，是造化对于不朽作品的“反面给力”。这种“照顾”和“给力”，使得原本想极力秀出的大手笔，经历此处预料不到的“休止符”，成全了一段妙不可言的无声无字的“归潜”乐章。读者正是经由这个“归潜”入口，不期然而然地踏进可能领悟归藏的时空隧道。变律性归潜有天造，也有人为；是必然，也是偶缘。归潜时，把造化的秘密带到深层，留白处，将文学的命运变相推出。

自律性归潜是文学人悟道体道的自觉行为，也是其发自文心内在的本真性归潜。此类归潜与大道的韵律交响，协文学人的心声共振。归潜之处，也是与道俱化之时。他律性归潜是背反的，其中有强制性乃至异化性的状况，但是也有合情合理的情形。文学人的本质与其社会关系的总和密切相连。社会关系是复杂多样的，其中健康有益的积极因素，构成了他律性归潜的建设性效应。变律性归潜是无奈的，是命运对天才的残酷折磨，也是造化给文学的道化性安排。变律性归潜是匪夷所思的，也是歪打正着的。变律超乎常人所谓规律，至少超乎某一有限范围内的运律，当此之时，超乎必然律而又入乎另外一种偶缘。这也是一种发人深思的现象，即不一定是有律可循之必然，但却是无缘可考的神韵。归潜是文学人的本质性自律。

（三）归潜是文体的本真性风格

文学之文体，就是体裁。文体指的是文章的体制样态，体裁说的是文学的款式规范。文体与体裁，在本质上是一回事。文体是通过作家的创作表现出来的，其表现就是我国古人所谓体性，也是西方所谓文学风格。因此，文体也与作家及其作品的风格密不可分，前者之偏静和后者之偏动，构成了互为表里的相辅相成，以致在一般的意义上，说文体就是说风格，反之亦然。

文体需要归潜吗？答案是肯定的。因为文体之偏静，在模式化；风格之偏动，在显摆中。模式化重于器而疏于道，显摆性遂于意却失于德。文体依体而范，据体而式，由体而固。风格因风而显，缘风而著，息风而格。文体的得失，风格的声息，都是作家与其所生存环境之间磨合的结果，也是文史及其传统因其人届其时而鸣。就文明价值运动的显豁性及其高潮化而言，文体和风格，无非是文史领域的躁动与张扬，也是个人抑或流派因功利性的激发而结体成势。其中既有文明机制之所需，也有文学人因时因地制宜的投其所好。这里说的所需与投其所好，当然包括文学生发的矫情气质和产销运营的资本操作。文学人大都为自己难得的“时中”而努力地骋才立言，非文学人也自觉不自觉地给文体风格前后推助。在这样的态势中，文学人追求灿烂辉煌成为一切的一切，而文学事业知进退乃至识归潜的行为反而变得怪诞且不可思议。对于文体风格弊端的反思和救治，只有到体式讹滥和华彩淫靡之时，才会引起人们的警觉。文体归潜的提出，其意义就在这里。

我们经常因文学对抗异化的功能而对之尊敬有加，也经常为文学的审美特点而觉得无可非议，还因为文学的理想性存在而刮目相看。这些都不是虚言，为文学歌德乃至尽力辩护，不是没有道理。这些方面常常是各种文学概论反复申述的理念。我们要说的是任何学科理论都不可将自己的逻辑推到登峰造极。文学的上述三个特性并不是建立“铁规则”的基础。文学人及其在社会中生发，文明机制的所有弊端都有在文学中的渗透，因而其对抗异化的胆色并不能成为获得真理青睐的全正极行为。文学的审美成分也不例外，爱美审美以及唯美主义，都不可作为其注定洁身自好的免疫标签，因为美与审美也不能逃脱多元视角的审度。文学的理想性存在也是如此。美好、崇高和正义的憧憬让人向往，但是为理想杀戮和为天国血祭的历史事实恰恰说明，不论是人性之善，抑或理想之高，都不能为文学原教旨主义的信条辩解，也不能对真善美过度推演的弊端文过饰非。凡物三分毒。文学亦然。文学也需要反思自己，净化自己，将自身置于与庶物一样的处境去考量，去解毒，去化感通变。归潜便是这样的深层次历练。文学归潜的途径有千条万条，从文体角度思索就是其中之一。

文学体裁是文学之为文学的一个重要基点。从古到今，文学史家和文学批评家大都在积极的方面赞美文体，只看其面子，不看里子。换一个角度讲，人们道尽了文体的好处，但是很少有人检测文体的深层次缺陷和本质性弱点。作为约定俗成的硬性规矩，文体显得很尊贵，也很有尊严，顺之者昌，逆之者困。作为文学成为文学的显性存在，文体是作家和读者都习惯遵从的交流平台，依之者益，反之者损。作为人类文学文化的一个特殊样态，文体的门槛日高，“经典”意味着要求模仿，“体裁”俨然是入闱证券。日月推移，模具成为道具。久而久之，文学人的习惯成了自然，虽然说尚有作家的个性风格补苴文体的局限和困顿，但是文学的自由与创意则因文体受到束缚，这也是体裁堂皇后面不可忽略的事实。文体成了作者的基本行为，文学人无不是依据某一或某些体裁而揣摩研习，以求进入规矩而发挥自我。文学人在这样的范围中终生不渝。有的人留下了即体成功的诗文，更多的人则如磨道里的长工，始终未能走出文体画定的圈子。

西方的文体并不算多，常见者有散文、诗歌、戏剧、小说、文告、申论等体裁为学界称道。这种屈指可数的分类貌似简括，仔细检索便可发现，在逻各斯的车床上各类体裁如同漩涡里的歌，每个作家自以为是在优雅的琴键上激扬个性，其实可创造的间隙也就那么一点。我国的文体分类相当繁杂，体裁的秧苗在战国时代已经生根抽芽。文体疯长是在南北朝时期。《昭明文选》所列文体为 39 种。《文心雕龙》列举了 34 类，如果加上 40 多个小体裁，概数可达 70 种。其实我国的文学体裁不止 70 种，从先秦细数，还可列出一批。体裁的多样化给人以文学博大精深的印象，同时也提示人们，由杂返约和删繁就简的必要。值得反思的是国人对体裁的追慕由来已久。一方面，文体令文人聚才出彩，另一方面，体裁使文风佻达轻浮。在消极的意义上讲，这也是一种文体综合症。尽管如此，文学人对文体的研习仍然如灯蛾扑火，思想家对文体的探讨一向前赴后继。

古来文学思想巨子无不将文体作为重要的研究对象。大学者们有说某某作家的作品高下精粗，但是很少有人批评哪种文体的成败利钝。某个时代的文学"文章道弊"，文学思想家大都会在社会风气和诗人自身找原因，比如"采丽竞繁，兴寄都绝"的齐梁文风流波，是因为"汉魏风骨，晋宋莫传"（陈子昂）。某一种文学样态出现讹滥，评论家会说是"被滥用"，比如明清以来词章。哪种体裁时过境迁，文学史家或理论家会说这是"遁逸"。一些古老的文体，如律诗或词曲，在白话文时代进入低潮，思想家会说，"诗应以新诗为主，旧体诗，束缚思想，又不易学，不宜在青年中提倡"（毛泽东）。文体，事实上传统的各种文体，程度不等都在文化海洋中浮沉，很少有哪些文体真正地寿终正寝。反之，文学人经过文体规范，最终都成为文体人。不论是一种文体的陶冶，还是多种文体的训练，文学人一生孜孜矻矻，无非是在体裁中被体裁。我们想说明的是体裁和体性的反面思索，不仅文学人需要返朴归真地沉潜，而且文学体裁也需要化感通变地归潜。

在某种意义上讲，文学归潜的难关在文体。因为文体是文学的基本结构，是文学的硬框架，多数作家的创作是在其中完成。文体也是文学的涉外通道，是惯性读者喜欢的硬通货，社会对文学的诉求经由文体成交。文体还是文学的工艺作坊，是文学的硬模具，不少作者对之身心以投，犹如戴着镣铐跳舞，而且乐此不疲。由于许多经典都是文体化的产物，所以文体不但是为文之圭臬，而且是作家和读者的交流通道。这一切都让文体有了很高的地位。毋庸讳言，文体之硬和遵从之仿，使体裁成了写作训练场上的第一道火圈。文学归潜的焦点也在文体，因为"设文之体有常，变文之数无方”[①]。变文尚且无方，作为文学巨大变数的归潜，尤其是无常无方之行为。如果说文体是文学的既成风格，体性是文学的变量风格，那么归潜则是文学体裁的本真风格。有什么能比绚烂之极复归平淡更真实的呢？有什么能比重返原点的原道逆旅更真切的呢？有什么能比文学世界的潜入化境更为迷人的呢？如果说文学是人性家园，文体是楼堂馆舍，文风是身家心气，那么此三者的崛起披露出荀卿指称的“人性之伪”，此三者的成功不啻为释教所说的“虚幻之象”，此三者的奢靡蕴含着尼采所说的“堕落之征”，此三者的归潜则意味着文学真相的返老还童，意味着文学风格的凤凰涅槃。

二、文学归潜之可能

归潜何以归潜？或者说文学怎样才能归潜？这是不易回答的问题，但也不是完全不能言说的事情。至少在归潜与归根、归潜与归隐、归潜与归藏的异同方面，可以看到归潜性生存的脉络与方法。

（一）归潜与归根

在一般的意义上，归潜即归根。文学归根归到哪里？归到言志抒情，古人如是说。归到生活源泉，近代以来的文艺理论这样看。归到艺术江河，不少文学人这样做，所谓文学以文学为营养的认知，披露的就是这个道理。这些“归结”都不能算错，在文学的园地里爬梳剔抉，一枝一叶总关情，任何一棵花草树木，只要人们顺藤摸瓜，振叶寻根，每一节点的所得皆不相同。探索根脉的努力每深入一点，归根之归的经历就会多一层见地。这些个过程是在归根，但是并不能结底。因为在任何一个开发点上，都可以向上推溯，

① （南朝·梁）刘勰著，周振甫注：《文心雕龙注释》，人民文学出版社 1981 年版，第 330 页。

向下延伸，归于内心，归于外联，归于物质，归于精神，归于大地，归于天空，归于宇宙，归于无极，等等。人文与科学的无限细微发见和超常宏观洞察，每一个新进展都在揭示着一种新的归根。

归根不易，但是归潜可行。归潜是一种净化文学艺术的过程。归根而不能结底的探索，本身就是在归潜，就是归字号的思想和行动。文学归根的求解，既是归潜，也是复发，这就见出一个功利性和原道性的双重现象。归根的刨根问底为了散枝开叶属于前者。归根的与道俱化无为而为属于后者。前者的目的性和功利性指向文学的发展，决定了其方法的护花特点，习见的促发性文学活动及其理论建设走的是这个路径。后者的归本性和涵养性深入通和致化，历史上的通化性文学活动及其界外思考，蕴含着对文明劣根性包括文学劣根性的化解和警示。这两种倾向或曰两种方法都有其优长，但也各有短板。前者的积极面是以文学作为推动社会和造福人生的工具，其弱点是无法根除文学艺术本身的浮华乃至堕落因素。后者的大胸襟，抱负的是终极关怀，其难点在于不易让文学人普遍跟进和直接践行，因为体道入道毕竟是超脱性很强和自律性严格的事情。

在文学创作方面，归潜的路径原本就在脚下，只要人们愿意隐秀而行。这里说的隐秀，不是《文心雕龙·隐秀篇》对举双誉的隐与秀两种修辞风格，而是潜秀隐美的守拙精神。[①]守拙，是人类保存天性中质朴品行的途径之一。原始的神话是稚拙的，稚拙并不等于低级粗疏，反而恰恰是超越了美丑善恶真假的大器天成。神话出息了，但是没有“秀”到张扬的地步。守拙，也是对人类机心的一种化解，这种化解意味着返朴归真。原语是存在的

① 刘勰把隐与秀视为两种对举的修辞方式，或者说两种都很美好的文学风格。从常规的文艺理论方面来讲，赞美隐与秀的诗学风范是刘勰诗学出彩的地方。但是也要看到，他没有从归藏和归潜的意义上阐发隐性文学的深意，《文心雕龙》的总体价值取向就是凸显文心。他之所以刻意强调“雕龙”，也是为了“言志”、“缘情”以弘扬“文德”。他所讲的“道”只是开显之“道”，既关注肇自太极的自然而然之三才秀出，也承传源于文武周孔的经世致用之华章。其“为文之用心”中缺乏的是文学更深层的“归潜”精神，缺乏通和致化的“归隐”之道。而这一点则是刘勰《文心雕龙》的美中不足之处。

家园，是本真的诗性智慧。真正的诗人阻抗机心，直奔原语。真正的诗学家也很看重原语的诗性。原语诗化着，但是并非华而不实。守拙，是淳朴民风的自然声息。击壤、熏风、卜雨、祈年，权威淡时人心古，与天地相得，不潜也隐。守拙，是天下苍生的质地品性，喜怒哀乐，生老病死，民谣俚曲，歌讴吟哦，心计浅处天机深，足以让有司重视，国风、小雅、乐府收集之下层传唱当属此类。云缥缈而无心，谚重拙岂有意。民谣，根于民，生于民，见录于雅集者，冰山一角。深藏于民心者，如山如海。守拙，也是行家里手的诗眼文心，杜甫《进雕赋表》称道“沉郁顿挫”。宋人概括杜诗特征也用“沉郁顿挫”。陆游谓“唐季五代诗愈卑”，非指所有诗人诗作，只是就总体态势而言。王国维论诗，于四言、五言、七言与世推移的兴衰起伏，以“遁”字概括，这个字眼很妙。花无百日红，诗潮有涨落。诗体浮沉，实乃归潜之“遁”。词是情巢，有人称之为艳科、小道，然而苏辛有情，并未入艳科，更未沦为小道。追逐大道归藏，小道也在路上。晚清王鹏运、况周颐等人倡导的重要词学理论是“重拙大”。“重拙大”已非小道所能囊括。王国维用“境界”带“格调”论诗及其余，唐圭璋以“重拙大”加“情韵”为标准选词、论词。这些思想都很古简精卓，虽说未及归藏，但是不论“隔”与“不隔”，视角转移间已涉归潜。王、唐词话切入点有异，但是交相映带，于秀显处常见沉潜含养古意。

（二）归潜与归隐

归潜不仅是文学创作与鉴赏的一个尺度，也是一种文人的行为，甚至是中国贤哲的一种诗性活法。作为文人行藏，归潜就是归隐。上古贤达巢父、许由、伯夷、叔齐是真隐者。春秋时代的介子推、范蠡是真隐者，西汉张子房、东汉严子陵是真隐者，东晋陶渊明是真隐者，这样的贤者，其名是隐者之真名，其潜是藏者之真潜。《采薇》短歌万世不朽，《归去来辞》千古流芳。孟浩然终身布衣，怀才不遇，其作品皆清新的隐逸诗。李太白数度隐居，也留下隐逸诗二百多首。孟李虽有归隐之名，实未脱济世情结。天下兴亡，匹夫有责，也是一种品格。有苍生抱负之人，必有归潜之志。大抱负与大境界，不论为人抑或为文，均属另一个类型的归藏。在一个不可拯救的末世，贤哲当隐，天才可潜，诗性归于山林草野。而在风云际会真理潮起之时，“铁肩担道义，妙手著文章”无疑值得嘉许。这与归潜精神并不矛盾，而且可以说，如此担当，其中也有归潜。扛起黑暗的闸门，犹如打开牢笼，放鸟归林，给欲归潜而不能的人解疆化域，其功德非归潜而何？当变革现实成为历史的必然趋势，扭转乾坤也是归潜行动，替天行道为的是让更多的英雄好汉通向归藏。为了天下太平的理想舍生取义，慷慨赴死，就是归藏之一方。“人生自古谁无死，留取丹心照汗青。”死得重于泰山，那叫死得其所。烈士的英勇献身就是一种伟大的回归。视死如归，不亦壮哉！文天祥、李大钊、方志敏，这些英烈代表了另一种归潜——向着真理的归藏。天下为公者，所趋无不归公归善。在一个社会败坏且不可匡正的时代，救世无方、报国无门者，隐逸也是壮举。真隐士，一如深藏的莲子，入污泥而不坏真身。就此观之，沉潜即道行，因为保留种子比收获种子更重要，储存的根芽即便千年万年不发，但是只要属于精种、良种、特质品种，总有一天可以破土而出，为了归潜，向着归藏而再次生发。换言之，好作品无不是归潜之激发，真诗人都有洗练俗缔且勇于归藏的逆溯性超拔。

文学归潜，高下可行。归潜不仅在大贤大德者那里大起大落，也在布衣草民中间潜移默化。笔者的祖父是清末的秀才，满腹经纶而不入仕途，一辈子潜心于悬壶济世，乐善好施，救人无数，在陕北算得上一位名医。一部《黄帝内经》是他传家的宝典。涵养真脉，固本培元，通和致化，藏风聚气。这是他看好的医理，也是其处世的守则。内不与兄弟争，外与乡亲和。几道川里置田不少，然而土改时红军和农会却定他为贫农成分，因为其田产一直让给农户无偿耕种，多年来从未收过一分租子。他是陕北革命运动中极为罕见的“有土地田产的老贫农”。老爷子常以高柏山的黄帝塚教育家人：“功高盖世的人文初祖，平定天下后悄然归藏于黄土高原的大山深处。其成也，因应自然。其葬也，不封不树。这就是归藏精神。”老来尝用筷子敲碗，以

《周易》六十四卦名称与儿孙博弈。好似现今的“石头、剪刀、布”。所赌以能归善藏为赢。尝谓：“藏者，臧也，主大善。天地精神尽在一个藏字。”兴来也作诗：“人参差及甘草好，最是当归入脉深。”“门第万山怀，家珍一瓢饮。”“墙外枣花不显身，秋来硕果可藏珍。健脾养血有土德，补天胜似作天问。”类似诗作，常被家人喜爱，然而所作诗词，积月余辄焚烧，他称之为“敬畏字纸”。或问岂不可惜，答曰：“金诗银词，不如沉默不器。”有些诗句，仅在我的脑海深处记忆。受爷爷的影响，家父也不著书，然而有医案传家。他从小饱读诗书，抗日战争期间毕业于延安的边区师范，阅历深，交际广，亲朋好友非常希望他把一生经历和所见所闻诉诸文字。但是他始终惜墨如金。“文化大革命”了，他遭受批斗，造反派翻天覆地，却未能找到任何文字罪证。宁带历史去，不留纸上声。这也是一种归潜家风。

文学归潜，自是息风藏雅。《诗经》中的风雅颂，大都是有文化者所为，至少为文人收集整理。那些没有被结集传世的诗歌，谁说一定不如刊行于世者更少诗意？中国诗性文化，如诗骚传播，只是冰山一角，重头乃在民间。笔者在家乡走访过许多默默无闻的老人，他们记忆中的一些歌谣让人受益匪浅。20世纪前半叶，陕北闹红，经抗战到解放战争，年轻人牺牲难以数计。村村寡妇扎堆，家家烈士成串。给衣冠墓祭扫的人，呼天抢地，有些哭诉，动人心肺：“冤家啊，你说胜了就回来，怎就连尸骨不能埋。”“死了没埋老天爷埋，梦里头捎个音信来。”子长县红石峁沟有李家兄弟二人，哥哥当兵升营长，回来结婚后，老娘就不让归队了。弟弟是光棍，代替大哥去当了兵，解放了，已经升任团长的弟弟执意回家务农。两兄弟年夜斗酒：“哥俩好呀，谁潦倒呀？土屹峁呀，静悄悄呀。”“不披红呀，不挂彩呀，山屹垃呀，最自在呀！”这些个旋起旋消的猜拳歌，颇有几分归潜的味道。陕北古代就有小煤窑。在一口明代的旧矿洞中发现累累白骨，井下挂案墙上的腰牌很耐人寻味：“一码带——天福财。”“二码带——地安排。”“三码带——鬼不挨。”“四码带——老灯台。”“五码带——毛口袋。”“六码带——黑金块。”“七码带——紫玉崖。”崖，陕北方言读nài（音如“奈”），指山壁，此处意为矿井煤层岩壁，即掌子面。这些名号或许是井下领头师傅的编码和腰牌。其中有在地下坑洞讨生活者的缩影，那是他们的祈使、行话和韵律的写照。他们不是诗人，但是有诗性，在坑道里留下了永恒归潜的劳动号子。彼时一定在场上和井下问答频频，而且落地有声。让我们惊奇的是即便在暗无天日的矿洞深处，这些不识字的“碳毛子”（民间俗称，即矿工），竟然用如诗如歌的语言，将自己的身世和行藏潜存于地壳深处。真诗厚爱草根。真诗潜藏于民心。真诗埋藏在大地的胸膛中。

（三）归潜与归藏

就思想行为来讲，归藏大都是高人大德的智慧体现，归潜往往是希圣希贤的悟性过程。黄帝得归藏之风神，老子得归藏之风旨，孔子得归藏之风教，庄子得归藏之风化，孟子得归藏之风范，屈子得归藏之风魂，司马迁得归藏之风骨，这些有大归藏精神者，堪称圣贤。他们是中华民族思想的府库，也是人类根本品质的底蕴。做归藏之圣贤不易，但是希圣希贤的归潜则应是学人的追求。真欲归潜，斯潜至也。人间世可笑的是伪仁伪义，可悲的是伪藏伪潜。满嘴仁义道德者，有可能是一肚子男盗女娼的货色；高调诗酒山水者，就近看往往是满腔子的利欲熏心。不论归藏，抑或归潜，思之较易，行之为难。难在思想的逼真而不伪，难在智慧的隐秀而通灵。一般而论，越是奉行积极有为者，越是讲究秀出；越是放达自然者，越是无为有为。学术史上赞赏隐逸之人，文学之林看好匿名或无名者留下的不朽篇章。《诗经》篇什不注作者。乐府歌词没留姓名。《古诗十九首》、《敕勒歌》、《木兰诗》、《孔雀东南飞》，诸如此类的作品都没有作者自留名号。后人也很难找到作者的真凭实据。这些诗作的内容并非篇篇包含归潜思想，但是作者的隐而不显甚至不留一丝痕迹，不论出于什么原因，其潜其隐，确实值得读者深思。

归潜是一种实践精神。这是说归潜既是精神的，同时也是实践的。赞美归潜就应将之落实到自己的生活和写作中。笔者在中学时代曾学习写诗和作文，创作的一些诗歌在方圆百里流传。有几首被京都和省城下来的采风者录用，分别发表在《我是延安人》和《延安颂》上。读大学时撰写过四千多行的长诗《山之歌》，内容是讲述一支游击队转战陕甘宁的历史故事。稿子誊清后联系好了一家出版社，也得到了编辑部的出版认可。但是读给父母听，却不被两位老人看好。他们的评价是与现实的要求太近，缺乏时光深处的蕴藉。于是我像爷爷敬畏发表一样，将这个诗稿撤回。后来多次与父母谈论此事，他们一再告诫我说："文学人大都喜欢庄子所揭示的万籁之鸣。这只是艺术的一面。你看周围的大山，哪一座大呼小叫？"父母的教诲令我汗颜。桃李不言，下自成蹊。大山无语，顶天立地。与高山长河比，任何诗歌都显得苍白。在文学天地，有一个很值得让汲汲于秀出的文学人所留意的道理，那就是必须千方百计淡泊名利。与现实拉开距离是归潜，揣摩时光深处的蕴藉是归潜，把劣质作品废掉也是归潜。多年来，笔者恪守一个理念，不得归藏意蕴，不轻易出书，不得归潜精神，不随意发文。著述至少追求归潜品位。践履归潜，也得管住自己的学术交往，切勿追逐文山会海。一个人热闹了，也就完了。回首看，笔者留学归国已过了二十多个春秋，期间参加各类学术会议不到八次。对自己的约束，逐渐养成了一种生活习惯——沉静。在这个信息高度发达的时代，不患人不我知，人不我知无所谓；也不患我不知人，因为资讯可以传来大千世界的许多信息。脱熟脱俗难，汲取信息资料相对容易。从归潜的角度看，那些写出命世之作的诗人文豪当然值得抬爱，那些毁掉自己劣质作品的人，不仅是归潜性的自爱，也是归藏式的自潜。李贽著《藏书》、《焚书》、《续藏书》、《续焚书》，那是不得已，是封建专制的淫威迫使其载藏载焚。一个作者或思想家，没有外力强制而能对自己的作品自觉潜之，藏之，焚之，更是一种殊堪敬佩的修为。归潜，并不是说不能著述，或不可刊行。归潜也可通过发表或流传的形式体现。这是归潜的另一个层面。老子著《道德经》，曹雪芹写《石头记》，无疑也是阐发归藏之归藏。从这个意义上，也可以说，归藏性的著述和归潜性的文章是指其精神实质，归性思想并不与传世或传播格格不入。大隐隐于市，大归归于明，大潜潜于亮。理解归潜理念，关键在于信念所归。体验归潜思想，终究是要自我约束。下笔留心谨慎表达，是一种归潜行为。传导注重深文隐蔚，也是一种归潜方式。

文学批评家是什么？是鉴别作品高下精粗的学者，是培植文学花木的园丁。文学批评家也有一个归潜的修养问题。学者不可信口开河，园丁切忌妄动刀锯。批评家当然可以有自己的好恶，可以有自己的立场和观点，但是要看到，真正的批评是自我反思、自我批评的他化，是在解析作家作品过程中的辟文、辟学、辟思，或曰辟解。此处的他化，是指经由某一作家及其作品的归潜。此处的辟解，是兼容兼在兼去兼留的归思。不论是文学机构的管理者，还是文学批评的专门家，没有这点归潜归思的素质，那就可能真把自己视作文学警察，或某种权力话语的化身。屈原作品有归潜，隐喻遍及字里行间。生而抑恶，死而自沉，只有那么一点“牢骚”，实际上《离骚》本意，并不全是牢骚，有人就说他“露才扬己”[①]。司马迁为华夏人文始祖以来的整个文史作传，揭示了一个伟大民族隐秀沉雄的宝贵品质。然而有人指责其“是非颇谬于圣人”，所写是一部“谤书”。扬雄是一个颇有创新精神的文学家和思想家，有人骂他乖僻，有人责其晦涩。风格可以多种多样，为什么只能有不晦涩的品种？在现实世界，文学方面的“风格宪兵”大行其道。因晦涩而被封杀者，不在少数。看看各级出版机构和大小刊物，有思想深度的晦涩之作几乎全被扼杀，能问世者寥若晨星。思想家赫拉克利特晦涩，巴门尼德晦涩，康德晦涩，黑格尔晦涩，尼采晦涩，胡塞尔晦涩，海德格尔晦涩，阿多诺晦涩，勒维纳斯晦涩，诗人波德莱尔晦涩，小说家卡夫卡晦涩，戏剧家贝盖特晦涩……此类人文巨擘比比皆是，晦涩的作品不胜枚举。晦涩怎就不能存在于艺苑学林。晦涩原本是归潜者经由大漠莽原中的驿站，是归潜

① 笔者关注《离骚》题解。一是司马迁所说：“《离骚》者，犹离忧也。”班固也说：“离，犹遭也。骚，忧也。明已遭忧作辞也。”二是东汉王逸《楚辞章句》所释：“离，别也。骚，愁也。”他认为《离骚》抒发的是离别愁苦之意。汉以来学者，爱用离罹通假作解。以愚之见，还有一解可通：离为明，骚即忧。离取《离》卦之明，骚本忧心之愁。屈子苦心，借离以明。

者向着云山深处跋涉的崎岖小道，是作家寻求陌生化的一条途径，甚至可以说，其本身就是归潜者的一种品格和一种精神。斩杀晦涩者，无异于宰割民族思维的深潜性神经。一个民族，一个国家，或者放大一点讲，整个人类，如果举目尽是浅显通俗、浮泛华丽、赏心悦目的东西，这个世界还能好吗？相比而言，浅显易，晦涩难。风格多样化是福音，风格一律是灾难。

归潜对于本真文学而言，是护根；归潜对于浮华文学来说，是逆反；归潜对于创新文学而论，是新变。本根归潜也是文学的考查方式。文学是华过其实的人文纽结，归潜是其源自归藏的护根本能，是其返朴归真的宝贵品格。

三、归潜偏解补正

文学归潜是本章探讨的主题。当我们揭示了文学归潜的内涵和文学归潜的可能之后，还须回头检查一下，看看上述关于归潜文学的阐发，有无可能被误解或被偏解的地方。如果仔细检索，至少有一些问题很值得深入思考，诸如，文学归潜是否意味着对文学功能的取消？是否等于对文学责任的放弃？如果不是，那么在这样的归潜运动中如何给文学定位？归潜文学在当今世界究竟有什么样的价值？这些话题都关系到了归潜文学理论的深层思索。

（一）文学归潜遭遇三种偏解

偏解之一：归潜是“妒花风雨”。笔者曾撰写过一篇小文，即《文学归潜——兼论文学研究的沉潜》[①]。该文在《文学评论》上发表之后，收到过一些读者的批评意见。“文学本来就是人间春色，怕只怕这一归潜，‘落花流水春去也！’”一位网友如是说。还有网友担心，“文学归潜，说不准是妒花风雨，或是青女素娥不耐冷。‘月光霜里斗婵娟’，那也罢了，如果

---

① 参见拙作《文学归潜——兼谈文学研究的沉潜》，《文学评论》2005年第5期。

‘春风不度玉门关’，岂不是从此文学不文学？”将归潜视为逆春的妒花风雨，真是一个大误解。

文学归潜，首先是要文学回归自然。回归自然，人们都会想到春暖花开，想到“东风夜放花千树”。将文学比春花，当然不错。但是总不能让文学始终停留在融融春色中不思进取。“绿肥红瘦春去也”，为什么就不好？“风雨送春归”，捕捉到的就有归潜的消息。一味地牵留“花落春犹在”，多少有点踏春伤春的富家子弟心态。辛勤劳作的人期盼更多的是秋收冬藏。诚然，自古以来，文学往往与春光贴近。春天被看作文学的象征，缪斯也被视为春神，而且中外皆然。文人看文学，探春、咏春、惜春、伤春、怀春占据上风，真正的大观周览者，则很懂得送春、隐春、归春、化春、祭春，即不但要看到“暮春者……咏而归”，而且要懂得“岁寒然后知松柏之后凋也”。文学迎春、惜春、留春固然不错，但是送春、化春、超春尤其重要。不少文人学士感慨“梅雪争春未肯降”，而我们在陆游那里却看到另一种咏梅情操：“无意苦争春，一任群芳妒。零落成泥碾作尘，只有香如故。”与那些争春、恋春、报春的咏梅作品不同，陆游揭示了梅花的另一种孤寂的特点，即与冰雪为伴，而且在群芳吐艳时悄然隐去的归潜品格。我们称文学归潜是文学回归自然，其意思是推动文学向超春境界的攀升。倡导文学归潜，即不只是给文学一个春意盎然的生机和春和景明的色调，尤其要给文学一个藏风聚气的酝酿和经磨历劫的锻炼。文学归潜而返，与自然的反道而动不谋而合。文学归潜是与文学常规反常而动的，反常近道，反权近道，归潜所指，便是这样一种回归自然的本色。文学归潜于自然，因为自然是文学的母胎，是文学与道俱化的时空驿站，是文学向死而生的人文逆旅。

文学归潜，其风格并非一味阴沉或十分晦暗。不少大手笔是通过“天光云影共徘徊”的亮度，将归潜思想挥洒出来。我们以毛泽东的《采桑子·重阳》为例，看看归潜在诗人笔下是如何归而有道，潜亦非凡：“人生易老天难老，岁岁重阳。今又重阳，战地黄花分外香。一年一度秋风劲，不似春光。胜似春光，寥廓江天万里霜。”“人生易老”，写出这一层，已经进入了诗化哲学的境界。文学进入了哲学，不也是一种归潜？“人生易老”，人类终究要经历这个“老”！老，即归潜岁月。进入归潜境界的诗人，没有登高涕泗流，而是归潜有清商。在诗人、革命家、战略家和思想家的毛泽东笔下，秋光不似春光，却胜似春光，寥廓江天万里霜。表面上看，是诗人在描写战地黄花，以秋光胜春光来抒发革命的乐观主义情怀。往深里想，就可以体会到作者积聚了丰富的归潜性内涵。其中有其战斗生活阅历的沉潜，有其历史哲学素养的积淀和劲秋风霜心理的凝聚。一向被解读为革命熊熊烈焰的毛泽东诗词，并不乏精彩出神中的归潜入化。“独立寒秋”（《沁园春·长沙》）的书生意气，“霜重东门”（《贺新郎·别友》）的凄然别友，“万花纷谢”（《七律·冬云》）中的反抗霸权，“嫦娥奔月”后的“老叟坐凳”（毛公晚年诗绪），秋色、冬云、易老人生、文学哲理，潜在的伟力积压于诗情画意的背后，耀眼的形象代表了天下奴隶的心声。明中见夷，显处益潜，秋冬的考验，归潜者足音跫然。归潜文学，亦可归于革命，潜于审美文化。在亮光中写深沉之色，那是一种非同寻常的归潜智慧，也是一种超群拔俗的隐蔚手笔。

偏解之二：归潜是逃逸责任。这是某位刊物编辑传递的个人信息。透彻地看，视文学归潜为逃逸责任，实际上是从政治文艺观角度发出的误判，也是审美成见对文学归潜的偏解。任何政治思想当然都会希望将文学捆绑在其急功近利的战车上。对文学的强制要求，让人们更多地看出政治本身的品质。好政治值得文学给力，坏政治则须文学警惕并努力与之抗争。给力，抑或抗争，都有一个深刻理解的问题。从根本上看，文学对好政治最大的给力之时，正是其归潜精神充分实现之际。好政治最理解文学的真斋，文学归潜与好政治的大旨互相衡准，而且殊途同归。反之，对于坏政治，文学归潜本身就是最有力的抵制。陶渊明的归去来就是一个很好的佐证。至于担心归潜影响文学的审美品位，那是对文学审美特点的误读。退一步讲，也正是因为人们过于看重审美活动，以致把由来已久的审美偏颇强加给了归潜文学。审美不是自身天然合理，也不能因其头顶爱美的标签便可超然物外。给所有的文学强加一个审美标准，那正应了老子的批评：“天下皆知美之为美，斯恶矣！”归潜文学远离“斯恶”，又有什么不好？当然，文学归潜也不是笼统地否定审美。从正常的意义上理解，归潜特质就是平实性审美品格的集中体现。有什么比文学以自身的归潜运动更能净化周围的环境呢？看一看屈原和陶渊明，他们的去国或致仕及其文学的归潜行藏，对中国历史、社会和文化的正面影响，不是远远大于他们入世的成就和为官的作用吗？即便从反思审美的角度看，他们的归潜行为创辟的不也是另一种范畴，归潜的高风亮节吗？

与其讲归潜文学的社会责任，不如去衡量归潜文学本身的连环考验功能。归潜是对作家、作品和读者的连环考验。考验，是指作家之为作家、作品之为作品、读者之为读者所必经的多重检测。连环考验，意味着不是只看到当下的成败利钝，还要掂量历史演变中的高下精粗，要在循环往复的检测中寻找自己的位置。出者，当想到入；秀者，当想到隐；成者，当想到败；高者，应想到下；常者，应想到变。才华横溢者，当忖度为什么才气纵横和此后又当如何。这个要求对作家过分吗？不算过分。历史对作家的考量是严格的，那才是残酷。在文学史上，举凡归潜于有道，必定功在千秋且利惠当时。对读者而言，这个要求也不过分。在购书、读书、品书方面，没有大爷大腕。并不是说你出了钱，你就是上帝。“顾客是上帝”，那是商人的经营话语，对于为读书而购书者，那是真正的出钱买修养和买锻炼。真正的读者，会把自己设身处地看作接受改造的学员。文学批评家、刊物老总乃至相关的行政检察部门官员，这些人看起来似乎是逸出连环检验者，其实不然。这些职业本身并不能保证从业者就有真理的眷顾，也不能因此而保证自己就是文学领域话语权力的拥有者。作家、读者、评论家、刊物编辑和书刊检察官员，都存在一个经受连环检测的考验。其中任何一个人，如果真以为自己就是主宰者或高高在上的审判官，那就大错特错了。连环检验是什么？是历史长河对眼下的大腕小腕的一次次的大浪淘沙，是无限时空对有限此刻各色文人以及相关政治人物的欲擒故纵。这种淘汰和擒纵是连环的考量，即笔者所说的归潜过程。其中的任何人，都有必要严于律己，千万不可自以为是，尤其不可狂妄自负。严于律己，那是归潜的箴铭。戒狂妄自负，是归潜文学的警策。归潜给出的文学道理并不深奥，踏上归潜的道路者，就会严格约束自己，至少不致因为有权或有才而伤天害理。

偏解之三：归潜是“自命清高”。这也是一位朋友读到笔者归潜观点时的一种反馈意见。严格地讲，归潜性的文学思想不完全是清高。文学清高者无可厚非。但是清高者，多少都有一点洁癖。应该肯定，真清高是有其体现文学风骨的一面，有其警视现实的心理。作为理想性存在的文学，常常与现实拉开距离，文学人有点清高，不为过。然而“自命清高”则不可取。坚持文学归潜的人，往往不是自命清高，而是生怕自己清高，在根本上看，他们是颇能和光同尘，甚至可以说归于本真，潜于喧嚣的人。自命清高者，大多是假隐士，假山人。此等人物，因其心肠掺假，即便家在山林，未必真就是志在归潜。文坛与学界假清高者有之。身在江湖，神勾魏阙，利欲熏心，势必为算计纠结，蝇营狗苟以至于疯狂，都是司空见惯浑间事。此类人的文学，当然免不了虚假的成分。说文学归潜，并非就是要作者一定做隐士，或一定只字不发，而是可以入仕途，也可以有杰作。举个例子，元代有个张养浩（1270—1329），山东章丘人，著名散曲家。少年有才名，19 岁便被荐为东平学正，历任堂邑县尹、监察御史、翰林学士、礼部尚书、参议中书省事等官职。任监察御史时，因批评时政，为权贵所忌而被免职。旋复官至礼部尚书，参议中书省事。后因父年迈，无人照顾，于英宗至治二年（1322）辞官孝亲。此后屡召不赴，实隐居也。文宗天历二年（1329），关中大旱，朝廷特拜之为陕西行台中丞，办理赈灾，见饥民困苦至极而难以周济，痛哭不已，“散其家之所有”以救之。《元史》本传有载。不久便积劳成疾辞世。有《归田类稿》等著作传世。朱权《太和正音谱》论其曲“如玉树临风”。笔者以为，张氏真风格，像子规泣血，似汗青凝碧，在草民心头沉吟。让我们听听他的《山坡羊·潼关怀古》：“峰峦如聚，波涛如怒，山河表里潼关路。望西都，意踌躇。伤心秦汉经行处，宫阙万间都做了土。兴，百姓苦；亡，百姓苦。”这是一位身在朝堂宦海，却心系天下苍生的真隐者。他参透了功名利禄的虚荣，潜心于天地正气孕育的良知。赈灾路经潼关，登临兵家咽喉之地，洞察历史风云，阅尽世道沧桑，忧天下而悯哀鸿，可谓植根于历史深处和心贴民众肝肠的归潜人物。他是宦海浮沉的归潜名家。在他那里，归潜品格不是假清高，而是真品质。文学归潜，并非不留只字片迹，也不是只讲穷独善而不讲达兼济，不论是在山林，在文史，或是在民心，归得其真，潜于深厚，至也！换言之，归潜的深旨无关乎在朝堂还是在山林，其本质是一种沉潜于自然人文与人文自然融通中的真精神。以自命清高与否来衡量归潜文学，实属圆凿方枘，甚至会把文学的归潜者误解为是毁笔焚稿的恨世人，或与世隔绝的遁世者。

我们说文学归潜是一种凝聚了自然人文与人文自然的真精神，实际上是提出了一种关于文学鉴赏与批评的平实的标准。归潜文学不是“妒花风雨”，而是文学领域护根爱籽的天地情怀；归潜文学不是逃逸责任的口实，而是对社会权力话语和审美偏颇的檃栝性矫正；归潜文学不是自命清高，而是大隐立于朝、大潜根于民、大归藏于用的文学品格。

（二）关于文学归潜的定位

文学归潜的思想究竟是一种什么样的话语？这个问题还可以换一个问法，归潜文学位于人文天地的哪个角落？习惯于围绕传统文学理念和现当代文学批评言语的文学人，也许会对文学归潜的提法感到突兀。一种新的文学话语，其出现尽管对这个世界别无所求，却也不得不适应所面对的文学环境。归潜性的文学，也应思索自己在哪里这样的问题。

首先，文学归潜是归藏思想的真正的落实。归潜观念不属于迄今所见任何文学理论的体系机括，但也不是与任何文学体系水火不容。她与文学归藏的母题息息相关。从现实现象的直接性而言，归潜作为文学的自我行为，其取向是朝着本身当下处境的反面运动的。相对于归藏文学的根本性大旨，文学归潜更多地诉诸非文学和次文学以及反文学的动态。非文学趋向是归潜文学的基本运动，文学的非文学化，其实就是归潜文学的另一种表达。入史、入哲、入草根、入山林，文学的本质性潜移默化，无不是非文学的运动。如果说归藏是文学的归宿，那么归潜是归藏的一连串的环节，即把归藏化作一点一滴的现实过程。次文学的存在是归潜文学淡化活动的表征。数千年来日益强化的文学性，使文学在自主和自律的道路上越走越远。而归潜，则倡导一种对文学性矫情的淡化。在某种意义上，归潜就是促使文学从独文学即唯审美文学中释放出来，归潜就是不占据文学鳌头，而甘心退一步的平凡性锻炼。反文学是文学归潜的激烈行为。物极必反，反常近道。心澄则澈，澈积流深。两千多年来，我们听惯了让文学秀出的说教，诗言志，文嘉言，乐述情，这些理论好话说尽，缺少的不正是那么一种归潜的逆行反动吗？刘勰、韩愈等思想大家和文苑魁首看到了一些问题，所谓“原道”，就是想补偏救弊，然而以更诗、更文、更乐、更精、更美的“极”性运作，越原道，越乖道，文学道弊，其根待反。在这种意义上，反文学不是劣根化，而是返本归源。这种反文学的思想，我们从《归藏》、《老子》、《庄子》等著述中读到本旨，从后现代思想家和文学家那里，也能看到苗头。将反文学的理论和创作落到实处，实在是人类文学思想的归宿性践履。往深里思索，归藏是对俗熟浅薄的遮蔽、怀柔、吸纳与再造，这个指向本身就是召唤、酝酿，以促成一种博大精深的沉潜。归潜就是有意无意地实施归藏的大旨，自觉不自觉地体现归藏的精神。

其次，文学归潜是文学之为文学的所以然。如果把文学看作是人学或人性之花，自有其根据，但是如果对人学或人性之花做进一步审定，该定义自身会漏洞百出，因为文学与人性以及人性之花都需要对“人性之恶”和“人性之伪”而检讨，尽管相关的论述，比如荀子的“性伪”说和“性恶”论，并不全是负面含义。如果把文学视为一定经济基础之上的上层建筑及其意识形态，那么，该形态的合理性也有诸多局限，其适用性仅在于可起互动作用的经济条块或社会层面，而从低向高的整个存在都被自系统肯定，其否定性也只能翘首等待下一种新的经济基础变革的到来。如果把文学归结为审美精神的集中体现，那么就等于说，美、审美人和审美活动等一向被文明史抬高而且放大了的贵族化特点，未经审思就成了文学的理论根据，这样一来，审美的弊端与文学的局限交相遮诠，文学存在与审美活动一样，失去了应有的自我省思和自我批判。当我们给文学加上了归潜的取向，至少给了上述种种解说一个原道性、谦和性和自我变革性的补充。文学归潜是向着归藏之道运动，在这个过程中，文学的人性论在一个更大的场域中被净化，被提炼，性善抑或性恶的二律背反在潜移默化中被还原性挪移。文学归潜是从文明“高端”那些自高、自尊、自负的制高点，向着自省、自检，甚至自贬的“低端”迁移，向着大道至简、至谦、至默的归藏精神的前提而化感通变。历史强加给文学的桎梏，诸如经济基础、上层建筑以及意识形态之类的社会历史等级观和政治利益的强制性，都会在归潜性的文学活动中自然剥离和脱落。从更为长远的眼光看，归潜文学的日月推移，终究会达到归藏的境界，恶性政治必将随之消解。文学归潜也是对美丑妍媸做道化性的解析，道化性的解析莫过于归藏精神的推求。推求归藏是在自然与人文的交叉点上领悟美与丑的问题，即在天人之际的造化中解读美丑。造化超越了美丑，归藏归于造化境界。文明执着于美丑，归潜投身于浑然状态。文学归潜归于浑然，文学归藏归于几神。在文学的归潜归藏过程中，文学之为文学有了另外一种表达，那就是与造化一体而沉默，偕几缘同行以寂然，一如日月江河，宇宙万类，“天何言哉”！文明催生文学，激发文学，开发文学，无不出于功利目的。归潜以至归藏，于文学别无所求，如果一定要找一个要求，那就是希望文学回到天人之际的造化性本然。这个指向，接近了文学的根本性伦理内涵。

最后，文学归潜是不同于常见伦理的伦理文化。伦理，在最广泛的意义上，是一种人性关系基础上建立起来的秩序，在其实践方面来讲，则体现为一定的道德规范。文学有其伦理价值和伦理品格。在中外文学及其理论发展史上，可以看到任何社会都有允文允能后面的伦理诉求。文学的伦理批评是不可或缺的，因为舍此就会看到文学的纯娱乐化乃至恶性堕落。文学归潜体现了非常规的文学价值，揭示了超秩序的文学批评。非常规，是指避开了传统文学争秀竞美的惯性套路。超秩序，意为突破习见思想文化对文学的理论束缚。文学归潜是文学归藏的重要组成部分，是归藏思想具体而微的过程。在归藏和归潜的场域中，并没有硬性的理论信条，演化的是一种去除现实算计的通脱精神，即一种没有伦理辞藻的伦理批评精神。归藏是无冕无权的天人交流话语，归潜是舍得舍己的当下文化修行。远古、上古的《归藏》，虽有问卜遗痕，但却不完全是巫术，也非宗教，因为巫术要讨好，要占有，要支配，宗教要信仰，要盲从，要一神。《归藏》卜而不占，和而不流，通而不派，有寄托而不是信仰。这种精神在归潜文学中贯穿始终。人为了一种信仰，包括宗教信仰，是可以赴汤蹈火的。然而凡信仰莫不盲从，莫不排他，莫不是己非人。寄托则不然。寄托是包容，是忍让，是信任，是把他者作为自己，是把虚己作为回归。为信仰和为寄托都能够视死如归，但是寄托之视死如归臻达伦理道德的超常规境界，朴实无华，清淡如水，空怀处下，于博大中体悟生命真谛。

（三）提倡文学归潜的意义

文学归潜的意义何在？上述论证对这一问题程度不等地有所涉略。为了说得更清楚一点，我们特地拈出以下几个要点，在文学吃紧的问题上再做申述。

第一个要点，归潜文学将归藏精神演绎开来。关于归潜文学与归藏思想的关系，前文已经有所论述。这里是将这个问题倒过来看。在归藏思想源头解析文学，开篇蕴含尾声，发端思及结果，起始便有回转。说通俗点，怀抱归藏的归潜文学，是经秋冬而摄春夏，告诫人们收藏之重要，从种源积储揭示艰苦朴素的宝贵，与其让文学花枝招展，春分得意，不如使之多些苦涩，多些黯淡。“文穷而后工”，讲的就是这个道理。从归藏思想入手谈文学归潜，是从人文的高端鸟瞰文学，即从天人交感的顶层设计人类理想中的文学。因此，文学的归潜，意味着文学以其归潜实现人文归藏的根本理念。由归藏思想考验归潜文学，同时是向死而生而且生死与共地看待文学。反过来看，文学在归潜，等于说文学通过归潜活动，把人类的终极关怀贯穿在必死者生死互依、生死抱一和生死共存的启蔽双兼之中。体现归藏的归潜文学，是天籁静悄悄，是硕果沉甸甸，是归化乐陶陶。归潜文学把归藏思想写到了人文最深处。

第二个要点，归潜文学为秀性文学别开生面。称道文学是华林佳树，谁都不会反感。看到一个时代文学家层出不穷，一定会有人赞美这是俊才云蒸的盛世。倘若一大批文学家出手不凡，才华横溢，于是便有人颂扬巧夺天工的“黄钟大吕”，还有人将这些“天才神笔”载入史册。我们将这种现象称作秀性文学的表征。归潜文学揭示的是文学的另一个方面，即返朴归真的本相实品。审断文学繁荣一向是以秀性文学作为衡量的标准。然而任何秀性文学的成就都有一个归潜的化感通变过程。出秀者，先得潜深，不能潜深的出秀，只能是虚生的花红柳绿，浅薄的苇草浮萍。作家愈是能够在自然、社会、历史、哲学、生活等众多的方面沉潜涵养，就愈是能够获得鲜为人知的隐情，愈是能够领悟造就秀性文学过程的那些个深不可测的奥秘。巧夺天工不只是在文学秀出的部分，尤其在于入化而未出神的地方。就拿《红楼梦》来说，如果只是倚红偎翠看红楼，眼前充斥的当然是作者给人物故事的涂抹点缀，外加一点读者自己的期冀和意向。倘若以归潜的功夫读红楼，那就可以随作者由红（烈火烹油）而白（食尽鸟投林，留下一片白茫茫大地真干净），由玉而石，由宦而空，一路潜行，或可达致归藏思想的深层。因为不论是作家的命运，抑或人物的去留，诉说的不仅仅是贫富寿夭的吉凶故事，还有文字底部的无声之音，有天人之际的造化弄人。在这个意义上，读左拉赤裸裸的自然性描写，包括读巴尔扎克书记官式的记述，多少会感觉到少了点归潜的深度。归潜之于文学，厥功甚伟。

第三个要点，归潜文学是对名利文学的迂回方略。名利的支配下也出文学，大名重利，也出文学“勇夫”。为名利而写作者，自古如过江鲫鱼，因为文人也要生存，更何况文学一向是露才扬己的场所。名利催生的文字并非一无是处，有些东西还是有一定的可读性或参考价值。这个向度给人造成一种假象，似乎超尘脱俗的文学都是在名利的驱使下产生。这里需要指出，为名利的文学难以逃脱文学之贱与文学之恶以及文学之腐。明白这个道理，便可理解为什么我们提倡归潜文学。不论是出于什么原因促使作家动笔，有一个理念务必时刻牢记，那就是只要有一分可能，就得想方设法逃避名缰利锁的束缚。这里说的逃避，已经是提醒作家归潜。为名利而写作，即便产出的不是垃圾，其作品也很难经得住归潜乃至归藏的历史考验。作家包括批评家或普通读者，以归潜的心境写、读、赏、评，实际上已经与商业机制和名望网罟拉开了距离。在文学归潜问题上大彻大悟的作家，一定是大气文学家。在文学归潜活动中敢于和善于周旋者，那是有出息的文学家。退一步讲，在文学归潜的界边徘徊，做一位擦洗铜臭淡化名利的文学人，也会在抗拒名利诱惑的持久战中，有胜出之时。文学人要生活，衣食住行在所难免。不能要求所有的文人长歌怀采薇，饿死首阳山。也不能苛求所有作家都像屈原一样沉江，像杜甫一样贫病交加，饿死在异地他乡的小船上。但是至少得明白，不能根植大地者，免不了肤浅；不能穷究天人者，写不出《离骚》、《天问》等归思于天上人间的篇章；不能深入民心者，一定不会像杜甫那样沉郁顿挫，作千古不朽之绝响。归藏是文学的终极关怀，归潜是文人的必由之路。至少，归潜是作家与名利诱惑较量的迂回战略。

第四个要点，归潜文学是对抗宰制势力的无法之法。近百年来，西方不少有识之士在发掘文学对抗宰制性意识形态的潜在能量。他们更多的是培植文学的战斗性能，强化文学的自律自主的所谓自由王国。这固然是一种文学抵抗宰制的有法之法。然而，这种抵抗也有其弊端。作为一种社会存在，文学的“自由王国”从来没有独立自主，从来就不是什么世外桃源。文学被宰制力量俘获，被体制性结构所“回收”，被自身的腐败所销蚀。相对于这种对抗性的有法之法，还有非对抗性的无法之法，即我们所说的归潜文学。归潜文学往往是在社会边缘生发，甚至用不忍卒读的语汇写出，而且不得其时不传，不得其人不传，比如，西方破解“现代性”的现代主义文学和后现代文学就属于这个范畴。倘若不是现代性的病灶暴突溃烂，“后现代思潮”不会对西方文明进行检讨乃至从根柢处翻盘。文学艺术自残自戕，甚至自隐自退，“我去，我减，我潜，我消”，当此之际，宰制性专制力量怎么去施展其“整合”的魔力呢？我们再以海德格尔和阿多诺两位思想巨人为例。他们是针锋相对的哲学家，前者的诗化哲学被纳粹看好，也被从西方到日本的不少官方哲学或权力话语所激赏，而后者的批判意识、反中心思想、反整合策略，加上晦涩语言和断片行文，成了流传都很困难的思想文化品种。我相信，在归潜归藏的意义上，阿多诺的归潜性思想与文本，一定可以战胜海德格尔的讨巧哲学（在这里，姑且不论海氏本人在二战中的行为和哲学中的问题）。最深层的矿藏，一定是在很晚的时候才被发掘和物尽其用。防止被宰制势力利用，原本有许多办法可行。

第五个要点，归潜文学是防范文学自腐的免疫功能。那些使尽浑身解数给文学谋求自由自治王国的努力，倘若不是美学上的幼稚，就是一厢情愿的夸夸其谈。文学什么时候打拼到过独立的地盘？什么时候创立过自己的领地？什么时候形成过自己体制？不仅权力话语、宰制统绪、金钱社会、传统势力都容不得那样一种“自由王国”，就连文学本身也是问题成堆的行当。你不能说对权力话语歌功颂德的文学是文学的光荣与梦想！你也不能说为金钱驱使的文学是社会现实的正当与体面！你更不能说肮脏的垃圾文学不是文学或只是文学园地的几只小小的苍蝇！文学及其作者、营销者、读者、批评者、管理者，一言以蔽之，文学经营领域何时何地能够摆脱得了社会各种腐恶势力的侵蚀？反过来看，不正是文学本身就存在自轻、自贱、自腐的遗传因子吗？要寻找文学的免疫功能，归潜不失为一种弥足珍贵的方面。将自己的根须深深地扎根于生活，于历史，于社会，于自然，于未来，露才扬己的浅薄可以疗救，急功近利的心态可以矫正，与天地精神往来的际遇可以期许。

第六个要点，归潜文学是对文学未来的寄托。归潜文学家，自然得甘于寂寞，勇于精深，安于清贫，善于留白。你若是大器，十年或二十年黄钟毁弃，瓦釜雷鸣，你冤不冤？你若是天才，三十年或五十年隐姓埋名，你悔不悔？你若是圣贤，一百年或二百年无声无息，你闷不闷？对于归潜修养深湛者，应该说不闷不冤，无怨无悔。试想，汲古至于《归藏》，何闷之虞？厚今包含怀旧，有容乃大。归藏在于道，如处下游而抱上苍，此等观照，浑然间与天地精神往来。潜隐忘其我，似趋痴拙以避机心，别样寄托，欣喜中邀古今圣贤唱和。文学人归潜，是寄托，是在回归与沉潜中将美好的愿望投向了未来。因为今天的回归与沉潜，是以美好心灵报答昔日归藏的古人，而归藏后的古人先在地将他们的大恩大德投放给了我们以及后来者。归潜者回归性的涡流，又因其回归，将远古以来的寄托传向未来。归潜之反，适成未来之旅；归潜之退，蕴含归藏之进；归潜之去，酝酿后起之来。在这种意义上，敬畏于往昔之归藏，等于体恤未来之厚生，归潜的寄托尽在于此。归潜是相互的，归潜是永恒的。古人所谓“慎终追远”，其连接且通化古今和未来的深旨都在归潜之环节中。归潜文学体现的就是这种精神。你也许没有鲜花和掌声，没有奖金和勋章，你亏吗？不是无亏，眼前当然有亏，但是于大端无亏，在根本上不亏。因为你的归潜与天地万物化感通变，与古往今来通和致化。缺席胜于在场。厚道胜于风光。我若潜流，天地知我；我不泛我，何患无我。我写出了、读出了我非我，归潜运动却将我融进了归藏的大音大象之中。

文学归潜是21世纪的重大课题。归潜文学是全球化运动中审美文化的自救趋势。人文怎样才能厚道厚重，文学归潜从诗性与哲理呼唤归藏的角度作了回答。社会上的许多行道可以不归潜，但是文学绝对不可忽略归潜。文学于归潜中得真如。归潜给文学以新的命题，新的命脉，新的命运。

第十五章　文学归化说

文学归化是一个艰深的话题，同时也是很有必要深入讨论的冷僻问题。题虽冷涩，忽略之则是人类文化的缺憾。在当今文化透、露、秀成风，而且达到一片喧嚣的状况下，探索文学归化的价值，应该说此其时也。

这里说的归化，不是指归属于某个国籍的那种归化，也不是翻译理论中归顺性的技术处理，而是文学的根本性衡量，是文学人的品质性修养，是文学精神的终极性寄托。文学归化归于哪里？归于文学人与大千世界的通和致化，归于文学真斋的“主体”通化，归于文学“本体”在宇宙万象间的与道俱化。

这里的文学“本体”与“主体”都画上了引号，旨在说明这两个概念都是需要归化处理的重要方面。

一、归化通和——辨圆通

归化通和，是从作者、读者、评论者与道化的关系上解读归化。中外学术史大都看好圆赅、圆合、圆融，即简称为圆通的智慧。这个现象是一个有积极意义的学理，但是也隐含着圆一的局限。笔者讲通和，因为通和可以致化，通和致化可以吸纳圆一思想的长处，亦可突破圆一自身的弊端。

通和是为了致化，也就是在化感通变的意义上体悟归化。通和是一种诗性智慧，其要点是化而不规于圆，和而不强求一，即便在哲理之圆通处，也保留一份防范锁闭的警惕。解析圆通是一种人文艺术。说实在的，这一节应该用诗体语言去表述。抽象的哲理会累及诗艺的归化风貌。笔者才疏学浅，只能心向往之，行文中免不了笔调艰涩，姑且信笔写来，任其自然。

（一）归化虚其圆赅

从文学人的德性品格、治学取穴和才情行藏方面思索，归化是怀谷、聚气、时中。此处用虚其圆赅一词，是指文学人可以接受圆赅，但也必须突破圆赅。巧合者的圆赅，努力运作者也能成圆赅，圆赅无大错，可是圆赅有俗套，圆赅有惰性，圆赅中往往隐藏骗局。文学人被历史长河孕生，以其德性、才性体道悟道，可在人文节点抓大要而致精微，经由归德化道的磨炼而德才兼备，在溟茫造化的击节协律中与天地共鸣，这个过程当然可能圆赅，但是拆解开来看，每个个体的一举一动都如同独奏，小者才自清明志自高，大者自出东来无敌手，倘若补足其过程反转其轨迹来透析，不论诗文才子，抑或思想巨擘，无非是在命运棋局之上博弈，在道德文章之间锻炼，圆赅是幻想，不圆赅才是真实。简言之，人们都向某一个圆赅进发，而自我归宿的节点却常常事与愿违。因而归化的思想包容圆赅，但是归而化之，旨在超越圆赅。

就文学人的德性才华而论，归化是怀谷以去执。德为道之聚，文为德之华。德充道以一隅，文生华而多蔽。文德均非原罪，但有前执。前为有待，执是既成。因而古来倡言文德者，皆须原道。追仰原道之人，执于圆，难免被元思维的自闭怪圈所拘轭，德性才华即便出众，也只是小乘而非大乘。怀才秉德之人，倘若虚怀若谷，甚至达致毋固毋我，实际上就是在左右不逢源，既与非圆赅博弈，也与圆赅斡旋，由此而成就所谓文德。“江山代有才人出”，每个时段都有自己的文学。在文德之有执之处，每个时代的文学是文学，而又不是自以为是的文学。文本是无声有声，独语乃众语喧哗。多卷本的文史，大块头的理论，高级别的教材，自有它们的魅力和贡献。但是其价值和时效毕竟只是相对的自尊。钟鼎神物，倘若置身通变的熔炉，会化为铜水锡浆；金科玉律，一旦移动化感的语境，或变作边角废料。体系的宏构固然气派，但是诚如阿多诺所说，“体系有诡诈”，“整体掩虚假”。逻辑的伟制往往堂皇，可是逻辑含强制，因果失多方。为天下溪，为天下谷，无执而赴大化，归化之大德，旨深意远。

就治学者的程器取穴而言，归化是聚气以凝神。穴近乎圆，但是学者务必清醒，记住圆而不可乡愿。运物成务者非结体而不得，非虚静而不运，想有所作为者尤须明白，得体而君子不器。聚气是虚实相生的焦点，归化是程器取穴的通则。刘勰讲程器突出才具之实，此处讲程器补充器局之虚。凝神务脱俗，取穴贵虚静，归化逆尘寰，程器出群伦。归化不同凡响，原本反常近道，学者程器取穴，实乃养气收风。归化亲道，功在久远以大器晚成。程器时中，用于当下而画龙点睛。亲道是大化于“个我”身上的聚精会神，大器是“一己”在道德长河的吐月吞云。取穴是“独语”替历史沉默的现身说法，“点睛”是命运借灵感手笔的乘兴挥洒。治学者偶发式的文其华“章”，说到底也是必然性的道以成“德”，是过去当今未来间的三段同修，是器局识见魄力的内外合发。古人所谓“士必先器识而后文章”，只是就个人器具和格局而论，倘若从更深的意义上讲，应该说士必以体道而成器识，经器识归化而焕然出文章，胆魄才气由之得以伸张。文章高下在于厚积薄发的沉稳，器识大小全看成家无家的开化，魂魄之强弱基于才胆识力的兼美，综合素质终究要靠体道入道的归化。器局当通于四海，慎言集众思以成家，取穴还须涵养，聚气囊括天下，得道何止多助，圆赅有待归化。

就才情行藏而论，归化是沉着以时中。才情依行而显，以潜为藏，以沉着时中为表里，以圆通取舍为得体。才情与行藏同始终，时中与沉着互动静。沉着是归化之蛰伏，甘心天长地久的隐忍；时中是归化之趋乘，包含万古千秋的成全。沉着因归成化而韬光养晦，时中随道所宜且恰到好处。藏器以待时是时中——天地要你信守；凭几以开显是时中——历史要你逞才；颖峻而根深是时中——环境要你吐纳；变通取舍是时中——心灵要你授受；与道俱变是时中——命运要你成化。称大道使然，是说才情行藏无非道变。赞个我天籁，确指才情行藏有待吉穴。大道于无中启运，万物方可藏风聚气。个我凭虚怀君形，一己才得环声共鸣。至于以何种方式鸣响，端赖归化时中。个我归化大道运行，才可得真如；才情根植天地古今，方能成厚重；时中采撷万古千秋，必然成大气；归化造就个我天籁，一定有清音。《诗经》以群响，楚辞以独兼，老庄以原始，孔孟以文明，迁固以史乘，李杜以心讴……归化之时中，是天人互补的玉成。

（二）归化突破圆合

人生妄称大格局，钟吕协调几圆合？文学世界的各类杰出成功人士，自己觉得不同凡响，或被人视为把握住个人命运的强者，其实无非是秀出于文学之林的人物。从归化大局来看，所谓幸运者，其成功只不过是赶上了那么一种归化大乐章的机遇，充当了那么一个组成大键盘的音符。大乐章也好，大键盘也罢，都有其大场合的造化。归化就是趋于这种大场合的造化。散淡言之，文学人的经历实在是逆旅，其归化的足迹不论多么辉煌，较之社会则似町畦阡陌，较之历史犹如羊肠小道，这些曲折的发展之途，原本是嵌入更大境界的归化之路。谁不追逐圆合？而凭谁问，圆合是否一个局？至少可以明白，圆合是幻境，是困局，大音希声不自圆，天籁自古留短板。

从学科通化、学术和合、学人本色方面理解，归化是本根、原始、要终。在学科的大街小巷，归化是和合通衢。学科是劳动分化的结果，是文明突进的杠杆。学科也是分割社会的利刃，裂变道术的帮凶。归化于学科，是本与末的永恒对话，是元与多的好合解放。本是三才之会，元为百善之长，好是终始之合，解为时中之商。归化是学科僵局之化解，是科学始终之回护。学科是归化之离异，是归化既成之紧张。由学科趋归化，似退步而实为广益；以归化释科学，无破坏而大有补偿。归化之开显，是从胎际观而见生；达观之隐秀，亦由物化论而悟超。归化之于人类未来，是反本寻源的寿世保元；归化之于学科建设，是不失时机的解域去疆。学科为进取之舟船，归化是还家之导向；学科是不返之羁旅，归化是人文之故乡。为文明进步计，无学科滚动，世界难以发展；从人群和谐论，有归化铺垫，社会可保安康。归化通和，留圆一以节点，召六合以开放。

在学术的楚河汉界，归化是同尘和光。学术弃道术而奔忙，是歧路亡羊的追踪；“道术为天下裂”，遂使“轴心文化”滥觞。道术连学术，轴心说有其道理；学术叩道术，归化论意味深长。思想逐轴心，大道为机制蔽，理念随轮辐转；文明欲条块，历史借偶缘出，宰治因纲目张。顺轴心之优，术能生巧；非轴心之敝，学有所长。归化是轴心说的突破，原道是归化论的激扬。归化是轴心的前提与母胎，轴心是归化的逆子与强梁。归化爱轴心以大道，出于天性；轴心赖归化而不堕，植根沃壤。轴心亲近归化，则如母子同堂。归化裹挟轴心，见出以柔克刚。轴心说崇实而轴，归化论务虚以柔。轴心说佞权，归化论消殃；轴心说有为，归化论蕴藏；轴心说矜持，归化论大方。将二者贯通，刚柔适成互补；求一种融会，东西相得益彰。运轴心而促归化，当然是人类的福祉，从归化以非轴心，收敛着文明的锋芒。归化的弱点——难能急功近利，其过人之处——久而惠泽无量。文学入轴心，难免有粉身碎骨之虞，归化润文学，或可成物得其所之养。去己者无敌，为祂者最强；唯道者集虚，同尘者和光。归化之道心与和谐天地共生，归化之文学与边缘学术竞放。非轴心就是破圆退一。促融会无非养晦韬光。

在学人的本色行当，归化是有待无待。举目世界，万物有待，而学术人之高风亮节有待无待。科学人有待，政治人有待，经济人有待……而人文人之本色有待无待。将学术败类除外，真学人自有风采，此风采自归化来。文人、艺人、诗人、哲人，都可谓学人。称此类为学人，因为他们出于本质之风神自然而然，源于他们归道成化之情操有待无待。诗人、艺人，有天地精神则脱熟脱俗，文人、哲人，得人文本色则自为自在。究天人，通古今，问鬼神，排解桎梏，放飞思想，能于有待之困厄，抒无待之气概，这就是学人特点。此本色无非归化，此风采就是无待。天地精神是归化之渊薮，人文质地是归化之真斋。学人当然也衣食住行，能脱得俗谛则自然风流。学人都会有儿女情长，不甘心沉沦便真正本色。天下兴亡，匹夫有责，是有待无待。人欲横流，学品无损，可扬清去浊。在朗朗乾坤，归化是晴雨表，无我有我；在溷溷世界，归化是试金石，在恶非恶。龙文九变，不可伤天害理是根本，归化一理，务必养德入道为首先。在谷，在渊，在田，在天，归化作为本色，是学人的真正境界。当此之际，存圆化圆而不一，养晦避晦且韬光。

（三）归化改造圆融

释家最理解圆融。“如来观地、水、火、风，本性圆融，周遍法界，湛然常住。”（《楞严经》）这一思想也适用于文学归化的破执品题。举凡出神入化的文学，没有不自称圆融，没有不被视为圆融。从《圣经》的《创世纪》，到古希腊的《荷马史诗》，从印度的《原人歌》，到中国的《诗经》，从巴尔扎克的《人间喜剧》到托尔斯泰的《复活》，追求大团圆是人类的心理情结。这些作品是能给人虚幻满足的圆融描述。但是从人类文化发展和人类心理成长的深层思理来看，笔者还是看好屈原的《离骚》、《天问》，看好曹雪芹不完满的《石头记》，看好卡夫卡的《变形记》，看好鲁迅的《阿Q正传》，那种大苦而不圆，大悲之缺满的笔触，能给人以脱俗脱熟的感觉。这种非圆一的脱俗和非圆满的脱熟，远胜于和稀泥的光鲜文艺，展示给读者的是戳破瞒和骗的不圆融。不圆融的艰苦修炼，是置于死地而后生。只有撕破人性团扇所启示的悲剧包括喜剧，才会产生不圆满作品的归化之感。笔者称此类著述为归化的作品，是此已不圆满与彼亦不周全的变风变雅，是不断改造中的通和致化。在这里，没有希望的绝望就是希望，褪去了瞒和骗的包装，寂灭苦生皆在其中。

对于解读归化文学的创造现象而言，循故事演绎会让人在随波逐流中被情节所牵引，要想真正领悟文学归化中的非圆一要旨，有必要对归化的诗性特质做抽象化的把握和逆反性的顾盼。让我们从文学生存的精神气质、思想方法和超越自我等方面，捕捉归化作为文学运动之本真、化感和通变的人文几神。原始要终是破执，但毕竟是从文学终极的绝对性和期待的无限性上看问题。就文学行为的当下性和思想方法的此刻性而言，归化落实的是化感通变的突破。该突破就是超越现实与自我超越。

首先，归化是颇具亲和力的化感，这是就文学入道而言。形而上之道，可信不可爱；形而下之器，可爱不可信；形而身之感，可亲不可敬；形而神之道，可敬不可超。归化之为通变，是对形上形下的统一，是对形身形神的整合，是对可爱可信的弥纶，是对感性理性的提高。归化是大道为德、为颂、为雅、为风，所以她也是道通天地、道成肉身、道在瓦甓、道在尿溺的真实写照，归化是个我有兴、有观、有群、有怨，因而她也是品鉴万类、品味人生、品题大德、品入大衍的目击道存。归化的基本特征是亲和，其最大功能是化感。向大道的归化，有远去之惆怅，而化感的亲和，得同怀之襟抱。归化因化感以生动，化感由归化而深沉。诗、文、技、艺，因归化而升华，情、思、哲、理，缘化感而入道。吟、咏、歌、赋，畅风神而可亲，赏、述、评、论，通文气而以和。化感之于文德，如春风之于大地，归化之于道气，若丽日之于寰宇。求亲和之效果，化感沁人心脾，论大道之远近，归化便是真迹。

其次，归化是充满翕动性的通变，这是就文学免疫力而论。文学是自然的精神树，是人类的智慧花，可她也是社会的神经病，是历史的小疮疤。乐观一点说，文学是人类的救助站，是社会的养护所，是历史的康复园。概而言之，文学是归化林苑的珍稀花草，归化是文学家族的免疫功能。文学滥欲，归化使之正本清源；文学流情，归化使之养气崇节；文学畅神，归化使之肃然起敬；文学乏理，归化使之缘道升华；文学体杂，归化使之各得其所；文学爱美，归化使之妍媸一家；文学自觉，归化使之我中有祂；文学独立，归化使之潜移默化；文学铄金，归化使之朴实俭节；文学择邻，归化使之有容乃大；文学屈辱，归化使之容光焕发；文学帮凶，归化使之忏悔罪孽；文学自戕，归化使之履险如夷；文学颠覆，归化使之东山再起。归化谁化？文学与道俱化。归化何化？文学道化而化。文学何能归化？道文由来一家。归化功能何指？通变即其免疫之生发。归化是文学免疫的道化几缘，通变是归化免疫的现身说法。论其归化，道不外求，基因所系，命运一脉相承。析其情采，文尚内秀，后果去己，身心在我非我。文学有垃圾，归化去之；文学有阴谋，归化曝之；文学有沉冤，归化雪之；文学有权力，归化制之；文学有铜臭，归化清之。如此归化，已非古人文学体裁气运之小样，而是文学通天彻地之翕动。

最后，归化是极富祂者性的超越，这是就文学道化而道。文学道化也是我们后面要谈及的问题。此处仅就同化、顺化与神化三个节点略作陈述。文学道化是文学向道之归化。其大端不外乎同化、顺化、神化。同情化而人化，顺事化而物化，敬神化而异化，归化则是变通天地人之祂化。同化失于主使，顺化偏于客动，神化流于玄秘，三者都有偏弊。归化则是归于道化，是对同化顺化的兼容并包，是对主使客动的双管齐下，也是对神化异化的出神入化。此处用祂，是对大道恢恢的概括性表达。归化于祂，是道即归化的另一种说法。古代无“他”(“她”)，祂是统领万物的神圣指称。历来有“它”，原本是对毒虫猛兽的形象描画。祂收敛“他”的乾纲独断，祂弥补“她”的坤气偏下，祂化解“它”的蛇蝎禀性，祂善待“牠”的畜生拘扼，祂是人文物文的诗意解读，祂是此在合在的和而不狎，祂是沟通中西学的枢纽，祂是吸纳文史哲的焦点，祂是集中你我他的共体，祂是聚合天地人的象征，祂是过去未来的当今，祂是自我非我的奇葩。从祂而起，文学的非文非学不是笑谈；向祂而生，文学的自好自律不是苛求；为祂而在，文学的瞬间永恒不是夸张；由祂而回，文学的神圣价值不是空论。祂化是归化的最高境界，归化是祂化的与道俱化。

现代性运动的最大优点是整合，在追求一统性方面有过之而无不及，而在融通自变方面十分拘谨，唯恐失去自我。后现代思潮的突出优点是裂变，摧枯拉朽，气势磅礴，若论容物成务，恰恰是其所短，在沉潜涵养方面披露出明显的缺憾。从文学归化性的角度看，一种变通的思想，不仅应该自强不息，而且应该厚德载物；不仅应该披坚执锐，而且应该沉潜涵养；不仅应该与时俱进，而且应该原道知返。不论是现代性意识形态，还是后现代各类主义，前后两种思想文化，缺少的都是归化精神。当今国际学术界正为两端争论不休。诚所谓夏虫不可语冰，曲士不能言道。

在我国古代思想文化史上，曾经有过应对巨大文化变局的大创制，如《连山》、《归藏》、《周易》。远古大典均有宏照之象，归化之德，变通之用。后来学者之推衍，像《吕氏春秋》讲《圜道》，《淮南鸿烈》揭《原道》，韩愈辨《原道》，均有截断众流之功，然而各执一道，未臻突破圆一之境。于是圆通者有之，如刘勰将《原道》与《通变》并提。刘氏原道限于自然，通变困于诗文，道与文实未融通。章学诚深怀撰写《圆通论》的夙愿，正是想补原道与通变的裂隙，但遗憾的是他因种种条件局限而毕生未能命笔。

本章名为《文学归化论》，实际上包含着以归道解圆通之命意。拙作深衷，在于结合原道与通变，剖析论文与体道，欲于历史的沉默处言说，在社会的喧嚣处寂虑，于审美原理之外开掘，向文史哲学高端冲刺。笔者并不十分看好圆通思维，也就是说对圆通思维有所保留。圆通总比僵化要好，但是它也有封闭之嫌，一不留神，就会坠入圆滑，因而圆通之局限也在化性救助之列。文学归化少不了圆通的节点。特别要看到，伟大的文学，大都是突破圆通思路的创制。伟大的文学理论，也都有开放性的思想维度。笔者在肯定圆通理念的积极的方面之时，很在意更深层的开掘。圆通有如命运几缘之标点，归化一似天章造化之云锦。本章将圆通与归化并提，其深意盖在于此。从建设性的方面看，文学归化已不只是“体乎道”的个我之鸣，而是文道关系深层的本真之约。学术之圆通非圆通也非仅是治学方略的脉络之会，而是思想文化大端的天几之开。圆通被归化或归化含圆通，其中变数，都是文学人通脱的超越性使然，既是其出入文学六合的细梳理，也是其启蔽宇宙万象的大动作。远足者，还家者，复古者，出新者，在突破圆通的当途脱熟脱俗，在潜心归化的根底有我无我。圆通非圆通，如日月经天春秋运行，圆而不同，通而不重。归化有化归，似时空集约瞬间永恒，道不远人，目击道存。

二、归化去执——解“本主”

归化性文学归向哪里？古希腊哲学给出了归于理念本体的结论。中世纪经院哲学给出了归于上帝的信仰。近现代意识形态给出了归于主体的断言。20世纪存在主义哲学给出了归于此在的擘画。当代法国伦理哲学则给出了归于他者的取向。这些观念都是很值得梳理的人文头绪，概括起来说，都是在本体与主体之间做文章。探究关乎哲理的文学思想只能按辔徐行，此处笔者尽量将复杂的头绪压缩到散思式的行文当中。

在西方哲学领域，本体与主体是有密切联系的两个思想话题。可以将二者同而观之，简称为本主问题。本体与主体是寄生在存在体型上的两个连体婴儿。存在纠缠于一个“是”字，关涉到“在与不在”，即“是与不是”的意义评判。本体论是关于存在的学说，是此类理论的集大成。主体论是近代以来伴随现代性崛起的一种本位思想，突出的是现代社会群体以及个体的生存价值。古代世界，不论是古希腊，还是中世纪，都是被一些大观念统摄的社会，因而“理念论”和“上帝说”都是本体思想的不同表达。近现代社会趋于开放，主体问题提上议事日程。贵族阶级、中产阶级、资产阶级、无产阶级、社会集群、知识阶层……举不胜举的群体都申述自己的生存权益，主体位置成为一个思想争执的大端。个体意识的觉醒，又使社会主体或群体性主体进一步分化，于是个体性主体成为近百年来热议的话题。总起来看，作为体型思想的本体与主体问题，在体之深层是有一个核心的，那就是存在。而在这些观念后面运转的则是逻各斯思维机制。所以，不论是理念、上帝、社会、阶级、群体、个体，还是与此类认知唇齿相依的文化类别，都在讲本体或主体，这两种话语在历史的纵线条和社会的横截面，有着内在的联系，体型变换，逻各斯不变，存在的实体性不变，各自在其探讨存在的时空坐标上有所推移，但是它们对文学的影响，或者说文学对它们的依附，则是有远近亲疏的脉络可以寻绎。逻各斯要各类文学依附其机括，即使那些主张自律、自治的文学和反文学，深层的理念及其结果，无不是依乎其在，发乎其思。在这个意义上，我们把西方文学统绪概括为“本主”问题，其吃紧处正在这里。就文学本身的特点而言，本体与主体都是被逻各斯所支配的旋转样态而已。个体性的文学人要么与逻各斯的运思贴得很近，要么被逻各斯的旋转甩得很远，但是不论处境远近高低，有一点大致相同，那就是都想“主”这个“本”，或都想“本”这个“主”。换一个角度看，西方的文学人，不论自觉与否，都是在逻各斯的引力和造作之下运动。西方文学人的“本主”现象，是在逻各斯所运转的存在法轮上讨生活，要么乘存在法轮而风生水起地发挥，要么被存在思维所支配而随波逐流。

需要指出的是逻各斯产生之际，文学曾经与之有过较量。古希腊的理念是逻各斯的产物。逻各斯也因理念而凸显。文学这个多面神曾经是与逻各斯所不同的存在样态。也就是说，文学与逻各斯的整合力量做过抗衡。《荷马史诗》中的二头军长元素，新兴私有观念与原始公有制的较量，原始女权与男权势力的搏击，酒神精神与太阳神精神的对垒，包括悲剧、喜剧和抒情诗以及散文作品，展示的是一个并非后来逻各斯独占上风的多元话语。抗衡逻各斯的文学聚焦点在秘索斯（Mythos）一端。秘索斯蕴含着自然人文与人文自然由来已久的纠缠。从古代神话到现当代文学中的自由想象，秘索斯的目光隐约可见。有见地的哲学家和文学家程度不等都意识到了这一点。如果说，苏格拉底、柏拉图、巴门尼德等人开辟的逻各斯思维，对古希腊文学做了理念式的抽象提升，那么，尼采的超人哲学、弗洛伊德的欲望理论（精神分析学）、海德格尔的诗化哲学、福柯对古希腊式理想生活的向往，布尔迪厄的场域理论（社会学的实体论），都让人看得到秘索斯的残迹和遗痕。这里要指出的是逻各斯对20世纪欧美思想界的吸引力量，思想家们在汲取古希腊文学遗产的价值的同时，并未能完全摆脱逻各斯的机制。[①] 从上述思想家那里，可以看到一个挥之不去的阴影，那就是实体性的存在。存在主义即“是”（在）思潮。最理想化的“是”思想状态为“此在”，即个体主体、自

---

① 参见本书第二部分《文学经纬》。

由自觉的存在。我们看到，“存在”与“此在”既无法使相关理论的主张者自我解脱，也无法让读者或信奉者突出现实世界的重围。不论是建立在古希腊文化上的本体论，还是扎根在现代性所谓自由平等博爱基础上的主体观，都没有免“此时此刻‘主’就是我”之俗，也未能逃遁被权力话语回收之弊，更不能逸出逻各斯中心主义机制之外，说到底，所有的“主”，最终还是归于逻各斯支持的一个个权力话语。

思想家们，要么是意志哲学的暴发性展开（如叔本华、尼采），要么是潜意识存在的精神性分析（如弗洛伊德、荣格），要么是“有在”时间的“思在”推手（如胡塞尔、海德格尔），要么是意识形态的一代祭品（如卢那卡尔斯基、卢卡契），要么是存在主义的自由义工（如萨特、波伏娃），要么是探索沟通的换位解释（如伽达默尔、勒维纳斯）。他们的文学理论是有一些各自的积极价值，如弗洛伊德的文学梦想，海德格尔的“缘域”观点，伽达默尔的“视域融通”，问题在于这些思想深处的主体根性和本体前提，都是在逻各斯中心主义的笼罩之下，在沆瀣于逻各斯的社会现实的围困之中。现实的存在与思想的存在都没有给主体和本体开拓出什么光明的前景。20 世纪末叶西方的“主体间”思潮也未能解开存在的困厄。因为在无数的个体主体之间搭桥牵线或轮流坐庄，只能是解决伦理、政治、经济等实体性摩擦或当下性矛盾的燃眉之急，并不能釜底抽薪。勒维纳斯早期的“她者”思考和晚期的“他者”理论颇有主体间思想的创意，可与伽达默尔“视域融通”的观念互补。然而，不论是借助“他者的面容”，抑或接触“别人的视角”，或可缓减紧张于一时，却无法让“我你他”都对“主本”与“本主”问题别有所出。“视域融通”与“面容逼近”，也许有这样那样的些许和解，但是“主本”的角逐在变相继续，“本主”的争斗在换位进行。现实世界那么多戕害与被戕害，抢占与被抢占，岂止是一个“视域”或“面容”的交换能够停止得了。在思想和学术领域亦然，换的是旗帜和话语，明争暗斗的仍旧是“本主”问题。举例说，勒维纳斯拐弯抹角地求助于“上主”，与海德格尔明目张胆地呼吁“上帝”，分明又是一种对垒：希伯来文化与希腊文化异代接武，犹太教与天主教的变相较量。这种争执不是隔空过招，而是以 20 世纪学界精英为宿主的交锋。文字变了，时空变了，话语变了，“主本”问题依然，存在之争照旧。“上主”于“上帝”的地位及言说，都可以在“本主”与“主本”的张力中展开。思想家在逻各斯纠结存在的网罟之中挣扎。

20 世纪西方的文学家亦然，他们也为这个存在性的本体和主体而苦恼。就素质论，文学人都有很好的文化修养，许多作家甚至都称得上哲学家、思想家或理论家。如萨特、波伏娃、加缪、杜拉斯、西蒙等作家，都有捅破社会制度帷幕的努力和激发个体自由的追求，但是这一代二战后很活跃的文学人，实际上很迷茫，也很无助。笔者认为，人类文明期待一个不同于“轴心”时代的新时代，即呼唤一个“虚心”以归化的新时代，可他们仍然在“主本”或“本主”问题上徘徊，在“物我”或“人己”问题上纠缠。存在真地先于本质了吗？先于本质又能如何？社会乃至人性的异化真地得到克服了吗？答案恐怕是否定的。这些文学人，与苏联铁幕下的作家们一样纠结，西欧世界所谓“自由”的杏黄旗，与东欧官方的“社会优越论”，差别能有几何？对任何一方的溢美或批驳，都不能建构起根本性的文学理论。值得刮目相看的倒是巴赫金、阿多诺、德里达这样的思想家。巴氏的狂欢说，阿氏的碎片观，与德氏的解构论，是东西欧最有穿透力的文艺思想。他们不像卢卡契、英伽登、古德曼那样呕心沥血地构筑社会存在本体论，也不像海德格尔、萨特、杜拉斯那样煞有介事地寄希望于存在性的文艺，而是在逃亡，逃亡存在！“我狂欢”，文艺的麻醉状态体验了精神对铁幕的突破；“我破碎”，玉石俱毁的崩解可谓抵制恶质权力话语收编的无法之法；“我解构”，连同自我一起解构的解构，总可让逻各斯天网无以自负其疏而不漏。

在上古、中古，文学更多地是多面神的形态，类如古典主义、浪漫主义、现实主义，执真、偏善、佞美是此类主义在本主塑造过程中的基本价值取向。而在近代以来，文学更多地是以九头怪的特征在欧美大地上徘徊。诸如，假面舞会文艺（从拉伯雷、塞万提斯到巴赫金）、重审丑态文艺（从波德莱尔、罗森贝格到布朗寿），刻意裸恶文艺（从萨德、纪德到巴塔耶），九头怪未必就不好，面对存在的铁幕、黑幕、红幕，与存在分庭抗礼的异端如反文艺的文艺，其重大价值之一就是不甘心任由社会摆布，试图逃逸存在，或者说“我不在乎自己成为被否定的存在”。我们并非一概地否定存在论文学家和思想家在“本主”问题上的探索，在反抗现代性宰制的现代主义艺术家那里，有过自戕以至自毁的行为艺术，在“新小说”和后现代文学中也有非文学的文学活动。他们的逃亡存在行动，与上述理论家和思想家的逃亡存在的运动殊途同归。逃亡存在，颇有点视死如归的味道。谁说逃亡不是勇敢的抗争？逃亡是在撞击“存在”，是在破解“存在”，是在倾空“存在”。我们从他们那里，确实看到了文学归潜的拼搏。

上述关于文艺多面神和九头怪的解说，折射出一个深层的历史与现实之间的纠葛，那就是文艺在本主问题上的博弈。自从脱离了原始形态以后，文艺一次又一次地成为实力集团捕获的对象，所谓古典的、浪漫的和现代的以及后现代的缪斯变种，实际上是权力及其话语辖制的自由之神，要么是被缚住的普罗米修斯，要么是被金钱所收买的翡翠鹦鹉，或者是被工具理性所洗脑的“智慧的猫头鹰”。从理论上讲，本体抑或主体，既是社会各阶层为自己争取权利地位的理论根据，也是文学艺术为自己争取权利话语的哲理象征。哲理象征，实际上就是西方自19世纪中叶以来的文艺理论和审美思想的一种诡异的形态，其特点是哲理与象征的结合，即既是抽象的，也是具象的；既是文艺的，也是理论的。黑格尔曾用“智慧的猫头鹰”比喻哲学性的启蒙理性。在某种意义上，这一形象化的理念，已经预示了现代主义和后现代主义思潮。现代主义和后现代主义本身都想成为“智慧的猫头鹰”。猫头鹰是有益之鸟，为农作物和森林植被除害。猫头鹰也是中国民间传说的不祥之鸟，一向有“夜猫子进宅无好兆”之说。猫头鹰也是智慧的化身，常使西方哲学家为之倾倒。猫头鹰之喻，仅仅是现当代文艺及其思想的一个哲理象征，其实近一百多年来的西方文艺思潮远非猫头鹰象征可以穷尽。九头怪，怪诞，丑陋，阴阳兼收，时空并蓄，好坏一体，利弊杂陈，如此哲理象征披露的是这样一个现实：文学艺术急切地想突破西方两千多年来“存在”结构的人文构架。各种主义乃至反主义的大潮频来，冲击迭起，致使“本主”震荡，“主本”失色，于是各种传统的西方文论和审美思想都遇到了生死考验，什么自律他律，什么主体本体，什么此在彼在，什么自我本我……诸如此类的文艺理念都在经历着另一种考量和被考量：不能只是把自己美化成“主体”或“本体”、“真实”或“存在”、“美好”或“善良”的代表，而应该把自己置于“自我即非我”、“文艺非文艺”的辟文辟学辟思的大场合中去运思。

自入文明世界以来，日益精于算计的自私性存在和结邦组派的社会性存在需要批判透析，不断强化的“本主主本”文艺也需要盘点。不论是社会，抑或文艺，仰仗“本主”与“主本”并不能作为自我唯我的存在根据，也不能作为自我膨胀的在场理由。不在场才是文艺人摆脱权力话语的归化性造化。不该在场不得不在场，是无奈。应该缺席强行出席，那是僭越。现当代的宰制体制对文艺“打棍子”、“揪辫子”固然不对，但是反过来给文艺以“本主”的“铁帽子”或“主本”的“金牌子”，把文艺及其文艺人划在腐恶圈外，似乎“真正”的文艺只有真善美，“虚假”的文艺一概假恶丑，似乎文艺天然合情合理合法，这实在是一个误解。文艺也好，“本主”也罢，都得放下身段，包括一个个自以为是的所谓“我”之为我。“我”是什么玩意？放眼宏阔绵渺的宇宙，“我”实际上是愚不可及的一粒尘埃。无视亟待报答的大千世界，“我”充其量只是一个自以为是的小丑。离开自我批判的价值审度，“我”难免沦为忘恩负义且吃里爬外的败类。现当代文艺思潮派生出了不少狂人，“我”主义，“我”至上，老子天下第一，一派“我”唯“我”。凭谁问：“本主”夫如何？狂“我”情未了。归潜久荒废，本末早颠倒。我思唯我在，他化任他消。会当知有无，月圆不观潮。人类社会深受“我”主义的荼毒，在经历过两千多年的“本主”演义和二百多年的“主本”狂潮之后，建构“我非我”的谦和文化成了人文归化的大课题。

三、归化化归——释有无

化解“本主”的固执是现当代文学的一个核心问题。比这个问题更为根本的挑战是关于有无的思考。对于文学“本主”问题，我们在上一部分做了探讨。这里要思索的是文学的有无问题。在笔者看来，文学的有无问题，涉及文学与其文明基础、文学与其是非判断和文学与其宇宙框架的复杂关系。从方法论上来讲，是文学归化以及文学化归的深层解析。此处关于世界有无的化性归论，无非是地球文明的化性归解，宇宙背景的化性归释，文学种性的化性归思。

文学与其文明基础的关系，前人的论述汗牛充栋，这里为什么还要讨论？前人用人性论解释文学，用生产及其关系编排文学，用经济及其利害算计文学，用审美及其徽向遮诠文学，用力比多及其精神映带文学，用符号及其寓意规范文学……诸如此类的关系都没有从道化文明的辟思去透解文学。诚然，自古以来的各种文学思想和理论观点都各有其见地，不少学术建树都与文学及其文明基础有所联系。正是在这个意义上，笔者也探本源，解根器，系谱牒，究视脚，目的就是要抓住一些与传统文论和习见诗学可以有所交流和疏通衔接的地方。本章用道化文明的观点看文学，则是以逆势、重玄和虚怀三个通化点阐释文学。

从逆势的观点看，文学这种文明之花是可圈可点的。从文学是文学那时起，这种花就一直由为人性、为审美、为道德等价值元素所充斥。问题在于这些很被利益实体和权力话语看好的思想，很少或压根没有自我审度，遑论对文学自身的根底性诊断。当无数人说“文学是善”，当然好。但是当一个叫荀子的古人告诫“人性恶”，文明人听之愕然。当一个叫波德莱尔的人说文学是“恶之花”，人们真看到了文学一直被鲜花遮掩的另一半脸面。当有一个叫尼采的人把文明的所谓成就包括文学统称之为“堕落的象征”，文明的卫道士们为之愤怒，普通文化人也为之震撼。有不少人大叫“这是文学虚无主义”。从根本上说，这些逆势而行的文学思想家确实不同寻常。他们其实没有虚无，更不是虚无主义，而是把无价值的东西撕开让人看。再深一层讲，是把文明的腐恶和肮脏的层面揭开让人看。看到这一面，比沉醉在虚假的美艳和伪善的和谐当中要好得多。“花”照样美，只不过“恶”性毕露。“象”依旧媚，禁不住“堕落”露馅。揭穿了地球文明大面积的虚伪龌龊，甚至揭开了真善美圣做招牌的假恶丑邪，对于疗救文明综合征，是有帮助的。

有些虚无的东西，其实并不虚无。只是权贵们的底座被虚无抽空，于是虚无成了罪过。事实上虚无是诚实之母。虚无能生出许多可以名世甚至传承下去的东西来。谓予不信，请看现当代那些席卷全球学术领域的思想大家们。在尼采的基础上，才有弗洛伊德的精神分析，才有胡塞尔的现象还原，才有海德格尔的存在主义。正因为尼采清理了西方思想传统和主流文明，西方中心主义空心了，才能使20世纪西方人文思想的潮落潮起。尼采有如撕扯文明劣根性的疯哲人，为后来摧毁逻各斯主义的智者打开了封闭的闸门。尼采有如廓清文史场地的环卫工，使后来的诗化哲学喷涌而出。尼采有如颠覆现代性的先驱者，给后现代主义的弄潮儿吹响了进军的号角。就此而论，说尼采等人虚无主义，真有点误解了这些划时代的哲人智者。尼采的真正缺陷不在于虚无主义，而在于他缺乏重玄之思。

玄学长期被误解。人们一直以实学利益、科学尺度和西哲原理衡量并最终彻底否定了玄学。实际上玄学并非中外学界所鄙弃的所谓空洞抽象之学，也非象牙塔里钻牛角的偏置之学，而是包含了阴阳、虚实、表里、明暗、隐秀、人己、物我、情理、神形、象数、悟解、思辨等综合性归总和通透性归化的中国式的破执性思考。在中国思想史上，玄学不仅在哲学、神学、语言学、诗学领域盛行，而且在中国文化的许多方面渗透。玄学尤其是富含美学与诗学的澄怀之学，是逆势与升华的归化之学。它把形下与形上、物质与精神、感性与理性、此类与彼类，都做了灵妙的综合性改造或通觉的理论性味象，比如自然与人文、血缘与伦理、巫术与中医、风水与堪舆、星象与天文、此在与彼岸、守成与革新，此类非理性与理性相磨相荡，如大浪淘沙般地升清降浊，其中的悖谬性文化现象大都是在玄学的作用下去伪存真，即古人所谓涤除玄鉴。这其实是一种对诸多悖论进行改造制作的重玄思想。前者（非理性包括巫术谶纬）有玄，展示的现象难免混沌杂乱，甚至神秘迷信；后者再玄（感性思辨或曰理性化通感），所提炼之精神就对俗谛有所升华，甚至别有洞见。重玄思想是精神的探幽览胜，是思维的钩深致远，所臻达之效应往往是思与境偕，神与理并，觉与悟合，目击道存，所开辟之视野不仅有天地神人格局的檃栝性擘画，而且有宇宙时空的开放性解读，太极无极的无限性推演。如"三易"（《连山》、《归藏》、《周易》），举凡天地与神理，造化与命运，时空与心性，都在玄而又玄的重玄化演绎中做了道通有无的领悟，接先天而后天，修德性而运命，似通巫而明夷，为避祸而趋吉，祈神圣而日用，从远略而近谋，大千世界的万事万物，无不以各自的形式和内容被玄收而玄解，都能见出重玄的思维轨迹。再如老子的《道德经》，既崇自然，也显人文；既苞宇宙，也通人生；既属大道，也接庶物；既含感悟，也重理念；既倡无为，也得有为；既善隐逸，也长军政，其玄学智慧达到了重玄高致，以至于世人可以从任何一个方面去领悟和运用老子智慧。再如《黄帝内经》，其医理既务实，又妙悟；既周天，又脏腑；既神思，又脉络；既问答，又灵枢；既征候，又膏肓；既治表，又理中，其重玄精华令人神往。重玄之思，可使易学直造先天未画时，能叫老子根无辨有通道境，可让《黄帝内经》不治有病治未病。中国文化领悟和把握世界的创造精神在重玄思维中有超乎寻常的体现。这种集有无，得几神，透虚实，合通感的思想，使人己、物我、时空都能赠答通和、吐纳往还且瞬间永恒，究其特征，确非西方学术所思，但却深为国人中的圣贤和哲人智者所熟稔。在重玄思想中，困窘西学的"本主"问题，可在有与无的化感通变中，归于化且又化于归。归于化，是归于宇宙、大道、太极、无极之化；化于归，是化于人己、物我、本主的他性之和。正是在归化化归提挈逆反思维的佯谬智慧中，有无的重玄思想达到了一个出神入化的悖解过程。这个过程是无限的运动，是永远开放并且可以适时迎归的祥和性的宇宙之家。这个家有道而无道，因为"唯道集虚"。

这个家有德又无德，由于“舍得是德”。这个家有家非一，这个家无独有偶，而且多元多极。家经嫁，缘启蔽以解归；家缘娶，返启蔽而归解。家是集合场域，也是化合场所。归化化归的佯谬从而被悖解，根无与生有，有我与非我，有物与非物，都进入了归化化归的有中心而化中心，有权威且化权威的无为有为之无无化。这就是中国传统文化中重玄的无中心运动，这也是中国思想文化中不拘于儒流，不同于西方宗教，不陷于逻各斯中心主义的祥和背景。这其实从隐性方面告诉我们，为什么“天下为公”的思想在中国根深蒂固，也是为什么马克思的共产主义理想与中国革命一拍即合的深层原因。

尼采反对西方传统的形而上学，反对神学的经院哲学，反对黑格尔等人的逻辑思想，他运用的思维方法实际上是一玄之思。一玄之思其实是简直之学。一玄思维与形而上学的思辨有所不同，其特点是把抽象之思重新浸泡在感性与理性的原发性混合状态运作。他注意到了学术乃至思想文化整合的重要，在感性与理性、诗学与哲学、酒神与日神、审美与遐思等诸多方面，他都处理得引人入胜，仅此一玄，足以使他在哲学王国里与众不同，也在文学领域中独树一帜。但是尼采没有重玄思维，没有将这种提挈直觉、搅动始源的人文思考带到澄怀味象境界，尤其没有将西方两千多年来的“我为本主”的思想自觉边缘化，遑论本体论上对无我前提之敬畏和认知论上对自我非我的检讨。因而他可以在反对形而上学、廓清经院神学、抗拒逻辑哲学乃至质疑整个西方文明文化的若干方面成就卓著，但是在继续推进自己的批判深度之时，对西方思想文化的逻各斯中心主义却无法克制，对希伯来文化的解析也同样无能为力，诚所谓强弩之末，不能穿鲁缟。也正因为缺乏重玄思想，所以他在批判西方文明弊端时摧枯拉朽，所向披靡，然而在自我批判和自我定位时不自觉地掉入了逻各斯中心主义的漩涡，于是他成了打倒耶稣基督后新的耶稣基督。话语权力的诱惑一至于此。《权力意志》的主人摆脱不了话语权力的牵系。对付权力话语的诱惑，不在于你有能力打倒面对的权力话语，而在于你抵制并且克服包括你自己也潜在其中的权力话语。尼采的“永恒的循环”论很让其粉丝们着迷。说到底，这个很能迷人的理论是形上哲学的另一种翻版。“永恒的循环论”当然有其价值，那就是“精英”或曰“超人”的提升，是“权力话语者”的“永恒的提升”。超度上等人和提升超人们的道德固然好，推动永无止境的循环也有道理，但是该理论在骨子里浸透了日耳曼的傲慢与偏见，有其天下为上等人存在的那样一种保贵族和为贵族的坚定信念。他在道德价值观上缺少为芸芸众生牺牲奉献的大爱，在思想方法上多了些“我至上至尊”的狂狷，在理论表述上陷入了“我掌握永恒的权力话语”的执迷。如果说缺少重玄之无我是尼采的思想的软肋，那么在理论建构中蔑视芸芸众生，则是其学术话语在伦理价值论上的偏执。不仅尼采自狂且偏执，崇拜尼采的人们也很喜欢做做超人，哪怕是关起门来的自我欣赏。自以为是者无不喜欢权力话语。

勒维纳斯也有此蔽。他的哲学排除了无，也剔除了无人称的有，比如法语中的Il y a。这一举措用心良苦，为凸显主体间性的思想贡献卓著。但是他的局限也在其中。在他的宗教哲学、伦理哲学和本主哲学中，预设了一个善的大前提，强调了他者的重要性，为主体间性奠定了基础，也为倾空存在做了铺垫。仔细深究就会发现，这个善的大前提实际上是《旧约全书》中那个上主的翻版，大写的他者怎么都能让读者领会到上主的影子。他否定Il y a，根本的目的是通过斩断无人称的有，从而为上主也为主体间众生争得被现代性和西方中心主义占据的地盘。如果不要在上主或他者处画地为牢，而是把眼光和思路投射得更远一点，就会看到一个绝处逢生的现象，即无人称的Il y a并非邪恶或罪过，而是连接着更为深远的宇宙哲学和人生境界。这就涉及“重玄”思考的问题。试想，如果无人称的Il y a横亘在那里，上主之“他”又如何立足？换言之，勒维纳斯在他那个上主或大写的他者那里不容读者再进一步的玄思。而在中国的老子那里，重玄之思发人深思。老子不反对有，其《道德经》之德，申述的就是这个有。老子更进一步，说“无者，天地之母”。这个无是自然人文和人文自然所由出的别名。他通过无的玄思超越也包含了有的玄思，将自然人文与人文自然通过道而融合起来。在老子那里，玄之又玄，是为无极。无与无极、无与有象、道与自然、言与事物、为与不为……都经由这个重玄性的思考而天开地阔。在重玄性的运思中，有无互养互生，由此揭示了一个蕴含生机的无，和无之上的无极。无极的无边际，与无作为天地之母所具有的好生之大德，展开了《道德经》的深邃思想。老子的重玄之无与无极，从宇宙观、人生观和方法论方面，为世界大善奠定了一个基础。这个基础较之中东的上主和西方基督等思想基础一点也不逊色。允许重玄之思，实际上就是思想的开放、自由和自律。

古希腊文化是崇有的文化，尼采回到古希腊前期思想的做法，没有摆脱逻各斯中心主义和西方中心主义的辖制。古希伯来文化也是崇有的文化。勒维纳斯回到犹太文化的根源处以另辟蹊径，也未跳脱上主之有的文化藩篱。尼采反形而上学的颠覆活动，与勒维纳斯倡导大写他者的希伯来文化元素，在哲学的终极性上异中有同。他们两人在不同时代开启的欧洲思想与中东文化之分野，在一玄思考方面别无二致，且在希伯来与希腊之争的翻转后殊途同归。

重玄思想不失为一种有效的武器。重玄之归化化归，就是“唯道集虚”，就是恪守公器，就是通和致化，就是万物归根，就是为目击道存而道成肉身。“我”在这里为无数卑贱的“他”而舍生忘死，“我”在这里使无数高贵的“他”知耻且格，“我”在这里为无数的不在场者承重，这就是我之重玄。重玄与这么多的因素同玄通玄，在心理上就是欲望返其真斋，在行为上是实践变成理论，在精神上是现象汲取本质，而不是历史上经常被高贵的思想家所宣扬的那种本质决定论。近代以降，在逻辑和实际的结合处，重“本”贵“主”属现当代的常态。在思想与人性的纠葛中，爱“有”佞“在”乃中西学的通病。本体、本位、主体、主导、本质、本领、存在、存有……权力及其话语是这套思想的有得性主线，私欲连同霸权是这种符码的无意识底蕴。思维的起点舛错，理论越强词越荒诞。观念的内涵酸腐，逻辑的殿堂越严密越变得深文周纳。为什么这些西式思想出了问题？因为这些思维、理论、观念、逻辑都成了实体化欲望的海上浮标，成了权力意志的文化霸权。不是说人们对此类思想文化的恶性变化全无觉察，如上所述，有不少思想家对此做了探究，如尼采、弗洛伊德、勒维纳斯，包括形形色色的后现代主义思想家们，他们程度不等都做过反思，也提出了这样那样的补救方案，但是在最关键的问题上不愿突破，在最吃紧的思想方面裹足不前，透彻地讲，即在“逻各斯中心主义”的蛛网上不能脱身，在不断改换画面的“自我是我”、“自我唯我”的泥沼中不能自拔，在物质与精神、感性与理性、此在与彼在、理论与实践等二元对立中不能超越。

重玄思维有三个关键：其一是无我执，其二是无他执，其三是无无执。玄，我自黑；玄，我处静。重玄，无处成光热；重玄，静中蕴翕动。重玄，是将自己的能量经归潜而给予这个待净化的世界；重玄，是以自己的虚怀实现归藏乃至归化的无我境界；重玄，是归藏之“无凝”聚合为玄变之化。无无，不执之至也。无无归化，即以自己的归潜、归藏、归化完成超乎自己、也超乎他者的世界变数，是以唯道集虚的重玄契合思想与现实的交互改造。换个说法，重玄就是心物、人己、生死等大千世界的互根性交织，是隐秀、启蔽、明夷等人事物理的他化性出没，是时空、宇宙、成毁的错综性投掷，是彼此、是非、善恶涤除玄鉴的现实节点。三归是其经由重玄思想的一次次无无化。我们钦佩革命先烈，他们那种无我、忘我的奉献，就是现实与理想的践履性重玄。我们不可低估为人类永恒的福祉舍生忘死的先驱者们，他们那种无无化的博大的情怀，传递着理论与实践的重玄精神。我们不可低估航天探险者的勇敢，他们为人类向高空、深空、太空推进，舍生忘死地驾驭方舟汉槎。“是七尺男儿生能舍己，作千秋雄鬼死不还家”，革命先烈的“死不还家”有三归精神吗？当然有！他们“不还”的是一己之小家，还的是万古千秋之大家。这样的归潜、归藏、归化，是无无化的最高体现。践履无我的重玄，是堪称无我化乃至无无化的极致。如果要找寻“天气归，地气藏”的现实榜样，他们身体力行的无无化重玄就是伟大的典范。

归化是道化的一个基本的形态。归者，反也。反常近道。地球文明的劣根性源自人类的兽性，膨胀于人类的贪欲，深陷于人类的邪念。作为文学思想的归化运动正是这些劣根性的反向变化。如果说人类的兽性、贪欲和邪念都体现为福柯所说的权力话语的表达，那么，归化则是文学对权力话语的消解，其叙事结构往往是以拟态、隐喻和对抗来寓意，其深邃精神无疑是以反讽、拆解和化归来变通。如果说前面的说圆通和解本主是文学归化的核心与内质，那么释有无则是文学归化的终极关怀。把文学当享乐的行当，是很难理解归化境界的，但是没有这个境界，作为玩乐的文学岂不成了动物也具有的游戏？从另外的角度讲，让文学太沉重也是个问题，然而终有一死之人，总得要有一点精神，文学归化的思想指向了这里。

第六部　文学启蔽

文学天地浩瀚，然而入之不易。文学经纬广阔，应说出之也难。笔者在这个部分再次考索文学启蔽问题，是想把此前各种论述与近二百多年来中西文学变数，密切结合起来探讨。文学辟解趁手，何妨卮言。文学化境高妙，非己方益。文学归解逆势，反常近道。文学俗常可贵，启蔽则宝。文学启蔽，是对常见所谓文学的化感通变。

笔者用启蔽二字概括中西方近二百年来的文学现象，是因为这两个字最能把握中外文学切磋交流的特点。文学在大冲撞、大交流、大融合中的卮化，是很值得关注的现象。有三个看点很需要思索：一是卮动平衡，旋虚旋实，虚实交替；二是启蒙怪圈，既启其蒙，又入其蒙；三是新旧交融，既变其旧，又接其新。对于中西方文学而言，过去的二百年是突破国别，使地域文学世界化的过程，也是在错位中追逐和审度现代性的艰难求索。眼下经历的全球化运动，其实不仅是全球化的趋势，而且也是走向天宇的序曲，即文学的高空化、深空化和太空化，这是人文宇宙化的必然。

《文学·中国·世界》是对世界文学格局的大视野观察，也是对中国近一百多年来文学以及文化变数的宏观巡礼。从文艺复兴至启蒙运动，西方文学基本上是地域文学或曰国别文学。在19—20世纪两个百年当中，各国文学程度不等地国际化，世界文学的新格局逐渐形成。西方文学世界化，是以意识形态化的式微为其标志，文学摆脱国家主义的桎梏是西方文化绚丽的一笔，文史哲融会贯通中的大文学变革正在经历人文跨界的尝试。在20世纪，中国文学经历了现代化的嬗变。新思潮对中国的影响，文学首当其冲。广义的文学在这场大变革中扮演了启蒙的重要角色。时至今日，世界文学星云化与文学大周天拉开了序幕。中西方文学的激扬摩荡和异质同构，在21世纪真正地开始了全方位的互动。世界文学宇宙化，展示出放飞思想的景观。逐渐摆脱意识形态束缚的西方文学，率先与源于欧美的垃圾文明和文化霸权分庭抗礼。开放中的中国文学将以其蕴藉、祥和、超越、博大的精神与西方文学共鸣。反对文化帝国主义将是中西方文学的基本的合作点。世界文学在超越狭隘民族主义的同时，也反对一体化整合，异质同构的思想会成为重要的文学理念，突破疆域和种族的文学时空，开显出人类思想挣脱逻各斯思维后的广阔天地。未来的世界文学，将是全息交融的宇宙场合，人类凭借文学构筑更新文明而且超越文明的梦想。

《前卫·退缩·困境》是对法国当今文学思想的个案研究。本章选择茨维坦·托多罗夫及其《濒危的文学》为研究对象。《濒危的文学》是托多罗夫在文学理论方面的收官之作。从中可读出托氏关于文学的三个“危殆”看点：一是他把苏联马克思主义统治下的东欧文学视为濒危的文化物种；二是他把自己曾经参与其中的法国形式主义叙事诗学包括广义的文学，也看作文学的危殆；其三是我们深切地感受到托氏的文学研究也处于自封闭的危机状态，即他从20世纪六七十年代的前卫学者，一变而为今日的欧洲古典主义美学的回归者，其矛盾心态和理论困境非常明显。后现代思潮降温后，如何对待这份资源，西方学界的反思正处于进行时。托多罗夫的学术变化颇具代表性。前卫、退缩、困境，既是托氏本人学术演变的现状，也是法国学界的一种基本倾向。本章从多种角度解读托氏的文学思想，以便让读者感受到作者所说的那份濒危，体会出作者前卫过后的亢龙有悔。笔者由“文学非文学”命题领略文学人的“自我非我”，在文化以及文明转折的变数中把握文学是非，或可作为一种开放的尝试，为重审“濒危的文学”提供一个思想场合。托氏的理论危机也是欧美文学思想的危机，研究该危机对我们反观自己的文学理论研究具有积极的学术意义。

《文学·比较·熔铸》是对世界文学交流趋向的深层考察，也是对比较研究各类热门学科的方法论求索。熔铸一词是冶金学用语，同时也是人文类的治学方法。本书以熔铸研究为圭臬，审视了比较研究由来已久的学术漂泊和相关各学科命名的局限。比较研究的浅显性、牵强性和附会性，急需拓展熔铸性研究，以突破比较学科和比较方法的实证性滞留和类比性制约。在全球化的大趋势中，比较研究学科仍然会发挥一定的作用，但是也有待克服其与生俱来的弊端和既泛且滥的问题。倡导熔铸研究不是要取消比较研究，而是要促成后者的高端冲刺，以期出现一个突破性的飞跃和创新性的升华。

《余论：文学之化》是对文学通化问题的一个小结。“文学非文学”的母命题，在三个子命题中加以辟合与归解。其一是“化感通变”，目的在于追溯文学渊源，澄清文理依据；其二是“通和致化”，要义在于领略文学本真，洞察文学变数；其三是“化之有化”，大旨在于化中演化，擘画文学场合。文学生存的通化阐发和通化精神的生机，落到实处，无非是展开一个不封闭的文学场合。场合不同于领域，因为其中没有主使；场合也不同于学科，因为其中没有壁垒；场合也不是擂台，因为其中没有帮主；场合尤其不是山寨，因为其中没有权力话语之外的权力话语。唯道集虚，唯虚养实。天道、人道、文道尽在集虚务实的与道俱化之中。舍此谈论任何文学问题都是笑话。

不论人们愿意与否，世界文学星云化已成气候。当今盛传的云计算启动着另一个神话，即文学通化筑梦科技人化，科技文化助推文学通化。文学与意识形态疏离，与网络传媒同步，向“他者”境界开放，对非宗教神圣的追仰，和科技发展的比翼齐飞……一个思接千载视通万里无远弗届空谷有声的大格局已经出现，一个超越文明原道体道异质同构化感通变的新气象必将形成。跻身其间的中国文学任重道远而前景开阔。不论与20世纪自身的演化相比较，还是与西方当今文坛的发展相权衡，中国文学都可以展现出卓然粲然于世界文学天宇中的风采。其显著的特点将是化而不流、和而不同、别开生面、另辟蹊径。

第十六章　文学·中国·世界

本章扼要地讨论世界文学格局中的中国文学。在这里，文学、中国、世界，都在国际棋盘上亮相；主动、被动、互动，均于综合国力间较劲；真假、善恶、美丑，全被时光女神漂洗；现实、理想、抗争，永远在文字的脑电波与心灵的转换器间演绎。此处，我们只撷取近二百年来中西方文学运动的缩影，看一看文学究竟在人间世扮演一种什么角色？探讨一下中国文学是如何在世界列强的铁血暴力弹压和软性实力撕扯中崛起？透视一下文学的普世意义究竟能有哪些价值？如果说这些问题过于沉重，那么，至少可以通过两百年来中西方文学的互动过程，得到一些不可或缺的启发。

文学是想象的领域，似乎拥有海阔天空的广大境界，但是稍加留意便可发现，在漫长的岁月中这一领域严重地受制于时空阻隔，所谓文学实际上是地域文学或国别文学。但是在19世纪至20世纪两个百年当中，各国文学程度不等地国际化，世界文学的新格局逐渐形成。回顾20世纪中国文学与世界文学的互动关系，有助于我们把握文学演化的脉搏，展望未来中外文学世界化的新向度。

一、西方文学世界化

这里主要探讨西方文学的世界化以及文学世界的生成。这个问题实际上关涉文学的自赎与文学的解放。

在中世纪和文艺复兴时期，文学基本上是地域化、国别化和附属性的活动。

西方文学的世界化得益于资本的扩张和启蒙思想的发展。18 世纪以来，资本以血与火的洗礼撒向了五洲四海。作为资本克星之一的文学随之将自己的目光投向这个十分陌生的世界。启蒙思想则为文学的与时俱进设定了意识形态方位。19 世纪的文学家、思想家们呼唤世界文学的出现，但是一直到 20 世纪，文学世界化的格局才真正形成。

文学的世界化与资本世界化、意识形态世界化同步，但是也与后二者相磨相荡，并逐渐形成化解乃至超越后二者的文学世界的格局。资本的世界化化出了一个弱肉强食的世界；意识形态的世界化化出了一堆片面而自负的理则；文学的世界化化出了一方灵气勃发的文化天地，它使资本所支配的文化领域获得了本真的气息，使意识形态的板块得到了春风化雨的滋润。如果从几个大的方面分析，西方文学世界化的过程大致经历了以下几个重大转折。

（一）意识形态文学的式微

广义来讲，意识形态文学是指附属于一定经济基础之上的作为上层建筑组成部分的文学。狭义而言，意识形态文学是指现代化过程中受制于主流意识形态的依附性文学。这两种解说有一个共同点，即典型意义上的意识形态文学是近代工业文化一体化的产物，是政治经济单向整合的结果。意识形态文学的最深沉的本质是对特定政治经济的依附性，最突出的特征是审美的麻醉性，最直接的效果是变相地传导着主流意识与权力话语。

西方古代和中世纪已经有了意识形态裹胁文学的问题，但是其政治经济和统治意识尚未达到千篇一律的机制化规范。文艺复兴至 17 世纪文学意识加快了形态化的步伐，然而相对宽松舒缓的生存空间为文学留下了一定的原生性的余地。18 世纪以来，启蒙运动和工业革命所驱动的现代化社会演变，真正地将文学卷进了一体化的政治经济机制，使其成为后者整合所有社会文化的互动性话语。文学意识形态真正地变成了意识形态文学。

意识形态文学给人们留下一个正面的形象是“批判现实”以及调节社会发展的功能。学术界津津乐道左拉的《萌芽》、司汤达的《红与黑》、巴尔扎克的《人间喜剧》、狄更斯的《艰难时代》、果戈理的《钦差大臣》等蜚声文坛的名著，社会主义的思想家们尤其推崇高尔基的《母亲》、奥斯特洛夫斯基的《钢铁是怎样炼成的》、肖洛霍夫的《静静的顿河》等革命现实主义的杰作。不错，这些作品的积极社会意义是显而易见的。不过，此类评价也忽略或遮蔽了一个根本性的事实：上述批判性的乃至革命性的作品实际上是意识形态文学的另一面，它们是意识形态的刺激剂，是政治经济正反两极机制与文艺的互动，是迈向现代性社会的文化工业的制动器，是宰治性文化所允许的反讽性话语。从实质上来讲，这些刺激和反讽始终在意识形态文学的互动、互补、互助、互化中运作，它们无论多么尖锐激烈，在整体上仍然处于两极依存的格局之中。

第二次世界大战以来，对意识形态文学的批判逐渐形成气候。如果说20世纪初的现代主义文学是在本能地无意识地抗拒意识形态文学，那么该世纪中叶的荒诞派和超现实主义思潮已经明显地突破了意识形态文学的藩篱。而20世纪末叶，意识形态文学则在整个西方成了众矢之的。

西方的自由知识分子视意识形态文学为文学精神的堕落。西方的激进思想家也把文学的意识形态化看作是对人文精神的扭曲。后期的萨特与阿隆在文学思想上分久趋合，晚年卢卡契与阿多诺对文学政治化的批判异曲同工，索尔仁尼琴与巴赫金在政治高压且信息封闭的情况下竟然于抵抗意识形态文学上殊途同归，从东欧到西欧，从欧陆到美洲以及大洋洲，不同政治立场和宗教信仰的文学家和思想家逐渐趋向一种共识，以意识形态为机制的文学模式亟待终止，文学必须从意识形态的网络中剥离出来。可以这样讲，20世纪的文学是以意识形态化的式微构成了自己觉醒的标志。

（二）民族国家文学的淡化

民族国家是文明的政治运行机制，也是文学的重要的参考坐标之一。西方文学与民族国家的关系是近代以来整个西方文化的奥秘之一。文学的解放集中地体现在文学从政权轴心、从民族利益和潜在的向心倾向中逸出。从文学突破狭隘利害机制的自觉不自觉的步履来说，这样的逸出实际上是文学的高级智慧和超越精神的创造性发挥。

文学摆脱国家主义的桎梏是西方文化绚丽的一笔。西方的现代国家是文艺复兴以来逐步产生的国体和政体形式。它的本质是要把精神与物质文化的生产和消费全部一体化的政治机器。在所有社会门类当中最早意识到文化工业一体化危机的是文学艺术，最早奋起抗争的门类也是文学艺术。就在西方现代国家形式蓬勃发展的 18 世纪至 19 世纪，以表现异化、反对社会畸形演变的文学作品和思想批评已经萌发。席勒的《美育书简》和瓦格纳的反常音乐以不同的方式和心境披露或述说着同一种可怕的社会发展趋势。文学对政治的体认和反弹在 20 世纪蔚为大观。卡夫卡的《城堡》，罗伯-格里耶的《橡皮》，索尔仁尼琴的《癌病房》，诸如此类的文学作品折射出对文学政治化的批判，展示了国家主义文学的没落。

文学超越民族主义羁绊是西方文化自我批判的深沉反响。文学超越国家主义不易，超越民族主义更难。即便在资本横行世界和普遍主义遍及全球的 19 世纪，民族主义一直是共性大潮后面的实质性尺度。当时比较狭隘的欧陆作家自然受制于民族主义的支配，甚至伟大的文学家如海涅、歌德、雨果也对“越是民族的就越是世界的”理念坚信不疑。普希金、陀思妥耶夫斯基都是大俄罗斯主义者。苏俄的爱国主义文学确实有抗击外来侵略者的正义感，但是有谁能否认其中包含的大苏俄主义心病呢？在 20 世纪中叶以来，清算民族劣根性、克服民族狭隘性成了西方的文学大潮。随着对法西斯主义和斯大林主义的唾弃，随着欧盟的扩大和苏联的解体，文学家、批评家和思想家的视野越来越开阔。妇女解放运动、后现代主义思潮、西方中心主义批判和文化帝国主义消解等开放性的价值取向，谱写着雄浑有力的超越狭隘民族主义的文学交响曲。

文学突破逻各斯中心主义是西方文化成熟的标志。逻各斯是西方思想文化的组织原则，因而也是整个西方文化的基础。其吸纳性认同和规定性排除的向心制导体系，潜生暗长于语言、文学、史学、哲学、宗教等许多方面。要想纠正西方思想文化的强权机制，必须突破逻各斯中心主义对新生文化可能性的钳制。尼采亦文亦哲的著述开辟了批判西方形上传统的先河。海德格尔诗化哲学的创制将尼采对西方文化的针砭推进到入木三分的地步。如果说阿多诺的反体系思想和罗兰·巴特的逆结构理路程度不等地总结了20世纪初叶和中叶的文学艺术运动，那么德勒兹和德里达的文学思想则明显地走在了文学风潮的前头。千座高原的意象，地下根茎的思绪，文学游牧的飘逸，以歧放生的延异，播撒式偶缘的推演，挣脱声音逻各斯控制的尝试，这些超常规破惯例的思想为文学艺术的创造性发展提供了宝贵的启迪和锐利的武器。

20世纪的西方文学走出了政治化、民族化和逻各斯主义的局限，拓展出了一个别开生面的文学世界。文学与政治相疏离，不仅摆脱了政治对文学的束缚，而且使文学真正地按其本然演化，从终极追求上折射政治的善恶，化解政治的强制性霸权；文学从民族主义视野的解放，意识到了他者的不可或缺，对文学自身乃至全人类的健康发展都有重大的意义；文学从逻各斯中心主义的突围，是消解西方中心主义的根本性努力，也是西方人寻求另一种活法的最大胆的尝试。西方文学迈出的上述三大步，标志着西方文化中良性因素在空前地增长，西方人终于懂得了自我批判，懂得了他者存在的意义。从这个角度讲，西方的文学世界预示了一种真正的世界文学。

（三）人本主义文学的变位

如果从远古说起，广义的西方文学大致经历了由神文到人文以至化人化文的变迁。从古希腊到中世纪之末是神文时代，这一时期文是神的附属，神是文的本质，敬畏神祇和磨合命运是古希腊以及中世纪文人骚客的基本格调。从文艺复兴到20世纪初叶是人文的时代，这一时期泛指的人或大写的人经历了由人到我的演变，人文不仅战胜了神文，而且将人文的优缺点都发挥到了极致。从20世纪中叶到21世纪一个相当长的阶段，西方文学进入化人化文的开放境界，时下所谓人文将会被一种化感通变的化人文存在逐渐取代。

文学史编纂学总要把人文框架当作文学史的原点，这实际上只攫取了文学的一个方面，文学的多面特点和深层意蕴仍处于遮蔽之中。至少在古希腊和中古阶段，神文是底色，是前奏，是人文伸展不到的终极推断。人们可以因为宣扬异教和蛊惑人心的罪名处死一个像苏格拉底那样的哲学家，可以在集时代精华的思想宏构中（比如在柏拉图那里）为神灵留下不可企及的尊位，可以在非常严密的逻各斯推导中（比如在亚里士多德那里）将神性看作理性的极致，可以在悲剧和喜剧的奇思妙想中把神谕和命运置于统驭剧情的关键，可以在天堂地狱（如在但丁那里）的铺陈直叙中将人神交感的思想和盘托出。当此之时，人文精神在神文的土壤中酝酿，人性善果在宗教的氛围中涵养。

文艺复兴拉开了人文升值的序幕。17世纪的理性主义和18世纪的启蒙运动塑造出了大写的人，这种造人运动甚至阴错阳差地在20世纪的东方农转工社会中延续。当左拉坚信新世界的萌芽之时，当巴尔扎克胸中还有两个太阳（宗教精神和保王理念）之时，当雨果笔下的英雄人物仍然套着救世的光环之时，当东欧乃至东方亚节奏的国度仍然笃信理想的大同世界之时，那个举步维艰的大写的人还在踽踽独行。但是当20世纪西方世界相继完成现代性社会的转型之时，这个大写之人逐渐为个体之人或曰小写之人所取代。写小写之人蔚然成风，甚至东方国家的文学家也受到了影响。小写的人是英雄崇拜崩溃的产物，也是个性解放乃至个性消亡的人文过程。刻画小人物的作家不乏大手笔。他们的价值取向也不尽相同。其中既有普鲁斯特、尤奈斯库、鲁迅、巴赫金等人积极用世的努力，也有卡夫卡、川端康成、帕斯捷尔纳克等人直面人生的无奈。

正如神文文学的登峰造极必然为自己的衰落准备了条件一样，人文文学的辉煌本身也为潜力的枯竭亮出了内囊。化解人文戾气的文学在20世纪末叶形成了气候。这一次文学巨变虽然也有文学家们起风于青萍之末，但是作为一种划时代的重大的文化转向，主要是由亦文亦哲的思想家所推动。因此，人们不必仅仅聚焦于贝克特、弥勒、昆德拉、甘斯布等作家对现实的调侃，也不必局限于黑色幽默派或新小说作家们对社会合理性的逆证，而应该把视野扩大到整个西方人文思潮的发展趋向。巴特晚期的解构主义小品，德勒兹中期的情节化哲理散文，福柯毕生的声情并茂的文史论述，阿多诺如泣如诉的非调音化的美学理论，海德格尔亦诗亦哲的语思，凡此种种，无不把人文至上的逻各斯推理置于某种可圈可点待解待建的状态。当然，我们不应该忘记后现代主义者的思想批评，还应提到环境保护主义者的绿色行动。

在 20 世纪文学高手和思想巨匠的笔下，令人震撼的不止是“上帝死了”的逼真，而且有人的隐匿。主体风化，个体失灵，人文露底，现实无根，于是有了“无特性的人”，有了遥遥无期的“戈多”，有了文明吊诡的反弹，有了人文逊位的自觉。在这次新的天人互动中，天地秀出而人文谦隐，文原于道而功臻于化。只有在这种意义上，我们才能理解福柯的如下断言：“我们可以肯定地打赌，人将被抹去，就像画在海边沙滩上的面孔一样。”[①] 西方的文学迈出了这一步，哲学迈出了这一步，史学正在迈出这一步。文史哲融会贯通中的大文学变革正在经历人文跨界的尝试。人类懂得了隐秀和启蔽，懂得了牺牲和留白，懂得了非人文和亚人文的价值，懂得了在原道中把握真正的文学之根。

二、中国文学现代化

本节主要回顾中国文学现代化及其启蔽过程。该过程体现为 20 世纪中国文学的嬗变。探讨中国文学现代化自然要从中外文学及思想文化相互切磋

---

① Michel Foucault，"*Les Mots et les choses: une archeologie des sciences humaines*"《词与物 —— 人类科学的考古学》, Paris,Gallimard, 1966, p. 398.

的大视角去观察，本文的开放性规模也迫使我们尽可能对文学大局做宏观的比较和学理上画龙点睛的透视，因而笔者的行文主要依据中西文化冲撞的大思路而擘画，重点论述 20 世纪中国文学对传统文学的重新理解以及与西洋文学的不断磨合。

中国传统的文学，是文化机制中最有生气的一个方面。封建主义对社会的禁锢，在文学上尤为突出。新思潮对中国的影响，文学首当其冲。19 世纪至 20 世纪是中华民族遭受外来侵略最严重的时代，同时也是社会乃至文化变革最剧烈的时代。数千年的君主制度土崩瓦解，一百多年的列强欺凌接近尾声。广义的文学在这场大变革中扮演了启蒙的重要角色。

西方的现代化是经过文艺复兴、启蒙运动、工业革命等一系列变化发展而来。中国的现代化则是在反帝反封建、学洋且抗洋的复杂过程中艰难展开。西方六百多年推动的现代化变迁，中国只能在一百多年的时间里急切地运作。西方民主、自由和科学的现代化成果，中国是在条件最差的社会历史背景下吸收和消化。作为民族神经的文学艺术，敏锐地感受到了中国社会和文化的空前的变局。

（一）激进主义文学的定位

过去的一百年，中华民族从艰难竭蹶之中崛起。民族文学在民族命运的危亡之中仓促就位。特殊的历史背景逼出了中国文学的主流色调，即以变革为要略的激进主义文学潮流。其基本特征大致可概括为以下几点：其一是革命话语强烈的政治意识形态；其二是民族救亡急切的文化左倾风潮；其三是工具理性沉重的文学功能取向。从遵命文学到文学服务论，激进主义文学占据着主流定位。救亡取代了启蒙，革命席卷了文学。生死之急压倒了会通之要。倾全力而赴国难的合理性束缚了化文质而融华实的终极性。革命文化创造了令人瞩目的成就，与之同时文学的多元互动特点也受到了相当的局限。其长处在于程度不等地推进了救亡运动，弱点是把“左倾”天然合理的政治信念植根于几代人的意识之中。单向度的价值取舍影响了 20 世纪百年的文学流程，极左思潮在20世纪六七十年代达到了甚嚣尘上的地步，以至于出现了历史上罕见的文学不文的局面。如果说在救亡期间文学的偏激发展自有其不得不然的道理，是当时一种无可厚非的历史选择，那么在和平建设阶段文学的一色化趋势则是很值得记取的教训。20世纪的中国文学本来完全可以做得更好，然而许多天才文人都未能发挥到最佳状态。以新文化为旨归的文学大纛如鲁迅、胡适、郭沫若等旷世人物可谓"时代风云卷战旗"；巴金、茅盾、沈从文等文学大师则属于"千古文章未尽才"；而王实味、老舍、冯雪峰等一代英华却成为革命祭坛的牺牲品，留给人们更多的是痛心的记忆。

（二）学衡文学思想的浮沉

在中西各种文化大潮的冲撞激荡之际，中华民族并非全无折中权变之人。学衡思潮就是与激进主义迥然不同的另一种流派。就广义的文学（创作、鉴赏、研究、管理、组织、传播等活动）而言，此处的学衡是指学术思想兼容并包和文学活动的海纳百川。该思潮远远超出了以《学衡》杂志（1922—1932）为主的学衡派。它实际上涵括了从康有为、梁启超（改良渐变）到章太炎（术修多科）、蔡元培（兼容并包）、刘师培、黄侃以及王国维（学无新旧）、吴宓（昌明国粹，融会新知）、陈寅恪、汤用彤（学贯中西，文通古今）、钱锺书、早期的朱孟实等一大批杰出的学者和著名的文学工作者。无论在政治上还是文学上，这些人的总体趋势是主张改良、渐变、折中、融通。但是在中国20世纪特殊的政治背景下，此种不乏深谋远虑的思想很难见容于当时的社会。其中有不少人被主流话语视作新文化运动的逆流、封建遗老、谬种妖孽或保守主义。这些人被排斥甚至受迫害之际，往往是中国的文化气脉畸形演化之时。这些人得到公允评价之日，一定是中国文学乃至整个文化思想走出怪圈之后。令人感慨的是这些同样属于爱国者的文人学士，却不公正地被当作不革命派或反动派；在中国现代史上当时得势的常常是激进派，真知灼见往往属于所谓的保守派，在文化问题上表现得尤其突出。

（三）华夏文学传统的起落

20世纪中国文学的单色调现象不仅在于文学政治化的片面取向，而且也表现为对自身深远传统的单挑独取。文学大师和学术精英除少数人外，大都陶醉于刚从西方学来的文学思想，执着地“推陈出新”，大刀阔斧地“创造新文化的实绩”。实绩是很突出，其作用也不可低估。但是就文学领域而言，所谓“创新”实际上是根据西方近现代文学原理，对中国文学“原料”的“提炼”或“改造”。事实上中国古代文学不仅仅是“原料”，而且也有其“原理”，甚至有着比西方近现代文学原理远为深沉的文学渊源。国人利用西方的刀尺，剪出了可与西方文学参同媲美的文学材料，诸如情志说、美刺论、雅俗观等文学成分，但是忽略了传统文学的一些更为本原的东西。凸显了文学抒情言志的特点，忽略了其原道体道的根器意蕴[①]；强化了文学作为上层建筑的意识形态反映功能，遮蔽了其作为炎黄子孙精神气质的独特脉络；完善了文学通史、断代史、分体史等细密的“西化”学科系统，丢掉了文通经史子集的融贯性优势。[②]这些个在当时被人们弃之不顾或盼其速朽的文学传统，今天却又焕发出古老的睿智和年轻的朝气。尤其是当我们释读西方后现代思想的谜底之时，上述那些原本已被遗忘的华夏文学传统，不期然披露出生生不已的根本性智慧。老树正在绽放新芽，“下自成蹊”为期不远。历史的波折就是这样吊诡，在大起大落处迫使人们矫枉过正，但是过正之后又不得不补偏救弊。

（四）西方文学思想的偏至

20世纪前半叶，左右中国文坛的思想理论是文艺社会政治学，在文艺实践方面领袖风骚的是现实主义和浪漫主义创作方法。毋庸置疑，它们对中

---

① 参见本书第一部分《文学天地》。也可参见拙作《古代文学根器解》，载《古代文学研究集刊》（第一缉），南方出版社1999年版。

② 参见拙作《人文精神与学科建设》，《华中师范大学学报（人文社会科学版）》1996年第6期。

国文学的建设和社会的进步起到了举足轻重的推动作用。美中不足的是这些思潮在西方和在中国都属于以偏概全的文学流派。在西方，它们是 18 世纪至 19 世纪工业化社会形成期的单向度文化现象，不仅违背了古希腊文艺传统中的“缪斯群体”遗风，而且窒息了对抗资本主义机制化的异质性文艺生机。在中国，它们适应了“万众一心”的民族解放潮流，但是遮蔽了“文”在万象、“艺”在百花的本色，阻滞了对其他新思潮的借鉴和吸收。西方的单向度文艺状况在 19 世纪末叶和 20 世纪上半叶就有所变化，象征派、野性派、超现实派、存在主义流派、荒诞派、新小说派等文艺思潮波涌浪接，与 20 世纪下半叶的后现代主义前后呼应，形成了文艺理论和文艺创作的非逻各斯中心化的新景观。我国的特殊历史背景固定了文艺社会学体制的同一性格局，一直到 20 世纪末叶才出现了重审祖国的文学遗产和较大幅度引进西方文化思潮的开放性局面。西方人走出单向度的文艺规范用了一百多年的时间，“缪斯群体”古风的回潮与后现代主义的勃兴并非偶合。我国引进、吸收和化解西方 19 世纪至 20 世纪文艺思潮东渐中的“偏至”过程也有将近一百年的经历。化感通变的脉络逐渐畅达，融会贯通的局面有待文学界同仁的努力建设。

（五）中西同步对话的缺席

不难看出，西方 20 世纪上半叶完成了欧美文艺史上的一次划时代变革：剔除了两千年来文艺理论观念的折叠式递换形式，开辟了多元对话甚至破绽式对话的全新氛围。折叠式递换是指中世纪神学文艺观、文艺复兴思想、古典主义、启蒙运动、浪漫主义、现实主义等文艺思潮的递相取代。多元对话是自我中心主义的检讨式的开放。破绽式对话是指意识形态文学、民族国家文学的自动消解和人本主义文学的谦以通变，代之而起的是全方位开放的对话理论，后现代思潮就是该理论的集中体现。解释学的循环、解构主义的播撒、“千高原”的毗邻、东西欧狂欢节思想的交响、逻各斯中心主义的倾圮……，这些横向的超国别对话实际上也是思接千载的跨时空交谈。在某种意义上甚至可以说，西方正在兴起的后现代论坛是一次影响深远的去轴心的虚轴心时代，它足以和古希腊的“轴心时代”相颉颃，也足以和中国先秦的百家争鸣相媲美。然而我们的文艺理论界并未能与这样一次非常重要的反霸权文化思潮摆开真正的龙门阵。后现代主义的各种思想和文艺实践只是肤浅地被国人述说。有一些跃跃欲试的“后现代对话”，实际上还是在做自说自话的“独白”。理论家们依然坚守螺旋式上升或曰波浪式推进（实即“之”字形的折叠式递换）的思路，相机“批判地吸收”后现代“大餐”。应该看到，真正地以诗学灵气超越折叠式递换陋习和所谓“辩证方法”者，往往是一些才气颖脱的文学家和艺术家。理论界面对逸出辩证法法力的新思潮则手足无措。破绽式展开的同步对话，是对过去一百多年中西文学艺术领域隔代对话的化解。中国文学艺术及其思想适逢跨时空腾飞的难得机遇。中国的文学家、艺术家和理论家，都需要焕发才胆识力以穿越思想方法的间隔，在中西同步对话中继往开来。

（六）开放文学视野的启蔽

检讨20世纪中国文学走过的路程，一个突出的感觉就是文学视野的狭窄。在文学的文化价值判断上，主流话语将一种观点当作进步，容不得任何反对派，以己画线成了司空见惯的推理模式：要么革命派，要么反动派。在文学的文化时空思想上，人们不能接受史无新旧、学无古今的通变观，不能接受一切历史都是当代史、一切现实都是过去现在未来的跨时空视域；在文学的终极学术追求上，人们无法理解本根在界、本真无界的达观；在强调古为今用、洋为中用的口号时忽略了今为古用、中为洋用的互动层面；在文学的直接交流上，人们热衷于急功近利的拿来主义，偏执于定向、定势、定位的意识形态取向，圆观宏照的视域和化感通变的工夫始终有待拓展；在文学创、传、读、评的阐释循环上，人们更多地是重中心而轻边缘，重当下而轻长远，重焦点而轻散点，重人文而轻自然，重自己而轻他人，重有为而轻无为，将文学创演的复杂活动局促于越来越小的单一向度。毋庸置疑，时代呼唤开放的文学。开放的文学对古往今来开放，对天地人神开放，对有限无限开放，对学术门类开放，一言以蔽之，开放出一个无愧于21世纪的人文化境。

20世纪初叶和中叶，中国文学做了革命的马前卒，承担了文化救亡的历史使命。20世纪末叶则和国家的改革政策一起进入了开放的时代。可以说中国的20世纪文学在一百年的急行军中，完成了始以救亡带启蒙，继而由改革促现代化的急就章。救亡是唤醒民众实现民族解放的启蒙，而改革则是继续启蒙所未竟之启蔽。“摸着石头过河”就是启蔽，大道理与小道理、软道理与硬道理的统筹兼顾就是开放。中国文学的现代性将以空前开放的态势跨入一个宏伟的境界。

三、世界文学星云化与文学周天

本节关注世界文学的星云化景观。20世纪末，笔者就开始探索世界文学的星云化问题，当时就提出了一个看法，“21世纪是文学周天的时代，星云化将是新世纪中外文学融会的新场域”①。那个时期，“云储存”、“云计算”、“云运演”等电子信息尚未出现。现在回观，文学星云化的提法可谓新文学运程的空谷足音。

中国文学的命运多舛。内灾外患给中国文学以深沉，救亡图存凝聚起了文学上的暴风骤雨。20世纪的革命文学固然有些急管繁弦，但是偏激的旋律中毕竟充满了阳刚之风；学衡思潮或过于迂阔，却也在迟缓的节奏中潜藏着阴柔之气。如果说二者在20世纪初叶和中叶急迫与舒缓的对位法失衡是历史的阴错阳差，那么20世纪末叶的重新调适则创辟了不可多得的发

① 1992年笔者与法国普罗米修斯诗社讨论诗歌前景时，阐发了文学星云的思考。1999年给陕西师范大学研究生班作了《文学新景观前瞻》的报告。2001年在华南师范大学研究生班做了《文学会通研究问题》的报告。2002年在《中国文化研究》冬之卷发表《世界文学格局中的中国文学》，文学星云理念贯穿其中。该文被韩国《中国文学研究》创刊号全文转载。人大复印资料“文艺理论”卷2003年第2期全文收录。

展机遇。

与西方近六百年的“现代性”发展相比较，中国20世纪一百年的现代化进程自然有许多方面需要奋起追赶。但是如果对中外文学的本真潜力做综合考量，中国文学丰富的传统优势和强大的再生能力反倒成为世界文学难得的“异质性他者”。这种“异质性他者”在清末以降一直因国势积弱而遮蔽，在20世纪中华民族独立解放的艰苦奋斗中日益开显。中国文学更新或曰走向世界所需的三个基本条件业已具备：一是相对强大的综合国力；二是坚韧不拔的文学根器；三是比较宽松的国内外环境。

如果说西方文学进入了化解西方逻各斯中心主义、促动世界文学良性发展的散点透视阶段，那么中国文学恰好也跨入了突破狭隘单一的价值取向、推进人类文化多元互补的和合启蔽时代。中西方文学的激扬摩荡和异质同构在21世纪真正地开始了全方位的互动。以下从三个方面对互动的前景做一点管窥蠡测式的探究。

（一）世界文学宇宙化

世界经济一体化将在21世纪全面铺展开来，随之而来的必然还有国际文化的全球化。这种大趋势带来的危害远远大于其有局限的公益。如同每一次世界经济和文化的进步总是首先从损害大多数人民的利益开始，也总是从进步即蜕化的一个悖论导入另一个吊诡。此处无意对这种大趋势作全面的是非评判，也不奢望对其负面效应作这样或那样的诊断，我们的思路是从中西方文学的跨世纪结合部上揭示其超越全球化文明的某些可能。

1. 放飞思想的景观。在经济、文化全球化（政治的和武力的较量自在预料之中）的21世纪，摆脱了意识形态束缚的西方文学率先与源于欧美的垃圾文明和文化霸权分庭抗礼。开放中的中国文学将以其蕴藉、祥和、超越、博大的精神与西方的文学共鸣。反对文化帝国主义将是中西方文学的基本的合作点，超越狭隘的民族主义同时也反对一体化整合的异质同构思想会成为重要的文学理念，突破疆域和种族的文学时空开显出人类思想挣脱逻各斯思维后的广阔天地。世界文学的风貌是绚丽多彩的，其采自五湖四海的解放性气质是和衷共济的。突“维”后的文学思想是隐喻的，中西方文学中的神话、史诗、寓言、童话、武侠都将在如诗如画的多极视域中风云际会。文学的突“维”是人类有史以来最壮观的思想放飞，中华民族的文学智慧将与世界各民族的文学思想比翼齐飞。

2. 全息交融的透视。西方文学擅长焦点集聚，中国文学善于散点观照，会通中的世界文化将产生出中西合璧的视点奇观：全息交融的文学透视。全息交融的透视有科学技术的支点①，有地球人解疆化域后真正的视域融通，有语言交叉普及后的文化便利，有文艺理工医农诸学科渗透后的必然耦合。全息交融的文学在传媒的风口浪尖上历练，也在信息的雨露阳光中滋养。它以无与伦比的集散能力对大千世界绽放，也以和光同尘的潜移默化向每个物种洞开。可以设想在今后几十年内，汉语方块字将充分发挥其音形义一体的魅力，与世界各民族文学息息相关的互动性会得到全方位的开发。方块字以及古汉语的艺术性将会成为世界文学的重大的信息宝藏。全息交融中的中西方文学很有可能构筑起至柔而又至刚的抗灾变的长城。她将把人类文学的精华和灵气传播到任何一个角落。

3. 文学自由的化裁。在人的生命受制于强权的时代，鼓吹“人注定是自由的”定义有欺骗之嫌。当个体的生存权和发展权得到基本保障、文学参与变得相当便捷之时，谈论文学自由的化裁不无深远意义。世界文学宇宙化的突飞猛进为各民族文学提供了一个千载难逢的怒放与争鸣的机遇。文学个体和文学族群如何放飞思想于全息交融的时空，已经成为一个重要的化裁话题。所谓“化裁”不是指为所欲为的选择产销，也不是指任人宰割的承受

① 关注今天耳熟能详的“云储藏”、“云单位”、“云计算”，审度当今太空探索的新成就，展望日新月异的宇宙开放新景观，是历史使命。科技发展对文学的推动，真可谓乾坤日夜挪移、星海光年飞转。将科技飞跃的态势与文学萎顿的现状相比较，我们可以说，文学及其理论的变化微乎其微。科技飞跃如同宇林宙丛的知识爆炸，时刻都有满天星河的光辉灿烂，文学之伸缩则像虫豸蠕动，螺蛳壳里做道场。作为文学人，笔者深以为惭。此处全息交融的透视，权作对本人的自我鞭策，也是对文学界奋发努力的召唤。

事实，而是介入拟态世界的文学狂欢，是化解文明戾气的阐释循环。不是产销，因为文学的出神入化与商业的炒作不可同日而语；不拘泥事实，因为文学的解放也是对既成现实的别开生面的挑战。在某种意义上，这是中国古代"物物化"思想的本真拟态，是对西方逻各斯语式和认知论框架的解谜式的化裁。

不难理解，中西方文学在如是状况下的世界化实际上就是对现实的突围和向自由的攀升。以上三个特征展示出未来文学天地的全新格局：地球公民文学的宇宙化领域。在这个有边无际的领域中，每个人、每个群体充其量只落一个边，谁都不是中心，但谁都可以是散点与焦点变通中全息文学运动的网眼。这个网眼不是捕捉别人的圈套，而是向更大境界开放的折光点。一旦这个有边无际的时空真正打开，文学的本真禀赋会得到一次巨大的解放。政治、经济、宗教等长期束缚文学的紧箍咒将会徐徐拆开。人类的优秀文化将在文学宇宙中构成新天体的星云。中国文学以及整个中国文化将会以独特的精气神在这个天体中放出奇光异彩。

（二）世界文学缘域化

笔者在《审美本体论》① 和《感性学发微》② 等著作中从不同角度探讨过缘域化的问题。缘域是中国古代所说的造化境界。古人用"天道"、"天倪"、"时中"、"中庸"、"缘分"、"化境"等词汇解析其中的奥妙。海德格尔从老庄思想中得此启发，用 Dasein 一词阐发缘域的含义。Da 是方位与机遇的偶合，sein 就是指存在。这两个词的合一，披露出缘分与际遇"从根底上被'在世界之中'构成的存在者"真相。③ 中国传统思想与海氏哲学的结合是一个非常有意义的话题，需要专文进行评说。此处仅从缘域思路的成败利钝展望文学宇宙化的抑扬顿挫。

---

① 参见拙作《审美本体论》，格勒诺贝尔大学出版社（胶片版）1990 年版。

② 参见拙作《感性学发微》，商务印书馆 1999 年版。

③ Martin Heidegger: *Sein und Ieit*, Tuebingen, 1944, p. 132.

1. 天地与神人的跨界性合作。海德格尔 20 世纪二十年代的缘域论采自老庄，五十年代他用以阐述缘域的天地神人四元说则更多地取自《周易》。从根本上讲，老庄孔孟等先秦众说均可看作易理的延伸。天地神人四元说是对《周易》中首两卦（乾和坤）和神灵及通灵者（神与人）的提取。可以说海氏此论基本上是对易学的阐发。他用“圆舞”和“折射”等词汇说明物的开显和遮蔽，实际上等于借中国易学的诗性智慧开启了一个美学与丑学合题的新阶段：即从 20 世纪五十年代到 21 世纪近五十年的感性学百年。①《周易》尚圆，利弊兼有。海氏重圆，也不无局限。“缘域”论以及“天地神人”圆舞说作为沟通中西结合古今的思想，对于概括中外文学精神，都有一定的奠基性功能或原理性建设的意义，对于展望未来世界文学宇宙化也有重要的启发作用。天地神人相互磨合，圆舞折射横跨时空，主客彼此共构缘域，人本局限有所化解。这个路径倘能与归藏思想汇流，其境界将是另一番气象。笔者对此屡有阐发，本书的《文学归藏论》一章，从学术的深层揭示了华夏“三易”之间的异同，实质上说明《归藏》易在宇宙以及思想开合问题上，化解圆一理念的深层意蕴。《文学归化说》则力求从归化的诗哲文理方面，透彻地阐发突破圆一思维的思想场域。

2. 必然与偶然的理想性亲和。西方的逻各斯体系和辩证方法一直将必然与偶然看作对立统一的范畴，近代以降的认知论观念甚至将必然性放大到自然而然的地步。20 世纪的西方学术界偶然性占了上风，现代主义和后现代主义思潮由怜悯偶然，进而发展到崇尚偶然。海德格尔毕生没有放弃克服偶然、必然两极摆动的意图。其缘域说将条件和机遇都集中到了那样一种境界。海氏比前两种倾向高明的地方，在于他抓住了中国思想文化中的中庸和合之道，给偶然必然的对子中插入了另一个范畴：理想性。静止的两极结构由此变成了动态的三极缘构。他的天地神人圆舞本质上就是三极和合（天地实际上是一方，神与人各是一方）的杰作。天地—人—神之中任何两极的

---

① 参见拙作《感性学百年 —— 对美学与丑学合题的展望》，《国外社会科学》1998 年第 6 期。

不可跨越均由第三极的参入而有所促动。圆舞折射充满了过于浪漫的理想色彩，然而理想的亲和性毕竟是对必然——偶然难题的一种解答。这种风向对偏执一端的西方文坛产生了深远的影响。海氏的想象是瑰丽的，然而也是带有其逻各斯阴影的诗学幻景。老子的无极、太极，没有坠入圆一，而是集虚而非常道。孔子的“吾与点”、“咏而归”，既没有划定圆心，也没有设定圆边。庄子也幻想鲲鹏之变，逍遥无疆，以至无何有之乡的通化。这些思想，都非海德格尔所能全面领悟。笔者关于归化的观点，揭示了关于缘域的新见解，入缘而非域，出神而入化，境界的格局为之开显，思维的场面为之敞亮，缘场的通衢为之绽放。时空人已在其中追求那样一种化感，即偶然与必然实际地谦和，虚拟地亲和，理想地通和。通和致化，此之谓也。

3. 现实与或然的可逆性重构。现实性与或然性是另一对矛盾的范畴。文学的特长之一就是用或然性消解现实性。近代以来，西方文学长期被现实观念所笼罩，直到 20 世纪才转入了重视或然性的倾向。中国古代文学本来是现实性与或然性并重，但是 20 世纪特殊的环境造成了偏学西方现实性和浪漫性的局促氛围。文学在本质上是求真求华，但未必务实。这样一个最简单的道理一直到改革开放以来才逐渐为人们所认识。西方 20 世纪一次次前卫文学思潮无不是或然性对现实性的冲击。海德格尔对既成现实的剖析实际上是前卫文学思潮在理论界的先声。他对文明、历史、时间观念的消解在后现代主义思潮中得到了进一步的发展。阿多诺、福柯、莱奥塔、德里达、布德里亚尔等学界巨子都把视线集中到拟态问题上。拟态更多地是一个新的文学创作观念。它是将或然性推入偶缘性的角度，将可逆性的重构提升到文化解放的前提上来。毋庸置疑，未来的文学世界将是可逆性重构的时代。

文学世界缘域化是现当代文学家、思想家对文学宇宙化的重要贡献，也是古今中外文学摩荡亲和，以至化感通变的具体步伐。但是我们也应看到，它对西方文学乃至文化渲染了过多的玫瑰色调，对神灵的解释带有浓重的宗教意绪，对理想境界的烘托透露出强烈的神秘主义气息，对现实的可逆性解析忽略了对他者的尊重和崇高的自我牺牲精神。因而文学世界缘域化仍然是一个有待发展和完善的命题。尤其在文学逆化现实和超越传统伦理方面，需要中西方学人广泛而深入的讨论。有关问题允当另文阐述。

（三）世界文学的神圣化

文学缘域是乐感多于忧患的提法，其中原道的构设多于终极的追求，理想点的透视忽略了移星转斗的变局。世界文学神圣化的命题把我们的目光引向了人类最不愿看到而又无法逃遁的宿命：一切皆有死。死亡是最丰厚的归藏。在文明垃圾化的屏幕上，全息社会让人深刻地看到了死亡的面孔。科技白板化和宗教的式微，给文学留下了巨大的空间，同时也赋予文学以艰难的使命：重释死亡，另求神圣，超越文明。

1. 照亮冥界的灵光。在人类精神的武库中，中外文学都曾以非宗教非科学的智慧烛照冥界。现当代世界文学揭示出的是死亡的另一种特征：不是宗教式的灵魂转化，也不是科学式的生命终结，而是先于生而在、偕于生而行、后于生而获的一种宇宙精华。当今国际社会是与死亡进行高速赛跑的世界，死亡话题预示出地球文学的重要向度。如果说死亡是高速社会的反讽和仲裁，那么死亡文学正因其置人类及其地球于冥冥之中而后生，终于赢得了人类及其文学之生的伟大和死的光荣。在这一点上，中国文学的非宗教而又非科学的神圣特点恰恰为世界文学的神圣化探求开了先河。西方文学面临着两难处境——失却宗教的精神而又目睹科技的永昼。中国文学早熟、老成和本真处的阴柔，为探索中的西方文学投入了再释死亡的灵光。当冥界被纳入世界文学宇宙化的酝酿之时，死亡的黑幕不是恐惧，不是虚无，不是流俗，而是归藏，是转渡，是人类文明真正的督察和守护神。

2. 祂者境界的预演。宇宙化文学是死亡的投影，这就是说她是祂者境界的预演。死与爱是永恒的主题。能死才有真爱，能死之爱才能入死出生。人类的生存不是猴子掰苞谷，淡出的东西适时而改造，缘域而启蔽。这里的祂者既是上帝缺席时人类的自救，也是国际共产运动衰落后天下为公思想的回声，既是原始先民的古老遗痕，又是缘域启蔽的最新消息。牺牲精神即祂者境界。其中有期盼、责任、给出和留白。如果说20世纪的世界文学是象征，那么未来的世界文学则是隐喻。最成熟的阴性文化是华夏文化，最成功的隐喻文学是中国古代文学，最大胆的起秀文化是西方文化，最大量的启蔽文学是西方现当代文学。正在崛起的中国文化是在学习西方的过程中雄起，而正在从逻各斯局限中蜕出的西方现当代文化日益体会到中国隐喻文化的奥妙。隐喻和起秀正好构成祂者境界的互补。祂者的隐喻和向祂者执着地求索，逐渐成为缘域辟合的通衢。文学宇宙化将源源不断地传送出祂者消息。诚如勒维纳斯所言，祂者文化成为衡量时代的尺度。宇宙化的世界文学必将因体悟祂者精神而神圣。

3. 超越文明的前奏。文明可超乎？可超。文化不可超。文明是人类对自身机心和戾气的不返性的开发，文化则是人与自然的商量和培养，因而也是涵摄和化解文明弊病的天人互动。老子讲“失道而后德”，已经指出了“道术为天下裂”真相；福柯说“人将被抹去”，实际上在警告地球皮肤病的登峰造极。中外哲人都在痛说文明的劣根性。当今超越文明的呼声披露出人类“置之死地而后生”的危象共识。中外文学中对文明鞭辟入里的批判和对宇宙的全方位开放，意味着原道精神的否极泰来。原道势必形成超越文明的最大的津渡。道动于反是回归，道通天地是解蔽，道系无情是悔欲，道不自道是“祂在”。世界文学的宇宙化是原道气象的风云变幻，超越文明的立意命篇是原道思想的身体力行。在某种意义上，甚至可以说超越文明的文学思潮是对人类轴心文明的挑战。“云行雨施，品物流形”的宇宙化文学，对轴心化的文明机制具有不言而喻的消解作用。

从常识的观点看，超越文明是一个匪夷所思的话题；从人类前途以及地球的归宿而言，超越文明恰恰是人类为进入化境的积极的努力。上述投向冥界的灵光和祂者境界的预演，同样蕴含着超越文明的跨界求索。在世纪的转折点上，东西方不约而同地聚焦于天人合一的终极性命题。天人合一合于什么？不是天，不是人，而是道。唯道集虚，唯道化器。貌似恍惚迷离的文学宇宙化，就是道成肉身和肉身体道的虚实相间过程。难为的最是文学人，肉身体道无异于地狱入口处的苦吟。面对亘古罕见的超越文明的思想大潮，他们不易出落成一鸣惊人的金凤凰，却很有可能成为十分尴尬的丑小鸭。凤兮，鸭兮，文学星河不胜寒，“碧海青天夜夜心”。倘能耐得住寂寞，看得透红尘，悟得了死生，不论戛戛独造，还是踽踽独行，不已在星汉灿烂的宇宙化文学中运动?

不论人们愿意与否，世界文学星云化已成气候。当今盛传的云计算启动着另一个神话，即文学通化筑梦科技人化，科技文化助推文学通化。文学与意识形态疏离、与网络传媒同步、向衪者境界开放、对非宗教神圣的追仰和科技发展的比翼齐飞……，一个思接千载视通万里无远弗届空谷有声的大格局已经出现，一个超越文明原道体道异质同构化感通变的新气象必将形成。跻身其间的中国文学任重道远而前景开阔。不论与20世纪自身的演化相比较，还是与西方当今文坛的发展相权衡，中国文学都可以展现出卓然粲然于世界文学天宇中的风采。其显著的特点将是化而不流，和而不同，别开生面，另辟蹊径。总而言之，世界文学宇宙化，中国文学得风气之先；世界文学缘域化，中国文学成大道之行；世界文化神圣化，中国文学出奇诡之象。在世界文学的天宇格局中，华夏星云以其祥和而逶迤的特色汇入继往开来的浩瀚时空。

第十七章　前卫·退缩·困境

探讨现当代西方文学及其理论的起承转合，不是本书的一章篇幅所能完成。但是紧扣其前后变化的要点开掘，则是可以深入体察的有效方法。本章就是以茨维坦·托多罗夫的新作《濒危的文学》为个案，由此解读托氏的学术思想变化，揭示法国学界昔日前卫思想的潮起潮落。

托多罗夫是由东欧到法国定居的著名思想家。其《濒危的文学》法文原版于 2006 年 12 月付梓，2007 年 1 月发行。[①] 这本书的标题就令人震惊。文学出了什么问题？阅读该书，可以领略到三种濒危征候：一是苏联控制下的东欧各国的文学状况。这是托多罗夫在书中给我们披露的这样一个大危机；二是肇始于 20 世纪 60 年代，延续至今的西欧文学非文学状态；三是我们从托多罗夫学术活动中所得出的另一种治学启示，即学者自己的困境。

一、感受那份“濒危”

托多罗夫用“铁幕”统治来陈述苏联及其统治下的东欧。在那个时代，文学明确地被宣称为无产阶级专政的工具，被强制性地改造为整个革命机器上的“齿轮和螺丝钉”。不但作家受到了钳制，“学校文类各科的学习，也受到官方意识形态的操控。文学课一半是文献通识教育，另一半是官方宣传：

---

① 〔法〕茨维坦·托多罗夫著，栾栋译：《濒危的文学》，华东师范大学出版社 2016 年版。

古今作品都得经受适应马克思列宁主义教条尺度的检查，必须指出在哪个方面这些作品图解了好的意识形态，或者，在哪个方面没有做到这一点”[①]。托氏只是从学校文学教育情况暗示了苏联统治下整个东欧国家的文教危机，事实要比他的描述严重得多。关押、流放、迫害致死的文化人和文学家数不胜数，即便是一个普通读者，仅仅因为喜欢广义的文学，就足以成为一个罪状。从文学人被迫害的状况来讲，文学危殆，其言不谬。

托多罗夫的经历，让他在青少年时代就产生了对“文学专制”的恐惧。这是他在其《濒危的文学》前言中就提示的时代背景。苏联、匈牙利、立陶宛、保加利亚、罗马尼亚等东欧国家大都如此，我们从索尔仁尼琴、卢卡契、勒维纳斯、策兰等人的笔下，都可以看到类似叙述。托多罗夫没有明言，但是他的诉说，让读者感同身受地理解，这就是文学的危难处境。书中披露，人们反感苏俄的马列主义文学思想，以各种方式敷衍和抵制，虚与委蛇者有之，口同腹非者有之。这些状况应该说都是可听可信的事实，当时的东欧人特别是青少年，用这些方法对付专制统治，也是无法之法。苏俄时期的许多作家和文学爱好者，都有过这样的感受。这份感受是应该得到同情和尊重的，因为那是被迫害者的苦难经历。

托多罗夫对当时苏联以及东欧各国的苏马意识形态禁锢深恶痛绝，书中所讲的都是痛定思痛之言。他将之看作文学濒危的根据或直接表现，堪称是有见地的过来人的现身说法。留给人们的是非常值得深思和批判的那样一种社会制度。托多罗夫将苏俄时代的文学生存背景比作铁幕，自有其道理。但是也不能只看这一点，而不及其余。从更为开阔的视野来看那段历史，苏维埃政权在十月革命中脱胎而出时，文学被号召，被动员，或者说被征用，是不难理解的事情。当时也有一些文学家是自觉自愿加入了革命运动。他们不满沙皇的黑暗统治，渴望“暴风雨来得更猛烈些吧”。对于一个不甘堕落，不甘衰败，矢志奋起的伟大民族而言，有这样革故鼎新的文学并不奇

---

① Tzvetan Todorov, *La littérature en péril*, Paris, Flammarion, 2007, p. 8.

怪，没有这样的文学那才是不可思议，或者说可悲可怜。就文学而言，应该看到，苏俄时代有不少独具特色的革命文学，这些文学中优秀的东西也值得肯定。《海燕》、《卓娅和舒拉的故事》、《真正的人》、《这里的黎明静悄悄》、《铁流》、《毁灭》、《钢铁是怎样炼成的》……，这些创作是苏联文学的骄傲，也是苏联人民，包括中国几代人喜欢的文学作品。苏联文学积极向上，昂扬奋发的精神，深深地影响了中国的文坛，也影响了整个中国的社会变革。从“五四”到20世纪中叶，中国文学程度不等都能看到苏联文学的某些元素。中国的一批革命文艺也是那样的振奋人心。我们喜欢《呐喊》、《彷徨》、《阿Q正传》、《黄河大合唱》、《保卫延安》、《青春之歌》、《红岩》……，无视这些伟大的作品怎么可以呢？在苏联的卫国战争和中国的抗日战争中，那些投笔从戎和以笔当枪的文学家、艺术家，都值得人们永远尊重。因为比文学危殆还要危殆的是民族和国家的存亡。在一个民族遭受法西斯军国主义种族灭绝的大屠杀之际，奋起抗争的文艺，不论称之为“革命文艺”或“救亡文艺”，都是真正的时代的旗帜，是正义的事业，这样的文学是不需要曲意呵护而自有其价值的。在这个意义上，那时的苏联文学和中国文学，至少“卫国战争文学”和“抗战文学”，应该称为挽救民族的文学。即便这种文学有时缺少温情，其中甚至包含着坚强如《钢铁是怎样炼成的》那样的硬道理。文学是多种多样的，《母亲》是一种，《古拉格群岛》是一种，《日瓦戈医生》是一种，《大师和玛格丽特》是一种，《静静的顿河》是一种……世界上有各种各样的文学。醉心于性灵神韵的作品是文学，美轮美奂的文体式样是文学，风花雪月卿卿我我的诗文是文学，换个说法，体现个体自由的创作是文学，纯然审美的抒情之作是文学，那么不属于这些范畴的文学呢？那些个抑制小我，服从大我，舍弃情怀小样，奔赴抵抗前线，用镰刀、斧头、匕首、投枪、大炮、战车书写，即为了正义的事业，用精神和热血书写的东西，怎么就不是文学？我曾经用多面神形容文学的特点。在苏联的十月革命和卫国战争中，以及在高压统治下，个体化突出、人性诉求强烈和私情特爱专一的文学确实进入了低谷，乘风而起的则有革命化了的文学，救亡式的文学，群体精神的文学，当然也有马屁文学和美化专制势力的伪文学。西方许多传媒将布尔什维克文学、无产阶级文学、民族大众文学、卫国战争文学与那些为苏联统治歌功颂德的文学相提并论，而且一概地称之为苏联反人性的文学。这种看法既失之偏颇，也失之笼统，事实上文学是复杂的人文现象，在苏联和东欧，《日瓦戈医生》、《古拉格群岛》与《静静的顿河》、《大师与玛格丽特》同在，斯大林、日丹诺夫与卢卡契、巴赫金都曾经处于同一个时代。怎么评价他们，世人自有公论。作为理论家，对他们要做具体的分析，不可用一个“危机”或“濒危”的字眼简单处理。憎恶或批判是每一个人都有的权力，但是作为学者，求真需要冷静和客观。凝聚起一种强烈的反感情绪或憎恶心理看问题，就会失之片面。

在苏维埃旗帜下长大的托多罗夫，对第二次世界大战中的革命文学和卫国战争文学只字未提，甚至讳莫如深，不能不说是一个缺憾。看到苏联的制度造成了文学危机，这是事实，但是还应看到比文学危机更严重的民族救亡，这也是事实。救亡文学也包含一种真实。这些真实都要求得到尊重。批判斯大林统治和反感苏马意识形态，是人性追求自由的表达，但是倒洗澡水总得把小孩留下来，不能把这个时段所产生的优秀文学统统挂在濒危的账单上。用冷战思维看问题，把凡是苏联以及东欧的文学都说得十分危机，恐怕缺少了点什么。

二、领会“亢龙有悔”

托多罗夫把文学濒危的重头观点，放在了20世纪60年代以来的文学变数方面。1963年，托多罗夫有了一个到巴黎留学一年的机会。索非亚大学文学院院长把托多罗夫推荐给了他的巴黎同行。用托氏自己的话说：“到‘铁幕’那头去。这个描述一点儿也不夸张，因为在那时穿越这个边界几乎是不可能的。我选择了巴黎，因为那是文学艺术之都！其显赫的声誉令我着迷。在那里，我对文学的爱没有了限制；在那里，我可以把内心的信念和公共职业完全自由地结合到一起，由此逃避了保加利亚极权统治强加给每个人的集体精神分裂症。”[①] 他进入了索邦大学读书。

20 世纪 60 年代的巴黎，存在主义文学及其思想已经降温。罗伯-格里耶、娜塔莉·萨洛特、米歇尔·布陶、克洛德·西蒙、玛格丽特·杜拉斯等人，掀起的新小说流派占据上风。喜欢理论研究的托多罗夫没有过多关注这些此起彼伏的文学团体，但是新小说派的余绪还是对他有所影响。他介入了符号语言诗学的建设，诸如俄罗斯形式主义文论的翻译和介绍。他说：“我受热奈特的鼓动，将俄国形式主义理论家的文本翻译成了法语。法文书的名称是《文学理论》，1965 年出版。当时俄国形式主义文论在法国鲜为人知。再往后，我继续与热奈特合作了十年，办了一个名为《诗学》的刊物，后来还出过一个评论集刊。我们想扭转大学的文学教育，将之从国别体类和世纪划分的藩篱中解放出来，使之向作品与作品进行对照的东西开放。”[②] 他的这些活动与新小说派主张的东西是相通的。后者认为，作家退出小说，摆脱道德观念和思想感情，打破传统小说对时空结构和叙述顺序的限制，采用意识流描写和虚实交错、时空颠倒等手法，对物的世界进行纯客观的描绘。在这个阶段，托多罗夫更多地是一名结构主义者。他与热奈特，连同稍晚几个月到巴黎的另一为保加利亚学者朱莉雅·克里斯蒂娃（她比托多罗夫晚半年到巴黎），都对结构主义和后结构主义做出过贡献。深层地讲，他们都融入了巴特、列维-斯特劳斯、格雷马斯、路易·阿尔都塞、拉康、福柯、德里达等人所形成的结构主义和后来的反结构人文思潮当中。

上述扼要的引述，展示了托多罗夫在 20 世纪六七十年代在西方诗学和文论方面的积极活动。而也正是这些活动所汇入的文学研究趋向，被他后来贬斥为“西方文学的危殆”，特别是法国文学的危殆。他认为高中课本中注重“研究视角”、“文体研究”、“推理成分”、“更为分析性的审视”都是

---

① Tzvetan Todorov, *La littérature en péril*, Paris, Flammarion, 2007, p. 35.

② Tzvetan Todorov, *La littérature en péril*, Paris, Flammarion, 2007, p. 13.

荒诞的事情。正确的做法应是研究“作品讲什么”，而不是理论怎样介入作品。[①]他以担任教育部跨学科咨询委员会委员（1994—2004）的身份，指出2000年8月31日第6号公报中高中教育纲要的荒谬：“有一种完全不同的文学理念，不仅支持着某些老师封闭性的教学实践，而且也支持着这种教育理论以及框定其理论的官方指令。”[②]这种文学理念所支持的纲要，倡导“文本研究有助于培养反思：文学和文化史，体裁和文献汇编，酝酿含义和文本特性，推理和每种针对读者的话语效果。”[③]这里需要指出，托氏所说的支持“封闭性教学实践”和“框定其理论的官方指令”的“文学理念”，恰恰是他在六七十年代殚精竭虑所达到的效果之一，他也是始作俑者。在这种意义上，可以说法国高中的文学教学，成也是托氏等人，败也是托氏等人。

托多罗夫认为，在学校里，人们应该学习作品讲什么，而不是学习批评家们讲什么。这个看法，前半段是正确的，后半段则有待商榷。为什么学校里就不能学习批评家讲什么呢？自文学产生以来，文学批评本来就是文学的一个组成部分，而且是与文学作品互补互动的存在，二者同样不可或缺。如果没有审美哲学和诗学理论，古希腊的史诗、悲剧、喜剧以及散文作品会有理性的提升和思想的升华吗？反过来看，假如没有伟大的文学作品，古希腊的思想文化也不会那么饱含人情味，那么富于审美含金量。文艺复兴、启蒙运动，哪一个文艺高峰不是理论与创作相辅相成、鉴赏与反思并行不悖呢？笔者教过小学、中学的语文，也教过大学的中外文学、文艺学、美学、比较文学和哲学。我的体会是在小学阶段，文学鉴赏先行，人文思想相机介入。具体地讲，小学、中学多学习优秀作品，中学三年级到高中三年，逐渐加重文学理论和理性思考的分量。这样可以有效地提高学生的鉴赏力和理论研究水平。我在法国留学并工作十一年，正好是托多罗夫圈定为文学濒危的那个时段。为了勤工俭学，我曾经辅导过一些法国的中学生和高中生。他们

---

① Tzvetan Todorov, *La littérature en péril*, Paris, Flammarion, 2007,p. 18.

② Tzvetan Todorov, *La littérature en péril*, Paris, Flammarion, 2007,p. 18.

③ Tzvetan Todorov, *La littérature en péril*, Paris, Flammarion, 2007,p. 19.

的好学深思给我留下了难忘的印象。包括一些高中后半段选择了理工医农的学生，他们爱好文学也表现为如饥似渴。这一点，与托多罗夫所讲的法国孩子们越来越不喜欢文学科目的说法不尽相同。青年学生在不久的将来都有个就业问题，为了实际的生存需要，他们中的不少人放弃了以文学为职业的选择。但是这并不说明青年人不爱文学，业余的文学爱好也是爱好。至少可以说明，构成托氏文学濒危论的理据兴许有得出相反结论的可能。

托多罗夫在自己醉心的新诗学高端急流勇退，退回到18世纪至19世纪的古典主义美学传统。他重新找出了古典主义的文学观念，诸如，文学为了人，为了生活，文学应该有助于改善人的处境，文学与世界有关联，等等。这些思想都有价值，将它们作为与文学诸特征相连的其中一个标准，应该说是正确的选择。他为此概略地回顾了西方的文学思想历程，举凡近代诗学，启蒙运动美学，浪漫主义思潮，先锋派艺术观念，都在他的笔下流过，尤其是对乔治·桑（介入的真）与福楼拜（客观的实）的文学通信做了细致的引述。在某种意义上，可以说托多罗夫勾勒出了一幅西方美学简史，而且是理论结合实际的审美点睛史。短短三万多字的小册子，给读者的信息量却相当丰富。在理论思索和撰写手笔方面，也有许多优长，脉络清晰，层次紧凑，观点切要，行文流畅，读之欲罢不能。

如果借《周易》之《乾》描述托多罗夫的思想轨迹，可以这样走笔：托氏在保加利亚的少年和青年时代，尚属羽翼未丰，故而“潜龙勿用”；20世纪六七十年代，他到了法国，既想勇于有为，又不谙水之深浅，这叫作摸着石头过河，可谓“终日乾乾，夕惕若厉”；80年代以来，如同“飞龙在天”，深入到史学范围，有道是另辟蹊径，成果卓著。90年代以来，他与法国文坛的前沿思想渐行渐远，思少作而有惭，觉今是而昨非，因而对自己当年推广符号语言诗学和叙事学的行为，找了各种情有可原的解释，此所谓“亢龙有悔”。于是有了后来的回归古典。在圈内人看，是托氏在急流勇退。局外人或可视之为返归传统，托多罗夫借此安全着陆。

三、勿忘自我非我

托多罗夫的文学观经历了由浅入深的演进过程。他是这样陈述的："如果我今天自问为什么喜欢文学，自发浮上心头的答案就是：因为文学有助于我的生活。我再不会像年轻时那样，要求文学给我免除与人交接时所遭受的伤痛。与其说文学排除切身的经历，不如说揭示了与这些经历持续联系的领域，使我更好地理解这些领域。我不认为自己是唯一看到这一点的人。"[①] 文学理论家都经历过，但又都必须超越的那样一个阶段，即对一己之感的扬弃。托多罗夫完成了这个蜕变，进入了通过"与这些经历持续联系的领域"来看待文学的过程。而此刻的文学已是"使我更好地理解这些领域"的文学。这些领域是什么？是我与那个造成我之为我的环境，是文学被成为那种文学的社会、经济、政治、文教、民俗、家庭、心理等各种关系的总和。

看到文学总和成因的人，必然会思索"我"之外的文学瓜葛。文学的他在问题不期然而来。托多罗夫检索到了文学的他在，因而也抓住了文学的本质特征："文学比日常生活更精炼，更动人，但是并非与生活截然相反。文学拓展了我们的世界，促使我们用其他方式构想并组织世界。"[②] 这一论述触及了文学与生活的深层次联系，其中就有文艺理论家通常所说的文学的基本问题，或曰文学的创作原则。生活决定艺术，艺术有其对生活的回馈或反激作用。这是古典主义以来人们耳熟能详的观点，托多罗夫很清楚这个文学理论的刻度所示，因而他"不认为自己是唯一看到这一点的人"。他深入一层的地方，是对"他在"的进一步剖析，即对"他人"的理解："我们所有的人都是由其他人所成全：首先是我们的父母，其次是我们周围的人。文学使我们与其他人互动的可能无限开放，因而使我们无限丰富。文学给我们提供

---

① Tzvetan Todorov, *La littérature en péril*, Paris, Flammarion, 2007,p. 15.

② Tzvetan Todorov, *La littérature en péril*, Paris, Flammarion, 2007,p. 15.

了使现实世界更有意义和更美的那样一些不可替代的感受。文学远非一种仅供有教养者惬意的消遣品，她让每个人更好地回应其人之为人的使命。”[①]

体会到“他人”的重要，就能领会文学和文学人的使命，并且意识到在文学界外体察文学的重要：“这样一来，知识工作的目标就扩大了。文学不是凭空产生，而是由活生生的话语总体所酝酿而且带有其诸多特征；如果说文学边界在历史过程中变化不定，这绝非偶然。我当时感觉到了这些不损害文学而毗邻文学的另类表达方式的诱惑力。”[②] 他于是开始换位思考，跨界研究，时而进入历史隧道，时而贴近抵抗法西斯运动的资料和被迫害的自由主义战士，原住民的历史、美洲的民俗、列强的殖民活动、纳粹的残暴行径……，视野开阔了，文学研究则呈现出另一种景观：“在撰写《征服美洲》时，为了弄清差异很大的多种文化是如何交叉会合，我阅读了一些游记和16世纪西班牙征服者的著述，类如阿兹特克人和玛雅人被征服的记述。为了反思我们的精神生活，我沉潜到被俄国和德国关押在集中营里的人的叙述当中；这些阅读使我撰写了《面对极限》。在《绝对的冒险者》中，与某些作家的通信让我审视了一个存在性的设想：为美而生活。”[③]

“为美而生活”，是托多罗夫在史学领域深耕细作后提出的一个命题。该命题恰恰也与文学相通。“为美而生活”的方式比比皆是，而文学则始终是托多罗夫非常看重的一个途径，因为“文学给我们提供了使现实世界更有意义和更美的那样一些不可替代的感受。文学远非一种仅供有教养者惬意的消遣品，她让每个人更好地回应其人之为人的使命”。这些论述无疑是正确的，但同时也是在任何一本文学教科书和文学概论中都能见到的老调重弹。19世纪至20世纪国际学术界在美学和文艺学方面的突破，已经超越了“美是生活”、“为美而生活”、“文艺是集中的审美活动”之类的思想观点。“为美而生活”并没有错，但是不完善。波德莱尔、艾略特、巴塔耶等文学家触动

① Tzvetan Todorov, *La littérature en péril*, Paris, Flammarion, 2007,p. 15.

② Tzvetan Todorov, *La littérature en péril*, Paris, Flammarion, 2007,p. 14.

③ Tzvetan Todorov, *La littérature en péril*, Paris, Flammarion, 2007,p. 15.

更多的不是美之真，美之善，而是丑之真，恶之华。叔本华、尼采、弗洛伊德等思想家揭示的与其说是西方世界的美好价值，不如说是人类文明的丑恶底色。类似有深度的作家不止于西欧，鲁迅、索尔仁尼琴、巴赫金，他们穿透生活后发现的是人类的劣根性。他们当然对世人有爱心，也在努力创造正能量，但是这些作家和思想家告诉读者的东西，远远超越了“为美而生活”。

苏联诗人帕斯捷尔纳克说：“细菌在显微镜下或许看起来很漂亮，但是它们却对人类做些丑陋的事。”他借日瓦戈之手写出了这样的诗句：“我们的相会是为了分手，我们的欢宴是为了留言，让那苦难的暗流，温暖生活的冷酷。”《日瓦戈医生》中所描述的20世纪俄国以及苏联最不堪的性关系，特别是几乎看不到亮点的混乱世情，披露的正是“让那苦难的暗流，温暖生活的冷酷”。精神分析学家如弗洛伊德，思想家如鲁迅，诗人作家如帕斯捷尔纳克，哲学家如巴赫金……很难说他们纯然是“为美而生活”。赤裸裸的真实是造化弄人，他们被抛入了特定历史的浊流苦海，命定是真的碎片，善的垫脚，美的弃儿，因而他们是虚假现实的叛逆，是罪恶社会的写照，是丑陋事物的旁证。如此而论，谁都不愿舍弃“为美而生活”，但是谁也不能否定为丑而不平。同情被侮辱与被损害的人群，期盼的首先不是美好与幸福，而是道德的起码状态。在底线道德中，与其说文学是为了美而文学，不如说文学是与苦难而共鸣，即“不平则鸣”。20世纪真正的伟大的文学，哪一部不是带血的作品？哪一部不是在痛定思痛后品味痛苦的人生？享受痛苦，这是近百年来文学教给人的另一种生活真谛。

值得一提的是托多罗夫上面提到的另一个观点：“与其说文学排除切身的经历，不如说揭示了与这些经历持续联系的领域，使我更好地理解这些领域。”揭示与自己持续联系的领域，这些领域包括日常生活的各个领域，也包括文化教育的各个领域。这些领域本身未必都是文学，即便与文学联系密切的领域，也未必就是托多罗夫此前非常在意的“文学性”的聚焦点。开掘这些非文学性的领域，如何从中发见文学性？与文学有关系的文学毗邻，怎样能得到由文学出发的定位？这些问题他是否思考过？读者看不到直接的类似提问和答案。

虽然说他在其著作中没有提及这些问题，但是却以另外的方式接近了这个问题。在其拓宽了的视域中，我们看到他将各种是文学和非文学的东西交织在一起："我阅读的一批文本，有个人记述、回忆录、历史著作、见证材料、反思、书信、无名氏的民俗文献，与文学作品相比，这些文本并不属于虚构特点，因为它们直接描述所经历过的事件。然而，也正因为如此，它们让我揭开了陌生世界的维度，令我激动，促使我思索。换言之，对我而言，文学场域拓宽了，因为在此时此刻，该场域囊括了诗歌、长篇小说、短篇小说和戏剧作品之外的为广大读者或个体读者阅览的随笔、思想等叙事写作的博大的领域。"① 托多罗夫在"陌生世界的维度"发现了文学作品之外，"为广大读者或个体读者阅览的随笔、思想等叙事写作的博大的领域"。他为之激动："文学场域拓宽了。"打通文史的收获是令人兴奋的事情。倘若托多罗夫沿着这个节点继续往下思考，便涉及了文学理论变革性的聚焦点，即笔者所论述过的一个命题"文学非文学"。遗憾的是他在拓宽了的文学场域中停止了思想的脚步。

四、文学有其"是非"

传统文学理论告诉我们，文学是文学。这个命题的支撑点就是托多罗夫一生所捍卫的文学性。他在早期是从文学的语言、符号、结构、叙事等方面阐发文学性。他在晚年则重返古典文学思想，从审美文学出发去论证文学之所是。我们此处想要做这样一点补充：文学不仅因其文学性而是文学，还因为其非文学性而非文学。这就是说，文学有其是文学的理由，也有其非文学的存在和非存在的意蕴。文学的根在自然中，历史中，生活中，人性中，在混乱的世情中，甚至在瓦甓尿溺中。后者不是文学，却渗入了文学，变成了文学。文学是文学，却因为这些非文学因素的掺合，包含着非文学的成分。

① Tzvetan Todorov, *La littérature en péril*, Paris, Flammarion, 2007,p. 15.

文学的作者是文学人，但同时也是自然中人，社会中人，他人造就之人，自己与他人磨合之人。在这个意义上，文学人也属于是已非已之人。文学作品是天地之气象，是人文之隐秀，是各种价值和情绪的凝聚。文明社会的分工、私有制、商品化和近代以来高教领域所谓学科化，一步步过滤掉了文学中非文学的本根，只留下了是文学的特色。市场机制为人们的审美胃口运作，理论家们为各种社会分工代言，文学性因之凸显，于是文学就成了爱美者或审美者的文学性存在。这个存在是文学存在，但是属于不完全的文学存在。这种文学性是文学性，但也是丢弃了非文学性的文学性。

一个人，当然有一百条法律依托和人权根据，确认自己是自己。但是同样有一百条自然脉络和人文理由，说明自己的里里外外涵摄并且交叉、毗邻和摩擦着的非己因素，时时刻刻演变着的同化而来与顺化而去的运动。此处的这类说明，并非是为相对主义做宣传，刻意搞一个半斤八两的折中，或彼此平分秋色的权衡。这里恪守的是互通互补的辩证性道理。我们当然要根据文明立法界定“我是我”，但也要通情达理地懂得“我非我”。承认前者，我们遵守法理，维护我权，爱惜羽毛，张扬个性；明了后者，我们敬畏天地，尊重他者，收敛锋芒，推己及人。因为“自己”实际上是“自己与非己”的综合。“天下为公”，“我为人人，人人为我”，这些道理大都是从这里推导出来。马克思说得好：一方面“自由自觉的”创造是人的“类特性”[①]；另一方面，人的本质在其现实性上“是一切社会关系的总和”[②]。这种剖判可谓人本研究上的两点论，此两点论中又包含其重点观。其方法论的意义非常发人深思，对人文学的研究非常重要。“文学非文学”即一例。

“文学非文学”是一个集合性命题的两点论，然而，其中文学与非文学的语词序列明确地标示出了重点观，即承认文学是文学这个重点，但同时也

① 马克思著，刘丕坤译：《1844年经济学——哲学手稿》，人民出版社1979年版，第50页。

② 马克思：《关于费尔巴哈的提纲》，参见恩格斯著，中共中央马克思、恩格斯、列宁、斯大林著作编译局译：《路德维希·费尔巴哈和德国古典哲学的终结》，人民出版社1972年版，第52页。

标识出文学中的非文学方面。深而言之，两点论、重点观还应有一个“他者品”。这就是说，文学当然可以按照一向被人们认定的原理去理解，称之为有文学性的文学。而其完整的原理应该是“文学非文学”。这个悖论性的命题告诉我们三层意义：文学是文学，此为当今所理解的文学，实乃文明的分解性产物；文学非文学，此为文学的化他性由来，即其他非文学的事物派生了文学，孕育了文学，促成了文学；文学化文学，此为文学的归化性必然，文学在化用他物他在他者之时，也在兼他而在，他化而变，甚至他化而去。换言之，也正是在这个“文学非文学”的命题下，我们阐发了文学的三重性征：性底性之根性，即文学由非文学而来的化他而生；性连性之复性，即文学与非文学的兼他而存；性非性之品性，即文学有其非文学性的向他而化。品字三口而知味，而知他，而知化。“文学非文学”的“他者品”，旨在强调他者他在他化对于文学的重要意义。[①] 不论是文学创作也好，抑或文学研究也罢，通其三性以知晓举足轻重，经由他在他者他品的他化过程，才有望进入文学通和致化的理想境界。

我们这样理解文学，并非要否定托多罗夫刷新的古典主义审美观，而是说在几千年大起大落的文学包括艺术的折腾中，要看到瞒和骗的文艺对读者的蒙蔽性欺罔，要看到真和正的文艺对读者的“抗生素过量”，要看到美和媚的文艺对读者的贵族化萌养，文艺应该解蔽，应该经受辟文辟学辟思的化感通变，应该有一点檃栝性的思想文化矫正。蒙蔽性的欺罔是文艺的脓疮，因而不可把“红肿之处，艳若桃花”当宝贝。“抗生素过量”固然可以抵挡住一时的炎症，但是随之而来的免疫力下降，则预示了人种的弱化。贵族化萌养是文艺的娇宠，该现象掩盖了一个事实：“劳动创造了美。”而这个过程却是劳动者被剥削被奴役的历史。奴隶的血肉创造了美媚，而美媚却再次让世人被之萌翻。我们这样剖析文艺是想展示一个道理：文艺原本是多面神，是九头怪，是互根草，也是星云曲。谁也不能说文艺有其精彩或美善的一

① 参见本书第四部《文学他动》。

面，就可以遮蔽或排除其龌龊甚至腐败的另一面。谁也不能说只有好的文艺是文艺，不好的文艺就不是文艺。不能仅仅重复宣讲审美文艺的一条线索，还应让读者看到辟解文艺的化感通变功能。

上面的阐述，所说的是辟文学的思理和檃栝性的擘画。辟之为功，与辩证法相通，但是不局限于辩证法。辩证法强调对立统一，辟解注重通和致化。[①]辟解，一如人体内的树突状细胞，它是身体内部的清洁工，是身体与外界良性互动的交通员。其动，是文艺化感通变的过程；其静，是文艺兼他而在的节点。辟之为用，与檃栝思想互动。檃栝，是“以他平他”的天理人道，是创辟而不创伤的多向性互补。[②]辟解触及的是文艺的本质性细节，檃栝调协的是文艺的多元化能量。阴阳、刚柔、正反、真假、美丑、善恶、彼此、古今、天地、是非……，诸如此类的文艺两刀论难题，在辟思与檃栝的交相作用下，有了一种你我他商榷、理事情权衡和天地人和合的化解。世界许多事很难以一个美字囊括。文艺的复杂现象亦然。我们从文学非文学来看文学，聊补单一化理解文学的局限。辟思入文学心魄，檃栝得文学他解。如果说通和致化不是一蹴而就的事情，那么化感通变则是循序渐进的博弈。从根本上说，“文学非文学”这个紧扣文学“是非”的命题，可通过辟思和檃栝获致不同于传统套路而又汲取了传统精华的另一种解读。文艺发展史上的一些疑难杂症，诸如波德莱尔、尼采、艾略特、巴塔耶、甘斯布等很难用真善美或假丑恶规范的文学现象，或可在“文学非文学”中得到化裁。

五、回眸“濒危的文学”

阅读《濒危的文学》是一件很能启发文学思考的事情。一个文学研究者如何给自己的学术生涯定点定位？或者说，一个特定社会的文学及其思想如

---

① 参见本书第三部《文学辟思》。亦可参见拙作《〈文心雕龙〉辟文学之美学思想刍议——兼论文学的“自觉”与“非自觉”》，载《哲学研究》2004年第12期。

② 参见本人主编主笔：《人文学概论》，暨南大学出版社2012年版，第202页。

何激发理论工作者的潜能，使其成为时代的号角和理论的高峰？托多罗夫其人其作是一个很好的研究对象。

纵览托多罗夫的学术生涯，不难看到这位著名文学理论家和人文思想家的几个变数。学术起步时参与了形式主义诗学的创演，捕捉的是文本叙事内在的文学性。这个时期，他看到了西方世界的自由的方面，将苏马治下的东欧文学称作“濒危”的存在。七十年代末，他意识到了结构以及后结构文学思潮的偏颇，于是转向殖民地历史、原住民风俗、纳粹集中营、受迫害的抵抗运动战士等文献资料的发掘，开始在文学的边缘徘徊。从20世纪末到现在，他体会到了法国和整个欧美后现代思潮特别是形式主义诗学的弊端，于是大声疾呼文学危殆，试图重归古典传统以拯救近半个世纪以来，法国文化界呈现出的濒危的文学处境。这就是为什么他在其《濒危的文学》前言和第一章《在中学之外》分述了两个文学危机；后面几个部分，从西方美学的演变简史入手，阐发了古典的文学原理和文学功能观。等于说前两部分的濒危观是其返回传统文论的铺垫，后面几个部分是他救助濒危文学的人文处方。在某种意义上讲，他在新潮和古典之间的摇摆，也是一个思想家面对人文变化所产生的内在困惑。他找到了或者说返回了古典美学道路，其理论变化可谓一种学术方面的战略退却，或曰是一种让自己走出窘境的下台阶的举措。从深层解读，他所说的法国文学濒危，其实也是他自己治学变格变位的痛楚。

从文学创作方面综览，文学与社会政治是否民主，与文化思想是否自由不一定成正比。马克思关于文学与政治经济发展的不平衡理论，应该说是很有见地的大眼光。沙皇俄国的黑暗统治下，俄罗斯文学成就不菲。苏联时代特别是斯大林高压政治时代，文学及其思想也有令人震撼的建树。这么讲并非要为某种不合理的社会政治辩解，尤其不是要为斯大林的集权主义统治美言，而是说文学是血之花，文论是苦之果，残酷的现实往往是杰出作家和思想家产生的烤炉，有一些作家和思想家被扼杀，也有一些人经磨历劫死里逃生，他们的作品在血与火的考验中存留了下来，精品甚至伟大的作品正是在百年不遇的磨炼中生长出来。这样说并不意味在和平、民主、自由的社会环境中产生不出好作家和好作品，正如冬有腊梅夏有荷，春兰秋菊各应时。一般的社会读者欣赏那些赶上了好时节的文艺之花，然而文学理论工作者尤其看好反季节反潮流的伟人与杰作。而且历史特别喜欢在黑暗中锻造那些惊天动地的大手笔，人类终归敬重那些置之死地而后生的大文豪，无论他们是作家，抑或思想家。

客观地看，法国文坛近几十年来成绩还是差强人意。传统的写法得到了有效的继承，按传统方式写作的人并未绝迹，存在主义文学、新小说、颓废乃至虚无主义的文艺思潮接踵而过，但是并非因此就可以说形式主义、虚无主义、唯我主义在法国占据了上风。[①]从20世纪八九十年代到现在，有内涵有思想有积极向上价值观的作家作品日见其多。老成作家和文坛新秀都有不俗的表现，像朱利安·格拉克、勒·克莱齐奥、帕特里克·莫迪亚诺、弗雷德里克·贝格伯德、乌埃勒贝克、安娜·卡瓦尔达、阿尔诺贝尔蒂娜、弗朗索瓦·布歇、玛丽·恩迪耶……，一大串作家作品蔚为壮观。最值得关注的是文学理论方面的成就。20世纪后半叶的法国人文思潮，为西方文明包括法国文化带来了巨大的冲击。后现代主义和非后现代主义大师们的遗产，足够欧美乃至人类思想界汲取和消化若干个世纪。福柯、德勒兹、德里达、勒维纳斯、利克尔、利奥塔、克里斯蒂娃等人的著述，对文学具有不可低估的影响。毋庸讳言，法国文艺体制问题不少。诚如托多罗夫所言，“形式主义、虚无主义、唯我主义”的代言人“在文学报刊编辑部、国家补贴的剧院和博物馆的领导层，都处于多数派”[②]。但是还要看到，法国与其他国家相比，毕竟是学术格外开放，言论相当自由，出版极其容易的国度。国家以其补贴对某些媒体和文博单位有一定的操控能力，但是办刊物、办出版社在那里是再简单不过的事情，遑论发文章和出著作。任何人和任何派别都可以自由发表自己的言论和写作成果。就以上面提及的作家和思想家而论，他们的成果并不都是国家补贴出的产物。托多罗夫的批判是有价值的，其矛头所向是为了

---

① Tzvetan Todorov, *La littérature en péril*, Paris, Flammarion, 2007,p.35.

② Tzvetan Todorov, *La littérature en péril*, Paris, Flammarion, 2007,p.35.

扫除部分酿造濒危的阴霾。但是应该承认，法国的言论和出版自由，是国家垄断和文教辖制的克星，社会借此净化着龌龊的局面。至少在那里，每个公民都可以申办出版社。学者或理论工作者也不用给学术杂志交纳版面费，他们完全可以经过简单的登记，很顺当地自起炉灶，办一个理论刊物出来。

从思想的沉稳和文笔的老成方面看，托多罗夫在《濒危的文学》中返回古典文学观，是一种看准了菜肴而“下箸”的举动。再说通俗一点，他这次的学术“下箸”是下定决心不打算再变的抉择。我们在上面已经说明，托氏返回古典文学是一个借传统以自固的长策。理论工作者介入文学一般有三种谋略：一是持重守正，即坚持被传统反复肯定了的理念和方法；二是出奇制胜，或曰在学术前沿的推陈出新；三是熔铸古今，即吸纳群言以改造制作，勾兑众说而创辟大器。何为大器？悠悠天钧也。天钧者，入道明道衍道之宏制伟构，思想文化史上那些重整时空的压轴之人和压轴之作均属此类。就思想大观而言，老庄孔孟是这样的人物，释迦牟尼是这样的人物，柏拉图、亚里士多德是这样的人物，康德、黑格尔、马克思、叔本华、尼采、鲁迅、海德格尔、勒维纳斯是这样的人物。从学术角度看，刘勰、章学诚、别林斯基、章太炎、胡塞尔、阿多诺、雅斯贝尔斯、卡西尔、王国维、陈寅恪、巴赫金、列维-斯特劳斯是这样的人物。从思想文化的变数而论，柏格森、弗洛伊德、福柯、巴特、德勒兹、德里达、利克尔、格雷马斯是这样的人物。热奈特、克里斯蒂娃、托多罗夫可与后者为伍，是思想文化变数中的与时俱变者，都是成就不菲的学者和思想家。他们三人都从叙事学起步，热奈特善始善终，坚持到底，在叙事诗学方面成就卓著。托多罗夫与克里斯蒂娃后来向文史哲学方面拓展，也有骄人的建树。托多罗夫与克里斯蒂娃也有不同，后者一贯坚守前卫研究姿态，保持了强劲的学术势头，而托氏则在语言符号学、叙事理论领域搏击一番后，最终回归了传统的学术路径。

有史以来，文学这个多面神和九头怪一直在变化之中。在宇宙大开放的太空时代，文学将会以星云曲的变数日新月异。文学有香花，也有杂草；有春色，也有冬寒。即便在“雪压冬云白絮飞，万花纷谢一时稀”的季候，雪莲、梅花、冬虫夏草仍然在潜生暗长。从人文生态方面看，文学不可能让伟人如海潮澎湃而来，也不可能让杰作似宇林宙丛之星河闪烁。一个社会的人口、经济和文学需求是有其一定的适应能力的。要让文学像中国唐宋时代那样出现诗词井喷，那是很罕见的。就法国近一百年来的发展状况来看，堪称是在中等规模的国土与人口中，获致上乘大国的文学产出。而且在近六十多年来，文学有其巨变，这种变，不是文学的危殆，而是文学的他化。在某种意义上可以说法国文学又一次走在了世界文学的前列。她的变，不仅像几千年来化蝶成蛹，又由蛹变蝶的重复，而是文学种属的根本性变化，将文学的疆域和文学性推到了一个前所未有大格局。法国中学的文学教学在20世纪末叶是有其不足之处，这是六七十年代以来人文思潮激变的结果。苦涩的方面是让高中学生的理论学习多了一点，积极的成分是由此磨炼了新一代的思维能力。可以预料，在今后五十到一百年内，这个民族仍有可能占据文学及其思想的巅峰。因为苦涩的理论锻炼，有可能将法兰西民族再次推上人文学术的高端。任何国家，产生杰出的思想家和理论家，较之出一批会讲故事的作家，更为艰难。而一个民族，要想立足于人文社科的高端，就一刻也不能舍弃理论思维。恩格斯的这个观点应该说是真知灼见。

托多罗夫的文学理论水平非常出色。他的早期创新著述和晚年古典美学观点，都是人类思想文化宝库中的精神财富。他称自己是一个历史学家。文史结合的研究，使他成为具有国际影响力的著名学者。他非常勤奋，至今耕耘不辍，在许多方面成果丰硕，尤其在史学领域卓有建树。笔者上述对其《濒危的文学》所做的解读，有赞美，也有不同见解，阐述过程中或有自己的独特思想，逸出了托多罗夫的视域，貌似纵横恣肆的评述，其实包含着本人对学术的虔诚，包含着后生晚辈在大师的启发下，做出的一点大胆的思索。①

① 在本稿付梓之际，法国传来了托多罗夫先生逝世的消息。哲人其萎，不亦悲乎！加此注，谨表笔者对托多罗夫先生去世的深切哀悼。

第十八章　文学·比较·熔铸

熔铸一词是冶金学用语，同时也是人文类的治学方法。熔，指熔化。古人用鎔，兼有冶炼及制范含义，熔化之熔与注范之镕相通。铸，以熔化的金属或其他材料入模具以造器。熔铸合用，泛指冶炼铸造，也概称文学写作及其研究的创制过程。《文心雕龙》的《辨骚》篇中说：屈原“虽取鎔经义，亦自铸伟辞。”刘勰将熔镕混一，熔铸合观，不仅关注熔范过程，而且强调创制要点。熔铸作为重要的方法在这里凸显出来。刘勰自己就是熔铸性研究的高手。

本书用熔铸，指称熔化、铸造和创新的治学过程，旨在说明比较研究所期待的一个非常重要的方法，即学人把各种比较对象冶为一炉，将自己研究的内容铸造成一个完整的创新作品。这既是比较研究的难题，也是比较研究突破自身局限的一条出路。

一、熔铸研究是对比较研究基础的改造

中外的比较研究大都以“实”证经验为铺垫，往往以“类”推比对为起点，居多以“条”理板块为规范。此类比较的长处在于参同参异，弱点在于缺乏改造制作方面的突破。解析熔铸，就是期冀在方法论上有一点推进，至少对上述三种常见比较方法的基点有所改造。

（一）熔铸研究是对经验实证的突破

经验实证是中外比较活动的基本形态。人类本能地具有比对性区分、鉴别性选择和较劲性推演的能力。这些能力具有表征性、对照性和试探性，即具有经验判别的性质。影响比较、平行比较和世界各民族自我肯定式的比较，在初期阶段程度不等都有经验主义的烙印。如奶酪比豆腐，白兰地比茅台，披萨比饼子，中国民俗比外国风情，异名同质也作比，像首尔与汉城比，等等。比较的理由，是这些方面能给人以经验的相似性，或者说经验的可比性，于是便被放到比而较之的网篮中。熔铸之熔则是把经验当作最初级的材料，熔铸之铸意味着对各种比较性经验的整合和再造。其中披露出一束辩证思想的强光，即在化解经验实证之时，也努力化解自身。马克思的《关于费尔巴哈的提纲》，恩格斯的《路德维希·费尔巴哈和德国古典哲学的终结》，弗洛伊德的《梦的解释》，可谓熔铸经验性研究的代表作。前二者把最唯物的、最直观的和最经验实证的思想提炼为辩证唯物论的杰作，后者把最感性的力比多和最恍惚的梦境熔铸成精神分析学说。熔铸经验也就是提升经验。提升经验是熔铸性研究的重要内容。无论什么样的比较研究，只要不满足于浅俗，不局限于经验，就一定会有量的变迁和质的飞跃。

（二）熔铸研究是对类比成果的回炉

类比是比经验性活动高出一筹的推类式思考。类比属于形式逻辑范畴的思想活动，在比较研究中极为常见。类比的优点在明细，能使所比的各种材料逐类登录，分册进账，有时也把类似材料涵摄进来，但是类比也会让人沉浸于简明的概括和惯性的规约。传统的类比，有同型简括，如以孔子比柏拉图、李白比歌德、左拉比茅盾、茶花女比杜十娘、贞德比花木兰、罗兰比罗成。横向的类比，也有差异对照，如日本京都大学川合康三教授 1999 年在北大的演讲《无常观——中日文学比较之一端》是一个很好的案例。[①] 同一

---

① 〔日〕川合康三：《无常观——中日文学比较之一端》，见《中国大学学术讲演录》，广西大学出版社 2001 年版，第 124—132 页。

领域的内容，也有前后段的纵向衡量，我们经常读到各种史论或专门史，往往把一种历史的起承转合前后比较。梳理任何相似现象，都套用初期（萌发期、孕育期或滥觞期）、中期（发展期、成长期或辉煌期）和晚期（退潮期、衰落期或结局期）。我本人也因循此类分期而落入俗套。[①]缺乏新意，遑论创制。回头检讨，自感乏味。诸如此类的类比比类，与熔铸方法毕竟不同。熔铸高出类比的地方，或者说熔铸对待类比的方式是回炉，即把类比及其产品转化为相反、相辅、相通的可塑性材料。转向主体能力方面的有康德的三大批判。钻仰客观理念的有黑格尔的《精神现象学》。主客体合题发挥的有马克思的《资本论》和《剩余价值学说史》。释读文心道根而以大衍之数布局的有刘勰及其《文心雕龙》。这里的熔铸不再以习见的类比为起点，而是对比较研究的起点做回溯性挪移，与之同时也把文心的下一节点纳入视野，以材料的整合和思想的提升为创新的阶梯，逻辑的起点和理念的圆通不再框定于机械的时空罗列范围，凸显出的是体大虑周且旨深意远的创制。这些都堪称熔铸的典范之作。

（三）熔铸研究是对条块比较的化解

常见的比较研究无不以条分缕析为能事，以竖条横块为规模，以折冲衡量为板眼。诸如以《圣经》比《周易》、逻各斯比道、《诗经》比《荷马史诗》、散点比焦点、体系比非体系。其结果往往是误将这些条、板、折、衡当成比较研究的圭臬、归宿和高端。熔铸研究是对此类研究的消解，即熔化去这些个会拢于文本中的条理性结论，淘汰掉半斤八两式的人尽可用的评断，以另一种眼光瞻瞩，在另一种熔点开炉，用另一种风范造物。突出的例证是马克思的《政治经济学批判》序言、导言。其中不但对政治、经济材料的熔铸令人震撼，对思想方法乃至希腊文学的论述，也同样让人感佩。薄薄的一个小册子，让好多个领域中比较研究的大部头著作黯然失色。我们还可

① 参见拙作《法国哲学的中国际遇》，《广东外语外贸大学学报》2005 年第 4 期。

以把闻一多关于李白、杜甫的论述和郭沫若的《李白与杜甫》做个参照，闻郭二人的学术思想分属于两个截然不同层次。前者的熔点所及，历史烟尘和资料中的杂质渐被销熔，诗仙与诗圣的风骨宛然目前。后者则为现实利害所纠结，研究的框架是以政治板块作支点，一点可怜的个人浪漫兴趣也充斥着为追仰领袖而刻意地投其所好，李白与杜甫的文学真相被明知故犯地扭曲。

上述非熔铸性的常规比较不是完全不可，也不是一无是处，问题在于层次低了一些，属于比较之比与较，尚未达到比较之熔与铸。而我们所赞赏的熔铸性研究则把比较研究的看点推进到更高的追求。常规性比较与熔铸性研究的基本差别，就在于前者是在低层盘桓，有待上一个台阶，后者则是突破性的比较或曰比较性的突破。诚所谓登东山而小鲁，登泰山而小天下。高水平的熔铸性比较研究，那是“会当凌绝顶，一览众山小”的境界。

二、熔铸研究是对比较研究核心的转移

作为一种方法，比较研究的常见运作往往被比较所牢笼，即其起点在比较，过程在比较，终端仍然纠缠于比较。作为一种领域或者说学科，比较研究常常在比较中徘徊，两种或多种不同事物被拉扯到一起，探索的问题不外乎以下方面：隔地相望，孰冷孰热？首尾赓续，孰后孰先？高下相倾，孰优孰劣？这些与比较研究有关，同时也为比较研究定点的一般性问题，最容易给研究者以束缚，由之造成了比较本身就是中心的假象。摆脱此类伪核心的方法可以举出多种，然而最透彻的方法还是熔铸。

（一）熔铸研究的聚焦点在于深一层的概括

常见比较研究的着眼点在两个或多个被比较事物间游移，其结果必然拘泥于现象涌动的浮光掠影。熔铸研究的聚焦点则在于更深一层的透视，各种有关联的资料大都经过过滤和筛选，所凝聚的思想观点已经不是初级层面的打捞，而是浓缩加工后的本质性概括。关于所比较事物浅层交织现象，

读者都有阅览体会，此不赘述。而对于熔铸性著述的深一层概括，则很值得关注。读鲁迅的《摩罗诗力说》、《野草》、《魏晋风度及文章与药及酒之关系》，你能感觉到这位比较研究的先驱，是如何引导我们在诗的烈火和思的天地中经受那么一种锻造。读王国维的《红楼梦评论》、《宋元戏曲考》、《人间词话》，你能体会出这位学术大师是如何汲取叔本华及尼采等西方哲学家的思想，而又在中国文学研究中另辟蹊径，别开生面。读陈寅恪的《金明馆丛稿》，你会感受到一个伟大学者的胸怀中，是如何以不同寻常的热量熔解着善恶美丑，却又以非凡的人文智慧，凝炼出了冷峻的学术见解和崇高的人品风骨。深一层概括，接近了真理，陶冶了人品，提升了艺术，超越了比较。这一举措，所得已不仅仅是文史哲的会通，而且有学者自身品格的伟岸，和学术创造的卓绝。

（二）熔铸研究的提挈点在于多一环的把握

所谓多一环的把握，是指在两个文眼钻研旁边又多了一个文眼的升华性的观照，如同佛家所说的开天眼以洞察，即集直觉和思辨于一体的圆观宏照乃至突破元一的创制。常见的比较研究往往是一个视角看问题，常常囿于踵事增华的事例堆砌，比较成了量的增加，所患在于缺乏质的提高。多一环把握，不仅是指对所研究事物的对举提升，即两个文眼提挈，而且有第三只文眼引领。一个学者只要锲而不舍，孜孜以求，一定可以在两环文眼外别出心裁，更胜一筹。就拿一批比较道与逻各斯的学者来说吧，邬昆如、张隆溪关于道与逻各斯相比较的著作，是在努力寻求第三环。张祥龙在其《海德格尔思想与中国天道》中，也通过海德格尔把逻各斯与天道连在一起，使中西方的两种思想观念珠联璧合。从方法论的角度讲，这些作品都属于第三环的追逐者。这种多一环的思想堪称熔铸研究的一个提挈点。类比可以将两个圆环拉到一起，而多一环的提挈则可以把三个圆环首尾衔接，而且多了一些他者视域。熔铸研究作为多一环的构设，不仅将前两个环节紧扣一起，而且将比较研究提升到一个超乎类比的高度。就以 synesthésie 为例，梁宗岱将之与中国的交会思想作比较，名之为“契合”。钱锺书在中西比较中则称之为通感。其实把 synesthésie 与通感或契合相比较，仍然属于审美化了的诗意的类比，倘若再增加一环，将二者连为一体，那将是一种更高的境界。再如，法国当代学者弗朗索瓦·于连在其《迂回与进入》[①]一书中，把西方思维的“直切”和中国思维的“迂回”做了比较，两种思想各为一端。这部著作相当精彩，美中不足之处也是缺少多一环的提挈。笔者以为，如果用辟思将两种思维连接起来。就会产生多一环的构想，即第三只文眼的交叉通融。[②]有道是“欲穷千里目，更上一层楼”。

（三）熔铸研究的复合点在于借一步的措置

常见的比较研究也有几个观察点叠合交叉之处，比如 20 世纪五六十年代的比较研究大都套用“人民性、革命性和艺术性”的组合模式，八十年代的比较研究习惯用“历史、逻辑、审美”的重合模式，九十年代的比较研究喜欢用“人类学、文化学、女性学”的契合模式，当今的比较研究则热衷于“影响论、平行论、中国论”的整合模式。上述四种叠合，共同点都是将复合点交叉于一处。这类叠合有的宽泛契阔，有的大而无当，有的对而不决，所缺乏的正是另辟蹊径的眼光。我们可以看到另外一种退而得其上的方法，叫借一步方略。借一步，摆脱了矛盾的纠缠，避开了尴尬的处境，以另一种思路梳理纠结和化解纷争。借用古人的一个表达，那便是“超以象外，得其环中”。比如海德格尔解读尼采用的是消解形而上学的高端谱系断续法。海德格尔借一步（借尼采反形而上学的）的解读，实际上把百年来读尼采和两千多年来读柏拉图的学者全部熔化，并铸造出自己诗化哲学的新见解。与海德格尔不同，福柯从“生肌权力”（biopouvoir, biopower）理解西方文化，其借一步措置，推出了审美的“身体哲学”。德

---

① 〔法〕弗朗索瓦·于连著，杜小真译：《迂回与进入》，生活·读书·新知三联书店 2003 年版。

② 参见本书第三部《文学辟思》。

勒兹在《什么是哲学》中把生命定义为“无需知识的纯粹沉思”，他对哲学的借一步的处理，微观则揭示了“生产概念的机制”，宏阔则展现出另一种宇宙气象。德里达的借一步似乎更加技高一筹，他推开了海德格尔和尼采的两个环节，从第三个环节——解构处借一步说话，移墙倒壁，摧枯拉朽，谈笑间，扯出了尼采、海德格尔等人腾云驾雾后所留下的一堆蛇蜕。解构到这个份上，实际上已经化解了尼采、海德格尔等人推崇备至的所谓的永恒的轮回。为轮回而着迷的人可以止步。

从总体上说，上述思想家的深一层、多一环和借一步方略，是很有启发性的举措。深一层犹如春蚕吐丝，桑与蚕始而变为丝，继则为锦绣罗绮。多一环或似医中圣手之于冬虫夏草，虫草入药可以造福天下苍生。借一步应看作移星转斗的太空风云，在一个点上的融通，已经乾挪坤合，而在几个点上的熔铸，则生发出一片新的宇林宙丛。

三、熔铸研究是对比较研究学科的创新

倡导熔铸性的治学，是对比较研究诸科的深层改造，或者说是对比较研究学科的创新。比较研究的“在路上”，有待熔铸性的治学而获致家园性的安顿；比较学科的“婚介所”，有待熔铸性的和合才能促使佳偶天成；比较切磋的“两股道”，有待熔铸性的锻造方可自成新器。熔铸，是对比较学科及其研究的内在性改造。

（一）熔铸研究克服了比较研究前提预设的内在距离

对于任何一个比较学科，比较二字意味着预设了所比事物间的时空隔阂。比较研究从产生伊始，就有一个各方比对的问题，对立有待统一，较劲需要超越。这里说的有待和需要，表达的是比较研究的“原始残障”，比较方法的“先天缺陷”。熔铸恰好是对这种“原始残障”的再造性克服，是对这种“先天缺陷”的创辟性补救。我这里指出比较研究的“原始残障”和

"先天缺陷"，是逆向思维（反权近道），是漏斗透视（裂隙洞察），是鸿蒙超升（吞吐太荒），一句话，是思维艺术和研究方法的变通。老子的《道德经》，庄子的《内外杂篇》，司马迁的《太史公书》，马克思的《巴黎手稿》，章学诚的《文史通义》，王夫之的《读通鉴论》，均属此类。我本人自知驽钝，但是努力学习先哲，奢望追仰。虽说不敢妄称见贤思齐，然而时刻期冀望尘有及。比如对中外文学思想的"三归"的回溯，和"三他"的推衍，《文学他化论》、《文学他化说》、《文学他化疏》，都是此类蜗居龟行的印迹。[①]

（二）熔铸研究整合了比较研究学科名实相乖的矛盾

比较是表层的切磋，研究则是深层的探求。将二者叠加披露出表里深浅之间的相隔。而且将比较加诸专业之前（如比较文学、比较历史、比较哲学、比较伦理学），貌似多了一个学科，实际上等于表层地界定了某个学科，或者说对某学科的比对研究，即"表层研究"。实际上，比较研究者谁都不愿意也不甘心表层研究。此类名实相乖的问题，通过熔铸方法是可以得到妥当的解决。因为熔铸是表里虚实的全面混融，是冷热并用的创新处理，是一种原始要终的化感通变。叔本华的《论死亡》把哲学、宗教、文学、历史、艺术、生理等多种学科的研究熔为一体，凸显的是生死耦合的整一观，比较淡出，诸学科一如其所论之死亡问题，置之死地而后生。阿多诺用其焰火说将现代主义与后现代主义的艺术分野逐一消弭，哲学、美学、文艺学、诗学、音乐学、现代社会学、文化批评学，统统融汇在一起，熔炉中烈焰蒸腾，传神处群科浑然。巴赫金的狂欢说反讽了意识形态对哲学、美学、诗学、人类学、民俗学、心理学的扭曲，文学审美的火山爆发，岩浆奔流，不挂民主自由招牌的学术表达，反而巧妙地展示人类在现实社会应有却没有、没有却在文学世界中已含有的理想性生活。说实在的，你可以把这些理论家归结为任何一个什么家，比如哲学家或诗学家，等等，但是谁都没法否认，

---

① 参见本书第四部《文学他动》和第五部《文学归解》。

他们如同幽灵，不会被任何一个学科的墓穴所埋葬，而还能在众多学科的疆域间出神入化。

（三）熔铸研究预示了比较研究学科自我扬弃的提升

不论哪类比较，将比较做定语或做动宾结构化的名词，都是以比较研究活动本身及其推演过程来命名一个学科。这样的学科迟早要自我扬弃，自我提升，因为比较是在路上、在海航、在空翔，一句话，羁旅天涯，而熔铸，就是归属于大端，是深入于化境。熔铸作为回溯，即便没有落叶归根之实，至少应有宾至如归之感。这种回归不是保守，因为熔解活动本来就是有益新统合的准备，铸造艺术终究无碍旧精华的复活，熔铸后的研究成果，小而言之可以刷新话语，大而言之则能自铸伟辞。熔铸研究也不是僵化板滞，因为熔铸是一种开放式的研究。熔炼是升华你我他的大场域，铸造是约会天地人的小乾坤。熔之常态是兼容并包，百川归海。铸之大成是去执除蔽，六合通化。换一种方式表达，熔铸就是天地间差异性的对话，是学科群写经式的凝聚。差异性对话讲究的是群贤毕至和融会贯通，写经式的凝聚看好的是唯道集虚和开放契合。《周易》周其易，老子为无为，孔子思无邪，庄子吾丧我……真正成为经典的文本哪一本不开放呢？熔铸即写经，这个标准高了一点，但是人类毕竟要有这样一种标准。熔铸的过程就是自我扬弃和不断提升。即使达不到，也应心向往之。

我们从熔铸研究出发，检索了比较研究由来已久的弊端和学科命名的局限。人类思想史和人文交流史说明，比较研究的浅显性、牵强性和附会性，急需拓展熔铸性研究，以改造比较学科和比较方法的实证性滞留和类比性制约。在全球化的大趋势中，比较研究学科仍然会发挥一定的作用，但是也有待克服其与生俱来的弊端和既泛且滥的问题。倡导熔铸研究不是要取消比较研究，而是要促成后者的高端冲刺，以期出现一个突破性的飞跃和创新性的升华。

第十九章　余论：文学之化

古今中外，论文学者爱讲境界，讲境界不能不讲通变。最引人注目的通变大师莫过于刘勰。最想拾级而上的自觉通变者应说是章学诚。通向哪里？变去何方？刘勰浸润在文学的通达之境，将文心推演到大文学乃至自然之道的界面。章学诚的大文学观由文而史而义理，实际上是想对文史研究板块进行一次义理性的整合。这些大哲先贤抓住了通，扣住了变，但是还少了一道火候，那就是化。他们的通变都讲究境界，崇尚圆一。境界有化意，但是还限于其界。圆一有化心，却陷于其一。文学不特求化境，而且要去化界，不但要求通求变，还要化通化变，化于文史哲互根，化于学科门通解，化于自然与文化的通和，化于深空和太空的远缘。质言之，通化不仅是文教全球化的方法论自觉，而且是地球文明向宇宙文明过渡的学术性巨变。

笔者从三个向度解析文学通化问题：一是变通感化的逆取，可称冶狭义广义以一炉，集文学文化于一体，变而循之，通而观之，感而发之，化而合之。这样的路径，即变通感化，申说的是化感通变的逆向，回溯的是文学文化的渊源。二是化感通变的顺收，或曰融“通题变题于和题”，解原始要终于别裁，化而衍之，感而活之，通而亨之，变而用之。这样的脉络，阐发的是通和致化的顺序，梳理的是化感通变的本真。三是化境，实乃经临界零界以领界，运变化通化于大化，寓变用通，精通委和，通和致化，辟化成缘。这样的变数，反思的是地心文心的诗情，领悟的是深空太空的缘场。

一、化感通变——文理根据

此处所谓文理有三义：一是狭义的表达，楬櫫文学文化之理，即作为文化的文学之理，近似但又不同于人们通常所说的文学原理。其二是宽泛的称谓，概括文学文化的结构纹理，包含万事万物的生机脉络，瞻瞩大千世界的衢路隅隙。其三是境界的超脱，揭示文学境界研究之通关锁钥。文学研究需要进境入界，但是境界规范也需要出神入化。我们发掘文理根据的方法论，是将化感通变与变通感化和而观之，通而论之，化而裁之。

化感是非无非有的酝酿，是资始资生的母题。化而感之，化裁的是无何有之乡的真源，体悟的是未成形之前的宿构，因此讲化感便是讲本真。通变是新陈代谢的别称，同时也是继往开来的创制。通而变之，开启的是活血化瘀的灵机，捕捉的是出类拔萃的要点，故而提通变原本在化感。

（一）通变源于化感，故而能通化

太古远古的神话，灵异地蕴含着通变化感无端涯之大源。所谓化感，无非是说从太初的混沌化生而来，原始文化，依文而化，因化而文，化感是对人文前提的求索，通变是对人类化感的推衍。化感讲述的是有心之器从前提处的生发吸纳，通变见识的是为文之体在化感中的领异标新。化感包含着一个肇自太极的起源学秘密，通变则酝酿出无数引渡文化的养生论方略。由于起源学的秘密，化感生发着永恒不竭的智慧源泉。因为养生论的方略，通变聚集为一点灵犀的文化转场。从古埃及的太阳神崇拜，你可以体会得到人类由太古以来的光源信仰。在古印度的《原人歌》中，你也可以感受得出地球文化对宇宙起源的畅想。至如中国的盘古女娲神话以及《黑暗传》神话史诗，倘若我们领略精神，而不是死抠字眼，不难悟解华夏先民在鸿蒙渐开中的童稚心态。其中有太古飘来的吉光片羽，也有远古传导的人文呼唤。小儿谣言天说话。憨态十足，却又神几浑然。虽说是朦胧的人文远源，而又不乏灵气化感，可敬、可亲、可爱。称之为天地人神时的造化，一点也不夸张。

自然而化，神然而感，有其本，却能够他出，不用请，反而会自来，尽管混沌诡异，但是充斥着原始的完整性、融通性和衍化性，因而常被深邃的思想者所钻仰，也为著名的文学家所推崇。神话的神而化之，开启的却是一个文以化之的先河，由此可以称之为原始先民化感通变的文化时代。后世的通变赖此以深远，历代的原道返本而常新。

（二）通变达于化境，终究可通解

上古变古的传说，微妙地披露出通变化境有徼向之衢路。所谓化境，通常是指出神入化的那样一种场合。变古一词，指称大脉的变通。读《旧约全书》，读《荷马史诗》，能感知上古之变，可通晓神话向传说之变。中国的传说时代亦然。文明初期，古风未泯，三皇五帝传说提其大端。羲皇上人，童心在，兽性亦在，故而部族有分别，炎黄终兼并。五帝子民，击壤少，薰风不少，因此帝位无争夺，治道挟厚道。化境有化，境界有界，化境的长短，于此可见一斑。夏商周嬗替，《连山》、《归藏》、《周易》不无因应而分擅其长，尚贤、尊亲、重德虽有继承却各有所偏。尚贤用能而疏亲，尊亲脉连而远贤，重德有得而吝舍。至于《连山》横铺，《归藏》逆收，《周易》圆通，虽说均成化境，毕竟难全胜场。后人或推崇三皇五帝风范，或取法夏商两周彝宪，沿革精神弥足珍贵，吐纳华实卓尔不凡。综观上古丰功，全在化境伟业。治道《坟》、《典》、《索》、《丘》，风情歌、谣、文、俚，邪乎前后应答，帝力口耳相传。这是一个有案可稽的传说时代。会通善变，臻于化界，两栖文化，由此发煌，后来为世人赞誉的春秋战国文化，在这个时期已经有了三皇五帝的前提，并且完成了三易五灵（三易，指《连山》、《归藏》、《周易》；五灵，即《尚书》所言天地人神时，而非战国所谓木火土金水五行）的铺垫。华夏古风古雅于斯为盛。然而其不足之处，恰在显畛域而见分野，化限于其境，境陷于其边，徼束于其向，向困于其面，称之为“传说时代”，正是因为有了这样一种约束性的阡陌。“传”如川，“说”如流，华夏精神大旨的起承转合，在上古变古时期业已形成气候，中国文化格局的高下精粗，也在这个时期逐渐见出端倪。

（三）通变趋于化一，因此得通圆

高古中古的著述，奇诡地表达了化一之学说。所谓化一，主要指“轴心时代”推动的那样一种九九归一的趋势。此处将高古中古合观，要看的正是分中有合的文教大川。先秦众说纷纭，两汉文史彪炳，哪一说不趋一？魏晋南北朝以异端著称，唐宋元明清被多彩点缀，异端与精彩中无不尚圆。古希腊文化如百川入海，古印度佛教像莲藕繁衍，降及中古，新柏拉图主义与基督教融会，儒道释思想在神州大地合一。化一而百家腾跃，通圆则尽入环中。诸教容含，终成圆局。不论是共扣圆环的三教九流，还是各成一家的诸子百门，化而合一是这个时段的大势所趋，圆以通众为轴心运动的文思攸归。人类文化之通变日益通圆，通圆思想的旨归趋于化一。道家抱一、儒家贯一、佛门空一，希腊哲学理念崇一，显而易见，通变的趋势有“轴心化”、“抽象化”、“神圣化、“哲理化”等不同概括，但是其大要始终是化一通圆。通观中外人文神文的思想升华，不难看出，圆一是人类练达的智计，是宗教的神思，是哲学的通合，一言以蔽之，是高古中古的文史拐点，是人类世界的精神趋向。在倾向有遮蔽，趋势欠反衡的意义上，圆一有集束而无疏放的缺点不言自明，因而通变趋于通达，但是还未臻于通化。刘勰力主通变，大气磅礴，不同凡响，但是变有之，通不足，化更缺，充其量只能说是通向化之边缘，尚未达到出神入化的通彻境地。站在化的境界回观，所谓变仍然是量之变，并未达到质之化。在这个看点上，我们把高古中古称作“化一时代”。

在化感通变的文理运动中，我们紧扣变通感化以寻绎，同时收发圆一化境而合解。寻绎与合解，有如振叶把脉，通文析理，透视到化感通变的大顺序，也领悟到变通感化的小环节。高下在心，大小回护，一多交织，质文代变，文理根据因变通感化和化感通变而焕然灿然，思想艺术也由尚圆集束与贯一统摄而巍然黯然。此等文理的壮观处自不待言，然而不足的地方一向被忽略。毋庸讳言，化感通变与变通感化的圆一化，都期待着和之突破和化之飞跃。

二、通和致化——文学变数

从化感通变与变通感化解析文理，思索伊始就进入了人文衍化的动态把握之中。物之常是永恒的变通之动态，物之和则是在变异动态中形成的有限平衡之静态。前者不易把握，后者更难捕捉。就思维艺术而言，变通是变数造就的常数，雍和是常数涵摄之变数，这里的变数与常数均有和相，变通与雍和亦有和心，而且都是化感和感化的活性成分。遗憾的是作为范畴之和，常常被学界以静态化常数处理。对于研究工作来说，困难的不是从静态看待和相，而是以动态去解析和心。如何将和相和心由一个常数转为一个变数，笔者尝试用通和致化的命题来解答这个难题。

（一）文学通和致化的焦点仍然是通变

从智慧自诠的意义上，我们把通变看作通题，因为变通是常数。对文学门而言，通变是文学史实梳理的趋分。今之所谓文学，是近代文教变化的产物。从远古上古以及高古，人在浑然，化在本然，散文俚语在自然，歌讴谣言在朴然，雅颂诗骚在斐然，其中见得出从原初开化大氛围中酝酿大文学的化育，但是却没有近代在文学与非文学之间划出的门户之见。文学与经史子集皆有内在关联，与政教神俗都有血脉牵系，与兵农医艺均有深层瓜葛。文学是笔调才情的代名词，是文艺典章的大概念。在今人盛称的文学自觉的魏晋南北朝，文学疏通而自觉和自觉却反自觉的倾向屡见不鲜。在唐宋到晚明的中古时段，文学解疆通邻和起俗放雅的事例比比皆是。甚至在清朝统治的二百多年间，文学提挈杂文学牵挂非文学扩展大文学的现象仍然不绝如缕。从三曹经刘勰、韩愈、柳宗元到三苏以至章学诚、龚自珍、黄遵宪，文学始终未失其作为人文涵化的养生性的品质。于是中古以来的哲人智者和文学秀士，提倡文以载道、文以贯道、文以明道，组织古文运动、诗歌革新、戏曲改良，他们的本意都是要使人文才情通脱滂沛生动活泼，而不是要让文学板滞阻隔甚至说一不二。复古也好，改进也罢，本质上就是在通变，通于道，通于邻，通于文外曲旨，通于三教九流，通于大千世界。这一点，与西方工具化文教体制传染给我国的文学板块大相径庭，与西方近现代关于文学理念和文学思想及其方法也有很大区别。在中国古代社会，要想以诗文谋生近乎不可能，要想以艺术糊口也难乎其难。而在今天写小说能发迹，影视明星会暴富，媒体秀嘴可以大款。从经济学、社会学和文化学的角度来讲，是西方人所谓现代性或曰资本市场的商品化力量创造了这样的机会。而从学科演变的作用来看，学科适应着现代性趋势并且制造着社会分工需要的各色人等。自从市场开始其国际化进军之时，一个叫马克思的人就看到了分工与资本世界化的诸多问题，他在《德意志意识形态》中设想过那样一个合情合理的社会，期冀能够使多面手的复合型人才生长和生存。他想干什么？想通变。老马识途，他的通变是先从政治经济的角度来解决。通变之功用大矣哉！

（二）文学通和致化的关键自然是通解

通变是通化的大方略，也是通化的大焦点，达到这个方略的具体步骤是通解。相对于通变的通题而言，通解是变题。通解的第一义是疏通之解，此解只在文学圈子内部寻求解困之法，属于通解的初级含义。近代以来中外学界在文体论、创作论和鉴赏论方面的成就属于此类。当今学人在文学编年史、范畴史和批评史上下功夫也有此用意。这是在文学的院墙内寻求通解文学块垒之法。20 世纪七十年代末在中国兴起的文艺美学，是在哲学、诗学和文学艺术的交叉点上通解文学。其成就也很可观。通解的第二义是革通之解，这是解放之解，属于通解的暴烈之解。被推到极端的苏俄文学和中国 20 世纪的革命文学即这一类。就文学的品质与功能而言，此类文学是以暴易暴，以恶抗恶，虽有抑恶扬善之用心，却也有借恶使劣之事实。西方后现代思潮中的解构主义也有此缺点，摧枯拉朽，气势凌厉，砸锅卖铁，不无遗憾。革故鼎新，难免用激烈手段，如文学革命的行动就属此类。高估革命作用甚至滥用暴烈手段当然不对，但是轻视革命行动，一味迁就恶势力，也不可取。革命属于暴力，能不革就不革。但是在不得不革之时，应革则革，只是应该在通变上下功夫，将革命的副作用压缩到最低点。《周易》所谓“革之时大矣哉”不无道理。《论语》认为，《韶》与《武》在美善问题上有轩轾之分，前者尽善尽美，后者偏美而未尽善。其中的启示，便是“慎革”，这是另一种道理，是要比革通更为超拔的境界。通解的第三义是通改，即改良，改良是通解的较高境界。之所以称之为较高，是因为它既不像疏通那样在文学的小范围求解，也不像革通那样激烈的伤筋动骨，改良是大气的举措，也是温和的消解，往往能将上两种解法的优点集中在导善用良的行动当中。改良近似中庸之道，但是较之中庸却又敢于进取。就文学论，中国的鲁郭巴茅属于前者，沈冰曹老属于后者。西方的现代主义、后现代主义属于前者，21 世纪以来全世界范围的深沉反思属于后者。前者在勇往直前地革通，后者在通和致化地通改。

通解三法，用于当用则善，但是尚属通和致化之中策。对文学学科建设如此，在社会文教解放方面也是如此。真正的致化那是通化。我们在这里把文学的通解与政治放到一起讲，原因无他，没有政治的良性介入，任何文学解说无异于空谈。

（三）文学通和致化的深衷当然是通化

这里说的深衷，其实也是高致。深衷与高致同义，一是动机，一是效果。将深衷与高致契合是通化，把变题与通题归化是和题。在高明的文学家和睿智的政治家、经济管理家那里，治大国与烹小鲜冥会，“思无邪”和“吾与点”吻合，治国安邦与美食厨艺以及文艺境界通而不隔。此处我们仅就文学通和致化问题略加申说。

文学通和致化之通化，可从三个层面阐发：其一是通感化。这是指文学通和致化的无分野。通化首先是通和，是文学感性研究的趋同。文学通感化，从生态之内在讲，即眼耳鼻舌身等人体器官功能互补兼通。中外有不少学者已经注意到了这一点。如法国象征派诗学的感官互通说，我国梁宗岱的契合论，钱锺书的通感说，讲的都是同一件事情。通感的提倡，对于文学艺术研究和鉴赏无疑是具有重要意义的。但是把通感抬到过高的地位，也非得体的做法。通感是审美活动的一个焦点，但却不是最高超的境界。说到底，通感是一个人之两种或多种感官的触类旁通，或同感通用，然而此感未必就是圆融清通之感，更难说是通文通理之感。其二是通圆化，即文理的圆赅化。圆赅化，是尚圆崇一的圆通举措。在思维艺术的角度看，圆一是有功效的求索，但也难免其与思俱来的循环性和封闭性局限。在尚圆化一的文教发展中，学术界只颂其优长，不看其局限，圆一的弊端一向被人们遮蔽。通圆是一，终非胜境。尽管这是文学研究者追求的境界，但是从更高的层次上看，此境界尚属一圆之观，不仅有通而未化之嫌，还有执术胜于为学之偏。因而很难说圆赅就是出神入化之通，也未必一定就是政通人和之通。其三是通和化，即不仅有通感，有圆赅，而且能通境跨界，既有惠风和畅之和，也得移风易俗之化。三通咸得，雍和致化，这就是通和化的好境界。达到这个境界，是文学的成功，也是社会的成功，笔者想指出的是此成功可称高致尚非极致。极致是什么？是天人好合之和，是通天彻地之化，是通化之化的理想时空。

通和近于通化，即临近通化，或者用海德格尔的一个术语来表达，就是近近化。近近化实际上就是追求化境，可又处于将入未入之临界。孔子所倡导的和而不流、和而不同、和而不一均属此类。突破一，通于有异之和，存异之和，这是其长处。此和最受世界高人青睐，特别是被热心天下苍生的哲人智者看好。但是这个和依然不是最高境界。化中有化，才是通化之化的理想时空。

三、化之有化——文学场合

在钻仰文学创作的化境，突破圆一思维局限方面，笔者做了多种多样的探索。首先倡导“归学”，以“三归”化解文学块垒；继而推演“他在”，依“三他”打开圆一封圈；接着运作“辟思”，用“三辟”变通新陈际遇。上述努力也酝酿着对化境的辟解。化境有域，尤其有缘。缘域互生，缘促域变。场合思想，势在必行。何谓场合？简言之，即缘域变通。畅缘解域，成全着化中化，启发着化外化，创演着化不化。所谓化不化，是对不化性文学因素的化感通变。文学非文学，化境非化境，这种化中化、化外化和化不化的通和致化，不仅投射出改造文思的新气象，而且擒纵着辟解文学的新时空。其化中化揭示了文学的小灵性，化外化解析了文学的大变数，化不化透视出文学的真精神。

（一）化中有化——文学的小性灵

“人猿相揖别，只几个石头磨过。”文心自契阔，多了些惆怅情节。向来论文，要么就文学文化的才情才性而发，要么从大道理念的高屋建瓴开谈。论其衢路，无非作者为情造文，读者披文入情，进而以文体道，感同身受而已。原文于道，似深实浅，道亦有由来，文却无端涯，道与文都源于大化，才与情并非是小道。大化原本为包含大道在内的衍变。才情无非是通变悟化的亮点，如道者，应说是大化与才情间的驿站。万物（包括文学文化）源于大化，发乎咸感，成于会通，达于适变。如果求索为文之理据，可以说有大化才会有文采流出于大体，有赖于大体之悟才会有通变，舍变通不能得通变要旨。因而通变与变通，皆由化感而来。文中有化，诗中有化，小说戏曲无不有化，这些化只是小化，或曰是小灵性的烛光闪耀。对于任何一种伟大的文学而言，小灵性也不小，她从大化来，又入化中游，且与大化归，诚如刘勰所说，既随物而婉转，亦与心而徘徊。丰沛的文字是其细胞，众多的文体是其小径，无数的磨难是其造化，而还有那么一种环境迎接其降生，并供其驰骋于特定时空，归藏于地球一角。不朽的作家和作品，不会死也不会永远埋没，因为小灵性不灭，一豆荧光，足以万古永照，更何况其精神投影由于卷进大道而恢恢，其思想智慧因为并入大化而浩浩。文学在化，而且化中有化。古人曰：为天地立心，为生民立命，为往圣继绝学，为万世开太平。文学何尝不是如此。如此而言，文学的化中之化，实际上是小灵性由地心而天心，由民心而圣心，由今心而万世之心。

（二）化外有化——文学的大变数

宇宙几时有，搦翰问大千。《连山》、《归藏》、《周易》，转了三个大圈，只画了一个地心出发之圆。西方的理念观、上帝说和人本论花样不断翻新，说到底，也是一个太阳系圈子的文化表达。不论乾坤日月阴阳的位置如何变通调换，人类以地心抑或日心为始终的圆一构思及其走笔惯性，却数千年没有大的改变。今天的考验则是人文宇宙或曰文学宇宙的挑战。过去，"生在地上想上天"是不无荒诞的事情，而今文学羽化可成仙则不是一个可笑的举动。当嫦娥奔月变成事实之时，当火星探测已在具体实施之时，当深空远空取代高空成为人类的窗户之时，当宇宙探索稚气但却颇有成绩之时，文学在哪里？文学理论在哪里？文学人在哪里？地球暗示我们应该断奶，宇宙却向我们包抄过来，我们不得不应对。宇宙文学或曰文学宇宙提上了议事日程。如果说《星球大战》、《外星人访问地球》、《接触未来》、《魔幻手机》是文学人牙牙学语的宇宙文学，那么，天体物理、量子力学、天文数学、航天工程……，这些过去仅仅被当作科学探索和科技工作的实际，已经成了颇有理性的诗意的新兴天宇文学。我们不要以为只有正统文学才是文学，或宽泛一点，把山寨文学、网络文学扩编为文学就算开放了文学，要看到宇宙爆炸起源说、稳定起源说、虫洞喷射说、星云凝聚说……，诸如此类，不啻精彩的文思，至少是准文学和泛文学。谁能说霍金的《时间简史》不像文学？其中浪漫而空阔的想象与严肃而认真的实证，在审美、激情和文责方面，不逊色于任何一部真正的文学作品。科学在走出地球，走向深空、远空、太空，这一次，不是诗人高唱"我欲乘风归去"，而是科学家真正地在"羽化登仙"，害怕"高处不胜寒"的不是科学家，恐怕是抱着地球母亲大腿不放的文人骚客。至少有一个可喜可贺的现象，科学人，特别是天文物理学家，他们在向文学渗透，或者说他们正在变成文学人。这个通变不是小玩意，而是化外有化的大变数。忽视这一点，可能是一个历史错误。

（三）化与不化——文学的真精神

本来最能通和致化的想象性存在是文学，因为文学最擅长以虚写实，最富于自由精神，最能给人以审美享受。然而，今天最不想通和致化的也是文学，因为文学人越来越讲究实惠，文学学科越来越画地为牢，文学能给读者的想象空间越来越狭隘。换言之，文学最拿手的化感通变天赋被西式现代化的大幅度整合而丧失了活力。一个很特别的现象是“文学自觉症”。文学人越是固执于“自觉性”，文学越是半死不活。文学学科越是为自己攻城略地，文学越是陷入“我文学”的泥沼不能自拔。文学系越是为学生灌输学科意识，毕业生越沦为《摩登时代》中卓别林扮演的那位流水线上的机械工人。在这一点上，我们落后于把文学当作“经国之大业，不朽之盛事”的曹丕，落后于具有大文学意识的刘勰，落后于主张文史通义的章学诚，也落后于把诗文写上远空太空的科学家和宇航人。文学的根本品质在于化感通变，其真正的精神就是通和致化。我们现在的文学门实际上是丢了文学真精神的文学车间。当今高校文学系急需要提倡一点写经的精神。老子的《道德经》，仅五千字，哲学家以它作为大经典，文学家赞叹其好诗文，谋天下者把它当作帝王术，军事家将之作为兵略训，史学家从中看到史料树，文字学家从中发掘语词库。后人之视我们，犹我们之视古人。我们叹服天文学家、天体物理学家、航天工作者，他们在科学探索中挥发出了诗情画意，践履了古神话而且创造着新神话。他们在多方位地化感通变，而我们则隔岸观火，恍若隔世，至少在文学及其研究上愧对时代，愧对先人，也愧对后人。

是时候了，文学门的朋友们，躬逢地球文明向宇宙文明过渡的伟大机遇，有必要让自己的才胆识力作一次不愧于时代的放飞。此时此刻，我们面对的是文学通化的零界，在文学创作和学术冲刺中举步维艰，且险象环生。向深空、远空、太空遨游中，我们还会经历零界的考验，知音难觅，掌声寥落，找不到市场，甚至血本无归。不过，至少应该有那么一点抱负和气魄，是七尺地球人生能舍己，作千载太空客死不还家。只有具备这样的勇气、信心和智慧，才有望在零界突围，成领界高手，并且向化境推进。我们当然欣赏“诗意地栖居在大地上”的文学人，但是更应该感佩和追仰充满想象精神的牧星族。太空写意的科学人已经向文学通化，文学人理应有不俗的表现。

附录：关于《文学通化论》的外文译名

《文学通化论》书稿即将付梓，商务印书馆的本书责编康倩同志提请笔者给这本书找一个外文译名。这真是一个难题。三十多年来，笔者在立意命篇和撰写过程中也曾多次思考这个问题，然而一直没有合适的选项。本想避难就易，用一个拼音名称，但是又觉得那样会让非汉语读者得不到书名的应有提示。万般无奈之下，只好用法文中的以下表述予以处理，名之曰：La Mutabilité des littératures。

《文学通化论》揭示的是文学在大千世界的化感通变问题，阐发的是文学于社会变迁的沧海桑田风旨，倡导的是文学对宇宙人生的通和致化品质，化阡陌，化科类，化疆域，化执迷，化物我，化人己，化生死，化道尊……，质言之，通之于出神入化的变数，化之于乾培坤育的场合。

拙作对人类思维崇圆执一的上限，有辟解，有化裁；对学林培育的诗化哲学种源，有呵护，有储备；对千家万户的巨型理论话语，有汲取，有扬弃；对文学体性的高下精粗存在，有归潜，有归藏；对思想文化的宇林宙丛，有放达，有敬畏；对他化世界所赐的有限生存缝隙，有逊进，有逊退；对无法言说或不能说清的自我无奈，有沉默，有留白；对将在其他著作中还要展开的问题，有保留，有深思。这些林林总总的内容，笔者是用"文学非文学"、文学"三性"、"文学归思"、"文学辟解"、"文学他动"等自创的命题、术语和表述风格提交给学界。此举并非笔者执意创新，而是万不得已，因为用西式逻辑、西式观念和西式语言，根本无法完成酝酿多年的这个设计。

上述简要的概括，用汉语椐橥，或可让读者理解笔者的学术深衷，但是用外语表达，几乎找不出对应的词句。至少在笔者请教过的国内外英、德、俄、法等语言文化方面专家那里，都未能获得满意的解答。退而求其次，笔者还是选择了过去三十年中多次浮现脑海里的一个法语表达，即La Mutabilité des littératures（意为文学变数）。

笔者所选的这个法文书名，实际上仍然未能概括《文学通化论》的全部思想，也就是说，笔者思索的文学之彻头彻尾、彻里彻外、彻上彻下、彻时彻空、彻进彻退、彻死彻生等问题，用这个法语名称不能涵摄。尤其重要的是，这个法文译名偏重于学术的变化性和进取性，在协调性和他在性方面略显不足，这与笔者提倡的逊进逊退思想以及谦以为和学品要求有一定的距离。现在之所以做出这个知其不备为而为的选择，是因为这个法文译名毕竟抓住了文学通化的一个切题风旨，即全方位全声息运动的基本特征，或曰开放性的变数情态。La Mutabilité，指涉的就是变数。在笔者看来，只有变数既可汲取思维传统的崇圆执一观念，也可为无限性、他在性和开放性开拓出异质同构的场合。人类所处的时空，根本不是迄今人们所说的归“一”或成“统”的宇宙，换言之，宇宙非独非一，时空无边无际，局部有始终，而指数无限量，所谓“爆炸生成”，“宇宙源于一个起点”，“最终还要缩为一点”等理论，已经一点一点被天体物理的新成果所证伪，也逐渐为学术思想上发展的大态势所否定。质而言之，笔者的《文学通化论》，在宇宙观、世界观和方法论等方面与Mutabilité有契合之处，而在关涉文学伦理和文学天地的启蔽性论述大端，有意识地化解了Mutabilité的披坚执锐，纠正了Mutabilité的有欠厚道之处，如归潜、归藏、归化、他在、他动、他化、辟文、辟学、辟思等若干思想系列，崇仰牺牲精神，赞美舍得品性，倡导“后厚”心态（即学术评判留待后人评说），这些思想观点及学术修为，均非Mutabilité所能体现。选择La Mutabilité des littératures，可谓比较接近的分说，聊备一格，有胜于无。

化之本质和伟力难以言说，然而化之基本特点或可努力钻仰，笔者说的是通变问题。万事万物无不在变化之中。变化是绝对的，不变是相对的，也就是说，只有变化才是永恒的不变。在这个意义上，将《文学通化论》的外文译名用 La Mutabilité des littératures 表达，或可算一个不坏的交代。La Mutabilité 揭示的是通化的一个基本特点，那就是变数。称述变数还不是通化的全部内容，但是毕竟捕捉到了通变的信息。La Mutabilité 还有一个优点，即没有被同一性、统一性、圆一性或元一性所牢笼，因为变数之无限变化，突破了这个定为一尊圈于穹盖之束缚，诗化哲学的无限性风貌由之得以呵护。尼采用《权力意志》为自己的新哲学张本，唯我独尊的霸气展露无遗。海德格尔用《存在与时间》为题，其立论处的基础本体论执一跃然纸上。勒维纳斯的代表作《总体与无限》本欲解放无限，然而那个由来已久的“总体”始终如上帝的手掌，想挣脱而不能。笔者的通化思想凸显变数，其中的用意之一，便是突破这个总体性的局限。La Mutabilité 的无穷变化，有助于诗化哲学逸体遁形，摆脱人类思维数千年无法逃避的达摩克里斯利剑。La Mutabilité des littératures，这个名称中的文学 des littératures，笔者用的是复数，意指许许多多、各种各样的文学。这个命意也越出了常规。自古以来，理论家和思想家讲文学，都是用 La littérature，即独一的统合的总体的概称性表达。而那样一来，文学概念又堕入勒维纳斯无法摆脱的那个唯一的“总体性”。笔者斗胆用了复数，有冒昧，但是给了多样化文学，包括副文学、反文学、差文学、坏文学，以实事求是的审度，也给了审美思想期盼的无限性以契合无垠宇宙和人间万象的解放。如此这般，复数之文学与变数之归化，有望真正获致规避总体而落实无限。

说到这里，笔者无法抑制自己对外语与汉语不同语言秉性的感慨。精通十多种语言文字的陈寅恪先生，曾对汉语和藏语的通解通化特点有深切的体悟。笔者不懂藏语，不敢置喙，但是关于汉语，深然陈先生的评判。汉语可以上下左右孳乳变通，能够正读反读隐秀舒卷，可以说这是很罕见的通化性语言。应该说汉语言文字是全人类难得的宝贵财富。这个看法，绝非出于大汉语唯美的盲目自豪，而是笔者数十年求学中对中西方多种语言比较后的一种领悟。记得在西方留学期间，有汉学家说现代汉语语法修辞均从西语中派生，抽去西式语法和修辞规范，现当代中国人将会无法表达。此话对笔者震动很大，这种看法虽然偏颇，但也确实指出了一个事实。国人自《马氏文通》以来，在语言文化方面苦学西语理路和技术，这种转变当然有其益处，而且无大错，但是一味沿着西方语言圭臬追求同一性，其欠通化的缺憾也是一个不小的问题。《文学通化论》之所以用通化的风格言说通化的学术思想，其中的原因之一，就是出于对语言文化的深层理解。不知我者，或谓我为创新而创新。人类的语言、文学和思想应该是守正出新，通和入化，如果死守一条道，一把尺，一个一，恐怕既不合事物实情，也非人类福音。笔者也曾在马建忠当年读过书的索邦大学求学，马氏跟着西学建设中国文法，用心良苦，厥功甚伟。今天我们在前贤成就的基础上对自己的语言文学研究有一点新的尝试，应该不伤大雅。这不是笔者为自己的学术特点和语言风格辩解，而是在倡导一种思想解放和创造精神。愚以为，华夏文化复兴需要通化，人类文明发展需要通化，《文学通化论》的努力念兹在兹。

栾 栋 谨识

时在 2017 年 5 月 12 日

后记——怀念恩师

谷雨时间，拙作《文学通化论》脱稿。从1986年产生撰写这部书稿的念头，到今天整个文本诸体大备，已经过了30个年头。此时此刻，我特别怀念我的硕士导师寇效信先生。

1979年，他以高分将我收入他的门下。起初，他担心我出自外语专业，基础不足，告诫我“莫恃才有余，警惕学不足”。后来他看了我在中学教书时的读书笔记，计有先秦典籍摘要、阅读“前三史”、《资治通鉴》、《续资治通鉴》心得体会，阅读《法兰西内战》、《反杜林论》、《哲学笔记》、《唯物主义与经验批判主义》的眉批、旁批，开始对我另眼相看，并不失时机地进行深度培养。他说：“研究生有三要，即德、才、学。好多学生只注意‘才胆识力’，这是不够的。你应该三要一起修。”我明白寇先生的意思，做学问，要先做人，要有正气，有风骨，有眼光，有胸襟，有积累，有创意。研究生“三要”对我影响甚深。后来他还给我讲了古来师生关系的许多逸闻趣事，特别是新中国成立以来及“文化大革命”当中变数丛生的师生关系。我领会到了为人为学的内在联系，特别是师徒薪火相传的重要意义。

寇先生对我寄予厚望。他认为我这个出生于中医世家的陕北人，虽说来于黄土地的穷乡僻壤，但是做学问还不笨，于是鼓励我把眼光再放远一点。后来我的留校也是寇先生一手促成。爱才，是德高望重导师们的共同特点。1982年我考取了法国政府奖学金，次年到巴黎索邦第一大学哲学系攻读人文科学国家博士学位。导师是著名的美学家和法兰克福学派研究专家奥利维耶·莱芜达隆先生。到1986年，我的奖学金告罄，生活相当拮据。而我攻读的人文科学国家博士学位，至少需要十年寒窗的拼搏。莱芜达隆先生手中掌握一笔奖学金，每年均有批发，弟子们趋之若鹜。但是我宁愿勤工俭学，也从未向导师提出申请。我恪守家训："艰苦是学堂，磨炼即功课。"在社会中学习，是留学的另一个方面。莱芜达隆先生发现我与其他学生不一样，在国家博士研究生班多次提到我是一个能吃苦求学的人。他把自己多年积累的法兰克福学派研究资料供我阅读，并经常给我单独授课。其他学生欲见导师必须提前两周预约，我可以直接联系，适时见面。他多次与我谈及中国师生之间的传统关系，并对"一日为师，终身如父"的古训感慨不已。用他自己的话说，在西方的大学中，学生与老师如同商店售货员与顾客之关系，他问我怎么能把中国的师生关系引入西方大学之中？我很难回答他的问题，但是提了一点看法，必须在高校中重审现代性。现代性有利有弊，在抬高了个体主体性和自主性的同时，带来的副作用就有破达尊，蔑圣贤，视老师如工具。莱芜达隆先生对我十分关心。他对我的厚望，一如寇先生对我的殷殷嘱托。他于1989年退休，2009年去世。2006年我曾专程去法国看望他。我撰写的《人文学举要》完稿待发，扉页上注明："这是一束矢车菊，献给我敬爱的导师奥利维耶·莱芜达隆先生。"

1984年，寇效信先生罹患重病。我在巴黎得知这个消息后，立即赶回中国看望。看到他带着疾病仍然双肩挑，带研究生，并承担中文系主任之职，我很担忧，劝他放弃行政工作。他说"文化大革命"造成的灾害太大，坚持几年，把风气正过来就好了。1986年，我在巴黎给他写了一首诗，其中有"寄语吾师要珍重，文心看好养气篇"的提示。后来，我非常担心的事情发生了，1989年春，他因旧疾复发而与世长辞。他的逝世，令我痛心不已。一代名师，英年早逝，千古文章未尽才，常使吾辈泪满襟。

寇先生是一位知识渊博的学者，在中国古代文学批评和现代文学理论研究方面造诣很深。1962年，他在《文学评论》上发表了一篇《论"风骨"》的文章，中国社会科学院的钱锺书先生，给自己昔日的大学同窗好友，时在陕西师范大学教书的朱宝昌老师写信询问说："你们那里有位叫寇效信的老先生，发表了一篇论文，很让我受益。寇先生高寿几何？他像是个出土文物啊，一鸣惊人。"寇先生当时是陕西师范大学中文系年轻的讲师，那一年他二十九岁。其学术功底于此可见一斑。据我的师母讲，寇先生在临终前一直为自己的著作未能完稿，极其痛心，伸出一个指头示意，希望能有人整理出版。我从法国留学回国后，立即多方筹措，最后在台湾联合报系基金会的资助下，以《〈文心雕龙〉美学范畴研究》为题，张少康和田文棠分别作序，由陕西人民出版社以精装和平装两种装帧方式印行，完成了寇先生的遗愿。该书有两篇是寇先生的弟子孙若风根据老师的遗稿纲要和课堂讲授记录补写。我承担了统稿和其中个别地方的补苴及字词调整工作。寇先生的另一个弟子王磊做了校读工作。《〈文心雕龙〉美学范畴研究》的问世，为学术界特别是为龙学界贡献了一本有金石声的力作。读者从中可看到一代名师的学术成就和著述风采。这些年我每隔一两年，就要回读一次，先生的音容笑貌连同他的学术结晶是我永远的正能量。

寇先生是《文心雕龙》研究专家。我在他门下三年零六个月，所受学术沾溉良多。有一次我给他汇报学习心得，提到《文心雕龙》著作的七处学术局限，包括解读刘勰潜在价值的想法。寇先生说："沉潜下去，你把《文心雕龙》读上十年，我们再讨论这些问题，到时候我们或许可以做一点创出新思路的龙学研究。"十年以后，先生已经不在，无法再次聆听教诲，也无法与他一起做"创出新思路的龙学研究"。但是"沉潜下去"四个字，永远刻在我的心头。

无独有偶，1986年我与法国导师莱芜达隆先生讨论"两希"（希伯来和古希腊）文化特点及勒维纳斯的学术脉络，其中也谈到勒氏学术的贡献和局限。莱芜达隆先生说："沉潜下去，过几年我们继续讨论。"学术探索务必沉潜涵养，舍此无法透解所研究的对象。而浸淫既久，理解就会逐渐加深，眼光随之开阔，研究的心性气质也会产生较大的变化。留学十一年，回国前莱芜达隆先生再次提及是否愿意在三极文化（希伯来、希腊和中国）比较方面做点事情，我婉转地推托了他的建议，谈了自己的一点见解："这样的比较研究应该放在六十岁之后，准备工作是漫长、细致而艰苦的过程。"

2004 年我调入广东外语外贸大学工作，当时我很想把酝酿已久的"檃栝式"、"云锦式"和"集虚式"的《文心雕龙》研究提上议事日程。我对《文心雕龙》推崇备至的是其中活性的方面，但是对其哲理方面的不足和"雕龙"、"藻绘"等思想则有所保留。后来，我放弃了这个设想，主要出于以下几方面的考虑：一是哲人刘勰及其宏构伟制有那么多人钻仰阐发，成果繁富，我没有必要狗尾续貂，也没有必要踵事增华。至于指瑕补漏，尤须缓行。对一部伟大作品的研究，不仅要勇于有为的求真，而且要有"同情的理解"之兼善。二是当今过于功利的科研机制和浮躁的研究风气，开展这样的研究从大环境上不合时宜，而且也举步维艰。三是我放弃了组织小型"龙学合作社"的设想，因为耳闻目睹的学界风气令我失望。帮派可恶，门派可厌，学派也不值得提倡。这一次，不是老师们让我"沉潜下去"，而是我自觉自愿地归潜、归藏、归化。

三十年的中外磨炼，三度的沉潜涵养，成就了《文学通化论》的檃栝建构。这部书稿从正面阐发了我的文学观念。学在边缘，学在根源，学在化境，次第淡化"经国之大业，不朽之盛事"等权力话语。我看重刘勰的学术风范，即以出世的精神，做入世的学问。拙作不求"文果载心"，只愿通化文学，造福苍生。学术大旨一如《文学通化论》的《前言》所述，笔者是在强化文学的归潜、归藏、归化品质，启用辟文、辟学、辟思的研究方法，在他动、他性、他化中克制主体和本体的膨胀，以根学术话语，和非圆一结构的化感通变，臻达通和致化的目的。在此书付梓之际，写这篇后记，以告慰寇先生在天之灵。

记得 2014 年 4 月 17 日早上 9 点，我突然接到寇师母的手机电话，她说已经到了离我很近的地方，在永泰村的一个旅馆中。原来是寇先生的二儿子寇向阳从朋友的博客中获知我生病的消息，师母很担心我的情况。老人家与向阳一起乘飞机南下，专程来看望我。师母八十高龄，患有高血压和糖尿病，见到我时老泪纵横。她说："看到你好好的，我就放心了。"师母是第一次出远门，也是第一次到广州。我希望她在广州小住，转一转。她说不转了，第二天就回西安。在这个人情浇薄世态炎凉的商业化社会中，师母的舐犊之情，催人泪下！一个学者，可以把自己的学术思想井井有条地诉诸文字，也可以把自己的学识滔滔不绝地倾倒给学生，但是人间世有比学术思想和传授知识更为重要的东西，比如亲情、师情、爱情、友情、推己及人之情，其中有人类的天地良心和精神瑰宝。没有后一点，任何高雅的学术和知识传递都难免苍白。拙作《文学通化论》之通化，其中就包含这样的寓意。

栾 栋

2016 年 4 月 19 日

于广州云山深处